盛装

雷志龙　雁无痕／著

PRIDE AND PRICE

山西出版传媒集团

北岳文艺出版社

·太原·

图书在版编目(CIP)数据

盛装 / 雷志龙，雁无痕著. —太原：北岳文艺出版社，2022.1

ISBN 978-7-5378-6473-2

Ⅰ.①盛… Ⅱ.①雷…②雁… Ⅲ.①长篇小说—中国—当代 Ⅳ.①I247.5

中国版本图书馆 CIP 数据核字（2021）第 225994 号

盛装

雷志龙　雁无痕 / 著

出品人 郭文礼	出版发行：山西出版传媒集团·北岳文艺出版社 地址：山西省太原市并州南路 57 号　邮编：030012
选题策划 小马 BOOK	电话：0351-5628696（发行部）　0351-5628688（总编室） 传真：0351-5628680
选题监制 李向丽 郭　娟	经销商：新华书店 印刷装订：山西人民印刷有限责任公司
责任编辑 李向丽	开本：787mm×1092mm　1/32 字数：357 千字 印张：10.75
封面设计 琥珀视觉	版次：2022 年 1 月第 1 版 印次：2022 年 1 月山西第 1 次印刷
印装监制 郭　勇	书号：ISBN 978-7-5378-6473-2 定价：68.00 元

本书版权为本社独家所有，未经本社同意不得转载、摘编或复制

前　言

2017年刚开始写作《盛装》剧本时，是冬天，有一晚写到凌晨，窗外下起雪来，雪片被风吹得扑簌扑簌的，凌晨寂静，似乎能听到雪的声音，仿佛某种开示，在那时决定了另一位女主角的名字——肖红雪。于我而言，一个悬而未决的关键终被解决。肖红雪，多少带一点武侠感的名字，她将涉水而来，与主角陈开怡以意志为刀剑，以一本杂志在时代的境遇为舞台，攻防博弈、难分胜负。

在2014年转行成为职业编剧之前，有长达七年的时间，我在媒体工作，先后供职于人民网、新浪网、《东方壹周》杂志、《嘉人》杂志。我刚进入媒体时，还是传统媒体的黄金时代，新的报纸、新的杂志不断上架，此起彼伏，蔚为壮观。我在《嘉人》工作时，新媒体时代的到来，已经呈现出不可逆转的趋势。博客、微博、朋友圈、公众号、播客……互联网不断蚕食和收割人们的注意力和关注焦点，成为传播和分享信息最重要的渠道与平台，随之一同到来的，是不断有报纸和杂志宣告关刊、下架。

时代的跌宕与变幻，既不以个体意志为转移，但同时又是更为庞大的集体意志的体现，不能用简单的对与错、进步或落后去概括，只是变化。在这种巨大而剧烈的变化中，怀抱不同信念的媒体从业者，该何去何从？这个问题，就是日后写作《盛装》剧本最核心的故事种子。

《盛装》是我成为职业编剧七年以来，内心最为珍视的故事。写作这个剧本用了整整三年的时间。这三年里，我几乎每天都和故事里的角色人物生活在一起，我们的意念和情绪，始终相通，我用文字在创造这些人物，而这些人物其实也在反向地完整我的人生与认知。我与他们，在太多我独自写作的时刻，实在是一种肝胆相照、患难与共的关系。我爱故事里的每一个人物，他们每一位，都像电影《哈利波特》中的魂器，寄存着我灵魂的某一部分。而《盛装》，在一个职场故事的表皮之下，储存着我对这个世界几乎所有的认知与态度。很多写作者，都习惯于将作品称之为自己的孩子，我并不认为《盛装》是我的孩子，她是我的朋友、是我的知己、是我的爱人、是我心之向往的理想与梦境，简而言之，她就是我的一段人生。

能写作《盛装》，于我而言，实在是一种幸福。

《盛装》剧本初稿完成后，一直被"幸运之神"庇护着。出品、制作过十余部影视佳作的五元文化公司，对《盛装》给予了充分的支持、认同与信任。五元文化创始人、著名导演五百，读完剧本后，决定亲自执导，他的决定成为《盛装》从文学剧本到影视作品的"定海神针"。从此，《盛装》开始了她的另一段征程，并遇见了越来越多的贵人，这将是一份太长的名单，但不管多长，他们中的每一位，我都铭记在心、感恩在心，是他们将《盛装》从一个写在电脑文档里的故事，变成一个可以被更多人参与和看到的现实。

2020年1月9日，也是冬天。电视剧《盛装》开机，并且迎来了宋佳、袁咏仪、宋祖儿、陈赫、王耀庆、张超、龚蓓苾、李诚儒、林永健、王泷正、王紫璇、吕晓霖、王禛等众多实力杰出的演员。在开机仪式上，最开始就与我一同"作战"的制片人于京京对我感慨——"终于！"终于，从写下剧本第一个字开始、从那个想出"肖红雪"名字的冬夜开始，45万余字的剧本终于成为花团锦簇的现实，我对着所有演员老师，恭敬而感恩地说出："谢谢你们，来演我写的故事"。

拍摄过程中，新冠疫情爆发，导致整个拍摄进程艰难曲折，好在最艰难时，总有转机，看似山穷水尽时，总会柳暗花明。拍摄主创团队在每一次面对困难时，都爆发出巨大的能量和善意——《盛装》的拍摄，从始到终，都被每一位创作者的爱与善意包围与呵护着。

能一路见证电视剧《盛装》的拍摄，于我而言，是一种幸运。

终于,《盛装》将要与广大观众见面。与此同时,《盛装》也拥有了这样一本改编自剧本的同名小说,这实在是被"幸运之神"再次眷顾。影视剧与小说,一个故事、两种载体,记录下的则是不同的东西。电视剧《盛装》是五百导演率领着摄影、灯光等主创部门,与诸位优秀的演员,共同缔造出的作品,它是属于集体的,属于每一位台前幕后的工作人员;而小说《盛装》,它属于故事里的人物,属于陈开怡、肖红雪、李娜、赵昕、秦敏、蔡菲,属于鲁斌斌、项庭峰、雷启泰、严凯、顾明山、老颡等等,这些人物以及他们说出的每一句对白,将一直存放在这本小说里。读者在阅读小说时,会想象出人物的样子,也许和电视剧相同,也许并不相同——这是阅读的乐趣。小说的意义,永远是属于读者的。

最开始创作《盛装》剧本时,我从来没想到这个故事能走得这么远、能走得如此繁花似锦,感谢一切际遇。面对已经完成的小说成稿,我亦由衷感谢作家雁无痕老师为这本小说所付出的辛勤工作,感谢负责这本小说对接工作的于京京、谷峪、王璇、赵鑫、王赢等老师同事们,感谢小说的版权方书旗小说,感谢小马过河(天津)文化传播有限公司,感谢北岳文艺出版社,还要感谢《盛装》的剧本策划洞姐、五元文化联合创始人马李灵珊,我们因工作而结识,但她们给予过我莫大的精神力量。

从2017年到2021年,感谢《盛装》,我们一同度过的人生,是美好的。愿你能带给更多人爱与温暖,也愿你能够被一直善待,愿"幸运之神"一直眷顾着你。

雷志龙
2021 年 5 月

目录

第一章　李娜，梦想之旅　……/ 001

第二章　盛装，突逢巨变　……/ 016

第三章　算计，扑朔迷离　……/ 030

第四章　宣战，笑里藏刀　……/ 045

第五章　谣言，杀人见血　……/ 060

第六章　人偶，投石问路　……/ 074

第七章　蔡菲，新的工作　……/ 089

第八章　初见，女孩宣言　……/104

第九章　出场，幕后高手　……/ 119

第十章　酒桌，红雪砸人　……/ 134

第十一章　年假，开怡反击　……/148

第十二章　图穷，秦敏离职　…… / 163

第十三章　亮剑，开怡胜券　…… / 177

第十四章　匕见，全网震惊　…… / 194

第十五章　结婚，开怡破局　…… / 209

第十六章　离别，顾老将行　…… / 225

第十七章　休刊，刺刀见血　…… / 239

第十八章　子琪，幕后棋手　…… / 254

第十九章　交心，少女之夜　…… / 267

第二十章　众筹，收购盛装　…… / 282

第二十一章　众筹，背水一战　…… / 297

第二十二章　转型，斌斌抉择　…… / 312

第二十三章　尾声，尘埃落定　…… / 324

第一章　李娜，梦想之旅

夕阳的余晖吃力地从高楼大厦的缝隙中挤了出来，透过西餐厅前面的落地窗，洒落在卡座与木地板上。

西餐厅的客人不是很多。男男女女，大多都是二三十岁的年龄，穿着光鲜，举止优雅。刀叉盘碟，极少发出声响。

李娜收起羡慕的目光，端着托盘，小心翼翼地将桌子上的碗碗碟碟收拢，送到后厨。

这是一个身材高挑的女孩子，大约二十岁，额头饱满，眉眼开阔，相貌相当大气，眼睛尤其美丽。只是她的眼睑低垂着，一副谨慎的模样，却让这双大眼睛减色不少。

将手中的碗碟放在洗碗槽里，就听见老板老颓的声音："李娜，你明天早一点过来吧，小丽请假，你来管一下收银。"

李娜吃了一惊，忙说："我很笨的，怕出错。"

老颓笑了一下，说："怕什么？你总要学会管钱的，将来你结婚了，家里的钱也给老公管吗？"

李娜腼腆地笑了一下，说："给他管也没有什么。"

老颓端详了李娜一下，摇头苦笑说："李娜，你这么老实，将来怎么吃亏都不知道。现在你男朋友都花你的钱？我说你得多一个心眼……"

老颓的教导让李娜有些慌乱，端起一杯柠檬汁，说："我信得过他……我去给客人送去。"

李娜出了后厨，低着头只管往前走，手上的托盘猛然之间一晃，柠檬汁晃出了大半。李娜惊慌地抬头，就看见前面站着一个穿着白西装的男人，大约三十岁年纪，衣着考究，头发却有些凌乱，很面熟，大约是熟客。

白色的西装上已经是斑斑点点。

李娜脸色发白。她不认识这衣服的牌子,但是知道价格肯定不菲。手忙脚乱,战战兢兢地道歉:"对不起对不起……"慌忙去找纸巾,但是手上的托盘又是不稳。

那男人一把将托盘上面的杯子给抓住。

李娜面红耳赤。

那男人摆摆手,说:"没事,你忙自己的去吧。"就往里面的座位上走去了。

李娜急忙向那男人道谢。收拾了一下现场,端着杯子回到柜台,老颏从后厨出来,笑着说:"这样吧,你去与客人说,今天他那一桌子吃饭,免单吧。"

李娜低着头说:"这一单算在我的工资里。"

老颏摇摇头,说:"不用。"顿了顿,又说:"你胆子还是太小了些。你是名牌大学的高才生,总是要出去找那些干净体面的工作。"

李娜讪讪笑了一下,才说:"我是学体育的。工作真不好找。"

李娜一直留意着白西装那一桌。那白西装似乎在等人,吃了饭,又坐了很久才离开。

虽然老板说给他免单,但是李娜去收拾餐具的时候,看见碟子下面压着一张一百元的钞票。

刚好是饭钱。

今天晚上八点,西餐厅已经空了。收拾了碗筷,老颏就催促着李娜早点回家。

换上半新半旧的T恤衫和发白的牛仔裤,李娜很细心地将工作服挂好。提着老颏给的剩余菜品,走出餐厅的后门,四面是黑色的静寂,与前面大街的灯红酒绿形成了鲜明的对比。寥寥几缕灯光从门窗的缝隙中透了出来,在路上留下一些苍白疲惫的影子。

光明的背后肯定有阴暗,但是来这个城市拼搏的人,都只会留意到大街上的光鲜亮丽,极少关注到高楼背面那些疲劳的忧伤。

李娜加快了脚步。阴暗的地方总容易让人产生不好的联想。但是走后门,比走前门能省一大截路。

走过转角,李娜就听到了一些异样的声音,似乎是钝器击打人体的声音,又似乎有低声喊痛的声音,又似乎有人在地上翻滚的声音!

浑身一个激灵,李娜定住了脚步,浑身也不由控制地微微颤抖起来,有些害怕，也有些兴奋。

李娜是学体育的，练过长跑，学过跳远，能打篮球，进大学之后，还花了很多时间学跆拳道。

但是李娜站着，没有动。

那边传来了呵斥的声音："先打折一条腿，让他长点记性……"

又听见有人求饶的声音："我这就去筹钱……"

那声音，让李娜浑身又打了一个颤。"这声音……似乎听见过！"

李娜放轻了脚步，走到转交，悄悄探出脑袋。

前面几团黑影，正在围殴地上一团白影。——那个白西装！

"轰"的一声，似乎是一团热血冲上了李娜的头脑。

那个白西装，自己洒了他一声斑斑点点的白西装。没有生气。

老颓说免单，但是临走的时候还在桌子上压了一张票子！

李娜一甩手将手中的菜品冲着其中一个黑影砸过去，人也冲了出去，对准另外一个黑影，飞起一脚。

她叫："我报警了！"

李娜将那白西装从地上搀扶起来，问："没事吧？"

白西装忍着疼，走了两步，说："没事，都是皮外伤……谢谢你，你是西餐厅的李娜？我要赶紧走了。要不你给110回个电话，就说打架的人已经散了。你挺厉害的……学过跆拳道？打得挺好的。"

药店的灯光照在李娜身上。白西装端详着李娜身上的穿着。

李娜嗯了一声，有些不好意思："我刚才慌里慌张的，其实没有报警……我是体育学校毕业的，我们老师是全国冠军。"

白西装笑着说："我看你在老颓的店里干了挺长时间了。老颓好像挺看重你的，说你做事情很勤奋，学东西也很快。"

李娜受了表扬，却有些不好意思，只是说："我不聪明的，只是比别人多花一点时间……真的不报警？这种小混混很麻烦的，我怕他们还要来找你。"

白西装摇摇头，声音就有些暗沉："报警也没用。"

李娜说："怎么说报警也没有用？"

003

白西装就说："我欠了他们的钱。挺多的。"

李娜说："你们这样的人都说挺多，那肯定是挺多的……哎呀，我的菜！"急忙去看，却见自己砸出去的塑料袋好巧不巧，刚好落在一个垃圾箱边上。

苍蝇嘤嘤嗡嗡热闹着。

白西装看着李娜将菜放进垃圾箱，有些肉痛的样子，就微笑问："你们这样的人——我是怎样的人？与你不一样吗？"

李娜说："当然不一样，你是随随便便一顿饭就能吃掉一百块的人，我是拿着一点老颓卖不掉的食物回家的人。你有身份、有地位，活在另一个世界里，更好的世界……你现在是遇到一些麻烦了，但是你肯定能解决这些麻烦的，是吧？——闲话不说了，我陪你去医院检查一下。"

白西装注视着李娜，饶有兴致地问："那你呢？你对你现在活着的世界满意吗？"

李娜掏出餐巾纸，说："你先将衣服擦一下……谈不上满意，也就是这样过日子罢了。"

白西装就说："既然谈不上满意，那就得想办法改变啊。我们活着，总是要有意义的。"

李娜苦笑："说什么意义呢，日子就像是在操场上跑圈，虽然努力坚持，但是前面总是似曾相识的风景，也不知道自己想要什么。"又说："我陪你去医院检查一下。"

白西装说："不用，等下去前面药店买点红花油就好。"然后一瘸一拐就往前面走。

走出药店，白西装从口袋里掏出一张名片来，递到李娜手里："如果找不到对口的工作，你来找我吧，我带你。我是《盛装》杂志社，明后天你来找我也行，找秦敏也可以。到《盛装》，你也许能找到活着的意义。"

一辆出租车在两人面前停下来。白西装低头，从窗户里递进去一张钱，然后转头问李娜："你家在哪里？"

李娜这才明白过来，急忙说："不用，我去乘公交车，也才几站路。你自己走吧。"

白西装笑着说："我还叫了一辆车……你看，车子来了。"

李娜最终还是上了出租车。捏着名片，对着出租车仪表盘上发出的微弱的光，李娜看见上面的文字：乔治，《盛装》杂志主编。

今天发生的一切，都像是一个戏剧化的梦。

《盛装》——李娜见过这本杂志，在书店里。它摆在最显眼的位置，封面上的俊男靓女，在柔和的日光灯下熠熠生辉。

《盛装》的主编——乔治，他答应给自己一个工作的机会……李娜的心跳得很厉害，脸颊兴奋地通红。

一扇全新的大门在她面前打开了——《盛装》。我能像那些白领一般进出高档的写字楼。我能坐在西餐厅安静地使用刀叉。我的工资卡里每个月能准时打进几千元甚至一万元……

然后，李娜停止了幻想。

我……也许不能行。继母说，我穿上龙袍也成不了太子。我只是一个很笨的小女生。如果不是因为体育好的话，我也许永远也来不了这个城市……

在患得患失的胡思乱想中，李娜下了出租车。因为坐出租车，所以路上尽管耽搁了一会儿，但是到家比平时还早了一些。

这是一套老式的居民楼，所有的房子都是最简单的一室一厨一卫的格局，总共三十八平方。墙面已经斑斑驳驳。楼梯口是已经上了铁锈的栅栏门，下面的滑轮坏了，根本拉不动了；水泥楼梯上有各种各样奇怪的印记，也不知是什么留下来的。

二楼的楼梯口散落着一袋垃圾，白色的餐巾纸纸团滚落了一楼梯。李娜皱了皱眉头，转身下了一楼，从楼梯下拿了扫把和垃圾畚斗，将纸团扫拢了，送到楼下的垃圾桶里。

上了五楼。这是顶楼，比楼下的房子要便宜一些。学校毕业之后，李娜与郑飞就租住在这里。其实这房子也没有什么不好，因为是城中村，附近没有高楼，五楼打开窗户风就很猛，即便现在是大夏天，也可以省下不少空调费用。

但是现在空调外机在嗡嗡作响。郑飞开了空调？

但是也没有多想，李娜有很多话要与郑飞说。关于今天的很多事情，要不要去《盛装》杂志社……李娜拿钥匙开门。门打不开。怎么会打不开？锁坏了吗？

李娜开始敲门。门里传来窸窸窣窣的声响,老式楼房不隔音,但是没有人来开门。

李娜开始拍门。门里传来椅子翻倒的声音,但是没有人来开门。

门终于打开了。李娜就说:"你怎么不开门,我与你说,我今天遇到好事儿了,只是将老颜给我的夜宵砸了……苏虹,你怎么在这儿?你的脸色怎么这么难看?"

苏虹坐在小房间的床沿。头发有些凌乱。脸上是不正常的潮红。听到李娜问话,苏虹咧开嘴笑了一下,但是那笑容比哭还要难看。她是李娜的闺蜜,无话不谈的那一种。当初高中同学,后来一起考到北京来读书。到了北京之后,两个在异地读书的姑娘,很自然地就开始抱团取暖。

李娜转头看着郑飞:"苏虹来有事吗?……郑飞,你的脸色也不好看。"

郑飞吸了一口气,说:"娜娜,你坐下来,我有话与你说。"

李娜看着郑飞端正的脸色,有些不明所以。

郑飞看着李娜。苏虹用手指绞着床单。

郑飞终于说:"苏虹怀孕了。"

李娜愣住了,好久才说:"苏虹?……你保密工作做得可以啊,男朋友是哪一位?"

苏虹说:"娜娜……对不起。"

李娜说:"你怀孕有什么对不起的……你这话有些莫名其妙……你是说……"

李娜终于反应过来了,她看着郑飞,又看着苏虹。

郑飞也坐在床沿,与苏虹并排坐在一起。两个人的手,有意无意地,绞在一起。

似乎有一千个炸雷在李娜的头顶上炸响,又似乎有一千只虫子在李娜的心上挠过。她很想笑,但是笑不出声;她很想哭,但是泪泉干涩没有反应。她很想大声呵斥,但是最终却没有声响。

惊讶、愤怒、悲凉、苦涩,各种感情汇聚起来,李娜整个身子僵直了,像是一台老旧的电脑,她承担不起郑飞与苏虹传送过来的大量垃圾数据。

李娜是一个很朴素的人,或者说是一个很老实的人。自从大二时候接受了郑飞的追求,她就死心眼地认定,她与郑飞,肯定能天长地久。

李娜是一件最老式的中山装,颜色不显眼,样式最板正。她有很多口袋能容纳很多东西,她很能干,能经得起各种风吹日晒。但是现在,李娜死机了。

苏虹的眼泪扑簌簌落下来:"我知道对不起你。但是我们真的是真心相爱的。自从第一眼看到他,我就被吸引住了……"

李娜缓慢地移动着脑袋,眼睛看着郑飞。后者局促不安地坐在床沿,他将手从苏虹的手里给抽出来,声音里带着机械:"对不起……我也是一样。我被她吸引住了……"

李娜眼眶子酸酸的,她想哭,但是她忍住不哭。

不能哭给他们看,她想。

脑子似乎是被什么东西塞住了,李娜说:"我们一起多少年了。这些年你说要投资,我挣钱给你;因为我爱你,你说要参加培训,我挣钱给你;因为我想要与你结婚……"

郑飞脸涨得通红,说:"我是不对……这些钱,我会还你的。我知道对不起你,但是感情来了,真的没办法……"

郑飞说:"其实我也不是没出钱,你看这房子就是我出的租金……"

李娜咬牙说:"郑飞,还有比你更无耻的人吗……我搬走。祝你们百年好合早生贵子生活美满幸福。"

说着话,李娜就走到柜子边上,打开旅行箱,又打开属于自己的那一边柜子,哗啦一声,就将柜子里的东西都拨拉出来,落在旅行箱里。

李娜刚刚从学校里出来没多久,这出租屋里并没有她的很多东西。再加上李娜也爱收拾,所以两人的东西并没有混淆。

苏虹很尴尬,站起来,说:"这么晚了,你要到哪里去……"

李娜就反问:"那我留在这间屋子里,与你们夫妻住一起?"

苏虹不说话了。郑飞讷讷地说:"这么晚,外面不安全……"

李娜说:"现在最不安全的地方是这里,因为我生怕忍不住动手杀人。"

李娜走到厨房,抓起菜刀。

郑飞跟着李娜到厨房,看见李娜拿起菜刀,不由往后退了一步。

李娜将菜刀菜板放进一个旅行袋里,说:"这是我买的,我拿走了。"又走进卫生间,打开抽屉,说:"这些卫生纸……还有这个马桶刷,都是我买的。"

郑飞低声说:"你这半夜出去……钱够吗?"

李娜不理睬他,提着一个塑料袋、一个旅行袋,加一个行李箱,转身就出了房门。

郑飞要追上去,李娜转头,说:"别怪我用脚踹你。"

郑飞就站定了。

李娜下了楼梯,站在深夜十一点的风里。

夜风刮过,簌簌有些凉意。她抬头看着夜空,这城市的天空灰蒙蒙的,看不见星光。

远处有高楼大厦,灯火就如繁星点点。那是属于别人的繁华,不属于李娜。

眼角有了晶莹的泪光,李娜不敢低头。

低下头,眼泪就会掉下来——这里没有人看见,但是即便是没人的角落,李娜也不允许自己软弱。

在这个别人的城市里,李娜是孤单的。她经常觉得自己有一种在茫茫大海上挣扎的茫然之感。

而郑飞与苏虹,就是她在大海上挣扎的舢板和风帆。舢板给了她微不足道的安全感,而风帆给了她继续前进的勇气和力量。

然而现在,舢板和风帆一起背叛了她。

她被甩在了茫茫大海里。那种孤独和寂寞就像是茫茫的海水,灌进她的鼻腔,灌进她的口腔,灌进她的胸腔,整个人都要窒息了。

她跑到垃圾桶边上,声嘶力竭地呕吐起来。猛然之间想起了什么,她伸手去摸自己的裤袋。裤袋……空空如也。

她顿时慌了。急急忙忙摸出手机,打开手电筒,往着楼梯一路寻上去。终于,在四楼的楼梯口找到了那张名片。

她捡起名片,用餐巾纸擦掉灰尘,将名片紧紧攥在手里,大口大口喘息着……就像是抓住了一块浮木。

现在,李娜站在时尚大厦的面前了。

玻璃幕墙在阳光下反射出一片白亮亮的颜色,一辆又一辆的车子在大厦的面前停下，穿着各色套装、挎着各种牌子包包的白领们从李娜身边涌进大厦，叽叽喳喳的声音从李娜耳边飘过。

李娜低头，看着自己身上的运动套装。这是她能挑选出来的最好衣服了。她看着左右，四周光鲜亮丽的白领们。

误入天鹅群的丑小鸭，误入仙鹤群的小母鸡。

没有人多看李娜一眼。这让李娜的心安定下来，又有些失落。

好在我有准备，李娜想。她摸了摸身上的挎包，浑身就像是有了力量。按捺住惴惴不安的心，她努力装出熟门熟路的样子，走进了大厦。

大堂的正中，一块大屏幕上正放着《盛装》杂志的广告：山在远方，是为了被攀越；海在尽头，是为了被抵达。告别过去，最好的方法，就是去挑战未知；冒险，是我们开给人生的最好礼物。

李娜站着看了好一会儿广告。那是《盛装》呢，我将要工作的杂志。

一种自豪感潜滋暗长，然后又是一种惴惴不安。

乔治……他今天没接我的电话。他应该是有事吧？也许是在开会……他是杂志主编，他不是杂志老板，或许不能由他说了算？我对于时尚这些东西，一点都不懂……

李娜站着，听见保安对她呼喊："喂，你干嘛呢？这里不让等人。"

李娜定了定神，才问："麻烦问一下，洗手间在哪儿？"

很干净很豪华的洗手间。瓷砖地面一尘不染，铮亮的感应式水龙头默默彰显着这栋楼的品位。李娜很仔细地洗了手，在烘干机上烘干，然后打开隔间的门，进入，锁上。将挎包挂在钩子上，开始换装。

挎包里是全新的衣服，昨天才到商场里买的，花掉了李娜百分之九十的积蓄。

脱掉运动衫，换上一套白色过膝裙，脚上踩着双和裙子并不般配的红色高跟鞋，小心翼翼走出隔间——走得挺别扭，高跟鞋像是借来的。

李娜转身，把马桶盖上的运动服和球鞋一股脑塞进包里——转身后，裙子上的标签牌就挂在那儿。

李娜对着镜子，将马尾辫拆开，用手当梳子，蘸了点水，理了理头发，希望能弄成披肩长发的感觉，但好像不大如意。长年绑着马尾辫的头发已经习惯了弯曲。从书包里掏出一管深红色口红，对着镜子笨拙地涂抹嘴唇，顿时似乎精神了很多。又拿出一副平光黑框眼镜，戴上——效果似乎还不错？

对着镜子又端详了一番，李娜又有了信心和勇气。

只是手上的双肩包似乎有点多余……不过没人会在意这个细节的，不是吗？

走出洗手间，抬头挺胸，稳稳踩着高跟鞋向办公区入口走去，但是下意识地，眼睛却忍不住瞄旁边的保安——保安也在看她。

她赶紧假装正视前方。

保安应该不会来拦我吧？

保安停住了。

李娜忍不住露出微笑，心里一阵自得，肯定是自己的气势震慑了保安——自己这么美。办公区入口近在咫尺，最后两步——终于进去了！

嘀嘀、嘀嘀，刺耳的铃声响了起来！

入口的自动栏板突然拍出，将李娜无情地挡在外面。

李娜尴尬，但更尴尬的事情接踵而至，保安的声音在她背后响起："喂，你干嘛的啊？"

李娜从脖子根一直红到脸颊。

旁边有人进去上班，拿着工作卡轻轻刷了刷——充满嘲讽意味的绿色小灯亮了，护栏开启，

那个女人进去之前还瞟了一眼李娜，李娜躲无可躲，硬生生接下来那个陌生的奇怪的说不清道不明的眼神。

保安上前，就杵在李娜身后："说你呢，你干嘛的？"

李娜无奈地转过身，看着保安，脸上努力挤出笑容："我来面试的……《盛装》杂志。……就是《盛装》杂志社。"

保安很不高兴："那也得登记啊，去那边登记。"

李娜小鸡啄米似的连连点头，心里被尴尬百爪挠心，再顾不上形象，小跑着去大堂前台，身后裙子的吊牌跟着晃荡起伏，像一个她还没发现的更大的嘲笑。

面前就是杂志社了。

自动门应声开启。

李娜带着忐忑的心情走进门。墙上发着光的《盛装》杂志 LOGO 赫然眼前，LOGO 两边，整整齐齐陈列着往期《盛装》杂志，各色封面，精致、华丽，李娜忍不住环视那些杂志封面，像是站在另一个世界的入口。

前台站着一个大眼睛的姑娘，站起身，礼貌地对着李娜微笑："您好，请问有什么可以帮你？"

李娜紧张地喉咙有些发干："你好，我来面试。……预约？哦哦，是乔治让我来的，他让我找秦敏。"手忙脚乱地从书包里掏出乔治的名片，递给前台姑娘小米："这是他给我的名片。"

小米帮忙拨通了电话，让李娜先坐着等一等。李娜忙道谢："谢谢，谢谢！我站着就行。"

正在这时，一个油腻的声音传来："小米啊——到底有没有看到老大啊？他到底在哪里啦？今天杂志还要不要下厂啦？"

李娜顺着声音看过去，只见一个戴着黑圈木框眼镜的男人捧着一沓文件快步走过来，他身上穿着深红色衬衫和黑西裤，戴着顶黑色的圆帽，大约四十来岁，身材很胖，但身形看着竟然还很灵活。

小米就说："鲁总监，大家都在找他，但是我也没见到。"

那鲁总监就问小米："他办公室里有俩男的，坐半天了，谁啊？"

小米压低声音说了一句。李娜没有听清。她觉得自己好像在窃听别人的隐私，有些尴尬，想要避开，却又无处可去。

就听见那鲁总监陡然之间抬高了声音："警察？他们找主编干嘛啊？"

小米急了："你小点声。这个我哪知道——"

鲁总监一边说着话，一边斜靠在前台，两脚自然而然形成"七"字形，一边与小米说着话，一边眼睛看着李娜，突然冲着李娜"喂喂喂"了几声。

李娜正手足无措，一时没有意识到他在叫自己，转过头，有点蒙。

鲁总监端详着李娜。那目光很像是刀子，李娜觉得自己身上的重重伪装都被刀子削了下来。听见鲁总监问："来应聘的？"

李娜赔上一个自己认为最得体的、讨好的微笑："您怎么知道的？"

鲁总监就笑："感觉咯，你身上 C 的声音的基本款，肯定是第一次穿吧？鞋子搭得不大对，哪怕配双白色的帆布鞋都比你现在穿的高跟鞋要好。口红，嗯，也不大对劲,你竟然还配一副跟你脸型一点都不搭的黑框眼镜——"

那油腻腻的、略带嘲讽的语气,就像是针扎进李娜的心。李娜抬起头,不甘示弱:"可我觉得挺好的。"

鲁总监晃动着大腿:"无所谓,你开心就好,但我要是你,我就不会让吊牌露在外头。"

李娜愣住了:"吊牌?"

鲁总监就指了指李娜的后背,李娜伸手去摸,摸到裙子的标签牌,赶紧把吊牌往裙子里头塞,但看不到身后,侧着身子弄了几次都没弄好,很尴尬。

鲁总监很热情:"你别动别动,我来帮你。"说着话,他从前台桌上拿了把小剪刀,上前——啪地把吊牌剪下来,交给李娜。

李娜看着吊牌,眼睛一下子瞪大了。

这吊牌……这吊牌……

衣服没法退了!

一瞬之间,浑身竟然有些冰冰凉凉的。

鲁总监笑:"搞定,不用谢——这衣服你不是还要想退吧?既然不想退,那吊牌总是要剪掉的。"

李娜无言以对,拿着吊牌愣了一会儿,才将吊牌小心翼翼放进自己的包里。

正在这时,里面办公区有人出来了。这是一个三十多岁的职业女性,穿着一身中规中矩的职业套裙,脚上踩着着一双并不便宜但毫无特点的宽跟皮鞋,妆发中规中矩——即使如此,那干练的打扮还是让李娜有一瞬间的羡慕。

那女子就问:"谁面试?跟我走。"

李娜慌忙站起来,跟着进了办公区。一瞬间,李娜像是刘姥姥进了大观园。眼睛都不够用了。

办公区四周墙上挂满了杂志封面海报、明星模特海报、大幅摄影照片,到处都是杂志,桌上堆的杂志多到能把人全都盖住。错落有致的格子间工位都坐着人,每个人看着都很忙碌,打电话的声音、编辑们敲击键盘的声音此起彼伏,不断有人步履急促穿行而过。

李娜努力按捺住砰砰乱跳的心,不管是谁和她迎面走过,她都对人点头微笑,跟着那女人走进 HR 总监办公室。

李娜看见了办公室门口墙面上挂着的照片和名字：秦敏，HR 总监。

办公室很小，门和窗都是透明的，能够看到外面情形。

秦敏坐到自己座位上，李娜站在她办公桌后，有点紧张。

秦敏翻看李娜的简历。只有一张纸，上面的信息几眼就看完了。把简历放到桌上，环抱着双手看着李娜。

李娜被看得有点不知所措，也看着自己——自己好像没什么问题啊。声音就有些磕磕绊绊了：“秦总监……怎——怎么了？”

秦敏就问：“是乔治推荐你来的？”

李娜忙点头：“啊，对啊。”

秦敏又问：“他怎么跟你说的？"

李娜紧张得声音发颤：“他让我拿着他的名片，来找您，应聘编辑助理的职位。”

秦敏用手捂着额头，有些头疼：“这个乔治——稍等——”

秦敏拿出手机，给乔治打电话——等待手机接通——然而一直没有接通。

李娜有些紧张起来，她强迫自己坐得端端正正的，但是心中却是十五个吊桶打水，七上八下，小心翼翼地看着秦敏表情：“还是——没人接？”

秦敏就说：“走，跟我去他办公室等他。”抬腿就走，李娜赶紧拎起包跟在她身后。

秦敏刚打开门，就看见迎面急匆匆赶来一个人。三十来岁年纪，头发微卷，脸瘦削得像是被劈过，棱角分明，眼神里却又带着点清澈的少年气质。

有一种文气内敛的帅气。

秦敏就问：“严凯，乔治呢？”

几乎同时，严凯也开口：“秦总监，你看见乔治没？”

两人面面相觑。严凯苦笑：“都找遍了，没见着。”

秦敏也苦笑：“这人怎么能这样呢？他推荐的人，他总得给我个说法。”

严凯的目光转向李娜：“这是乔治推荐的人？……你叫李娜？”后面半句，是对李娜说的。

李娜愣了一下：“诶，你怎么知道？”只觉得严凯的目光里，似乎带着某种热烈,这让李娜不明所以,不知道怎么回应。

秦敏就问:"你们俩认识?"

李娜与严凯两人异口同声:"不认识。"

两人一起否认,却让秦敏若有所思,笑了一下,说:"既然不认识,我介绍一下,李娜,这是我们编辑部总监严凯。"

严凯就说:"面试怎么样?没什么大问题的话,留下吧。"

听着严凯的话,李娜一颗心都要兴奋地跳出来了!

秦敏愣了一下:"什么意思?"

严凯就说:"我们编辑部缺人,让她来我这吧。"

秦敏皱起眉头:"她从体育大学刚毕业,学的是人体运动科学——你知道这个专业吗?反正和杂志一点关系也没有,她以前也从来没做过杂志,怎么做编辑助理?"

这话说得在理。李娜低头看着自己的简历,巨大的挫败感像是一条肥胖的虫子,咬啮她的心,抬眼看着严凯,后者却是一副不在乎的表情:"她要有什么不懂的我可以教她,只要踏实勤快就行,编辑助理而已。"

这句话又给了李娜一个希望。她眼巴巴看着秦敏。秦敏摊手,无奈地说:"现在咱们杂志根本就没有编辑助理的岗位,社招指标早就被冻结了,乔治是在给我出难题。"

正说话之间,之前那个鲁总监又快步冲过来了:"发飙了,发飙了!"

一群人都是大吃一惊。

鲁总监说:"乔治办公室那俩警察,发飙了!秦敏,严凯,你们赶紧去看看,我对付不了!"

秦敏懵了:"警察,什么警察?"

鲁总监跺脚:"唉,你们不知道?"

一群人就往乔治的办公室赶。李娜跟在后面,猛然想起那天晚上的事情来。

一种不祥的预感让她脸色煞白,但是又不能说出来,只能默默跟在后面。

一次性水杯被重重地放在办公桌上,杯子里的茶水溅了出来。

两个警察坐在那儿,明显有些焦虑。看见一行人过来,警察的声音就有些急躁:"约我们10点钟见面,现在都快11点了,林乔治人呢?"

秦敏急忙解释:"吴警官,我们所有人都在找他,今天杂志下厂,按理说——"

吴警官没有好声气:"不用跟我说这些,我必须马上见到他!"

秦敏就说:"要不然我找副主编陈开怡,乔治不在的时候,杂志社大小事都是她决定的。"

吴警官怒了:"我们要见的人是林乔治!"

他的声音略大了一些,边上的另一个警察忙来打圆场:"老吴,行了行了,别着急。秦敏,是吧?我们的来意刚才已经说得很清楚了,现在的关键是要见到林乔治先生,事情很重要,他想躲是躲不过去的,他要再不出现,问题就严重了——"

一群人正说着话,李娜的眼角余光突然看见,玻璃幕墙之外,有一个人影正急速下坠!

几乎同时,鲁总监大喊起来:"什么东西?"

所有人都往窗外看。严凯第一个转身就往外跑。两个警察立马反应过来:"糟了!"

鲁总监叫:"天哪!——"

李娜没有发出任何声响,她浑身颤抖,手足冰凉。

方才只看了一眼,却已经看出了,那下坠的是一个人影——

那身影,与乔治很像!一早上,大家都在找的主编乔治。

虽然浑身颤抖,李娜还是努力控制自己,跟着大家往外跑。

也许不是乔治。也许不是。不,肯定不是。

鲁总监那油腻的声音在空荡荡的大厦里回响:"出事了,出大事了!"

第二章　盛装，突逢巨变

面前是一片猩红的血泊，静悄悄躺在那里的人，是乔治。

李娜捂住了嘴巴，眼泪情不自禁地夺眶而出。

那个人，与自己只有一面之缘。自己泼坏了人家衣服，人家没有责怪。他被流氓殴打，自己见义勇为。然后他说给自己一个机会，说愿意带自己进入另一个圈子。

然后自己来面试了，他从楼上跳下来了。

警戒线已经拉起来了，两个警察，一个在打电话，一个在维持秩序；杂志社的员工们，都默然地站在警戒线的后面。

然而，让李娜无法忍耐的是，警戒线另一头，围满了人，不少人拿着手机对着里头拍摄。

警察大声呼喊"都散了，别拍摄了"，但是围观人群反而越聚越多。

严凯挤进了人群，拿着外套递给警察，让警察盖住乔治的尸体。

人群中慢慢响起了抽泣声，声音越来越大。那是杂志社的人。

鲁总监猛然之间怒了："哭什么哭！都不许给老子哭！像什么话！"但是骂着骂着，他自己却是泪流满颊。

警察对他们说："你们先回去吧，全都围在这不是个事，接下来的事情我们会处理好。"

鲁总监就哽咽着追问："你们打算怎么处理？"

这一问，两个警察倒是有些尴尬，只能回答："具体情况我们还要调查，你们先回去。"

鲁总监看了一圈周围的人："警察同志，我不是一个胡搅蛮缠的人，现在趁着大家都在，你得给我们杂志社一个说法，这到底算个什么事——"

此时，听见一个略带怒意的女声响起来："鲁斌斌，你在干什么？！"

李娜顺着声音的来源处望去，就看见了陈开怡。

穿着一身川久保玲，戴着墨镜的陈开怡。

她站在警戒线的另外一侧，面色沉冷，不知道她在那站着已经多久了。

鲁斌斌像是看到了靠山："老大，乔治他——"

陈开怡摘下墨镜，冰冰凉凉的目光，在一群人的脸上掠过："《盛装》的人，立刻上楼，继续工作！"

鲁斌斌还要说话，却被陈开怡截断："走！"

这是李娜第一次看见陈开怡，然后，她再也挪不开目光。

李娜从来没有也没有想过，一个女人，可以美到这个程度。

当然，在当时，李娜并不知道陈开怡的名字。她只知道，陈开怡到了现场之后，杂志社的人，就像是找到了主心骨。

在乔治突然离世的那个上午，陈开怡那镇定沉稳无可置疑的态度，成了那个灰暗世界的一道闪电。

一群人回到了杂志社。

所有人都围在一起，沉默地围在一起。手机电话各种声音此起彼伏。李娜待在一个角落里——她不知道自己是不是可以离开，也不知道自己是不是应该留下。

陈开怡看了眼墙上的挂钟："从现在开始，所有和乔治有关的采访问询电话，一律转到公关部，如果是你们的朋友通过私人渠道询问，统一口径：谢谢关心，但无可奉告。现在最重要的事情就是杂志下厂。蔡菲！下厂到什么流程了？"

蔡菲越众而出，汇报："封面还没定、大策划大专题的三校稿还没出、还有一些碎稿在调版，其他都完成了。"

陈开怡目光再次扫过众人："都听清楚了吗？所有人回到各自岗位，我要求杂志准点下厂！两分钟，消化情绪。两分钟之后，还有人像现在这样，站这里什么都不做，绝不原谅。"

众人这才散开了。

然而陈开怡开始工作还没有两分钟,警察来了,是市刑侦大队的警察,来了解乔治的情况。

陈开怡很诚恳地对警察说:"我这边也很着急,杂志等着下厂。能不能这样?我一边处理工作,一边回答您的问题,我绝没有不尊重您的意思,请您谅解。"

警察也只能表示理解。

于是坐在角落里的李娜,在短短十几分钟里,看见了一场令人眼花缭乱的表演。

陈开怡一边审校着贴在墙上的小样,一边回答着警察的问题;在警察低头记录的工夫,她就解决稿子审校的问题。

她回答了乔治的为人问题、身体状况、心理健康情况、家庭情况,也解决了三校稿的签字问题、杂志的封面问题、刊头字体问题……警察满意离去,而这边也没有耽搁。

雷厉风行的态度,让整个杂志社飞速运转起来——陈开怡身上似乎有着一个动力系统,李娜不知道,她到底能牵动多少力量?

呆呆地也不知看了多久,直到秦敏走了过来,她才回过神来:"秦总监,我没想到会这样,那——对,我的包还在您办公室,我去拿一下。"

秦敏问:"你要走了?"

李娜的心情惆怅而又复杂:"我在这也挺多余的,不影响你们工作了。您也说了,没有编辑助理的岗位,我也没有这方面工作的经验,专业也对不上——"

秦敏突然问:"乔治和你,什么关系?"

什么关系?李娜想起那个黑黢黢的晚上,高楼大厦背面的阴影里,那些不被灯红酒绿照亮的忧伤。

那天晚上,乔治很害怕警察,甚至拒绝去医院。

她抬起眼睑,声音有些艰涩:"没,没什么关系。"

但是秦敏并不打算放过这个问题,目光尖利得像是刀子:"那么,他为什么会推荐你来面试?"

李娜无言以对。

秦敏看着李娜,终于点点头,说:"我带你出去。你是乔治推荐的人,我去与副主编说一声。"

结束了。

李娜的脚步有些虚浮。她目光在办公区里扫过——穿着时尚的男男女女,四面墙上各种各样的海报,各种各样的明星照片……她曾经以为,自己能成为这中间的一员。

然而,这只是一个映照着七彩光芒的肥皂泡。

肥皂泡也许能装下一个世界,但是装不下自己。

秦敏带着李娜走向陈开怡的办公桌。

陈开怡的办公桌前围着一群人,陈开怡正紧张地工作:"除了封面故事标题,其他标题都拿掉,视觉焦点要放在超模身上,不要多余的干扰信息——"

"这两张照片抄了塞西尔·比顿的构图,拍英格兰作家阿道司·赫胥黎的那一组。抄袭的人,拿什么奖都不入流。"

"封面故事标题要改,'亚洲超模'去掉,就留'新潮大赏',用4月刊封面故事的字体,字号不变,白色——秦敏,你一直站那干嘛呢?"

秦敏拉过李娜,介绍了李娜的情况:"她叫李娜,编辑部一直喊着缺人,可现在没编制了,她是乔治推荐来面试的,所以我一直都在找乔治,想问他的推荐理由,没想到——"

陈开怡没抬头,一边处理工作一边问:"那她合适吗?"

秦敏说:"我面试过了,各项要求都不合适。"

陈开怡点点头,说:"既然这样,那么……"

没有想到,边上竟然响起了另外一个声音:"这个李娜,能不能留下?我们编辑部缺人。"

秦敏愣了一下:"严总监,我刚才不是跟你说过了吗——"

秦敏话音未落,严凯就毫不客气地打断:"——实习生!实习生不占编制,行不行?李娜,你愿意来我这做实习生吗?"

一瞬之间,峰回路转,柳暗花明。李娜感觉自己像是坐了一辆过山车……她也不知道严凯为什么要帮自己,当下紧张得连声音都发抖了:"愿意,愿意!

——实习生是干什么的?"

然而秦敏并不同意:"可我们的实习生一般都是走校招——"

严凯声音里带着怒意了:"秦敏,我作为编辑部总监,有没有权限给自己部门招个实习生?"

秦敏的声音硬邦邦的:"你要这么说的话,我只能说,你有你的权限,我有我的制度。"

众人面面相觑。

陈开怡看着严凯和秦敏,又慢慢看向李娜。

李娜感觉手心出汗,一时不知道该把手放哪儿,竟然不知不觉低下了头,不敢直视陈开怡。

然而此刻,除了李娜,所有人的目光都在陈开怡身上。

李娜终于鼓起勇气:"对不起,要不我还是走吧……"

陈开怡审视着李娜:"你叫——李娜?"

李娜略略有些慌张:"对,跟——跟那个网球冠军李娜同名。"

陈开怡点点头:"我知道。"

李娜不知哪里来的勇气,竟然絮絮叨叨说起来:"其实这名字是我自己改的,我本来的名字叫李那,是那里的那。我名字是我爸取的,在我出生之前,他就想好了,如果是儿子,就叫李这,如果是女儿,就叫李那。可凭什么男的就是这,女的就是那?我就自己改了名字……"

陈开怡嘴角勾出了一丝笑意,随即收敛。又看了一眼李娜,对秦敏说:"这事儿,你们自己决定吧。"转身回自己办公室,关上门。

众人面面相觑。

秦敏、严凯对坐在秦敏的办公室里,李娜站在门口。她很不自在,觉得自己像在示众,低头,脚下不远处有一个废纸团,用脚去够过纸团,左右脚轻轻踢着纸团。

里面对话的声音一句一句传出来:

"你要真需要实习生,我至少有20个备选,都比她更适合。"

"我不用看那些，就她。"

"严凯，咱们同事这么多年，你从来没这么保过一个人，这个李娜，到底什么来头？"

"现在事情很简单，我要留她，你不愿意，这就是你和我之间的事情，你是不是一定要在这个事情上卡我？"

"一个实习生有什么可卡的？严凯，我今天这么对你，说白了也是做给别人看的，你这边加了人，其他部门肯定也会要，现在哪个部门会觉得自己人手够啊，不说别人，你今天收个李娜，明天鲁斌斌就来这找我要王娜、张娜，到时候我怎么办？你让我跟他怎么说？所以，你要给我一个理由，为什么我们要收这个李娜？这个李娜到底是什么皇亲国戚？！"秦敏的声音咄咄逼人。

"……"

里面的争辩越来越激烈，李娜的心越来越慌。她很想转身离开，但是包还在秦敏办公室里，她有没有进去拿包的勇气；何况，严凯的态度，还是给了她一点烛火般的希望。

心底有一个声音告诉她：我想要成为与陈开怡一样的女人……

屋子里的声音继续："当年乔治和陈开怡争主编，你是站乔治那边的，一直到现在，你和他向来最亲近——"那是秦敏的声音。

"可现在不还是你们赢了吗？"严凯的声音不冷不热。

"主编本来就应该是陈开怡的，但现在这些不重要了，谁都不想看到这样的事情发生。"

李娜虽然迟钝，但是听着这样的争论，心中也有些明白了。乔治突然去世，严凯将自己当成了乔治留在公司的最后一个印记。

与其说他是在帮自己，不如说他是想要证明乔治在这个杂志社还有足够的影响力。

她恍然，随即是茫然和惶然。

她知道自己不配严凯这么竭尽全力的争取。她根本配不上得到乔治在这个杂志社的政治遗产。她应该坚决表示：我要离开。

但是她如果离开的话，更是辜负了严凯的争取。所以她应该留下来，继续听着他们争论……

李娜像是被放在油锅上煎烤。

秦敏继续说话:"严凯,整个杂志社,我唯一搞不清楚底细的人,就是你。原来我以为是乔治把你保护得很好,但后来我发现不是,是你根本没有给过我机会去了解你。和你共事这么多年,我们单独说过的话,加起来还不如现在多。而之所以今天你会和我说这么多,是为了另一个我也搞不清楚底细的人,这种感觉,很不舒服。……坦白说,我就是帮陈开怡把住《盛装》人事这道门的人,任何有可能不利于她的人,我都会提防,就算只是个实习生。"

严凯冷笑了一声,说:"好,我去找陈开怡!"

砰的一声响,办公室的大门被推开,李娜吓了一大跳。

严凯怒气冲冲走了出来。李娜想要说话,但是又不知道该说什么,赶紧弯腰捡起纸团,丢进废纸篓。

但是严凯根本没有留意李娜,径直就往陈开怡的办公室走。李娜跟上,跟了几步之后又觉得尴尬,于是又站定了。

李娜听见了陈开怡办公室里传出忽高忽低的声音,很显然,办公室里的人,正在吵架。只是盛怒的是严凯,陈开怡的声音,始终很温和、很平静。

终于,一切争论都平息了。陈开怡办公室的门开了,陈开怡带着严凯走了出来。

李娜的心平静下来了,说不上喜悦,也说不上忧愁,更没有慌张。她打量着陈开怡的穿着:脖子上多了一条黑色的丝巾,胸口多了一枚白色的胸针。

看见陈开怡出来,办公室外面的人不约而同都站直了。鸦雀无声。

陈开怡说:"三件事。"

所有的目光都集中在陈开怡身上。

陈开怡声音很稳定:"今天是黑色的一天,乔治,永远离开了我们。他的离去太突然,以至于我们都无法接受,但是,鉴于这件事情的严重性,尤其是对《盛装》可能会产生的难以估量的影响,我再次要求:在总部没有对这件事情公布定论之前,你们不能对外透露任何情况,不允许接受任何采访,更不能传播未经总部证实的任何信息。"

众人沉默。

陈开怡又说:"第二,从现在开始,一直到总部宣布新的人事任免,我暂时接管乔治的所有工作，乔治之前通过的选题、策划与广告方案，都继续推进。"

众人静悄悄的，没有一丝儿声响。

陈开怡顿了一下，才说："第三，这瓶酒，是乔治开我的。这瓶酒和他的岁数一样大。乔治经常和我开玩笑，说这瓶酒才是他的最爱，是这个世界上的另一个他，他把酒开给我，就等于把生命交给我——乔治是一位出色的媒体人、也是一位卓越的领导，在担任主编的这三年里，为《盛装》做出了杰出的、不可替代的巨大贡献。他主导和推动了具有革命性的两次重大改版，重新确定《盛装》的内容原则与品质标准，极力拓宽《盛装》的高度和深度，将他一直信奉和坚持的新闻理想、媒体人精神、时尚理念，将他擅长并最为珍视的媒体人独有的深刻性、洞察力、行动力——他毫不吝啬地将自己拥有的最宝贵的东西，全都注入到《盛装》中，并让那些特质成为《盛装》的内在基因，让《盛装》拥有更加强劲的发展驱动力和生命力。不仅在中国的时尚杂志业界，《盛装》位居领袖、引导潮流；与总部在全世界三十多个国家和地区的其他版本《盛装》相比，我们也是位居最前，与《盛装》巴黎、《盛装》纽约并驾齐驱、不分上下。这瓶酒，乔治开给我时说过，等到《盛装》第 100 期出刊时，就打开与大家一起饮酒庆祝，但很遗憾，他没有兑现自己的承诺，以最决绝和悲痛的方式。"

人群中响起了抽泣声。

陈开怡拔开酒塞，给自己倒了一杯酒："今天，我自作主张开了这瓶酒，和大家共饮，一同纪念我们的主编、我的朋友——林乔治。"

陈开怡拿起酒杯，一饮而尽。

李娜站在远处，看着这里的场景，离她很近，又离她很远。

提着包，她起身往外走去。自动感应门应声而启，李娜回头看了一眼，眼神里带着浓浓的眷恋。

然而，一个人拦在了她面前——秦敏。

秦敏说："你被录用了，实习生岗位，不是正式编制，但我们杂志的实习生也是有保障的，每个月工资 3000，还有固定的车补和餐补，如果你没有什么问题的话，下周一就可以来报到上班了。"

李娜没反应过来："我——我被录取了？为——为什么啊？"

陈开怡走到高级酒店，打开套房的门，摘了墨镜，扔掉手中的包，坐下来，脸上依然笼着一层薄薄的怒意。

杂志社这么多事儿，自己的男朋友帮不了自己也罢了，居然还来添乱！还将电话打到了杂志社前台！还将自己的车子停在了办公大厦的前面！

这是逼宫吗？

刚才下楼在大厦大堂的时候，陈开怡遇到了鲁斌斌。鲁斌斌看见自己走向雷启泰的车子，脸上似乎有些让人玩味的神色。

想到这个，陈开怡就一阵烦躁。

陈开怡与雷启泰，已经秘密谈了很久的恋爱。雷启泰也不止一次地向陈开怡提起结婚，但是陈开怡一直没有答应。

因为陈开怡心中一直没有底。

她不知道该怎么处理事业与家庭。

从二十二岁到三十七岁，陈开怡已经在职场拼杀了整整十五年。十五年，足以让一块生铁百炼成钢，也足以让一堵密不透风的墙被风雨侵袭得斑斑驳驳。

在职场，陈开怡是一柄利刃，无坚不摧。她的工作作风如同机器一般精准，永远也不会放松；她那冰冷严正的表情是杂志社最精准的塑形模子，总是能精确地将手下的工作塑造成她需要的模样。

但是在心底，陈开怡却不知道何处可以安置自己的爱情。她一直缺乏一种安全感，她不知道将自己交托给一个男人之后会面临什么。十五年职场拼杀，她见过无数人情冷暖，她的爱情观始终是悲观的——也许，一切都及不上利益捆绑来得坚固。

其实，雷启泰真的可以算作是一个完美的恋人。他风趣幽默，性格体贴，虽然是一个手机公司的品牌总监，在自己的公司里也算是位高权重，但是面对着强势的陈开怡，能一而再再而三地用男人的宽大来包容甚至让步。

就像现在。他小心翼翼跟着女朋友进了套房："我真的是担心你，今天乔治死了，你手机又一直关机，你让我怎么想？我急得都只能给你们前台打电话了，我真的怕你出点什么事。"

陈开怡不想说话。

雷启泰讨好地送上一杯水："吵了一路，口渴了吧？喝口水。"

陈开怡不接。气氛有些尴尬。

雷启泰的手机响了起来，是新消息的提示，打开看了看，说："我们董事会决议下来了，那帮头头脑脑刚开完会。明年开始，大幅缩减对传统媒体的广告投放，你们杂志，首当其冲。"

陈开怡沉默。脸上的怒意却是一点点散了。

这些年，雷启泰也换了几家公司，但是无论去了哪家公司，他都有能力说服上层在《盛装》投放广告——

要知道，一个纸媒杂志，广告收入直接关系到它的生死。

其实，陈开怡也知道，为了自己，为了《盛装》，雷启泰真的付出了很多。

雷启泰说："这回我也没办法了。乔治的死，现在外面传得是沸沸扬扬，都说是因为他账上不干净。有人去刨底了，今天在你们公司的那俩警察，是经济犯罪调查科的。我们董事会那帮人，早就想把广告费往新媒体上挪，我一直在那儿撑着不松口，现在好，没人敢再为你们杂志说话了。"

陈开怡依然没有说话，心中的柔软一点点升起来，像是一团苍白的棉花，将她整个人紧紧裹住。

雷启泰的声音愈加诚恳："开怡，我最后再向你道一次歉！今天是我不对，我不应该违反我们的承诺，不应该去你公司找你，我知道我们的关系不能见光——但就那么一分钟都不到，我停车、你上车！我就不知道这能出多大事！你是不是心思也太重了？还是说——"看着陈开怡的脸色，雷启泰的声音蓦然变了："查乔治只是一个开始？会连累到我们？……应该不会吧？他出的事，不管是什么事情，我们也从来没沾过手——林乔治到底犯了什么事？你是不是也掺和进去了？——经济调查科的人是不是也找你谈话了？他们问你什么了？你放心，我有朋友也是干这行的——"

然后，雷启泰听到了陈开怡的声音，很疲倦很清晰："我们结婚吧。"

雷启泰不相信自己的耳朵。巨大的惊喜就像是夏天的一场暴雨突袭而来，他就这样站在暴雨里，有些不知所措。

陈开怡又重复了一句:"我们结婚吧——"

耳边的雷鸣声消失了,陈开怡这句话听得清清楚楚,雷启泰的心就像是浮在了云端。

整个世界豁然明亮了,即便刚才还在烦闷的广告投放的事情,一瞬之间也被抛到九霄云外。

然而,雷启泰又听见了陈开怡的声音:"算了,现在还不是时候。——现在还不是时候。"

"还不是时候?"雷启泰重复了一句,浮在云端的心直坠下来,他竟然有一瞬间的茫然。然而茫然很快就消散,雷启泰看见了陈开怡,苍白的脸色,脆弱得像是一个纸扎的娃娃——

他从来没有看见过这样的陈开怡。

陈开怡也许是抑郁的,也许是忧愁的,也许是暴躁的,但是陈开怡必然是强势的,她身上一直有一种与整个世界战斗到底的势头。

今天的发现,让雷启泰慌张。

雷启泰赶紧坐到陈开怡的身边:"……你很不对劲。你到底怎么了?"

陈开怡似乎是在回答雷启泰的话,又似乎是自言自语:"我今天才发现,人的一生原来可以这么短。"

看着雷启泰担忧的眼神,陈开怡明白过来,笑着说:"放心吧,上面即便要查我的账目,他们也查不出来。"

雷启泰点点头,说:"既然你说没问题,那就肯定没问题。你要真想结婚,我们明天就去领证。你知道的,这些年,我一直都在等你,就等你点头。"

陈开怡的声音略略精神了一点:"算了,现在还不是时候。"

陈开怡站起来,走到落地窗面前。整座城市夜色已浓,灯火阑珊。

陈开怡的声音幽幽的:"亲戚或余悲,他人亦已歌。"

雷启泰从背后搂住了陈开怡:"不管怎样,请记住,你的身后,有我。"

陈开怡站着不动。但是雷启泰却感觉到,自己手中的女人,整个人一点点软下来。

早晨的阳光从窗帘的缝隙里漏出来,给陈开怡的侧脸镀上了一层金色的光。

雷启泰看见陈开怡的脸上有几根细细的绒毛，在金色的光里特别可爱。心中有一根弦被拨动了，当下蹑手蹑脚就从床上起来，从背后出手，抱住了陈开怡，就冲着陈开怡脸上吻过去。

陈开怡正在专心研磨咖啡，突然被雷启泰抱着，不由有些酸软，低声呵斥："别闹！"

正在这时，陈开怡的手机响了起来。陈开怡挣开了雷启泰，接通了电话，听了两句，脸上勃然变色。

也不管咖啡了，快步走到床边，一边抓起放在椅子上的外套，一边急促说话："你让设计师把《盛装》的方案直接发给你，还有，你马上让公关部找那几家网站负责人，让他们把关于乔治的负面报道全部撤掉，不管用什么方法，办完这些事。中午11点，你在公司楼下的咖啡馆等我——总部那边你别管了，早上我和安东尼通过电话，总部现在还是蒙的——其他的见面再说。"

陈开怡挂了电话，雷启泰忙问："什么事？"

陈开怡放下电话，抓起外套披上，说："总部根本不知道乔治被查账的事情。"

雷启泰愣住："那乔治——为什么死啊？"

雷启泰问陈开怡，陈开怡也不知道问谁。一团巨大的迷雾笼罩过来，陈开怡已经不能分辨方向。

陈开怡拿起包，对着镜子检查了一下自己的妆发，往外走："我走了，你自己安排。"

雷启泰急忙要追，又意识到自己光着半个身子，急忙停住，大声问："你去哪儿？"

陈开怡也不回头，只回答："经济犯罪调查科。"

陈开怡的步伐很稳。因为她是是陈开怡，她不惧怕任何战斗。

警察对陈开怡说："有人举报乔治账目有问题,但是我们并没有调查出问题。"

警察又说："乔治一直有重度抑郁症，我们在他家发现了很多抗抑郁的药。我们也去医生那核查过，医生告诉说，乔治最近这一年非常痛苦，确实撑不下去了。"

陈开怡神色沉冷，她问警察，也问自己："那是谁写了举报信？"

是谁写了举报信？

如果乔治是一个健康的人，那这样的举报信无关痛痒。

但是乔治是一个重度抑郁症患者，这样的举报信，就是压死骆驼的最后一根稻草。

一个巨大的阴谋，像是一座山沉沉压下来。

从公安局出来，陈开怡直接去了常去的那家咖啡馆，玛丽已经等在那儿了。

玛丽很急："到底出什么事情了？警察为什么要叫你去问话？"

陈开怡不回答，只问："'时尚盛典'的方案呢？拿来给我看……先处理工作。"

玛丽将电脑转了个方向。陈开怡一边看方案，一边与玛丽说话："负面新闻都撤了？"

玛丽苦笑："全都撤了，但是流言四起，有的说乔治做假账，有的说乔治得罪了总部的人。"迟疑了一下，又说："最大的谣言，是说这都是你做的局，你要篡位当主编，为了赶乔治下台，去总部告密揭发乔治，结果逼死了乔治。……这是在算计你！"

陈开怡听着，也没有发表意见。

将电脑转过来，对着玛丽："这个方案不行。"

玛丽急了："怎么又不行？这已经是剩下最好的了——老大，你心里的今年的'时尚盛典'到底是什么样的啊？再这么下去，没人敢接这个案子了。"

陈开怡不容置疑地说："重新安排设计师。这是你们时装组的工作，我只看结果。下周，巴黎是不是有一个爱马仕的时装展？你去。"

玛丽愣住："我已经安排我们组的雪莉去了，已经说好了。"

陈开怡说："看秀是个由头，你帮我去总部打探点事。"放低了声音，说："我总觉得这事不简单，安东尼知道乔治的事情后很惊诧，总部根本没想过要查乔治的账，但外面风声却传得这么厉害，今天总部集团股价已经跌了3个点。我猜为了稳住股价，总部说不定真的会开始查账，要给外界舆论一个交待。这事很可能幕后有人在搞鬼，这么看来，乔治的死不是结束，更像是个开始。"

玛丽用勺子搅弄着咖啡，看着不断升腾的热气："你觉得会是谁在幕后搞鬼？"

陈开怡微微叹了一口气，说："现在还看不出来，所以我要你去总部，最好能找到董事会的人打探一下，最近有谁在盯着乔治的事情不放。还有，关于接替乔治的主编人选，你去侧面问一下总部大概是什么态度。"

陈开怡说完话，起身离开。

她的步履很稳健，稳健得让人安心，但是她的身形很瘦弱，瘦弱得让人心疼。

玛丽愣愣地看着电脑。电脑屏幕上是"时尚盛典"走秀环节的设计方案，不同风格的服装都陈列在一张图上。

第三章 算计，扑朔迷离

这是一个明亮的早晨。李娜很早就起床了，提前了整整一个小时来到大厦的大堂前。

她穿着新买的套装，配着精心搭配的过膝裙，脚上踩着高跟鞋——在过去的这个周末，她拿着老颓给的一万元钱，给自己买了几身衣服。

即便是走在这样的写字楼里，李娜也觉得自己不再是老土。

好在只等了半个小时，秦敏也提前上班了，在大堂前遇到李娜，倒是有些诧异。带着李娜上了楼，开始交代工作。

所谓的实习生，其实就是打杂的。有很多繁琐的事情，李娜拿着笔记本一样一样记录下来。杂志社有编辑部、广告销售部、设计部、版权部、财务部、公关部等等，编辑部里又分专题组、时装组、摄影组、图片组，李娜要干的活，还真的不少。

办公室的人已经来齐了。秦敏带着李娜认了一圈人，然后来到了一个工位面前："你是实习生，没有固定工位，这是流程编辑蔡菲的座位，你就和她坐一块吧，她有什么需要你做的，你也得去做，她一个人忙不过来。"

正在这时，一个个子相当高挑的姑娘，捧着一堆发票，小跑着回到工位，看到秦敏，笑着问了一声好，就坐在工位上，拿出计算器，开始核算发票。

根本没有留意到李娜。

秦敏不得不敲敲桌子："蔡菲，这是新来的实习生李娜，从今天开始，她就坐你这儿。"

蔡菲头也没抬："我这坐不下啊！"

秦敏笑了一下，说："公司没地方了，将就一下，正好，你也可以带带她。你们聊吧。"

秦敏转身要走，李娜急忙叫住，小心翼翼地说："秦总监，公司有没有员工宿舍？我这两天找房子没找到合适的，租房子太贵了，还都要押一付三……"

秦敏说："公司有房补，但没有宿舍，你最好能找朋友合租。……你没有什么朋友？蔡菲，你是不是就住公司附近啊？我记得你是自己一个人住，对吧？"

蔡菲猝不及防，露出为难神色："秦总监，不要吧——"

但是秦敏一言定音："你们自己聊，就这样。"

李娜谄媚地看着蔡菲："你好，我是李娜，你租的房子多少钱一个月啊？"

蔡菲很不客气："你先别吵着我——等我空下来再说。"

但是等蔡菲空下来并非易事。她一边核算着发表，一边还时不时要接几个电话处理一些事情。李娜坐在蔡菲的对面，小心翼翼看着蔡菲，询问："我能做什么吗？"但是蔡菲根本没空理她。

抢着帮蔡菲接了一个电话，但是电话是找蔡菲的，李娜又不知如何处理，只能将电话还给蔡菲，什么忙也没有帮上。

整整一个小时，度日如年。

正在这时，小米来给编辑们分发早餐了。

蔡菲接过早餐，笑着告诉小米："小米，这是新来的实习生李娜，以后给专题组买早餐的工作交给她吧。"又冲着李娜微笑："你不是问有什么事儿能做吗？这就是。"随即又说："严总监说五分钟后开选题会，你也要参加。"

李娜跟着蔡菲进了会议室——会议室里坐着编辑部几乎所有的编辑，目测下来大概十五六个，严凯坐在会议桌正中，其他人以他为核心，围了一大圈，大部分人都低着头，要么刷手机，要么翻杂志——神情并不算积极地在等待开会。

李娜几乎是倒吸一口冷气，轻轻拽了拽蔡菲，用很小的声音说话："怎么全是女的？"

蔡菲没搭理她，赶紧上前依次给大家发选题表。

严凯敲了敲桌子："这是新来的实习生，李娜。以后主要是帮着你们打下手，你们平时不是老说忙不过来吗？李娜，这些都是编辑部的编辑，我就不一一介绍了，以后你自己慢慢认识吧。"

李娜赶紧鞠躬:"请大家以后多多关照!我一定会服务好大家的!"

然而,根本没有人回应她。李娜挺直了身子,神色尴尬。

严凯没有好声气:"新同事来了,鼓个掌欢迎一下,能掉块肉啊?!"

办公室里这才响起稀稀拉拉的掌声。严凯就对李娜说:"你坐边上,做好会议记录。"

李娜有些手足无措。在那一瞬间,她想起了西餐厅,想起了老颜。在那里,她不会被排斥,即便做错了事情。

李娜觉得,自己身上套着一层看不见的塑料薄膜,隔绝了自己与这个杂志社之间的所有联系,让自己觉得窒息。

幸运的是,严凯对自己相当照顾,只有对上了严凯的目光,李娜才能感觉到些许的暖意。

严凯声音陡然之间犀利了:"手机都收起来,开会!"

一秒钟之后,李娜惊讶地睁大了眼睛!

就在这一瞬间,在场所有人全都换了个状态,收好手机,神色凛然,就连坐也都坐得更直了一些,如同进入某种备战状态。

李娜目睹着众人瞬间的变化,深感新奇。

陈开怡翻开了选题表,没有好声气:"10月刊《致敬女性冒险时代》的封面故事做得不错,各方面的反馈都还挺好,可是12月刊谁又给报了《致敬女性新自由时代》?这是干吗呢?混事呢?"

严凯就问责任编辑谷欢:"谷欢,你报这个选题怎么想的?"

谷欢忙说话:"主编,严头儿,你先听我解释啊,我这个选题不是报封面故事,就是我们旅游版的一个大策划,'冒险时代'出刊后,好多酒店品牌公关找我了,都说特别好,想再合作一个类似的专题,他们做过调查,现在女性自由行旅游越来越普遍,也更舍得花钱,尤其是商务女性出行,对酒店和旅行的配套服务品质都有更高的要求,所以我就想做这个专题,把一些酒店品牌植入进去——"

严凯毫不客气打断:"那你怎么不去广告部?我再次重申,我们就是做内容的!绝不允许你们在策划内容的时候,想那些跟内容没关系的事情!这个选题不行。谷欢,你重想!"

干净利落枪毙掉一个选题,严凯转向另外两个姑娘:"'重访名媛'这个选题看着有点意思。赵昕、陈然,这是你们报的选题,具体说说。"

赵昕开始陈述:"这是我和陈然一直都想做的选题,去年有一位老太太逝世,她被称为'京城最后一位名媛',当时也出了很多报道,说'名媛时代'已经结束了,现在是流量时代、速食时代,我觉得这个事情还挺有意思,什么才叫名媛?这个标准谁来定的?什么样的女性才能称得上是名媛?而且,'名媛'这种对女性的界定是从什么时候开始的?然后我和陈然就去查资料,一查才发现,很有意思!半年多,我们断断续续地找到了大概七八位愿意接受采访的女性,都是70岁以上的老太太,年纪最大的一位已过了百岁,她们年轻的时候都是当时的社会名流,有中国最早一批女飞行员之一、有沪剧名家,还有很早跟随丈夫下南洋,然后几度辗转带着大笔财富回国做慈善的,她们都是经历过半个多世纪风雨的卓越女性,她们对人生、成功、财富、爱情、婚姻肯定都有自己的见解和体会,我们打算再找来自不同行业的10位90后女性,让她们各自罗列出10个她们现在最想知道答案的问题——"

严凯点点头:"这个可以做,拍摄和服饰怎么办?她们这个年纪,肯定不能让她们配合我们,我们要从各个方面配合好她们。"

赵昕就说:"拍摄回头我跟希伟老师去碰,他这两天出去拍东西了,服饰的话我和雪莉商量过了,雪莉你说。"

雪莉开始介绍:"我跟玛丽姐汇报过这个选题,时装组也开会商量过,服饰主要分两部分,一是服装、二是珠宝,服装我们打算找历史悠久的大品牌,像香奈儿、迪奥、范思哲、普拉达之类的,借一些复古风格的衣服,最好搭配的衣服质感和那些受访者生活的年代气质相符差不多,但这个非常麻烦,那些衣服基本都是绝版,都需要从不同品牌的国外总部调,别人也肯定不愿意借,那些衣服都太珍贵了。珠宝倒还好办,我问过那些老太太,她们自己手上基本都有几套镇得住的好东西,都是可以传家的。"

严凯点头:"这个我们部门所有人全力协调,想尽一切办法,我也会让巴黎总部的人帮忙,我们借不到的,让他们帮忙去借。李娜,你都记下来了吗?"

李娜已经听得入神。面前这个会议给她打开了一片新的天地。忙说:"我马上记下来。"

话音落下,办公室的门被砰地推开!

鲁斌斌一脸杀气,带着两个年轻人进了会议室,啪的一声,将一沓资料重重地拍在严凯面前:"严凯!你给我解释解释!"

严凯皱眉:"我们在开选题会。麻烦你先出去。"

鲁斌斌捶打着桌子:"今天这事要不说清楚,还开个屁会!杂志都快开不下去了!你凭什么又撤我们的文案?严凯,今时不同往日,乔治不在了,上头可没人保着你了!你骑在我们广告部脖子上嚣张跋扈的日子,已经到头了!"

会议室气氛顿时凝结,所有人都看着严凯。

严凯紧紧攥着手里的铅笔,啪——铅笔被折断了。

严凯终于从牙缝里挤出一句话:"会议暂停,下午再说。"

如此严肃的会议,就这样无疾而终。李娜小心翼翼打量着众人,却发现一群姑娘们神色自若。

蔡菲招呼李娜:"我们到下面拿外卖去,可以吃中饭了。"

李娜与蔡菲提着一大堆外卖盒上了楼,出电梯的时候,李娜脚步不由得略顿了顿。

安全通道那边,传来了一个说话的声音:"真的没钱了,我还要养孩子,还房贷。已经不指望你付赡养费了,你就不能放过我们,让我们好好生活吗?"

那是赵昕的声音,语气有些急躁和不耐烦。

赵昕已经压低声音了,但是李娜耳朵尖。

蔡菲已经走到前面去了,李娜不好多听,急忙提着东西就回到了杂志社的休息区。一群姑娘已经在那里等了,正神色热烈地不知说着什么八卦。看见俩人上来,当下各自闭嘴,拿到自己订的餐盒,吃饭。不多时赵昕也回来了,拿着自己的餐盒,参与到八卦大军中去。

刚才那个电话,对她似乎没有什么影响。

蔡菲孤零零地在一张餐桌旁坐着。

李娜三口两口吃完了自己的饭。她舍不得定贵的饭菜,好在这些姑娘为了减肥也都喜欢吃素,倒也不是很显眼。收拾好餐盒,就急忙去捧自己的笔记本。

今天开会,好多词汇,李娜都听不懂。

小跑回休息区,李娜就小心翼翼求教:"我有个问题想请教你们。"

姑娘们都没有什么好脸色。皮肤白皙的陈然一口回绝道:"我们正在吃饭。"

李娜诚惶诚恐解释:"我知道,可是这个会议记录,我想下午上班之前整理好——"

赵昕看了看李娜,无奈地说:"你问吧,快点。"

李娜急忙打开笔记本:"就是你们在说选题的时候,说了一些英文名,应该是不同品牌的名字,但是我对品牌确实不懂,所以我想问下,你们说的都是哪些牌子?"

谷欢就问:"我们都说了哪些牌子了?"

李娜将笔记本递过去。

谷欢忍不住扑哧乐了:"哈哈哈哈,'摩托',哈哈哈,还'八愣尬'——你是老天整来搞笑的吗?"

一群人脑袋都围过来,于是笑成了一团。

雪莉笑岔了气:"你怎么进的《盛装》啊?普拉达你都不知道?"

蔡菲转过身,接着低头吃饭。这边的热闹,与蔡菲无关。

李娜讪讪赔笑:"我确实不懂,我知道的牌子很少。我以前是体育生,我对运动类的牌子比较熟。时装类的,我以前也看过杂志,但都是英文名,我也——没记住。"

雪莉就笑着问:"你买过最贵的牌子是什么?"

李娜低头:"——C的声音。……这些事情我确实不懂,所以请你们教教我,今天你们说的选题都特别有意思,我特别喜欢,我要做不好会议记录,我觉得很对不起你们。"

赵昕冷淡地打断李娜的话:"我不管你问这些事情到底是真的还是假的,如果是真的,你根本不配进我们杂志社,但无所谓,你能进来肯定有你的本事。如果你真的想请教问题,麻烦你问点像样的问题。行了,你走吧,我们还要吃饭。"

李娜有些手足无措:"——那——对不起,打扰你们了。"

这种嘲讽,这种排斥,让李娜无所适从。

也许,自己是错了——

自己不应该拿着乔治的名片来这里找工作。这是一个完全陌生的世界，尽管我能触摸到它，但是它却不肯给我打开一条细小的门缝。

灰色的颓丧堵塞在李娜的胸口。

李娜转身要走，后面传来雪莉的声音："你要真想干活，那边服装组助理在收拾拍摄后的衣服，你去看看。"

赵昕也补充了一句："办公室走到头右拐，是陈列室，那里有历年所有的《盛装》杂志。"

李娜急忙道谢。

雪莉与赵昕那看似随意的一句话，却像是给一个鸡蛋壳敲出了一条缝——李娜看见了光亮。

那是世界上最美的陈列室。李娜抱着一本《盛装》坐下，眼睛盯紧了每一个文字、每一帧图片，手指轻轻抚摸着每一页。

如饥似渴。

新世界的大门已经撬开了一条缝，我李娜——终将进来。

今天的幸福还不止于此。下班的时候，蔡菲告诉李娜："我愿意和你合租。"

蔡菲说："我家很小，我睡床，你睡沙发，一个月租金3500，我出两千，你出1500，租金一月一交，押金我已经交过了，水电费、网费平摊，可以吗？"

李娜欣喜若狂："可以，太可以了！"

蔡菲面无表情地继续，完全没有在意李娜的回答："不许养宠物、不许带男人回家，平时我都自己做饭，你如果也在家吃饭，每个月平摊伙食费。不许吵闹，因为楼下的阿婆身体不好，也不能影响我休息。我家没电视，也不允许有电视，平时最好能11点之前睡觉。如果达不到我的要求，我随时保留赶你出门的权力，你可以吗？"

李娜兴奋极了："我——我可以！没问题！……我今天就搬过来，我行李都寄存在宾馆，我去拿一下，东西不多，直接提着就可以去你那儿。"

说到"宾馆"，李娜心中略略有些慌张。

她依然不习惯撒谎。想了想，又小心翼翼问："你怎么——突然就答应和我合租了？"

蔡菲扑哧笑了一声，说："你看过《甄嬛传》吗？你觉得以你的智商，在《甄嬛传》里能活几集？"

李娜不自信地说了一句："5集？"

蔡菲又笑了一下："——我觉得活不过3集。如果我不帮你，你在《盛装》绝对撑不过一个月。"

蔡菲租住的房子很小。李娜打着哈欠，把一头散发扎了个马尾，进了厨房，从冰箱里拿出个鸡蛋，打开煤气灶，倒油，烧锅的同时，看着灶台的墙——墙上贴满了标签条，全是各种奢侈品牌的中文和英文单词。

油在锅里滋滋作响，李娜看着那些单词喃喃默记：爱马仕，Hermes，1837年创建，1996年进入中国；香奈儿，CHANEL，1910年创建，1914年开设时装店，时装品牌诞生，创始人COCOCHANEL，偶像、传奇；博柏利，Burberry，创立于1865年，英伦风格的著名品牌，最经典的服装是风衣——

蔡菲的声音从房间里传出来："第一题，维密秀是哪一年才有的？"

李娜反应速度很快："2005年！"

蔡菲追问："上过维密秀的中国超模都有谁？"

李娜："刘雯、奚梦瑶、何穗——还有，等会儿，等会儿——鸡蛋要煎老了！"

蔡菲梳理着头发，从屋子里出来："最后一题——《盛装》杂志最不能得罪的三个人是谁？"

这难不倒李娜："秦敏、鲁斌斌、赵昕！"

蔡菲就问："为什么？"

李娜回答："秦敏知道公司内幕最多，所有人的小辫子她都抓着；鲁斌斌是鬼难缠，最阴险毒辣；赵昕脾气最冲，神挡杀神、佛挡杀佛！"

……

这已经是两个人的生活日常。

蔡菲一直不承认她与李娜是朋友。她认为她帮助李娜，只是因为廉价的同情心。但是不可避免地，因为每天生活在一个屋檐下，因为同样的被孤立的处境，两颗心不可避免地贴近了。

这也许是友情，也许不是。人是群居动物，在更弱小的李娜面前，蔡菲感受到了一种被需要的满足。

所以她愿意尽心竭力帮助李娜,帮助李娜在杂志社立足。

而李娜也用她的努力,回报蔡菲的帮助。

——然而,李娜与蔡菲都没有想到,要在杂志社立足,并不是一件简单的事情。

——李娜闯祸了。

也许,闯祸的并不是李娜。但是几乎所有的人都认为,闯祸的是李娜。

事情要从一件衣服说起。

因为要做一个"重访名媛"专题,雪莉从一个知名品牌那里借来了一件大衣。20年前的限量版,已经被博物馆收藏,借出来的时候,品牌方曾嘱咐说不能损坏。雪莉也曾经交代过,这件衣服不能洗,拍完照片早上直接送回。

但是这件衣服依然被送往了干洗店。干洗店不知道这件衣服的贵重,洗的时候相当简单粗暴。等早上雪莉检查衣服的时候,发现几粒扣子都有了不同程度的损坏,最严重的一块扣子,几乎已经裂了一半!

雪莉简直要疯了,声音里都带着哭腔:"我这怎么跟品牌的人交待啊?!借这些衣服出来多难啊!"

所有的目光都集中在李娜身上。作为杂志社的全能打杂,这些事情向来由李娜负责。手足无措,李娜讷讷说话:"对不起,雪莉姐,我会负责的……"

雪莉怒了:"你怎么负责?你拿什么负责?!你知道这件衣服多少钱吗?你把自己卖了都赔不起!谁是你姐?我跟你有这么熟吗?蠢得像一只猪,我还没有堕落到与一只猪称姐道妹的地步!"

严凯来打圆场:"行了行了,多大的事儿,说这个还有用吗?"

这一下,就将火烧到严凯身上来了,第一个怼他的是玛丽:"严凯,这是你的人搞出来的问题,我没有那么大的面子去还这个衣服!"

严凯苦笑着摇摇头,说:"好吧,这事儿我负责搞定。李娜,你别傻站着了,衣服的事情我会处理,以后你小心点。"

玛丽哼了一声,说:"严凯,你知不知道这件衣服有多珍贵,可不是坏了扣子的问题哦。"

严凯笑了笑，说："总有办法的。"

李娜红着眼圈向严凯道谢。

10点钟要开"时尚盛典"的会，众人前往会议室。这事儿就暂时放下了。心中虽然沮丧，也有些疑惑，但是李娜也只能振作起精神，去会议室充当记录员。

能够容纳五六十人的大会议室，乌压压坐满了人。

陈开怡按了下桌前的开关，自动窗帘缓缓降下，会议室内一片幽暗。陈开怡有条不紊地安排工作："主题秀这个版块玛丽带着时装组负责；系列论坛，去年做了7场主题对话，今年会增加到15场，主要由严凯带着专题组负责邀请嘉宾和设置话题，鲁斌斌的广告部协同，今年论坛准备邀请的嘉宾来自13个国家和地区，人数多、规格高，在接待方面一定不能出现问题，广告部要全力配合保障工作……"

正在这时，李娜只听见"啪"的一声脆响，接着是刺眼的白光。

会议室的灯光开了。

鲁斌斌站在墙边，非常罕见地采取一种不卑不亢的站姿："往年'时尚盛典'的论坛，我们广告部所有人鞍前马后，累得跟孙子一样，但最后功劳全都算到编辑部头上，那些嘉宾领导、各个品牌负责人，还有明星大腕，都认识你陈主编，也认识严凯严总监，可有几个人认识我们广告部的人？你们人前显贵，我们背后受罪！这些都没问题，我们是一个公司，我们广告部协助是应该的，但是广告部也不是后妈生的，他严凯每年拿了那么多资源，什么时候分给过我们广告部？让他帮我们谈客户拉订单，他说他是做内容的不管这个，好，那我让他介绍人给我，我们自己去谈，他就给我们丢几个歪瓜裂枣的副手，好，这个我也忍，我们辛辛苦苦去谈成了，人家愿意投我们杂志了，什么都谈好了，严老大一句话——广告内容不过关，不让上！我们广告部所有同仁辛辛苦苦的工作全白干！今年的'时尚盛典'，谁愿意协助严凯谁协助，反正我们广告部，不协助！"

鲁斌斌劈里啪啦一番话说下来，会议室里寂静无声。

内容部与广告部的矛盾，由来已久。之前鲁斌斌与严凯也曾闹腾过，但是一群人都没想到，鲁斌斌居然在一群人面前，把面子也给撕破了！

陈开怡铁青着脸："鲁斌斌,你今天这么折腾,到底是冲着严凯,还是冲着我？"

对上陈开怡那冰冰凉凉的目光,鲁斌斌打了一个怵,随即将嗓门扬起来："我就是冲着严凯！但是,谁护着严凯我就冲谁！我这话说得够明白了吧？"

陈开怡摁下窗帘的遥控。窗帘慢慢卷起,会议室里一片亮堂。

陈开怡环视众人："除了鲁斌斌,谁还有反对意见？"

众人默不作声。谁也不敢搭腔。

神仙打架,谁也不敢掺和。

李娜的眼睛巴巴地看着陈开怡。

她不知道陈开怡能不能镇压下这件事。

陈开怡淡笑了一声："好,既然都没意见,我尊重鲁斌斌的选择和决定,今年的'时尚盛典'筹备组,鲁斌斌可以不参加,俞京京、陈默,你们俩负责带领广告部的其他同事,协助编辑部完成盛典的筹备工作,有问题吗？"

这一句话,可是将俞京京、陈默架在火上了。两人同时站了起来,却都不敢说话。

会议室外阳光明媚,但是会议室的空气却是又湿又冷。

正在这时,会议室门被"砰"的一声推开,秦敏带着点喘站在门外,明显是刚跑过来的："请大家马上打开公司内部邮箱,总部刚才下达了重要通知！"看着陈开怡,眼神非常复杂。

李娜没有公司内部邮箱,她把头转向边上的蔡菲。蔡菲手忙脚乱点开手机："总部疯了！杂志要完！"

李娜急了；"全都是英文,到底说什么？"

蔡菲告诉："两个事,第一,总部查出乔治在账目上确实有问题,接下来要全面清查公司账务；第二,任命肖红雪替代乔治,担任主编。"

这个消息如同一个炸雷,整个杂志社都蒙了。

下班的时候,几乎所有的人,面上都有些忧虑。

乔治死了。陈开怡将杂志社的天空顶了起来。

可是才两天,总部竟然安排下主编来！

乔治刚刚去世，鲁斌斌就与陈开怡闹得不可开交。空降下一个主编来，谁知道那人是一个怎样的脾气？

然而，对于李娜来说，比这件事更重要的，还有一件事。

那就是——自己为什么会犯这么大的错？

时间已经到了晚上十一点，房间关了灯，一片幽暗。月光透过没拉严实的窗帘，洒进了一点点幽蓝的光。

李娜躺在沙发上："蔡菲——这件事我想来想去也想不明白，我记得很清楚，借品牌的那套衣服，就是贴了送去干洗的标签，要不然我不可能把那个衣服送到干洗店的，之前雪莉提醒过我的，我不可能会弄混了。"

蔡菲没有好声气："干洗标签是谁写的？是你。衣服是谁送去干洗店的？也是你。那不就得了，这个锅你甩不掉的啊。"

李娜无奈说话："可我没有把干洗标签贴在那套衣服上啊！"

蔡菲起床，拧亮了床头灯："得得，我们一起来合计合计。我看你今天晚上都不用睡觉了！把纸和笔拿给我。"

李娜从沙发上的被窝里钻出来，从一大堆杂志里找出本子和笔，光着脚小忠犬似的扑到蔡菲床头，递给她本子和笔。

蔡菲在小本上一边写着公式一边说话："假设 A 是标签，B 是干洗归类，C 是送去干洗，A 加 B 等于 C，A 是你干的，B 也是你干的，但是这个"加"，你认为不是你干的，对不对？"

李娜连连点头。

蔡菲手指着笔记本："也就是说，在 A 和 B 之间，还有一个 D，这个 D 有可能是你拿错了，也有可能是你弄混了，还有可能是别人干的，我之所以不能 11 点前睡觉，就是因为你坚持排除了前两种可能，那么最后的可能，就是别人干的。……如果 D 是某个人，那么又至少有两种可能——A 是那个人弄错了，B 是那个人故意的，如果弄错了，这属于意外，对你以后不会造成什么影响，但如果那个人是故意的，这个 D 就代表着——你已经在公司得罪了人，而且你根本不知道你得罪谁，以及为什么得罪。对不对？"

蔡菲看着李娜。李娜打了一个哆嗦："这个 D，会是谁？"

蔡菲声音里带着冷意："不管她是谁,她肯定知道这件品牌衣服的价值和这件事情的后果,所以她的目的,应该就是要赶你出公司,只是她没想到,严凯会这么护着你!"

说到这里,李娜忍不住也迷惑:"那你帮我分析分析,严凯为什么会这么护着我?当初秦敏不让我进杂志社,严凯帮我说话,甚至与陈开怡吵架,现在又帮我……"

蔡菲不耐烦了:"这要问你自己,我怎么知道?反正,严凯不会是喜欢你!你要问严凯为什么不会喜欢你,因为这是一个不需要证明的真理!——好了,我帮你排除了一个可能了,剩下的事情你自己去想,别吵着我睡觉,否则我会在你离开公司之前,先把你从这个家赶出去——晚安!"

李娜拿着写满了"公式"的纸,慢慢走回沙发,蜷着身子坐沙发上,看着纸上的字母——D、E。

李娜需要解决的,是一个她怎么也无法破解的谜题。

陈开怡需要面对的,也是一个她很难解决的谜题。

李娜身边有蔡菲,能帮她分析其中关键。陈开怡身边有雷启泰,正在帮她收集信息。

现在,两人就在酒店顶楼上的游泳池边上。今天客人很少,很是清净。

雷启泰絮絮叨叨向陈开怡交代:"那个肖红雪,你真得多当心,我今天下午什么都没干,就是通过各种渠道查她的底细,那个女人,不简单啊!苏州人,家里生意做得很大,十几岁跟着父母移居到了香港,有个哥哥,在香港是大律师,她自己是哥大毕业的。当年在哥大念书的时候就是个厉害角色,哥大的华人圈子没人不知道她,看着柔柔弱弱的,但做人做事很有手腕,当时他们就送她外号'霹雳菩萨'。她在你们《盛装》香港版当主编这几年,可以说是风生水起、八面玲珑,做品牌经营非常有一套,加上她家里的关系,香港那些大品牌的高层跟她关系深不可测,这两年又经营了不少娱乐圈的关系,是很多一线港星家宴的座上宾,这次她空降到你们这儿做主编,很多高层大老板可都放出话了,她到哪儿,广告就跟到哪儿,资源就跟到哪儿。"

陈开怡似笑非笑:"这可是好事。"

雷启泰苦笑："好吧。——他们管这个叫'港人北上、抱团捞金'，这次肖红雪的空降，可不是来了一个人，是来了一整个香港商业精英团伙。你们总部那帮法国佬太不仗义了，你在《盛装》干了八年，鞠躬尽瘁，那个主编早就应该是你的了。当年你说乔治能帮你挡住外围的压力，人家以为你跟他斗输了主编的位子，但其实是你主动退位，专心做内容和操办'时尚盛典'，你一手缔造了时尚圈的第一盛典品牌，现在好，乔治不在了，来了一个更狠的。——肖红雪这次摆明就是猛龙过江，身前有各种资源加持、背后有你们总部力撑，同时还握着监督查账的杀手锏，专门用来锁七寸，明面上，你不占任何优势，正面斗必败无疑。所以我想，第一招，就是金蝉脱壳——"

陈开怡打断了他的话："不需要。"

雷启泰很失望。

陈开怡轻声说："这些都没有必要——因为我见过肖红雪。她是一个非常有魅力的女人，在某种程度上，我敬佩她，但是，她的心思不在做内容上，杂志对她而言，更多的是商务资源整合平台，不是内容平台。如果我金蝉脱壳——杂志就毁了。所以我不管她这次带着什么名头来，背后谁在撑她，我都不会走。为了杂志，她要斗，我奉陪！"

雷启泰连连苦笑："何必呢……照着你在圈子里的声望，离开《盛装》，日子说不定会更好。再说你拿什么与人家斗？你没有胜算啊。"

陈开怡就说："那我再告诉你一个更加没有胜算的事情，肖红雪和《盛装》亚太区总出版人项庭峰，是隐婚关系，她空降过来，项庭峰一定会想尽一切办法帮她斗我。"

雷启泰眼睛瞬间发亮："他俩是隐婚关系？你们公司不是有明文规定绝不允许高层之间是夫妻关系吗？这是一张炸弹啊，这牌能打了！"

陈开怡呵呵笑了一下："我和肖红雪都是女人，用这种男女关系做文章搞臭对方，我没兴趣，也做不出来，丢人！"

雷启泰急了："可你手上没别的牌了！"

陈开怡褪下了身上的浴巾，注视着雷启泰："我不需要别的牌。因为——我就是牌！"

陈开怡走向游泳池，一个鱼跃，入水。

水面上翻起了洁白的浪花。

我,就是最大的牌。

十几年的职场生涯,陈开怡有足够的自信。

她从水里探出头来,告诉雷启泰:"明天早上项庭峰会来北京。我会亲自去机场接他。我当面与他谈谈。"

雷启泰摇头:"谈谈也没有用啊……"

第四章 宣战，笑里藏刀

谈谈，果然是没用的。

陈开怡很顺利接到了项庭峰，但是坐上了车的项庭峰，眼神尖刻，冰冷如霜："说吧，费心思查我的航班号，凌晨到机场迎接我给我惊喜，显然不是只为了让我搭个顺风车吧。"

陈开怡只是开车，没有回头："当年你扶乔治上位做主编，明面上还要我假装和他斗得死去活来，你说总部希望用这种掣肘的方式进行高层管理，不愿意看到我们太团结，我是你一手招进《盛装》的，当时听了你的，从竞争中退出来，和乔治暗中合作，你那时承诺过，如果有一天乔治不再担任主编，我就是主编，这个承诺还算数吗？"

陈开怡声音冷冷淡淡，项庭峰有些尴尬，顾左右而言他："主编这个位子对你还有那么强的吸引力吗？以你现在在整个时尚圈的威望和地位，是不是主编真的重要吗？"

陈开怡冷笑了一声："也就是说，你不打算再遵守你的承诺了？"

项庭峰苦笑说："我和安东尼私下谈过三次，谈得很激烈，但结果并不愉快，我坚持由你来接任主编，但安东尼无法说服董事会——乔治的事情闹得大家都很不好看，你知道法国人做事风格的，他们认为被你和乔治欺骗了。"

陈开怡冷冷哼了一声。

项庭峰解释："乔治的事情不是由你揭发的，他们自然就以为，乔治所有的违规动作都是你默认或者允许的，甚至你们俩早就沆瀣一气，我也被狠狠训了一顿。如果处理不好这个事情，我这出版人的位子也坐不稳了，当初我们商定的掣肘制衡关系，已经形同虚设。所以，董事会坚持下一任主编人选必须从外面空降到北京。"

陈开怡微微冷笑。她并不相信项庭峰的说法，只是现在纠缠这个也没有意义，说:"只要你没放弃你的承诺,我会去找安东尼谈,董事会不同意,我就去找董事会谈……肖红雪还没到北京,就算到了北京,这也不是最终定局。"

项庭峰终于有点急了:"任命通知下达了整个集团,肖红雪已经不再是香港版的主编,那边的继任人选也确定了,你如果要跳出来反对,就算你成功说服了董事会,肖红雪怎么办?她可就进退两难,里外不是人了,我们做人做事,吃相还是不能太难看吧?"

陈开怡呵呵笑了一下,说:"放心,我不会拿你们的关系做文章,就算斗,也一定光明正大地斗。"

只是没想到,项庭峰居然说了一句:"我们的关系……我和她离婚了。"

陈开怡沉默,有些诧异地看着项庭峰。

项庭峰轻松地摊手:"她要空降过来做主编,众目睽睽,隐婚的事情终究会是一个雷,不知道哪天就会炸,为了她的事业和前途,我们只能走这一步棋。"

车内的气温不知何时降下来了,空气似乎已经凝结成冰。

李娜早上迟到了。

一个晚上翻来覆去思考那标签的事情,直到凌晨才迷迷糊糊睡去;早上眼睛一睁开,时间已经到了九点十分!

蔡菲出门的时候居然没叫她!

今天是新主编上任的日子!

奋力踩着公共自行车,旋风一般奔向咖啡店,去给杂志社的编辑们买早餐。但是咖啡店前面排着几十号人的队伍,李娜简直要疯了。

好不容易买到了!

李娜提着东西,冲向大厦,冲进电梯,冲向办公室——

今天是肖红雪来杂志社的大日子。

陈开怡今天是精心打扮过的。穿着Celine2016年秋冬款套装,搭配了卡迪亚猎豹系列项链,耳环、发型、口红的颜色,都是仔细挑选过的。

整个人精神奕奕。

这是一场战斗的开始,气势上就不能输。

她双手插在兜里，踩着高跟鞋，冲着门外信步穿过办公区的过道。工位里所有人都在假装工作，但他们的注意力和视线都在陈开怡身上。

陈开怡的脚步声，就像踩在每个人的心头，众人几乎是提着气，跟随着陈开怡的节奏，望向门外——很快，肖红雪就会从那个门里走进来，然后，她们之间，谁也无法预料到底会发生什么。

陈开怡走到门前，保持着三四步的距离，静静等待——所有人都在静静等待。

整层办公区鸦雀无声，只剩下墙上时钟滴答滴答的声音。

门开。所有人眼睛都直了。

门是被李娜用后背顶开的，因为她手里端满了咖啡、奶茶和早餐。她心急火燎，转过身就往前跑："对不住对不住，我迟到了，编辑老师们你们的早餐——"

然后李娜就迎面撞在陈开怡身上，手里的咖啡、奶茶硬生生洒在陈开怡身上——陈开怡精心准备的"战袍"，瞬间毁于一旦。

黑色的咖啡、灰白色的奶茶，混在一起，几乎弄湿了她半身——而且颜色之脏，形态之狼狈，简直让人难以启齿。

站在门边不远处的蔡菲，眼睛快瞪出眼眶，整个人都呆住了。

工位里的那些编辑们，也全都呆住了——至少有那么三四秒钟的时间，整层办公区，陷入了一种死亡般的宁静。

李娜看着面前被自己撞得一团糟的陈开怡，用了五六秒才明白到底发生了什么。两腿都软了，结巴着根本没法说出一句完整的话："主——主——对——对——对不——我不是——"

陈开怡的脸上，也是半晌没有表情。她低头看自己的衣服，从牙缝里挤出一个字："——纸！"

一群人忙送上纸巾，但是还没来得及擦，那边门开了。

玛丽陪着肖红雪进门了。

肖红雪一脸笑容，声音比脚步要快得多："Miranda，我们终于又见面了！"

李娜木木地将头扭转过去。

穿着一身普拉达的肖红雪，面上带着笑意，步伐稳健地向这边走来。耳坠、项链各种首饰熠熠生光,用珠光宝气形容一点也不过分。挎着的手包是普拉达的限量版,但最神奇的是,她的穿着搭配一点都没有那种富人的俗气,反而透着极度自信的高级和某种称得上惊奇的亲和感——那种亲和感可能来自她的笑容——堪称魅惑级的笑,令人难以忘怀。

玛丽看见了一身脏污的陈开怡,目瞪口呆:"怎么搞得?"

陈开怡看了眼失魂落魄的李娜,什么话也没说,但眼神像刀子一样。

李娜本能地跪在地上赶紧收拾那些咖啡、奶茶杯子,但越收拾越狼狈。蔡菲端上垃圾桶帮忙收拾。

陈开怡这个时候才看向肖红雪,之前准备的开场白此时似乎也用不上了,勉强笑了一下:"欢迎……"

正在这时,陈开怡身后响起了突兀的掌声,打断了陈开怡的话——鲁斌斌。

鲁斌斌不知道从哪里钻出来,穿着一身灰色深红色的西服,戴着白色圆帽,喜气洋洋地鼓掌,冲四周吆喝:"欢迎欢迎!热烈欢迎!欢迎我们的新任主编肖红雪小姐,鼓掌啊!气氛热烈一点!欢迎欢迎!"

陈开怡在洗手间里清洗。玛丽一边给陈开怡帮忙,一边狠狠说话:"那个扫把星,多半就是故意的,我就说,我们要将她开掉,我这就去找秦敏……"

陈开怡看着气愤的玛丽,忍不住笑起来:"我想起你刚进《盛装》,第一次跟着希伟去拍封面明星,看到你粉了很久的那位天后,紧张得话都说不利索,结果把找品牌借腕表当着天后的面掉进奶茶杯里,又把奶茶弄翻了,浇在桌子下头的插线板上,希伟刚布好的摄影灯全短路了……"

玛丽也笑起来。正要说话,卫生间外面的工作区那边传来了鲁斌斌那极度谄媚的声音:"我们办公区基本上就是这样的格局,内容部门全在这一边,刚才您参观过的广告、销售等业绩部门在那一边,穿过这里,再往前还有服装陈列室、历年的杂志陈列馆,我先带您去看看杂志陈列——"

玛丽忍不住哼了一声,说:"好像已经与肖红雪很熟了似的。"顿了顿,说:"我真的劝你,别和她斗,算了。我在香港听过她很多传闻,很厉害啦,很有手段啦,今天我去机场接她算是第一次正式见面,我们聊了一路,我觉得那些传闻都没说到点上,她身上有一种很可怕的气质。——她让人无法拒绝,不是因为怕她,而是因为——忍不住会喜欢她。"

外面，肖红雪的声音传过来："您就是严凯啊，久仰了！我很喜欢看你们做的封面故事和大专题策划，以前在香港版的时候，我经常会让那边的同事学习你们的策划思路。"

严凯的声音倒是冷淡得很："是吗？"

肖红雪的声音："赵昕，你那个策划——《后选秀时代的日与夜》做得很好啊。"

赵昕的声音有些难以置信："那个策划都是两年前做的了——"

肖红雪的声音："你是陈然？你做过一期《香港别恋手册》对吧？"

陈然很是吃惊："天！您怎么知道？"

肖红雪的声音："谷欢是专门做酒店的，林亚楠是做生活方式的？——时装组，雪莉是吧？你们策划的那组牛仔服搭高级珠宝的大片，非常大胆，看起来是创新，其实是回归珠宝和女人最根本的关系——女人要驾驭珠宝，而不是被珠宝控制。"

雪莉倒是有些不好意思："这都是玛丽总监的功劳……"

洗手间里，两人听着外面的对话，玛丽略带忧愁，陈开怡若有所思："她的确是有备而来。"

外面又传来肖红雪的声音："我给大家准备了些礼物，刚刚送到。"

洗手间的门被人推开，秦敏走了进来："你们在这儿呢……"

她挨个去推卫生间隔间的门，才略带忧虑地对陈开怡说话："这个肖红雪已经记住了所有编辑的名字了，对每个人的优点长处了如指掌，编辑部那群人都叫她女神了……还让丽瑰酒店的人送来一大堆餐点，处心积虑收买人心啊。"

陈开怡涂好口红："我不还有你们俩嘛，怕什么。走，看看这位新晋女神的面子到底有多大。"

过道里站满了人，全都围着一个工作台，台上摆满了餐食点心。

鲁斌斌热情张罗着大家吃东西，编辑们手里都拿着小餐点边吃边笑，神情愉悦。

肖红雪站在一边，一脸笑容看着大家。

陈开怡默默走到工作台前，环视着大家。

秦敏、玛丽跟在陈开怡身后。

所有编辑看到陈开怡,忽然意识到有点不对劲,不知道是继续吃还是不吃,愣住了,刚才愉悦的气氛很快就变成了集体性的沉默。

肖红雪赶紧端起点心,送到陈开怡面前,笑容满面:"一直在等你,这是专门给你留的,非常好吃,低脂无糖,不会发胖。"

陈开怡也是笑:"太感谢了!现在是上班时间,我就不吃了,你招呼大家吃吧。"

陈开怡笑吟吟看着大家。几乎所有人手里的动作都停下来了,没有人敢再动。

"上班时间"四个字,是一根杀威棒。

肖红雪也笑吟吟说话:"我是不是打扰大家工作了?我完全没有那个意思哦。"

鲁斌斌忙凑上来:"怎么会打扰呢?!主编,你就是想太多——"

陈开怡打断了鲁斌斌的话:"鲁总监说的对,一点也不打扰,我们平时的管理还是太松散,这是我的责任,让您见笑了,大家别愣着了,继续吃吧。"

声音很平静,就像是闲聊。

玛丽对站在赵昕旁边的雪莉丢了个眼色。雪莉赶紧把手里的点心放回餐台:"我吃好了!我还得去准备选题,你们吃吧。"

于是大家就纷纷将手中的点心放回去了。

一个一个回各自工位。气氛沉默而僵硬。

鲁斌斌徒劳地招呼:"你们这都什么意思呢?就算不吃了也总得说声谢谢吧……"

秦敏对着鲁斌斌:"老鲁,我有事情找你,你现在有空吗?"将鲁斌斌给叫走了。

陈开怡和肖红雪始终微笑地看着彼此。

肖红雪去挽陈开怡的手臂,动作流畅自然:"我们也别站这儿了,走,去我办公室坐坐。"

陈开怡笑:"不知道你今天就到,你办公室还没收拾好呢,去我那吧。"

肖红雪也笑:"好啊,我早就想去你那儿参观参观,看看传说中时尚大魔头的办公室……"

两人就这么挽着,边聊天边穿过整层过道。

李娜并没有关注办公区里的刀光剑影。

颓丧像一团灰黑色的烟雾,将她的整个胸腔都填满了,让她无法呼吸。

她提着垃圾,埋头奔下了楼。蔡菲在后面追赶着她,她也没有听见。

处理好了垃圾,李娜就站在街头的风里。这个世界一片灰茫茫的,阴霾笼罩了整个世界。风似乎有些瑟瑟地冷,李娜猛然之间仰起头,然后,抬腿,奔跑。

不是为了奔向某个目的地,也不是为了逃离某种让她尴尬的场合。她只是想要奔跑……奔跑,奔跑,奔跑。

后面传来蔡菲的呼喊声,但是李娜充耳不闻。

冰凉的空气从口腔进入胸腔,李娜的整个肺腑一片燥热。她大口大口喘息着。也许……在精疲力尽的时候,那些不愉快就会像烟尘一样散去……

后面传来了自行车的铃铛声响。李娜回头,看见蔡菲骑着一辆共享自行车追上来:"好了,随便你跑,我跟着你!"

李娜心里难受,但是又禁不住感动,说:"我没事的……等我跑完三千米,也许就好了!"

蔡菲怒了:"你是一个大傻叉!"

李娜说:"我这是自己辞职好,还是让陈开怡将我开除好?"

蔡菲怒了:"你先去找陈开怡道个歉再说这事儿!"

李娜绕着大厦跑,蔡菲绕着大厦追。也记不清绕了几圈,李娜突然停步,蔡菲急忙刹车,两人都是大口大口喘气。

蔡菲上气不接下气骂:"你有病!"

李娜也是上气不接下气:"我有病。"

李娜突然走向墙壁,躬下身子,双手往地上一撑,两只脚往上甩——整个人都贴着墙壁倒立起来了。

蔡菲懵了:"你——你这干嘛呢?"

李娜说:"我需要冷静一下。"

蔡菲哭笑不得:"冷静个屁!你刚这么跑完,小心脑溢血!"

李娜不说话,好一会儿才说:"你知道跑三千米最难的是什么吗?——最难的是两千三百米到两千五百米之间。因为那时候最容易放弃，意志在那个时候最接近崩溃。"

蔡菲就问："然后呢？"

李娜说话："我从没有放弃过，从小我就很笨。田径队教练说过我只有一个优点，就是能死扛，我可以死在跑道上，但不到终点，我绝对不会停下！"

李娜翻过身，站了起来，拍了拍手上的灰："我决定了，这就去找陈开怡道歉，她要骂我我就让她尽情骂，她要打我左脸，我就等她打完再给她右脸，反正，只要她不赶我走，她让我干什么我就干什么！"

一旦想明白了，李娜依然是李娜，无所畏惧的李娜，坚硬得像是钻石的李娜。

蔡菲忍不住微笑起来，跟着李娜，跑回大厦。

但是李娜没有想到，虽然她鼓足了勇气敲开了陈开怡办公室的门，还没有来得及将道歉的话全都说出口，就听见陈开怡简简单单的声音："出去——出去的时候，将门关上。"

外面响起了轻轻的笑声，那是办公区看热闹的人。

李娜挺直了身子走向自己的工位，与一个多小时之前不同，她已经有了足够的勇气保护自己。

蔡菲猛然之间从工位上抬起头，诧异地看着李娜，低声问："李娜——娜姐，姐姐，你到底是什么来头？"

李娜也是惊讶地看着蔡菲："什么意思？"

蔡菲低声说话："你们没有来头，严老大会这么护着你？……为了那几颗扣子，严老大找到了品牌合作的厂家，重启那条已经十多年没动的生产线……这一开工，就是十万……"

李娜张大了嘴巴："十万块钱？"

蔡菲摇摇头，李娜松了一口气："几颗扣子怎么也不要十万吧……"

却听见蔡菲接着说话："十万……美金。"

李娜坐在了椅子上，真正傻了。

蔡菲的声音飘飘渺渺："我说，严老大是被你下降头了吧……但是她真的不可能喜欢你啊，你不漂亮，又土气，连最起码的时装搭配都不会……"

李娜睁大了无神的眼睛:"可是,我真的不知道他为什么要帮我……"

身后传来窸窸窣窣的声音,蔡菲转过身,就看见编辑林亚楠,手里捏着一团东西。

那是一袋方便面——林亚楠的办公桌上,经常有这东西。虽然从来没看见林亚楠吃方便面。

傍晚下班的时候,前台小米对着李娜微笑,笑得非常热情诚恳:"娜姐,您下班了吗?"

李娜怔住:"你……叫我娜姐?"却也来不及琢磨小米的意思,急匆匆就下楼去了。

严凯已经下班了,正在电梯前。李娜追了上去。

后面,小米的目光,若有所思。

电梯里,李娜与严凯相对而立:"我想知道……你为什么要帮我?"

严凯声音冷冷淡淡的:"弄坏了品牌的衣服,总要有人对此负责。"

李娜急了:"可是,那么多钱……人家都说……"

严凯看着李娜,清冷的眼神像是刀片:"人家都说什么?"

李娜说不出来了。好久才说话:"可是,那是我的责任。"

电梯门开了,严凯走出门去。李娜疾步追上:"你这么帮我……我承受不起。"

严凯快步往前走:"对我而言,钱能解决的问题,都不是什么真正的问题。"

李娜苦笑:"十万美元,好几十万啊,都能在我老家买套房子了!"

说着话,两人已经出了大堂,走在了大厦前面人行道上。严凯说:"我能拜托你一个事吗?"

李娜急忙说:"您说,只要我能做到我一定做!"

严凯指着前面:"过了前面那个路口,能不要再跟着我了吗?"

李娜上前两步,站在台阶下,张开了双臂,拦在严凯面前:"我保证不跟着你,所以过马路之前,我们一定要把这事情说明白!从我进公司到现在,你一直在帮我,为什么?"

大路边上,人来人往,有许多感兴趣的探询目光。严凯想绕过李娜往前走,李娜不屈不挠地就是挡在他前头:"为什么?"

严凯略略有些不耐烦了:"你现在还没有资格知道。"

李娜蒙了:"你帮我,我为什么没资格知道?现在公司所有人都知道你为我花了这么多钱,这事怎么可能跟我无关?我现在必须得知道,要不然这个公司我没法待了!"

严凯的脸色已经很难看了:"首先,这个钱不用还,这件事跟你没有关系。其次,等有一天我认为你有资格的时候,我会告诉你为什么。不想待的话,明天你就可以递交辞职报告给我,我一定会批——让开!"

李娜默默让开。严凯从她身边走过。

走过的时候,严凯又想起了一件事,回头对李娜说:"新官上任三把火。肖红雪上任,多半要裁员立威。你还是多想想这事儿吧。"

李娜默默转身,走向另一个方向。

转身的时候,李娜眼角的余光似乎看见了身后玻璃墙面上闪过一个人的影子。那身形似乎很熟悉——那是林亚楠?但是人影一闪就不见了。

也许是我看花了眼。李娜想。

公司要裁员——这个信息对于李娜而言,无异于一个晴天霹雳。李娜无瑕顾及其他。

"公司要裁员。"肖红雪对秦敏说,"我要你帮我。下周我会正式入职,我要重点做两件事,一是查账,二是裁员。"

两人说话的地方是一家酒店的酒廊。因为是 VIP 用户专用空间,几乎没有什么客人。一整面玻璃幕墙,可以俯瞰城市夜景。

秦敏缓缓转动着酒杯:"公司现在人手已经很紧张了,根本没有裁员的空间。"

但是肖红雪却是忽略了她的这句话:"从哪个部门先裁会比较合适?"

两人有短暂沉默。

秦敏字斟句酌地说:"恐怕别人会以为,您这是借着裁员的旗号,排除异己。"

肖红雪反应却是淡淡的:"无所谓。总部把我空降过来,不是来玩人事斗争的,这两年《盛装》的财务报表太难看了,我所做的一切,都是为了改善公司的财务状况。我给你三天时间,你整理一份裁员评估报告给我。"

秦敏放下酒杯："这么急？"

肖红雪举起酒杯，说："我也不喜欢浪费别人的时间，当然，也不喜欢别人浪费我的时间。干杯。"

秦敏站起来："我吃好了。谢谢您的款待。"拎包准备走，又站住："我做 HR 15 年了，服务过六家大公司，也亲眼见过资产上千亿的大公司是怎么在两个月内轰然倒闭的，外部竞争固然是客观原因，但最后真正致公司于死地的，都是内部高层之间的斗争，这种斗争往往都打着为公司改革的旗号和幌子。现在纸媒行业下滑，《盛装》确实经营艰难，但所有杂志都面临同样的困难，所以，请您在做任何重大决策之前，一定要慎重。这些原本不是我应该说的话，以我做 HR 的资历和人脉，就算离开《盛装》，也并不会真正影响到我的生活，我只是从一个读者的角度想对您说句心里话，不管你们怎么斗，最后的输家只会是杂志本身。"

肖红雪注视着秦敏："我还挺好奇的，以你的性格和见识，为什么那么忠于陈开怡？"

秦敏声音平稳，没有任何波澜："因为她比我们任何一个人，都更爱《盛装》。作为一个女人，她没有婚姻没有孩子，她把自己的一切都给了《盛装》，这本杂志不是她的工作和事业，而是她的理想，是她的命。"

说完话，秦敏离开。

肖红雪看着她的背影，心中有些怅然。

幕墙外，是一个喧嚣的城市，万家灯火，璀璨琉璃。

身后传来手指敲桌面的声音。肖红雪回过头，就看见了项庭峰。后者笑吟吟地看着她，在她的对面坐下："没谈拢？那就连她一起换了，HR 总监的位子，我帮你安排合适的人。"

肖红雪摇摇头："先别动她，我很欣赏她。"

项庭峰笑："你不动她，她们就会动你，陈开怡这个人，我太了解了。——她既然说了要和你斗，只要抓住哪怕一点机会，她就绝对不会给你任何活路。这个时候，你千万不能心慈手软，你的犹豫就会成为你的软肋，你的软肋就是她的机会。"

肖红雪摇摇头，说："你们男人的行为方式，太凶狠了。"

项庭峰也摇头:"不,我只是用最凶狠的方式去保护最爱的人,这才是男人。"

他从口袋里掏出一个首饰盒,放在桌上,打开,是一条钻石项链:"送给你的入职礼物。"

肖红雪默默看着项链:"这一切,真的有意义吗?"

"肖红雪要裁员。"陈开怡放下电话,嗤笑了一声,对玛丽说,"查账、裁员。新官上任三把火,我倒想看看她还有什么招。"

两人都在健身房里,刚刚从机器上下来,浑身上下汗涔涔的,正在用毛巾擦汗。

玛丽急了:"别不当一回事。这是要排除异己,杀鸡给你看呢。"

陈开怡走向了更衣室:"《盛装》的设计方案怎么样了?找到合适的设计师了没?"

玛丽有些生气:"盛典还重要吗?现在已经兵临城下,肖红雪的刀都快架到你脖子上了。"

陈开怡笑了笑:"不急。肖红雪的招肯定还没出完,我要先等她把三把火都烧完。"

玛丽就问:"然后呢?"

陈开怡开始换衣服:"找出她的破绽,一剑封喉!我只有一次反击的机会,一旦出牌,我肯定会被踢出局——现在公司这种局势,大家都在等,等谁出错。玛丽,你要记住,越是格局错综复杂的利益博弈,越要沉住气,因为最后能赢的人,不是做的对的人,而是绝不做错的人。"

手机屏幕闪了一下。陈开怡看了眼手机,说:"我还有事,先走了。"

给陈开怡发信息来的是雷启泰,他将车子停在健身房的外面。陈开怡上了车,雷启泰侧过身子,给陈开怡扣上安全带。

外面似乎有光一闪。不过这路上车来车往,有灯光闪过也正常。陈开怡也不以为意,当下只是对雷启泰笑:"不生我的气了?"

雷启泰尴尬地否认:"我什么时候生过你的气。我这几天也想通了,你就是这样的脾气和性格,既然你决定了要斗,我全力支持你。项庭峰怎么支持肖红雪,我就怎么支持你。"

陈开怡凝视着雷启泰。男人憨厚的微笑里略带讨好的意味。她心中缓缓泛起一丝儿波浪,随即平息:"谢谢你,这个时候还陪在我身边,这对我很重要。"

雷启泰有些受宠若惊。

陈开怡又说:"但这段时间,我们先不要再见面了。"

雷启泰的笑容有些僵硬了:"什么意思?"

陈开怡很平静:"非常时期,我一步都不能走错。"

雷启泰有些恼怒了:"陈开怡,你这样是不是有点过分了?"

陈开怡却是自顾自陈述自己的意见:"从明天开始,如果我没有联系你,你不要来找我,也不要联系我。"

雷启泰想要发飙:"你到底有没有在听我说话?"

陈开怡的声音平稳没有任何波澜:"你刚才说支持我,这就是支持我的方式。这件事你必须要听我的!"

雷启泰声音已经高起来了:"我就不明白了,我在你心里到底是个什么?夜壶吗?!舞男吗?!招之则来,挥之则去。陈开怡,你就是魔怔了!你要真的是怕了肖红雪,就别跟她斗!逞强一点意义也没有!输不丢人,怕才丢人,假装自己不怕更丢人!"

陈开怡的声音依然是稳稳的:"你如果再说这些,就路边停车,我回家。"

雷启泰狠狠拍了下方向盘,却也不敢再吭声。

高楼大厦,红灯绿酒。街道上人流车流,熙熙攘攘。但是繁华是他们的,不属于李娜。

游荡在街面上,李娜不想回家,但是她也无处可去。

这个陌生而又熟悉的城市,即便李娜将自己蜷缩成一团影子,她也找不到可以扎根的地方——

这是地球人最拥挤的城市,公交车、地铁里人贴着人,但是这也是一个非常空旷的城市,空旷得让李娜找不到第二颗可以作为依靠的心灵。

李娜骑着共享单车,漫无目的地跟着人流漂流。她像是一张随风飘落的树叶。不,她像是一只趴在树叶上的蚂蚁。她不知道该怎么做。

那个 D 和 E 是谁。

严凯说：你现在没有资格知道。

公司要裁员。

我今天闯了祸，咖啡糊了陈大魔王一身。

……各种纷乱的思绪像是龙卷风，将各种杂物旋钮在一起，卷上高空，又狠狠砸落下来。

不知不觉之间，李娜居然回到了西餐厅——老颓的西餐厅。

李娜已经很久没有回西餐厅了，再次见到老颓，李娜居然有点热泪盈眶的感觉。看着大家正忙，熟门熟路就去帮忙整理卫生。

忙得差不多了，老颓点了一支烟，问李娜："有心事？"

李娜就将所有麻烦事儿都讲了。

老颓弹了弹烟灰，好久才说："你们杂志社的事情，我也不懂。不过你们公司全都是中国人，咱们中国人走江湖、闯社会，不管你做哪行哪业，说来说去靠的就这么八个字：立身之本、人情世故。"

李娜不懂。老颓将事情掰碎了说："现在不管谁要帮你，谁要害你，你就好好想想，你在那公司要待下去，你的立身之本是什么？说白了，你靠什么吃这碗饭？乔治先生帮你最大的忙，就是把你带上了你们公司那张这大桌子，告诉你，桌上有这么一碗饭，你想不想吃？你要想吃，接下来得靠你自个儿，人得有本事，才能立得住身！你没本事，不用别人害你，过不了多长时间，你自个儿都不好意思在那桌上待着，因为你就没脸吃那个饭。你有本事，不管谁害你，饭在碗里，碗在手里，没什么可怕的，本事谁也抢不走，这是其一。再说其二，这个人情世故，害人之心不能有，防人之心不能无，你是靠着关系进的公司，遭人嫉恨很正常，有人害你不用记仇，但有人帮你你一定要记恩，人怎么对你，没那么重要，你怎么对人很重要！多记人好处，少想人坏处，至少晚上睡觉踏实。孩子，你说是不是这个理？"

李娜依然有些迷惘："道理我都懂，可我到底该怎么办？"

老颓声音爽利："简单！万事莫想，好好干活，好好长本事，要实在干不下去就回我这儿。对啦，还有个事，我本来不想跟你说，但看样子还是得提醒你一句。"

李娜就问："什么事情？"

老颜说："前段日子有个人，我不知道是谁，看样子像是干私家侦查的，捞的是偏门，拐弯抹角地来我这打听乔治先生的事情——那人应该是查出来乔治被放高利贷的人盯上的事，怎么查出来我不知道，但既然都找到了我这儿，看样子你的底细估计也被摸清了，但放心，你的事我一个字没往外说过，咱们餐厅也没任何人说过你的事情。"

老颜又说："人活一世，越是聪明的人越要装糊涂，一巧不如一拙，一动不如一静，很多事你只要心里明白就行，其他的，别追究。总而言之，你现在那公司，不简单，你可千万处处要谨慎，高手在打牌，你别往前凑，小心成了人家手里的牌。"

第五章　谣言，杀人见血

这天早上，天色阴沉沉的，好像是要下雨。

进大厦的人，步履匆匆。李娜手上端满了给编辑们定的早餐，站在大厦门口，仰望楼顶。人们从她身边穿行而过。

天边隐隐传来雷鸣。蔡菲一把拉着李娜："赶紧进去，发什么傻，不知道要裁员吗？你又不是她们那不怕胖天团，你在我们杂志社，是最可有可无的人选！"

李娜有点迷惘："不怕胖天团？"

蔡菲说："就是赵昕、陈然、谷欢、雪莉、俞京京她们几个。她们建了一个小群，就叫这个名字。互相交流小道消息，关系好着呢。她们都在杂志社干出一些名堂了，上次肖红雪过来的时候还特特意夸赞了她们。"

两人一边说着话，一边快步进了大厦，上了电梯。

李娜问："她们建小群的事情，你怎么知道？"

蔡菲低头看手机，说："天下没有不透风的墙。"

电梯的门开了。李娜稳了稳身子，走了出去。

工作区里没有编辑，李娜端着东西，前往休息区。

还没有推开门，就听见里面传来隐隐约约的谈话声："你们说，那个李娜，会被开除吗？"

原来，我将会被开除，这已经是整个杂志社的共识了啊……

李娜的心冰冰凉凉。

老颓的声音在李娜的耳边响了起来："立身之本、人情世故。"

李娜推开了门，脸上挤出了笑容："我们等下就开选题会议了，忙起来没有吃饭时间……各位编辑老师，我们先把饭给吃了吧。"

选题会开始了。

陈开怡来迟了一步。

编辑部的所有编辑都在,包括严凯、玛丽、视觉总监罗翰和摄影总监潘希伟。肖红雪坐在会议室主位上——平时那都是陈开怡的座位。肖红雪热情招呼:"开怡,你来了,坐。"

陈开怡环顾一圈,并没有自己的座位。

玛丽赶紧站起,把椅子推到陈开怡面前。

蔡菲赶紧再拿一把椅子,给了玛丽,然后低着头给所有人发选题表。陈开怡就坐在肖红雪旁边,但主次分明,一目了然。

肖红雪很热情地笑:"我还没正式入职,今天来旁听学习,你们聊,我听着就好。"

陈开怡也懒得与她虚与委蛇,直接就对严凯说话:"严凯,开始吧。"

严凯看了主位上的两个人一眼,直接进入正题:"1月刊是《盛装》的周年刊,很重要,所以提前开选题会,先说封面故事。赵昕、陈然,你们的选题。"

……

陈开怡主持会议,气氛紧张而热烈。

李娜拼命记着笔记。

在这样的会议中,思维的风暴狂飙,李娜能比平时学习到更多的东西。

因为疲倦而充实,因为充实而幸福。

……肖红雪说自己是来旁听的,但是等到了关键时候,还是忍不住插嘴:"内容可以跨界,为什么广告不能跨界呢?我刚才听你们讲选题的时候就已经想过了,我可以保证,只要你们能邀请到那些对谈的著名人物,我一定能找到品牌单独为这个封面故事投钱,你们觉得怎么样?"

严凯反对:"这不是将我们杂志的封面变成一个大软广?很多明星自己身上就带着品牌,这样操作,她们或者她们的经纪人肯定会有意见。"

肖红雪环视着众人:"所以你们要想办法克服这个困难,我相信,是能克服的。你们大家认为呢?"

目光犀利,神采奕奕。

会议室里一片寂静。

没有人敢轻易发言。

陈开怡抬头，嘴角含笑："我不同意。"

肖红雪咄咄逼人："为什么？"

陈开怡微笑："吃相太难看。"

也不知她说的是杂志，还是说肖红雪。

正在这时，会议室的门"砰"地被推开，鲁斌斌闯了进来，将一沓打印出来的纸拍在桌子上："看这个！"

陈开怡的眉头一下子拧起来了。玛丽从椅子上站起来。肖红雪怔住。严凯将一只手重重落在桌面上。

一沓纸四散出去，会议室里一片哗然。

几乎所有的目光，都集中在严凯与李娜身上。

李娜与蔡菲坐在角落，看不见纸张上的内容。蔡菲起身，前面的雪莉就递了一张给蔡菲。

李娜的脸色顿时煞白。

那是一张网页上打印下来的新闻页面。

标题是醒目的黑体字：起底《盛装》最牛实习生，睡了主编睡总监！

玻璃幕墙之外，电闪雷鸣，暴雨如注。

谁也料不到，雷雨竟然来得这么早，这么急。

雨水在玻璃幕墙上砸下了一朵又一朵的水花。

鲁斌斌手舞足蹈，添油加醋，神情亢奋。

"我刚才手机都快被打爆了,整个行业的人都在问我,这是真的吗？我们《盛装》到底怎么了？！我苦口婆心跟他们解释，这肯定是误会！肯定是造谣！乔治主编和严凯总监，都是我们公司出类拔萃的人，怎么可能会做出这种事情？！怎么可能会利用职权，去睡一个少不更事的实习生！"

李娜尖叫起来："我没有！造谣！"

鲁斌斌呵斥李娜："这里有你说话的份吗？是不是冤枉回头再说,你先闭嘴！严凯总监，这个事我们该怎么处理？我们公司的形象怎么办？谁来负责？"

严凯用铅笔慢慢地将打印纸挪开,神色很平静:"鲁总监,我们现在开选题会,你能不能不要每次在我们开会的时候,来说这些有的没的,打扰我们工作啊!"

鲁斌斌唾沫横飞:"工作是吧?你知道刚才有多少个品牌负责人给我打电话吗?7个!7个副总级别的人问我,该怎么办?以后的广告他们还怎么投?"

玛丽实在看不下去了:"鲁胖子!你别演了,差不多行了,你还会玩匿名发帖了?可以啊!你弄这出到底想干嘛呢?"

四下的人七嘴八舌说起来:"这帖子写得也太捕风捉影了,根本没证据啊。"

"老鲁,你今天表现太兴奋了,特别像演戏!"

"有话不能好好说吗?"

鲁斌斌怒了:"严凯是不是为了那个实习生,贴了10万美元?这你们都知道的,都别在这装傻啊!严凯,我就问你,你和实习生什么关系?能为她花大几十万?"

严凯神色冰冷,深深叹了一口气,说:"鲁斌斌,我这么和你说吧,我做的所有事情,你根本就没有资格知道原因——你别着急反驳,你知道为什么吗?因为我打心眼里就瞧不起你!"

鲁斌斌尖叫起来:"我不用你瞧得起!今天我们谈这个事情,不是我和你私人的事情,而是公司整体的利益。肖主编刚来,你就捅这么大一个篓子,你觉得合适吗?你要真管不住自己裤裆,你出去睡啊,兔子还不吃窝边草呢!你他妈还睡乔治的人,你对得起乔治吗?他才死多久啊——"

严凯站起身,冲着鲁斌斌的脸,狠狠一拳将他揍到墙边。

鲁斌斌捂着脸,恼羞成怒,刚想反击,严凯已经冲过去对着他劈头盖脸地揍。会议室里的人全都涌过去,上前把他俩拽开。

鲁斌斌脸颊瞬间肿起,眼角一片乌青,破口大骂:"严凯!被我说中了吧!你个王八蛋!你个伪君子!你在整个行业名声都臭了!你完了!彻底完了!"

然而,陈开怡和肖红雪还是各自坐着,两人都一动不动,对面前的事情置若罔闻。

大雨扑打在玻璃幕墙上,雨水顺着幕墙划下一道又一道的痕迹。

鲁斌斌大声说:"要开除李娜!一定要开除那个实习生李娜!"

哗啦一声惊雷,雨水倾盆而下。

李娜站在角落里，拳头攥得紧紧的。

眼泪，却不受控制地落下来。

所有的目光，都集中在李娜身上，锋利如刀，似乎想要将李娜整个都切割成碎片。

李娜的身子微微颤抖。她想要说话，但是却发不出声音。她想要逃离，但是面前这些目光却交织成网，将她整个都牢牢束缚。

她还想整个都爆炸出来，但是蔡菲紧紧握住了她的手。

蔡菲的掌心里有丝丝冰凉的温暖。

陈开怡从地上捡起打印纸："玛丽，把这个拿去公关部，让他们尽快对外发一个通报。第一，澄清这是彻头彻尾、毫无根据的污蔑，我们会追究这个谣言贴的始作俑者，不管是谁，我们都会追查到底；第二，尽快让已经发出来这个内容的网络平台删帖，之后不管哪个网络平台转载、刊登这样的不实内容，我们都会诉诸于法律，通报写好后让合作的律师事务所过一遍，以后所有的追查维权工作就委托律师事务所去处理。"

陈开怡看着肖红雪："肖主编，您还没正式履职，我先这么处理，您认为可以吗？"

鲁斌斌捂着肿了半边的脸，委屈得都快要掉眼泪："这？这就算完事了？陈副主编，你是不是太偏心了？"

陈开怡淡笑着说："鲁总监，严凯刚才打你了，你要告他吗？如果需要法律层面的支持，去找秦敏，她会帮你们沟通律师事务所的具体安排，你们要自己找律师也没问题。"

鲁斌斌眼睛看着肖红雪。肖红雪知道鲁斌斌的意思，当下就说："鲁总监，你心里怎么想的就怎么说吧，既然都到这种程度了，我相信不把事情彻底说清楚，始终都会是个情感上的隐患。说吧，我会认真听的。"

这话语调温和，但是却表明了肖红雪的态度。鲁斌斌的眼泪顿时夺眶而出，接下来说话都带着些哽咽："肖主编，您也看到了，现在的《盛装》都成什么了？广告销售持续低迷、发行数量逐月递减、内部结构权力固化，每个人言辞凿凿都说为了杂志着想，可事实上呢？对杂志真正面临的危机视而不见！现在的危机不是一般的困难,而是关乎生死存亡!这种局势逼得您一旦上任,都只能用裁员这种得罪人的方式断尾求生,可他们呢?他们不理解!他们以为一直混下去,所有事情都能解决!我作为杂志的广告总监,和李娜这样的实习生能有什么真正的矛盾?!说得难听点,她在我面前算个屁!我今天之所以这样做,只是为了提醒大家,《盛装》已经到了最危急的时刻,诸位同事,现在就是我们的生死关头了!如果你们对《盛装》哪怕还有一点点感情,如果你们对《盛装》的未来哪怕还有一点点责任心,就应该能理解我所做的,一个实习生违规招聘进来,看上去是个芝麻绿豆的小事,可这个事情折射出的问题是什么?是我们《盛装》已经违背了创刊之初的所有初心,我们杂志倡导女性的独立、自由、平等,倡导一切美的观念和美学,我们的办刊主旨是什么——抵达美,捍卫美!可现在发生的一切美吗?简直就是丑陋!丑不堪言!我鲁胖子今天就是豁出去了,哪怕现在把我开了,我毫无怨言,这是我的选择。与其看着《盛装》沉沦而死,不如我先死一步——寄意寒星荃不察,我以我血荐轩辕!"

鲁斌斌说到激动的地方,竟然止不住地抽泣。

会议室里一片寂静。

只听见玻璃幕墙之外哗哗的雨声。

严凯站起来:"我辞职。"

李娜的眼睛红了,叫起来:"不行!你这个时候辞职,就证明那些谣言都是真的!那些想害你的人就赢了!"

蔡菲想要阻止李娜:"你别说话!"

李娜甩开了蔡菲的手:"我就是一个小实习生,你们要开除我,随时随地都行,但绝对不能以现在这个理由。那些污蔑我的事情,我没做过!严总监和乔治先生更是无辜的!他们都对我有恩,我绝不能连累他们的名声!"

蔡菲继续试图阻止,但是李娜的声音却愈加激动起来:"我承认,我确实不够资格进入《盛装》,不管我多么爱这本杂志,我进杂志确实没么正大光明。从入职后的第一天起,我就拼了命地努力,我想融入《盛装》,我不想拖任何人的后腿。作为一个实习生,不管什么工作,我都拼了命地去做好!以前我不知道自己想做什么,也不知道自己的人生目标和理想是什么,我在《盛装》找到了我的榜样、找到了我未来人生奋斗的方向,我可以毫不羞愧地告诉任何人——《盛装》就是我的理想，我也越来越理解乔治先生和我说的——"

严凯打断了李娜的话："李娜！你现在还没资格说理想，你别裹进来了，这事从根子上，和你没有关系。"目光转向鲁斌斌："鲁总监，你别再为难那个实习生，那个帖子估计你自己也不信，你把事情闹得这么难看，无非是冲我来的，再这么弄下去，真挺恶心的！现在你要的结果我给你了，我辞职。你眼泪也流了不少，不管你是真伤心还是假难过，我都希望现在这个结果，对得起你那些眼泪。"

严凯站起身，准备往外走。林亚楠几乎是下意识地冲到会议室门口，拦住严凯的去路，脸上全是眼泪，说不出话，只是不断摇头，不让严凯离开。陈然、谷欢、雪莉、赵昕这几个编辑姑娘都跟上来，走到林亚楠身边，堵住了会议室的门。

赵昕淡淡地说："鲁总监，别玩煽情了，你不就是和严头儿过不去嘛，大家都是成年人，一份工作而已，没必要一个个都整成影帝。严头儿是我写稿的师父，我跟了他三年了，他帮我改了三年的稿子，我们一起做了一百个选题，每个选题都在传达同样的理念。让女性更自信、更强大、更美好，这不光是《盛装》的宗旨，也是我这样一个普通员工的理想，真要说理想，谁都不带怕的，但这样的话说出来就太矫情。反正我就这么个态度，谁动严头儿，我动他全家！谁逼走严头儿，我就算穷死，也一秒钟都不会犹豫，跟他一起走！"

陈然也说："我跟严头儿一起走。"

谷欢说："编辑部专题组，全体辞职。"

鲁斌斌蒙了。整个会议室的人都蒙了。

所有人的目光都投向陈开怡。

陈开怡想要说话，但是千言万语，不知从何说起。

鲁斌斌冷笑一声，看着肖红雪："肖主编，您看见了吧？什么叫牵一发而动全身，你想动一扇窗户，她们能把整个房子给你拆了！"

……会议已经无法继续进行下去。肖红雪表态说，辞职的事情她会郑重考虑。

陈开怡宣布散会。

蔡菲搂着李娜离开了会议室——四面依然有好奇的带着探询的目光，但是不再锋利。

雨后林荫道，树木清新，阳光像被添加过滤镜一般温柔明亮。肖红雪在路边漫步。

一辆高级轿车陪在她身边，慢慢开着，项庭峰在车里扶着方向盘。两人有一搭没一搭地说着话。

项庭峰说："他们可算是公然造反了，既然决定了裁员，要我说，就全裁了，长痛不如短痛。我可以帮你协调些人手先顶着，同时赶紧招新人。总部董事局看的是最终结果，任何改革都会有阵痛，既然给了你权力，就不要畏畏缩缩。在现在的局势下，杀伐决断是有必要的！"

肖红雪叹了一口气，说："裁员势在必行，但不能因为现在这个事情如此裁员。你也知道的，人心还不在我这边。"

项庭峰急了："只要陈开怡在，人心就不会真的在你这边，她在《盛装》经营多少年？你才来多久？"

陈开怡认真地说："要赢她，就要真正的赢，而不是靠着总部给的权力去抢，那不是我做人做事的准则。"

项庭峰苦笑："你太迂腐。人是跟着事情变化的，不管她以前怎么样，至少现在，在我看来，为了赢你，她会用尽一切手段。"

肖红雪有些生气："庭锋，你一直在夸大陈开怡的危险性，只是为了提醒我，还是在某种程度上——胁迫我呢？"

项庭峰继续苦笑，声音诚恳："我有多爱你你是知道的。你和陈开怡，现在就是两虎相争，必有一伤。收起你的仁慈，委曲求全，只会后患无穷。"

肖红雪陷入沉思，片刻之后才说："我给秦敏打个电话。"

秦敏的桌子上一堆辞职信。

严凯坐在秦敏的对面。秦敏挂了电话，哼了一声，对严凯说："肖红雪的电话，她原则上同意你们专题组所有人的辞职，等她正式履职后就签字。现在你满意了，舒服了？杀身成仁、舍身取义？你忘记了答应过我的事情吗？和陈开怡共进退、同生死——这可是你亲口承诺我的，现在为了保一个实习生，押上整个专题组。严凯，你是在开什么玩笑？"

严凯沉默了一下，才说："受人之托，忠人之事。"

秦敏愣了一下："什么意思？"

严凯拿出手机，翻出他和乔治的微信纪录，放到桌上，秦敏拿起手机看。聊天记录里最后一段对话。

乔治说：明天会有一个叫李娜的孩子面试《盛装》，她帮过我，你替我照顾一下她。

严凯说："好。你在哪儿？"

对话到这儿就结束了。

严凯说："这是乔治生前给我发的最后一条微信。在我看来，这就算他交待我最后的遗愿。完成他的遗愿，你说值得不值得？"

秦敏一时说不出话来。

严凯说："李娜的底细我已经查清楚了，她确实帮过乔治，但具体怎么回事我现在还不能说，我能理解乔治为什么要让我照顾她。秦敏，我希望这件事你能保密，不光是为我，也是为了乔治。可以吗？"

秦敏叹气："保密没有问题。但接下来怎么办？你和外面的那些编辑要真全走了，陈开怡怎么办？《盛装》怎么办？你有没有想过后果？"

严凯依然嘴硬："我只能这样选择。"

秦敏站起来，走到办公室门口，打开门。

门口站着专题组的一群姑娘，虽然尽力表现得云淡风轻，但是依然不可避免地显露出了一些紧张的样子。

秦敏笑了笑："你们的辞职申请，肖红雪已经批准了。"

一群人不免有些失落的神色。

秦敏笑了一声，说："后悔了？"

赵昕说："也说不上后悔，闹到这样地步了，不辞职也不行了。"

秦敏又说："但是我不批准。"

众人全都怔住。

赵昕迟疑着问："这样……行吗？"

秦敏喝道："接下来都是我的事，和你们没关系。都好好上班去。严凯，带着你的人走。"

李娜将自己藏在陈列室里。四面是满当当的书籍，封面上的女性，无一例外，全都显示出一种飒爽果断的气质。

也许是想要从这些杂志里寻找一些力量，也许纯粹是因为这个陈列室没人前来。也许……是李娜想要将自己的头给藏进去，在这个陈列室里做一只安静的鸵鸟。

鸵鸟——李娜做过很多次鸵鸟。

但是李娜知道，无论怎样的问题，无论怎样将头藏起来，最终还是要去面对——但是她需要暂时的歇息。

等积蓄好足够的力量，她一定会再度启程———定会！

李娜是一个长跑健将。——李娜一定能跑完全程的，半途而废不是李娜的作风——

身后响起了脚步声。李娜扭过头去，顿时觉得有些不自在，急忙站起来，毕恭毕敬打招呼："陈主编。"

陈开怡看到是李娜，微感意外。李娜急忙解释："我不知道您会来，我就是想找个地方自己待一会儿。"

陈开怡在椅子上坐下来，翻开了一本杂志。

李娜局促不安地说："我这就去工作……"

陈开怡看了李娜一眼，突然说："你为什么不喜欢你父亲给你取的名字？"

李娜有些震惊，好一会儿才说："我不想做个一直生活在那里的人，感觉离他们很远，尤其——尤其是我觉得重要的人。"

陈开怡从杂志上抬起头来："远不好吗？"

李娜吸了一口气，认真地说："我以前特别怕一个人待着，小时候就喜欢粘着我爸，直到他和我妈离婚，娶了别的女人，后来读大学又喜欢粘着我男朋友，一直等着他跟我求婚，我就能有自己的家了，没想到他和我最好的闺蜜好上了。"

陈开怡就问："那你现在呢？想要与谁在一块？"

李娜想了好一会儿，才鼓起勇气说："现在我只想留在《盛装》努力工作，我想有一天我的名字也能写在杂志上，我每次来这里都在想，什么时候会有一本写着我名字的杂志摆在墙上。"

陈开怡翻着杂志，似乎在听李娜的话，又似乎没有听。

李娜端详着陈开怡的脸色,鼓起勇气继续说下去:"因为,我觉得《盛装》所要表达的思想都是对的……我从小被爸爸当男孩子养,他一辈子最大的遗憾就是没有儿子,和我妈离婚很大原因也是这个,如果我是个男孩子,我爸就不会抛弃我妈。高中的时候我进了田径队,和假小子一样天天跟着队友训练,再后来进了体育大学——其实我一直不知道怎么做一个女人,甚至经常会觉得,做个女孩子是不对的,留长头发穿裙子都是不对的,就应该像个男人一样,那样才能被尊重。可和我前男友在一起的那几年,他又经常发脾气,说我不像个女人,所以他最后选了我闺蜜——可我真的不知道该怎么办,我没法像我闺蜜那样,那么温柔、那么顺从、那么听话。直到进了《盛装》,看到了您,看到了蔡菲、秦敏总监、赵昕姐、谷欢、雪莉……我觉得你们每一个人都很自信、都很美,但又都那么不一样,我想成为你们中的一分子,我想变成能被别人喜欢的人。"

陈开怡只是在看杂志,没有再回话。

李娜忐忑不安地说:"对不起,主编,我太冒失了,我——我先去工作了。"

李娜低着头快步往外走,从她身后传来陈开怡的声音:"李娜,我们活着,不是为了取悦男人——任何男人。你可以的。"

李娜定住了,心中五味杂陈。

下班的时候,严凯接到了姐姐的电话。姐姐的车子已经停在大厦的下面了。

虽然知道姐弟见面,姐姐的中心话题也就这么几个,但是严凯总不能躲着姐姐不是。

严玥今年三十六,保养得很好,看起来就像是二十五六岁的姑娘。只是浑身上下的名牌,让她浑身透露出一种贵妇的派头。

看见弟弟,严玥就抱怨:"瞧你,憔悴成这个样子。这个破杂志每个月给你开多少工资,用得着你这么拼命吗?要我说,你那破杂志就别干了,回家里的公司,CEO、CFO随便你挑,公司也有内刊的,你想过主编的瘾,随便玩。"

严凯略略有些恼:"行了行了,每次都这句话,你说烦不烦。"

严玥就说:"你再怎么大也是我亲弟弟,我唠叨两句怎么了?别愁眉苦脸的啊,你要实在舍不得你那破杂志,咱把它给买了,多大点事。我这里有你要的东西呢，要不要。"

严玥说着话，从包里掏出一个牛皮纸袋。严凯刚想去拿，严玥却将纸袋捏在手里："有个条件哈，老爷子六十大寿，你得回家。"

严凯皱了皱眉头，说："不去。"

严玥就将纸袋收起来："那我也不给你资料。"

严凯沉默。严玥就说："老爷子这段日子身体不好，半夜老咳嗽，睡不踏实，你回去看看他。父子哪有隔夜仇，他嘴上不说，我知道，心里惦记着你呢。"

严凯摊手，说："我回去能跟他说什么啊，还不是老三样，家业、产业、相亲，没一条我能答应的。"

严玥只能迁就弟弟："要不这样，你人回去就行，什么也别说，一家人吃个饭。"从包里掏出一个精致的小盒子，放在桌上："礼物都给你准备好了，你得说是你买的啊。"

严凯苦笑："我只能答应了。"

严玥这才将牛皮纸袋递给弟弟："为拿这点东西，我可是费死了劲，你到底要查什么啊？我跟你说啊，你可千万别不知深浅，有些事情有些人，你别去招惹，咱们家是有点身家，可比我们家拳头大的人家得是。"

严凯嗯了一声，从牛皮纸袋里掏出几张照片。

照片是澳门某个赌场包厢监控里拍下的，五个人围着一张赌桌，几张并不能算太清晰的人脸。

严凯很快辨别出两个他认识的人——乔治、项庭峰。

冰一样沁凉的夜。

调羹搅动着冰块，发出清脆的声响。

陈开怡轻轻抿了一口杯子里的饮料，看着面前的秦敏，说："我想让你去帮肖红雪。"

秦敏脸上的笑容迅速凝固："你这是什么意思？你和肖红雪，是零和博弈，要么全盘赢，要么全盘输，没有第三条路可以选。你要我去帮肖红雪？"

陈开怡微笑："你还没看明白现在的局势吗？从乔治的死，到现在肖红雪步步紧逼，棋盘早就有人画好了，我和肖红雪，只不过是这棋盘上的两颗棋子而已。查账、裁员，我猜第三步就是要把我彻底架空，他们一定会让肖红雪去抢'时尚盛典'的控制权。"

秦敏脸上微微变色："那我们应该去找肖红雪谈谈。"

陈开怡摇摇头："不。我必须要让她以为我不知道这一切。明面上，我只能有一个对手——就是肖红雪，棋子是不应该知道棋盘的存在的。"

秦敏若有所思。

陈开怡说："现在如果我要开口保专题组，专题组的人我就一个都保不住。你今天不批准她们辞职，我猜你已经做好了准备，到最后无非是自己辞职去换她们，但如果你不是肖红雪的人，你就算把自己开了，也保不住她们。"

秦敏的表情有些暗淡："专题组的人辞职之前，我就已经把自己名字写在裁员名单上了，我也实在是没有办法了。"

陈开怡将杯子放下："肖红雪现在最需要的，就是笼络人心，鲁斌斌就是看准了这一点，上蹿下跳，唯恐天下不乱。你可比鲁斌斌分量重多了——既然她要赢人心，我现在能做的，就是把人心全都让出来给她。"

秦敏明白陈开怡的意思了，皱眉说："我不是鲁斌斌，我做不出两面三刀的事情，我没有做卧底的能力。"

陈开怡笑了笑，说："我知道，所以你一定要真心实意地去帮肖红雪，只有这样，你才有可能知道，她背后的那盘棋，到底是谁在下，我也就知道接下来我该怎么办。"

秦敏不愿意："如果我真心实意去帮肖红雪，也就意味着从此与你为敌，我不想这样。"

陈开怡解释："那你答应那些编辑的承诺，就无法兑现了。而且，秦敏，你去或不去，事情都会朝同样的方向发展。你走了，会来新的人力资源总监，专题组甚至整个内容部门的人都会被全部换掉，我一样会先输掉所有人心，如果我能侥幸最后赢回来，我一定会去把你找回来，继续做我的人事主管。"

秦敏沉吟了好久，才说："如果我真的去帮肖红雪了，你怎么办？"

幽暗的房间，窸窸窣窣的声音，两人都在辗转反侧。

蔡菲拍亮了床边的小台灯，坐在床沿。李娜坐起来，低声叫："蔡菲？"

蔡菲说:"你先睡觉,我再琢磨琢磨。"盘腿坐在床头,顺手从床头柜上拿起本子和笔,在上面写下一个一个名字:鲁斌斌、俞京京、陈默、赵昕、陈然、林亚楠、谷欢……

时间一寸一寸流逝,名字被划掉又被添上。

李娜愣愣地坐在沙发上,看着蔡菲。

也不知过了多久。

蔡菲猛然叫起来:"俞京京、谷欢、雪莉、林亚楠!"

李娜有点蒙:"什么意思?"

蔡菲说:"俞京京百分之三十五,谷欢百分之二十七、雪莉百分之十九、林亚楠百分之十七。我算了一晚上,最有可能发帖子污蔑你的,就是她们四个!不怕胖天团里的四个!"

蔡菲继续分析:"毫无疑问,昨天那一闹,鲁胖子是最大赢家,他不至于亲自发帖,目标太大,容易被发现,但他赢就是广告部赢,俞京京虽然和编辑部的人走得近,不能排除她是无间道的可能性;之前干洗品牌衣服的事情雪莉没少被骂,玛丽和严凯面和心不和,难免雪莉会暗中帮着玛丽对付你;谷欢、林亚楠都是专题组的人,昨天虽然站出来挺严凯,但她们肯定不会挺你,反而会认为严凯之所以被排挤,都是因为你。赵昕要对付你直接就上手了,不会玩阴的,但谷欢不一样,她本来就喜欢斤斤计较,她要整你一点也不奇怪;林亚楠平时不爱说话,看上去是个人畜无害的中立派,但会咬人的狗通常都不会叫,所以她也有嫌疑……"

李娜默默听着,好久才说:"蔡菲,谢谢你。"

第六章　人偶，投石问路

上班时候，在小区门口，提着行李箱的雷启泰拦住了陈开怡的车。

上次见面，陈开怡要求雷启泰不要找她。因为陈开怡要全心全意投入到一场战斗里去，雷启泰频繁出现，可能会成为陈开怡的弱点。雷启泰经手的那些广告，都有可能被点燃爆炸。

陈开怡渴望着爱情，但是陈开怡又生怕爱情会成为这场战斗的阻碍。

……然而，时间并没有过去多久，雷启泰就拦住了陈开怡的车子。

虽然雷启泰神色是小心翼翼的："我要跟着董事局几个老大去美国考察，现在定的行程是走六个城市，大概一个多月后才回来。我知道你最近不方便见面，但毕竟要走那么长时间，还是想来和你告个别——你放心，来的路上，我反复留意过，肯定没人跟踪。"后面这句话，雷启泰加了重音。

陈开怡非常平静地听着雷启泰解释。

雷启泰继续解释："这次去美国考察的机会非常宝贵，你知道的，我现在公司的位置也比较尴尬，不上不下的，只要上头有人拉我一把，我就完全不一样了。"

陈开怡点点头："挺好的。"

雷启泰这才想起要紧的事情来："——你似乎心情不是很好——今天是肖红雪的履职会议？几点？"

陈开怡就告诉："下午三点。"

雷启泰又问："你——怎么打算？"

陈开怡说："没什么打算。"

雷启泰想了想，问："需要我给你做什么吗？"

陈开怡的回答很公式化："照顾好自己。"

雷启泰再也找不到交流的言语，汽车里的氛围僵硬而古怪。

雷启泰有很多话要说,但是再也说不出口。陈开怡也想要调节车里的气氛,但是她也不知道怎么交流。

其实两人都不愿意相互之间产生隔阂——但是隔阂却是如此自然地出现了——

爱情是一块土地,如果不勤加耕耘,上面总会长出一些杂草。

汽车到了机场了。

陈开怡停了车,眼睛转向雷启泰。雷启泰却不急着下车,他迟疑了好一会儿,才从兜里掏出了一个首饰盒。

他将首饰盒放在陈开怡面前的挡板上:"这个……这个还是先放你这儿。"他的声音有些迟疑。

陈开怡看着戒指盒,一时不知该怎么接话。交警已经走到车前,轻轻敲了敲车窗,让他们赶紧离开。雷启泰连忙下车,去拿行李箱。

陈开怡看着雷启泰拉着行李箱往前走,心中有潮水在奔涌,猛然叫了一声:"启泰!"

雷启泰回头,陈开怡嘴唇动了动,终于说:"我是爱你的,不要忘了这件事。"

雷启泰的眼神陡然之间明亮起来。

陈开怡打开盒子——一枚钻石戒指,被阳光照耀得更加璀璨明亮。陈开怡嘴角明明笑着,可眼眶却红了,虽然在控制情绪,但还是冷不丁地眼泪掉了出来。

今天是个好日子,也是一个忙碌的日子。早晨一起来,肖红雪就开始打电话,足足三十个。

各种关系各种人脉都要联系到位。

至于项庭峰,他正忙着搭配领带——他将行李箱里的领带全都拿出来了,一条一条试过去。

他要找一根合适的领带与肖红雪的衣服搭配,穿出情侣装的感觉。

今天毕竟是肖红雪履职的好日子,自己得去给肖红雪站台呢。

肖红雪打完了电话,从背后抱住了项庭峰,娇笑着说:"大出版人很体贴下属嘛,选个领带还要迁就我的衣服。"

项庭峰的回答霸气十足："这本来就是我的职责所在，再说这段时间又闹得这么厉害，于情于理，我都要来帮你站个台，也让他们知道，动你就是动我，我倒要看看到底还有谁不服。"

肖红雪松开了项庭峰，走到项庭峰跟前，给他整理领带，深情地说："我能这么顺利走到今天，多亏有你。"

为了肖红雪，项庭峰着实付出良多——想到这里，肖红雪的声音都略略有些哽咽了。

她是一个杀伐决断的女强人，只是在项庭峰面前，才会流露出一点点小女儿的情态。

项庭峰笑着抚过肖红雪的脸颊，说："我有一肚子煽情的话想跟你说，但现在还不是时候。"

肖红雪娇嗔着问："那什么时候才是时候？"

项庭峰抱住了肖红雪："等我们光明正大再结婚的那一天！"

项庭峰深情看着肖红雪，低头要去吻，肖红雪也仰着脸等待着，就当两人要吻上的时候，煞风景的手机响了。

肖红雪去接电话，项庭峰只能悻悻停手，说："这个时候打电话来的都是坏人。"

打电话来的是秦敏，是来投诚的。

肖红雪很高兴，项庭峰很满意。

李娜一早上就过来忙碌了。

昨天晚上折腾了半宿，李娜还好一点，蔡菲却是禁不住打了两个大哈欠。因此也被鲁斌斌呵斥了好几句。

会场已经布置好了，音乐也放起来了，鲁斌斌带着蔡菲、李娜去大堂搬花篮。

大堂里摆满了花篮，都是各方送的，恭贺肖红雪履职的。鲁斌斌指挥两个姑娘："赶紧搬上去！"

搬花篮是小人物的事情，鲁斌斌这等高层次的人，自然是不能动手的。再说了，鲁斌斌今天穿着一身近乎礼服的西装，怎么能做苦力活呢？

所以鲁斌斌的任务是监工，监督着两个小姑娘干活。

嘴巴上还要不停指挥:"放在公司门口,按照我排的位次表放,不能弄错了,磨蹭什么呢,你们就是懒……"

蔡菲与李娜几乎是小跑着干活了。

大堂的保安看不下去了:"就这两个小姑娘,要干到什么时候去?"

鲁斌斌白了保安一眼:"你是不是闲得没事干?要不你搭把手帮个忙?"

保安不敢再吱声了。

笑话,帮忙可是要花力气的。

鲁斌斌指挥:"十分钟内一定要弄好,一会儿还得开选题会,肖主编到的时候,我要这些花篮一个不错全部摆得端端正正的,知道吗?"

李娜与蔡菲对视了一眼,无奈地叹了一口气,却没有反驳的兴趣和勇气,拼命干吧。

电梯上上下下好几趟,终于将所有的花篮都搬了上来。蔡菲拿着鲁斌斌给的位次表,与李娜两个人核对着摆放。

两人都是汗涔涔的。然后又挨骂了。

鲁胖子在办公区里骂完了人,正急匆匆走出来不知想要忙活些啥,看见一堆花篮,眼睛又瞪起来了:"你们是废物吗?摆个花篮摆到现在,赶紧啊!"

李娜还试图解释:"我们就两个人,几十个花篮——"

鲁斌斌呵斥:"再弄不完你就赶紧滚!我可不是严凯,不惯你那臭毛病。"

李娜也要急了,蔡菲连忙拦着李娜:"鲁总监,我们马上弄好,马上弄好!"

鲁斌斌眼睛一转,说:"蔡菲,你赶紧去会议室,准备开选题会。"

蔡菲也急了:"我走了,她怎么办?"

鲁斌斌哼了一声,说:"她爱怎么办怎么办,走走走,快啊!"

蔡菲无奈走人。李娜拿着位次表,挨个继续挪花篮。

正在这时候,楼道里出来了一群人——不怕胖女子天团。

赵昕皱眉:"怎么回事?乱七八糟的。怎么你一个人在弄?"

李娜低声解释:"鲁总监安排的。"

雪莉阴阳怪气地笑:"鲁总监安排你就做啊,你不是编辑部的实习生吗?什么时候调到广告部去的?"

谷欢也笑："这么快就抱到新大腿了？你可以啊，教我两招呗。"

林亚楠试图阻止："谷欢，走了，别说了。"

谷欢哈哈一笑，说："她做都做了，还怕别人说啊——你倒是真不挑啊，鲁胖子你也……"

李娜站直了，正面对着谷欢，神情肃然："我没有做过对不起专题组的事情。"

谷欢停住笑，歪着头看着李娜："得了吧，装什么啊！你精明，我们也不是傻子，你在这儿磨磨蹭蹭，不就想着等会儿肖主编出了电梯一眼看到你——多么用心用力在帮她布置啊，之前真是小瞧了你，让你当实习生，可真是太屈才了……"

李娜声音高起来："我没有！"

雪莉笑："对对对，你没有，你说什么都对。谷欢，走了，你吃饱了撑的，跟她在这嚼舌头。"

陈然走到李娜面前，笑吟吟地对着她，手一松，半杯咖啡掉在李娜脚边。

陈然赶忙道歉："哎哟，不好意思，手滑了，麻烦你收拾一下。"

李娜站在原地，一动不动，脑子里一团乱，不知道该如何应对。

谷欢、雪莉默默走到陈然身边，三人成势，一起看着李娜，就等她发脾气。

赵昕笑着摇头："你们仨可真有出息，在这儿欺负个实习生，好意思嘛？你们别闹了啊，李娜，你等会儿。"她快步走向前台，拿了包纸巾和一个塑料垃圾袋，蹲地上将咖啡杯丢进垃圾袋，李娜赶紧蹲下抢过纸巾，把地上的咖啡渍全弄干净，感激地说："谢谢你。"

赵昕呵呵笑了一下："你千万别误会，我不是帮你，我就是觉得这么弄没必要，说真的，你还是走吧，你在《盛装》待着到底图什么呢？你难受，我们看着也难受。"

李娜没法回答。

这是杂志社的样衣间。一排排衣架摆放得井然有序，两面墙都被装成了大镜子，整个空间显得更大更开阔。陈开怡坐在一个褐色单人皮沙发上，抱着一大本lookbook慢慢翻阅，若有所思。

玛丽风风火火地走进来，一屁股坐在陈开怡旁边，看着她气定神闲的样子一阵错愕："我的天，这都什么时候了，你还有心思看盛典的lookbook。"

陈开怡笑了笑,说:"着什么急,你把盛典的服装给我推过来看看。"

玛丽苦笑。

陈开怡开始看衣服:"这次盛装的 stylist 你动动脑子,搞那么多奇奇怪怪的配饰挂在身上干嘛呢,每一个配件用得要有道理,我们是时装媒体,得有风格。你是时装总监,每一个展示搭出来都是有专业理念的。你看这件蓝色条纹海魂衫、约翰列侬、毕加索、奥黛丽赫本都穿过,每个人风格都不同;香奈儿、JeanPaulGaultter 都设计过,也完全不同;在 Coco 小姐身上,挂好几圈真真假假的珠宝项链都没问题,反差造就个性;被 Gaultter 拿去就是老顽童的玩具;而 Balmain 就敢在海魂衫里也加大垫肩……汤看起来还是那碗汤,药早就不是那包药了,大家拿基本款来变成有自己烙印的东西。"

玛丽点头,又想起一件大事:"一进来就与你谈工作,正事儿都忘了!我刚听说,鲁胖子一大早就在张罗着开会,都快一个钟头了,会议室还是空的。鲁胖子本来兴高采烈的,又是张罗摆花篮,又是到处通知人开会,本以为肖红雪到之前,什么都弄得服服帖帖,结果现在会议室就广告部那几个人孤零零地坐着,我进去晃了一圈就跑了。你不在,严凯又不在,专题组鬼才会去开会,专题组的都不去,我们时装组更不会去,我们都不去,还有谁会去,鲁胖子喜欢开会,就让他带着广告部的开呗。"

陈开怡问:"严凯呢?"

玛丽幸灾乐祸:"我哪知道,最好别来,就该有人出头让肖红雪知道知道厉害。"

陈开怡摇头:"这个严凯,这不胡闹嘛。"

玛丽就笑:"别口是心非啊,看到了吧,没你,《盛装》就得停摆。你知道多少人等着看戏嘛,全行业的人都在等着看你们打一架。"

陈开怡将手上的衣服放回原位:"那他们肯定要失望了。"转头看着玛丽:"我要翘班,你一起去不?"

玛丽问:"去做什么?"

陈开怡笑:"去试婚纱。"

玛丽大喜:"你要结婚了?"

陈开怡摇摇头,说:"我只是想试一试穿婚纱是什么感觉——等我输到一无所有的时候，这就是我能给自己最后的安慰奖，至少，我还拥有爱情。"

肖红雪迈着轻捷的步履，直接走向会议室。

今天有一场战斗，肖红雪有信心将它打好。只是还没有进会议室，就听见里面传来鲁斌斌气急败坏的声音："一个个都不来，都想要被开掉了是不是？"

一个纸杯咕噜咕噜滚出来，正好停在肖红雪的脚下。

肖红雪将纸杯捡起来，推门进去："鲁总监，怎么了，发这么大脾气？"

鲁斌斌看到肖红雪，赶紧站起身，脸上瞬间堆满了笑："肖主编，您来了。"

肖红雪就问："出什么事了？"

鲁斌斌连忙解释："没事，没事。"

肖红雪笑了笑。她知道鲁斌斌肯定没说实话，但是也没有继续探究的兴趣。小人好用，只要能用就好。其他的，没有必要多关注。

鲁斌斌脸上堆满谄媚："主编，您上任可真是全业界关注，早上我们收花篮，多得都弄不过来，现在还在收拾呢。"

肖红雪微微点头："我刚进来时看到都摆好了，摆放顺序也很合理，真是太辛苦你了，这么短的时间，你安排得这么妥当。"

鲁斌斌开心极了："您这么说就见外了，您履职那可是公司大事，那些花篮不也彰显了咱们《盛装》的实力嘛，我能帮着您打理这些，与有荣焉，与有荣焉啊！"

肖红雪环视办公室："不是要开会吗？人呢？"

鲁斌斌开始诉苦："——哎，还不就是那个严凯！"

肖红雪就问："严凯怎么了？"

鲁斌斌添油加醋："撺掇所有人罢工呢，我嗓子都快喊哑了，没用，全都吃了秤砣铁了心，要我说，这就是给您下马威呢。"

肖红雪似笑非笑："哦，是吗？"

肖红雪转身离开会议室。鲁斌斌赶紧追上："主编，我昨天给你发了一个邮件——"

肖红雪说："我收到了，还没来得及看。"

鲁斌斌微微躬身："那我现在和您简单介绍一下，这个方案我已经构思很久了,但总觉得还不够完善,直到上次您主持选题会,说封面故事可以单独招商,一下就把我给点拨通了,简直就是豁然开朗——"

肖红雪受不了这么油腻的马屁:"你直接说方案。"

鲁斌斌点头哈腰:"好。主要就是三点,第一,从1月刊开始,杂志的重点栏目实行栏目招商制,集合广告部、销售部、内容部门所有力量,重组搭班团队,KPI分配到每个具体执行团队、奖惩制度责任到人;第二,实行广告销售业绩末尾淘汰制和内部竞聘上岗制,每个季度广告销售完成最差的团队负责人,直接开掉,空出来的岗位鼓励所有内部员工竞聘上岗;第三,杂志部分内容实施定制化,根据品牌和广告主的要求,量身定制重点内容,将软文硬化、让广告内容化,定制内容在杂志里的具体占比我们还可以讨论,我建议不要低于三分之一。我初步算了一下,如果这三条改革措施都能落到实处,杂志的广告销售额至少能在现在的基础上提升百分之三十。"

两人已经走到肖红雪的办公室门口。鲁斌斌等着肖红雪让自己进去,但肖红雪并没有请他进去的打算,而是站在门口。

肖红雪只是微笑:"要这样做的话,以后内容部门和广告部,谁听谁的?"

鲁斌斌很诚恳地点头:"主编您看问题果然是一针见血,确实,这个有点棘手,涉及内容和效益谁领导谁的问题。我是这么认为的,先磨合,把事情做起来再说,与此同时,组建一个特别领导组,由您亲自担任组长,您来把控和协调将来会出现的各种具体问题。"

肖红雪露出了迟疑的神色:"这个事,我要不要先找陈开怡谈谈?"

鲁斌斌毫不客气:"找她?您什么身份,她什么身份,就算是谈,也得是她来找您汇报。"

肖红雪就笑:"都是同事,就不要这样摆架子吧?"

鲁斌斌解释:"这不是摆架子,这是规矩。"压低声音,"主编,今天选题会严凯不出现,陈开怡到现在也没露面,您觉得这背后就没点什么别的?那帮编辑闹辞职,陈开怡嘴上什么都没说,暗地里肯定没少下功夫。选题会他们集体不来您也看到了,下午的履职会,还得多提防着点。"

肖红雪微笑:"下午就是简单走个过场,难道还会有人来砸场子吗?"

鲁斌斌急忙说:"人心隔肚皮,小心为好。不过您放心,我帮您看着他们,只要他们敢做初一，我这还有十五等着收拾他们呢。"

肖红雪微笑看着鲁斌斌，不准备再把话题继续下去。

鲁斌斌只能告辞离开。

肖红雪进门，看了一眼主编办公室，也是乔治曾经工作过的办公室。因为之前清扫过，现在显得有些空旷。

肖红雪脸上的笑容迅速收敛起来。她站在门后，打开手机，点开项庭峰的对话框，输入：鲁斌斌这个人，实在是太油腻了，像条胖泥鳅。

在椅子上坐下，肖红雪拿起座机号码，直接拨了秦敏的办公室电话。

秦敏很快就来了，手里拿着一个文件夹。她的衣着依然老气而利落，只是肖红雪看见，秦敏的眼睛里隐隐有些血丝。

脸上画着淡妆，但是肖红雪知道，淡妆下面肯定有黑眼圈。

肖红雪微微笑起来，说："等下开会，公司各项结构性调整措施，你来宣布。"

秦敏迟疑着说："这——合适吗？"

肖红雪微笑："不这样，大家怎么知道，你现在要全心全意帮我呢？"

两人的目光交接。肖红雪的眼神咄咄逼人，秦敏的眼神有些无奈——

肖红雪并不相信自己的投诚。她要趁着这机会，逼着自己公开表态。

肖红雪目光温和下来："我不喜欢把人想得太复杂，你既然说了要来帮我，我就会相信你，不管你是出于什么样的动机，因为我认为你有值得我信任的价值。各为其主，在职场也是司空见惯的事情，我们都不需要再往任何地方深究。好好配合，各司其职，我相信你不会辜负我的信任，同样，我也不会辜负你的信任。"

秦敏只能下定决心："好，我下午会上台代您宣布的。"

肖红雪微笑摇头："不是代我，我会给你一个说话的身份。"

秦敏怔了一下："什么意思？"

肖红雪说："我正式履职后有三件事一定要做：第一，查账；第二，裁员；第三，升级重组时尚盛典。这三件事涉及各个部门，所以需要一个协调小组具体操办、监督和执行，我是组长，还有两个副组长，你是其中之一。"

秦敏就问："另一个是谁？"

肖红雪微微笑着,智珠在握的样子:"那就看那些总监们之后的具体表现了。"

秦敏知道,肖红雪这就是变相将陈开怡架空了,心底不免为陈开怡担心。想起与陈开怡的约定,却只能点头:"那好,我出去了。"

肖红雪叫住秦敏:"等等,还有一个小事,帮我找一个助理。要女孩,勤快踏实,别太聪明,还有,不能是陈开怡的人。"

秦敏点头答应,正准备出门,却听见身后传来肖红雪悠悠然的声音:"我猜,你突然愿意来帮我,多半是陈开怡的主意,用你来换严凯和专题组。你回头有机会可以告诉她,她这一步棋——下错了。"

秦敏的身子瞬间僵住,只觉得后背又湿又冷。

大会议室里,墙壁正中的多媒体屏上几个大字——肖红雪主编履职仪式。墙上的挂钟显示——14点55分。

会议室内坐满了人,还有人陆续进来,到处找座位。

严凯沉着脸,进了会议室,并没有坐在前排总监们的位置,而是找了个靠后的位置坐下。

赵昕、陈然、林亚楠、谷欢随后也进来,各自找位置坐下。

前两排位置分别坐着陈开怡、秦敏、鲁斌斌、玛丽、罗翰、潘希伟、杜霞等中层领导;其他各个部门的员工基本按照部门划分坐不同地方。蔡菲、李娜照例坐在角落里。

时间已经到十五点整。

项庭峰踩着时间点,大步走进会议室,径直站在台上正中位置,拿起桌上的话筒,拍了拍——会议室里一阵嗡的声音。

项庭峰:"大家下午好,我是《盛装》亚太区出版人项庭峰。"

一片并不算热烈也不算不热烈的掌声。

项庭峰:"三年前,也是在这里,林乔治先生履职《盛装》主编,也是我主持的履职仪式,这三年,《盛装》发生了很多变化;这三年,传统媒体在飞速发展的时代里,也发生了很多变化。著名传播学家麦克卢汉说过:"任何媒介对人和社会的影响,都是由于新的尺度产生。"在我看来,媒介的尺度从根本上,是被时代对信息传播需求的尺度决定的,时代在变,尺度在变,媒介当然也在变,《盛装》作为具有国际视野的顶级时尚杂志,更应该拥抱变化。今天,就是开启《盛装》新的未来最重要变化的历史性节点——原《盛装》香港版主编肖红雪女士,正式履职《盛装》内地版主编。下面,让我们用热烈的掌声,请出今天的主角——肖红雪主编!"

肖红雪拿起话筒:"有水平的漂亮话,我就不说了,我就直接说我要做的事情,我已经请示过《盛装》法国总部,并取得董事会的授权,在我履职后将成立《盛装》结构调整协调小组,主要负责督导、执行、协调接下来的一系列重要决策的实施,小组总顾问是出版人项庭峰先生,我担任组长,人力资源总监秦敏女士暂任副组长,还有一名副组长暂时空缺。"

肖红雪说完这句,有意停顿。

果然,会议室内多了不少窃窃私语,众人的目光扫向秦敏。

秦敏目不斜视,不卑不亢,硬生生地假装那些质疑或鄙视的目光不存在。

肖红雪很满意,正要继续说话,突然听见下面一声尖叫"啊——"

那是玛丽。众人顺着玛丽的目光看去,都不由自主叫起来!

玻璃幕墙外,有一个人影在晃动——穿着打扮和样子,都和当日从楼顶跳下时候的乔治一模一样。

"乔治"在大幅度地晃动,风吹着衣服,栩栩如生。

会议室内惊叫声此起彼伏。

玻璃幕墙外的"乔治"晃荡几圈后,突然撞向玻璃幕墙——砰的一声后,贴在幕墙上,是个仿真人偶,脸上涂满了血,脖子上挂着一块白布,白布上触目惊心的红字写着——"我是怎么死的?!"

台下已经乱得不成样子。主席台上,肖红雪和陈开怡虽然吃惊,但依然保持镇定,表情更多的是困惑。

然而台上的项庭峰,竟然被吓得脸色惨白,连连后退,然后一屁股瘫坐在地上。

一片杂乱之中,严凯稳当当地坐在自己的座位上。

他的目光,像是钢针一般,钉在了项庭峰的脸上。

秦敏跟着肖红雪，在工作区内穿行，偶尔会有格子间里的编辑们抬头看她们一眼，然后又匆忙低下头。

秦敏有些不自在——某种程度上，这算是在示众。但尽管如此，她依然保持着一贯的姿态，尽量让自己显得不卑不亢。

进了办公室，秦敏先开口："大厦物业查过监控，我也去天台上仔细看过了，没什么发现，充气人偶我让保安扔掉了。网上的负面舆论公关部总监邓雯在处理了，公司内部也发通知了，绝不允许再往外扩散视频。"

"现在舆论矛头主要指向谁？"

秦敏顿了顿："陈开怡，大家都觉得这是她冲着你来的。"

肖红雪说："这件事不会是她干的。"

"为什么？"

"如果这是她干的，她就不配做我的对手。"

秦敏刚要回答，门口传来油腻腻的嗓音："肖主编——"

鲁斌斌来了，迫不及待汇报："肖主编，您提出的关于结构调整协调小组的几条决定，实在太英明了。刚才我在内部邮箱，又反复研读了您发布全公司的那几条改革措施，简直忍不住击节赞赏，一是尽快成立新媒体事业部，让《盛装》有条不紊地进入线上时代，这个早就应该做了，传统杂志不拥抱新媒体，就是死路一条，我们广告部也会尽快制定计划，把那些流失给了不同新媒体的广告资源抢回来；第二，进一步扩大招聘90后、95后的新员工比例，稳步缩减35周岁以上的员工，这一条看似残忍，但其实是时代之必然，我就喜欢年轻人，年轻人做事情认真有朝气，而且那些老员工，早就脱离时代了，就喜欢在公司内部搞些拉帮结派的事情。"

秦敏打断他："你可也超过35岁了。"

鲁斌斌像是听不出她话里的讥讽意味，义正辞严道："我看问题，是从公司大的整体利益格局上去考虑的，只要对公司有利，我都举双手赞成，哪怕开掉我，也在所不惜——当然，我也相信，公司的中层领导，适当的年龄和阅历，还是有其存在价值的。肖主编，你说是吧？"

肖红雪捧起茶杯吹了口热气，白色袅袅上升："嗯嗯，这个措施的核心，是希望腾出更多的一线位置给更多的年轻人，毕竟他们更富有互联网基因。"

鲁斌斌大拇指冲着肖红雪:"这就叫英明!这就叫精准改革!这就叫——"

肖红雪不客气地说:"鲁总监,你说话是不是非要用排比句?"

秦敏也笑:"鲁斌斌,有话直说,你是不是想要当协调小组的副组长?"

鲁斌斌有些尴尬,硬着头皮继续说话:"主编,秦敏,现在我们都是自己人了,我也不怕说些私密的话,现在公司的斗争形势我们都有目共睹了,从领导层到执行层,已然分成了三个派系,肖派、陈派和骑墙中立派。我们想稳步推行接下来的革新措施,务必要做两件事,一是将骑墙派全都收归到您麾下,二是扫清陈派的阻力,但这两件事又是纠缠在一起的。骑墙派之所以是骑墙派,就在于他们最后跟随的肯定是赢的那一派,如果不打服陈派,他们就随时能反戈成为我们的对手,所以,您的特别协调小组,最重要的使命就是扫清陈派——不管这是不是肖主编本来的意愿,别人都会这么认为。肖主编,您和陈开怡必有一战,您选择让秦敏做副组长,一下就掌握了未来杂志的人事命脉,但光有这个还不行,人和钱是分不开的,人在秦敏那儿,而钱——恕我直言,在我这儿。罗翰、潘希伟、玛丽他们那些人,都是花钱的部门,只有我是在赚钱的部门,如果我是副组长,就相当于人和钱都在您这儿。陈开怡能掌控的只有内容,新媒体事业部一旦成立,新进杂志的人,那可就都是您的人,我们再有意扶持新媒体的内容,那陈开怡和严凯,就会被一步步架空,即便他们再顽固,也只有死路一条。"

鲁斌斌这一套说完,肖红雪和秦敏简直有点瞠目——虽然还是沉默,但沉默的心态已然完全不同了,鲁斌斌对形势判断之准确、对内斗之热衷、心思之狠辣,都超过了她们之前对他的认知。

鲁斌斌看她们俩还是沉默不言,有点摸不准分寸,只能再出一狠招。

鲁斌斌:"而且——"

肖红雪、秦敏同时看着他。

"肖主编,我已经设想好了你和陈开怡如果斗到最惨烈的时候,我这边还有一个备手,我保证这个备手能让陈开怡一败涂地。"

秦敏问:"什么叫一败涂地?"

鲁斌斌回答:"失去一切!但是,这个备手,我需要在最恰当的时候才会用。"

肖红雪微笑了:"鲁总监,我明白你意思了,看来光一个副组长,恐怕还不值得你用尽全力。"

秦敏看了眼肖红雪,立刻意识到肖红雪也察觉到了鲁斌斌的野心。

"我呢,抠缩惯了,一分钱一分货,每分钱都要用在刀刃上,对吧?"鲁斌斌的脸上浮现出油腻而自得的笑容——他知道副组长一职已经拿下,接下来只需要静静等待肖红雪表态。

"两个副组长,另外一个位置本来就是留给你的,即便你今天不来说这些,我也会这么做,但是——"

鲁斌斌眼神放光,翘首以待。

"鲁总监,我也直话直说,我之所以还犹豫,是因为你在《盛装》的人缘——不算太好,我如果一上来就宣布是你,不管对你还是对这个协调组,都可能会有更多的负面作用,所以,你要真想做副组长,先做成一件事。"

"什么事?您尽管说。"

肖红雪看了一眼秦敏,秦敏帮她开口。

"这周六肖主编想请所有中层领导喝个下午茶,谈谈'时尚盛典'的事情。'时尚盛典'是陈开怡一手创建的,她要动这个,就是动陈开怡的底牌,势必会有很大的阻力和反弹,所以,周六来喝下午茶的人,必须是支持肖主编要做这件事的人,但具体是谁、具体有多少人愿意来,鲁总监,就看你了。"

"是不是如果我能把所有中层领导都说服,副组长就是我来当?"

"肖主编,是这样吗?"

"就算你做不到,也没关系。"

鲁斌斌立马立下军令状:"如果我做不到,我鲁斌斌绝不再和您谈副组长的事!没那个脸!"

蔡菲躲躲闪闪地站在便利店玻璃墙,偷偷往里头看,里边,赵昕、林亚楠、陈然、谷欢在绕着货架选东西。

正好陈然的目光往蔡菲站的方向看来,蔡菲赶紧低头,半蹲下,躲了一会儿再探头往里看。

突然有人在身后拍了蔡菲肩膀,蔡菲吓了一跳,回头,是李娜。

"你干吗呢？"蔡菲赶紧嘘了一声，拉着李娜就跑，好一会儿才停下，松开握着李娜的手，扶着墙喘气。

"跟踪？你魔怔了吧？"李娜在她身边绕着走，一脸不可思议。蔡菲从口袋里掏出一个录音笔："我还计划从明天开始，等她们在楼道抽烟的时候，偷录她们聊天——只要坚持下去，一定会找出陷害你的真凶。"

李娜哭笑不得："菲菲，我知道你做这一切都是为我好，可是现在，你觉得那个匿名帖子还这么重要？"

"当然重要！那个'D'不找出来，就始终有个雷埋在你身边，你试用期还没过一半，现在公司没开掉你，可谁知道接下来还会出什么事情！今天你也看到了，连已经死了的乔治都被人拿出来再利用了，你可是乔治推荐进《盛装》的，这场内斗不管谁赢谁输，你都是最容易成为牺牲品的那一个！"

第七章　蔡菲，新的工作

夜已经很深了。

这是一家很小的音乐酒吧。舞台上，一个歌手正在弹唱一首民谣，节奏舒缓，流淌着淡淡的悲伤。

酒吧里大半的座位都空着，角落一张桌子上，陈开怡和严凯对坐着，桌上放着两杯威士忌。

严凯把玩着手里的杯垫，陈开怡捧着酒杯，并没有喝。

严凯说："我常来这家酒吧……前些天，还在这里喝醉了。"

陈开怡看着严凯，沉默了一会儿，说："酒吧是一个适合讲故事的地方。"

严凯看着手里的杯垫："我第一次遇见乔治，是在巴黎的海明威酒吧，酒吧很小，桌子也小，人挤在里头，很吵，墙上贴了很多海明威的海报和他的手稿照片，海明威那张现在想来更像是标志的一张脸，像是另一个时代在偷窥我们这个时代。那时的我——"

严凯顿住，拿起威士忌酒杯，一口喝了小半杯。陈开怡静静地等待。

"那时的我，"严凯神情沉浸在往事里，笑了，"仗着自己家有钱，活得像个无赖，那天晚上我喝多了，搂着两个新认识的法国姑娘，正在海明威酒吧发酒疯，叫来他们的经理，拿着一整包的钱，一沓一沓地拍在桌上，问多少钱才能买下他们的酒吧。那个经理用法语不断和我解释，这家酒吧是无价的、海明威是无价的——我不知道为什么记得很清楚，那个经理的脸，很诚恳、很体面、很有尊严，但他那种尊严反而更加刺激我，我站都站不稳，拿钱拍在他脸上，自以为是地告诉他——这个世界没有什么是无价的，只要我愿意，不要说这家酒吧，连这个酒吧在内的整个丽思卡尔顿酒店我都能买！等我买下来，我就要他们滚蛋！在钱面前，什么都是个屁！我旁边两个法国姑娘笑得花枝乱颤，那个经理极力控制情绪还在跟我解释，这家酒吧是二战末期，盟军解放巴黎这座城市时,当时从军的海明威带着美军不顾一切第一个要解放的地方。在战争面前,海明威用自己的方式,告诉全世界什么才是无价的。我当时什么也听不进去,叫嚣着海明威算个屁,把手里的酒泼在经理脸上,然后,乔治出现了,一拳把我揍翻在地上,我好像还想还手,然后就醉得不省人事了。"

严凯停住,又喝了小半杯威士忌。

"第二天我醒来的时候,躺在塞纳河畔的桥上,不远处就是凯旋门。乔治就坐在我旁边,他揍了我之后,酒吧的人就把我们轰出来了,那两个法国姑娘当然就跑了,还偷走了我所有的钱——乔治不知道该把我弄去哪里,就背着我到河边,然后陪着我坐到天亮。我们就那样认识了。"

"然后呢?"

"我酒醒了,桥上的风还挺冷,我跟他点了个头就准备走。他对我说了一句话。"

严凯一口气喝完了剩下的威士忌。

"他对我说,任何时候,都不要拿钱去侮辱文学,因为除了说明你自卑和恐惧之外,不能说明其他任何事情。"

严凯眼中慢慢有了泪水。

"我在巴黎的那几年,很有钱,但每天都活在自卑中,看上去嚣张跋扈,但其实心里空虚得要死,像个废物一样朝生暮死。但当时,我当然不会承认,我要了乔治的名片,知道他在《盛装》杂志,没过几天,我去了《盛装》法国总部,找到了他,我说要给《盛装》投广告,广告内容就是一张白纸,上面什么也不用写,我给他五百万。乔治当时笑着跟我说——看来上次还忘了跟你再说一句话,任何时候,也不要拿钱去侮辱杂志。"

严凯流着眼泪的脸上浮现出笑容,说不出的苦涩。

"我说,我不想侮辱杂志,也不想侮辱文学,我只是想侮辱你!"他又笑了,"那之后,我们就正式认识了,他每次去巴黎出差,我们都会约着见面,也是因为他,我开始对杂志感兴趣,换了个学校,正儿八经地开始学习新闻写作。他教会了我很多,但最重要的事情是,他让我明白,我可以不是一个废物,我可以靠自己的能力而不是家里的钱,得到尊重。"

台上的歌手一曲完毕,酒吧里响起稀稀拉拉的掌声。

严凯抽出一张纸巾,擦干净了脸上的泪水,表情也随之而变。

"像乔治这样的人,拿500万砸他,他都不为所动,像他这种把杂志当成人生信念的人,他会贪污挪用公款吗?就算全世界都这么说,我也绝不相信!"

"所以,你认为是有人设局在害他?"

"不然呢?他如果真的需要钱,不管多少钱,他只要告诉我,我都能解决。他怎么可能需要去借高利贷?!"

"高利贷?"

"我查过了,乔治在自杀前,一直被放高利贷的人纠缠,最危险的一次,是李娜出手帮了他。"

"所以李娜才进了《盛装》?"

严凯轻轻摇头:"李娜之前在一个叫作塞纳河畔的西餐厅里做服务生,也许,乔治会以为李娜和当年那个在塞纳河畔醉得不省人事的我一样,是另一个需要他帮助的年轻人。也许,这才是他生前给我发最后一条微信,让我去照顾李娜最重要的原因。"

陈开怡忍不住叹一声,端起酒杯。

"敬乔治。"她说,一口气喝了半杯威士忌。

严凯掏出一张照片,放在桌上——是乔治、项庭峰和顾明山在赌场的照片。陈开怡拿起照片,端详着。

"这是我现在找到的最接近乔治自杀真相的线索,所以我今天用人偶试探项庭峰的反应,他的表现很大程度证明了我的预想,如果乔治的死和他没有关系,他不至于害怕成那样。"

陈开怡指着顾明山,问:"这个人是谁?"

"我还在查。这张照片是花了两百多万,从澳门一家赌场的高级包厢里弄出来的,而乔治欠下的那笔高利贷,源头就是这家赌场。乔治从来不赌博,所以我肯定,是有人在设局害他,设局的人,显而易见,至少有项庭峰。"

"你为什么要和我说这些?"

"你今天找我,不就是为了问我为什么要在肖红雪履职会上做这些吗?现在所有的矛头都指向了你,我总要给你一个交代。"

"我明白了。这个事情我还需要再消化,但我现在能肯定的事情是,破坏肖红雪履职会的这个锅，我来帮你背，你今天和我说过的话，不要再对任何人说。当务之急，是要弄明白照片里的那个人是谁。"

"我已经想办法在查了。"

"如果我来背这个事情，在肖红雪那儿，你还有转圜的空间。现在鲁斌斌、秦敏都是肖红雪的人，《盛装》的人脉和钱脉她都掌握了，如果再有你的加入，她就真正全面掌控了杂志的人心。"

"你想让我去肖红雪那边？"

"即便我不这么说，你要查项庭峰，肖红雪这个突破口难道你会放过？"

"我们都站她那边，你怎么办？"

陈开怡没说话，只是对严凯微微一笑，笑容转瞬即逝。

玛丽的电话来了，问陈开怡在哪里。两人就散了。

玛丽在陈开怡小区门口等着。陈开怡车子一停下，玛丽就钻了进来："我下班前，突然收到鲁胖子的微信，说是晚上有一个事关《盛装》未来命运的聚会，一定要到，然后我看罗翰、潘希伟、杜霞他们都回复去，我就想着帮你去看看，也去了。"

"然后呢？"

"开怡啊，你真是神婆啊！你猜的全中，肖红雪要动'时尚盛典'，要约所有总监级别的人周六去喝下午茶，具体谈怎么操作，鲁胖子就帮她先试探试探我们的态度。"

"肖红雪打算怎么动盛典？"

"鲁胖子没具体说，但大概意思还是很明确，就是这届盛典，你得出局。"

"嗯。就这些？"

"一顿酒喝完，罗翰、希伟和鲁胖子，最后就以兄弟相称了。杜霞和邓雯没同意，也没拒绝，但周六肯定会去。开怡，从明天开始，你可就真成光杆司令了。"

"你也去？"

"我肯定要去啊，我不去，谁帮你做无间道？"

陈开怡笑："那可真是辛苦你了。"

说话之间，陈开怡已经停好了车子，两人一起上了电梯，打开了房间的门。

秦敏坐在沙发上，苦笑着说话："你别调侃我，你到底准备什么时候反击啊？现在情况太糟糕了，肖红雪左手是我，右手鲁胖子，中层一顿饭再全搞定，那些编辑们经过辞职的事情一闹，更是什么话都不敢说，我都不知道你拿什么去反击了。"

陈开怡沉默了一下："我有事情想让你帮我做。"

玛丽来精神了："什么事？"

"明天开始和'时尚盛典'所有相关的品牌公司、赞助公司还有参展公司说，我因为个人原因，不再参与今年的盛典。"

玛丽眼珠都瞪大了："什么意思？"

陈开怡给两人泡了茶，看着茶盅上浮起的氤氲香气："肖红雪不是想要盛典吗，给她啊，但我们之前积累的那些资源，她都得自己重新盘。"

"你疯了！你退出盛典，你可就什么都没了。我跟了你这么多年，你不要让我瞧不起你，输不丢人、怕才丢人！"

"我当然不是怕，我退出，是因为有更重要的事情要去做。"

"还有什么事情比'时尚盛典'更重要，那可是我们这么多年的心血啊！"

"形势比人强，我现在必须退。"

"为什么啊？你要不把这个事情跟我说清楚，我什么都不会去做的。"

陈开怡顿了一下，像在想怎么回答："肖红雪不是我的敌人，项庭峰才是，要扳倒肖红雪，我必须要去动项庭峰！"

"动项庭峰？你拿什么去动啊？"玛丽张着嘴，一脸惊诧。

陈开怡捧着茶杯看着窗外："你看，外面天快亮了。"

玛丽跟着看着窗外："那又怎么样？"

"这一天过得，真是太漫长了。玛丽，从我说出刚才那句话开始，我再也没有回头路了，这一仗，我只能赢。"

陈开怡站起身，走到落地玻璃窗前，看着外面。

远处的天空，已经透出了亮光，云彩染着红，隐然而夺魄的美。

六名穿着统一的黑色西服、表情肃然的会计师，提着一模一样的公文包，站在大厦外，而后肃然进入。

鲁斌斌拍着巴掌大声说："大家停一下手里的工作，有重要的事情宣布，这间会议室,未经主编允许,任何人不能随意出入。《盛装》内部全面查账工作,从现在起,正式开始!"

查账是一件大事。

鲁斌斌挥舞着文件:"查账期间,所有出差、外采全都要向肖主编递交书面申请,她签字,才可进行下一步工作!"

雪莉就在下面嘀咕:"这不叫上班,这叫坐牢!"

赵昕低声叹息:"肖红雪赢了,彻彻底底的赢了。魔头没戏了。"

不过这些与李娜都没有关系。她坐在工位上,手边摆满了杂志,正专心致志地用笔记本抄写杂志里的文章。严凯从工位边走过,李娜完全没有发现。

严凯走了几步,又转身回来,站在李娜身边,看着她的笔记本——密密麻麻都抄满了字。不由敲敲桌子:"为什么要抄这个?"

李娜这才发现严凯:"总监……我——我想学习怎么写文章,我——我总不能一辈子做实习生吧。"

严凯就问:"你想做编辑?"

李娜低声回答:"我知道我差得还很远,我也不知道怎么学,所以就用最笨的方法。"

严凯哦了一声,把笔记本放回桌上,没说话,走了。李娜感觉心里砰砰乱跳,慢慢坐下。

工位后面,刚进门的林亚楠怔怔地站在那儿,看着李娜。李娜坐下后,准备继续抄写文章。

林亚楠走到她身边,假装刚看到笔记本:"呀——你这都是什么啊?你太了不起了!你真是我见过的最上进的实习生。"

李娜不大好意思:"你别笑话我。"

林亚楠笑:"你等会儿。"

林亚楠跑回自己工位,从抽屉里拿出两本书,又回来,把书拍在桌上——《美国最佳杂志写作》和《新闻采访与写作》:"送给你。你好好学,有什么不懂的问题,随时可以问我。"

李娜受宠若惊。

严凯手里捧着好几本准备给李娜的书,从自己的办公室回来了,却没想到林亚楠也在,一时之间,手里的书就不知道怎么处理了。

林亚楠热情地介绍:"严头儿,你知道吗?李娜真的特别刻苦,刚才我送了她两本书——你手上拿的是什么?"

严凯说了一句"没什么"就径直走了。蔡菲正好进来,和严凯打了个招呼后走到工位前,看着林亚楠:"不好意思,我要工作,你能不能站开一点?"

林亚楠有些尴尬:"——哦,我这就走。"

蔡菲:"再见。"

李娜拉了一把蔡菲:"你怎么说话呢?"

蔡菲:"我一直都是这么说话的啊。"看了一眼桌上的书,假装没看见,扫到工位角落上去了。

李娜急了:"哎哎,你看着点,这是亚楠姐刚送我的书。"

蔡菲拖长了声音:"亚楠——姐?"

座机响,李娜接电话,然后递给蔡菲:"秦总监,找你。"

秦敏找蔡菲,是因为给肖红雪找助理的事儿。

肖红雪要找一个助理,给秦敏提了几个要求。秦敏将杂志社上上下下琢磨了一个遍,发现最符合要求的人是蔡菲。

蔡菲蒙了。

这是一家很小的烤肉店,秦敏、肖红雪和手足无措的蔡菲坐着吃烤肉。肖红雪吃得很秀气,秦敏就指正:"撸串要吃得豪放,要大口大口吃,不能吃得这么小气。"

肖红雪就放下肉串:"撸串儿也这么复杂,我不学了。"突然转头看向蔡菲:"蔡菲,你考虑得怎么样?"

蔡菲迟疑:"啊?我?"

肖红雪微笑:"怎么,做我的助理这么可怕吗?秦总监可是在我这极力推荐你。"

蔡菲诚恳地说:"我这几年一直都在做流程,我不知道怎么做助理。"

肖红雪微笑说:"我看过你这几年的工作总结,也找不同的领导咨询过,反馈的意见基本一致——你工作非常认真、细致、负责,而且很懂得统筹逻辑,助理需要的基本素质也就这些。其实也很简单,我让你做什么你就做什么。"

蔡菲问得很实诚:"那您会让我做什么呢?"

肖红雪笑:"肯定不会让你做坏事。现在最关键的问题是,你愿意吗?"

蔡菲绞着手指:"我——我应该是愿意的。"

肖红雪挑起眉头:"应该?"

蔡菲扳着手指头解释:"嗯,应该,因为我没想到什么不应该做的理由。您是主编,主编助理在职位上比流程编辑要高好几个台阶,就算工资不涨,地位也完全不一样,以前都是名校毕业的管培生才有这个资格,这样的机会给我,我实在没有与这个相抗衡的拒绝理由。如果我想不到拒绝的理由,那唯一的选择就是接受这个机会。所以,我没有别的选择,我只能愿意。"

肖红雪和秦敏相视而笑。

蔡菲又提起一件事儿:"谢谢主编。但是,我要做了您的助理,流程编辑的工作怎么办?"

肖红雪看了眼秦敏。

秦敏:"你觉得《盛装》里谁最适合接替你的职位?"

蔡菲沉默了几秒:"李娜。"

正午休息时间,严凯下了电梯,在大厦外面给林亚楠打了一个电话。不多时,林亚楠就下楼来了,额头见汗,脸上那笑容,就像是一汪春水,就要洋溢了出来。

严凯率先走向了边上的林荫道,林亚楠急忙跟上,两人并排着走。

有车经过,严凯拉了一把林亚楠,然后走到她的另一边——更靠街的那一边。林亚楠扶着刚才被严凯拉过的手臂位置,一脸灿烂。

林亚楠声音有些喜滋滋的:"原来你不是木头啊,还知道主动走在外面。"

严凯脸上没有任何笑意,冷不丁冒出一句话来:"那个匿名帖子,是你发的吧?"

什么?——什么!——什么……

时间似乎停滞了,四面的空气也凝固了。林亚楠的表情,僵硬得可怕:"什么——什么帖子——"

严凯淡淡地说："那个陷害李娜和我的帖子。"

林亚楠声音磕巴了："我——我没有。"

严凯似乎没有听见林亚楠的辩解："刚发出来的时候我就猜出来是你干的，你写东西有个习惯，一着急标点符号就容易错，别人的省略号都是六个点，只有你是三个点，当然这不是最关键的，最关键的应该还是和我有关。"

林亚楠沉默。

严凯说："品牌衣服干洗、匿名帖子，这两件事都是针对李娜的，李娜只是一个实习生，跟谁能结那么大的仇，无非是受了一些我的照顾，我想这才是你找她麻烦最重要的原因吧。我照顾她是有原因的，但不是你想象中的那种原因。亚楠，以后别再为难她了。我说这些也都是为你好，匿名帖子的事情闹得那么大，真被人捅出来了，你以后还怎么在《盛装》立足？"

林亚楠再也忍耐不住，要爆发出来："为我好？你就只会仗着我喜欢你欺负我！"

严凯摇头："我要真欺负你，就犯不着和你说这些。"

林亚楠已经爆发了："你就是在欺负我，我从来没有像喜欢你一样，喜欢过任何人，我也知道从一开始我就输了，我愿赌服输，没什么可抱怨的。我劝过自己要放弃，但没用，我做不到，喜欢你的念头就像癌一样，每天在我身体里扩散——"

严凯忍不住打断："——喜欢我就要去害别人吗？"

林亚楠理直气壮："李娜根本就不配在《盛装》，迟早都会被淘汰，我让她早点走又怎么了？如果不是你护着她，她的人生和《盛装》根本就不会有交集！"

严凯声音很冷："你这是在强词夺理，总之，话我已说到了，以后你如果再针对她做些什么乱七八糟的事情，我不会再原谅你！"

严凯转身，离开。

林亚楠看着严凯渐行渐远的背影，眼泪夺眶而出。

她发出了像狼一般的低嗥。——脑子却被台风扫过一般，一切都被撕裂了。

锥心地疼。

多少年了，她曾在背后偷偷看着他。

多少年了，她曾用自己的方式默默守护着他。

最青春最美好的年华已经逝去，她也曾勇敢地将自己要说的话说出了口。

但是他却是冰冰凉凉回答了一句——"杂志社不允许办公室恋情"。

除了工作上的交往，他甚至不愿意多给她一缕多余的目光。

她曾经以为，自己爱错了对象。严凯是一个冰冷的工作机器。人与机器之间注定不会有什么结果……但是，万万没有想到，严凯居然对李娜另眼相看——为了让李娜进杂志社，他与秦敏对着干，与陈开怡对着干！

这个李娜有什么优点？

土里土气，不会穿搭，木讷得让人同情——严凯居然将这样一个人收进杂志社做实习生！严凯竟然愿意对一个土老帽另眼相看，也不愿意对自己的态度稍稍放温和一点点！

嫉妒使她整个人都扭曲了。她将李娜写的标签贴上那件不能洗的衣服，只是没有想到，严凯为了护着李娜，竟然连眼都不眨，就掏出十万美金！

十万美金，他严凯工作十多年，能攒下多少工资？

居然就掏出十万美金！

她终于写下了那样一个帖子——

她并不想坑害严凯，她只想逼着李娜离开。

结果……为了李娜，严凯特意把她叫出来，威胁了她一顿。

林亚楠终于明白——绝望地明白，敌人，并不是方便面，你想捏碎就能捏碎的。

项庭峰要回香港去了。

原先说好让肖红雪送他，却突然提前改变了行程。肖红雪与项庭峰通电话的时候，还有些不高兴："不是说好我去送你的吗，怎么突然提前去机场了？"

项庭峰就解释："我怕一会儿堵车，就先出发了，再说，公司今天开始查账，你应该在那儿。——陈开怡今天有没有什么动作？"

肖红雪告诉："很安静，在办公室坐了一整天——也没见谁，感觉她就像不存在一样。另外，人偶视频在网上传播的事情，邓雯已经处理得差不多，能撤的基本都撤了。她估计，热度明后天也就下去了。不过我还是坚持我的观点，我不认为这个事情是陈开怡主使的。——具体是谁，我现在也不知道，但你放心，这个事情我不会让它就这么过去的。"

项庭峰认真地交代："这个事情你别再管了，就当它从来没有发生过。接下来的事我都会处理好——红雪，你一定要记住，陈开怡不会就这么认输的，就算这个事情不是她做的，她迟早都会做出更出格的事情——这件事情我们不用再讨论了，明天的下午茶圆桌派都准备得怎么样了？"

肖红雪站起身，走到玻璃幕墙前面，看着大厦外面的风景："所有总监级别的人都会参加，但最让我意外的是——严凯也参加。到现在为止，严凯是《盛装》里我唯一琢磨不透的人，《盛装》所有总监的履历和档案我都查过，只有严凯，简历上的信息少到可怜，而且没人知道他的背景到底是什么，我从鲁斌斌那边侧面打听过，他以前是乔治的亲信，陈开怡一直都是他最大的假想敌，但我来之后，他做的所有事，本质上都在维护陈开怡——这个不是鲁斌斌说的，是我自己观察的。明天的下午茶，他是最后一个报名的，并且不是通过鲁斌斌，是直接给我发的邮件。——喂，喂？你还在听吗？"

电话那边，项庭峰很久也没有发出声音，他走神了。

肖红雪好久才听见项庭峰的声音："我知道了，明天你的饭局一定要多留意，不管有什么问题，都随时和我说。好了，不说了，我过安检了，爱你，再见。"

肖红雪又等了好一会儿，才将电话放下。

大厦外面，夜色清凉。幽暗的天幕，看不清深浅。

一辆特斯拉在大厦外停着。

严玥开着车窗，看着外面，手里夹着一根细长的烟。

严凯从大厦里走出，严玥赶紧把烟掐了，挥手散车里的烟气。严凯开车门，坐了进来。

严玥："你怎么天天加班啊？你公司没别人吗——"

严凯一句话打断："——你抽烟了？"

严玥冲他翻了个白眼："狗鼻子。警告你啊，爸可不知道，你要让他知道了，我跟你没完啊。"

严凯苦笑："哎，你又是何必呢，在他面前假装完美女儿多少年了？你不烦啊。"

严玥一边启动车子，一边回答："家里有你一个逆子就够他心烦的了，我还是别再招他唠叨了。"

严凯直接进入正题："帮我查个人。站在项庭峰旁边的那个老头，到底是谁？"

严凯把乔治、项庭峰和顾明山的照片放在方向盘前。严玥一边开车，一边拿起照片看了眼。

严玥翻了个美丽的白眼："你也就知道算计你姐，我还以为你约我真是想我了呢。我说，你如果真的想要弄清楚这破杂志社后面的一些歪歪绕绕，还不如回来管家，家里的人脉随便你用，不是比现在这样求姐姐方便很多？"

当然，对于严凯而言，严玥的这番话，依然是当是清风过耳。

下班的时候，老颓打来电话，邀请李娜与蔡菲过去吃饭。

对于李娜而言，老颓的西餐厅是她最温暖的一个港湾，是她心灵最后的一片净土。所以她很快乐地带着蔡菲去了。

饭桌上，三人谈了很多。

只是没有想到，吃完饭的时候，老颓递给李娜一个鼓囊囊的信封："郑飞给你的。他说还差一半，再给他一点时间。"

那是五万元钱。

一瞬之间，李娜的头脑被人摁下静止键了，一锅佛跳墙被煮糊了，一些血淋淋的记忆被翻了出来，变成飓风呼啸而过将李娜的心情全部摧毁，变成冰冷的空气将李娜的一切都冻成冰渣子。甚至连老颓的解释也听不清了。

钱，钱，钱。

曾经全心全意的热恋，曾经专心专意的付出，曾经的关于婚姻关于爱情的梦想——

现在，郑飞给它定了价钱。

十万元，分两期归还。

巨大的屈辱感就像是火山一般爆发出来，要将李娜整个都烧毁——

李娜猛然之间站起来，捏着那个信封。老颏急忙问："你要去哪儿？"

但是李娜却像飞一般奔出去了。蔡菲也急忙追出来，大声叫："你慢点！等等我！大姐，你是运动员，我不是啊！"

街边有自行车，李娜扫了一辆。蔡菲也跟上骑了一辆。穿过小半个城市，终于到了目的地。

这是一栋比较旧的商业楼，在各色各样的招牌里，"飞驰健身"的招牌挂在一个算不上起眼的位置。

李娜站在门口——这一切都是她曾经无比熟悉的地方。但是现在，却让她感到畏惧。

蔡菲喘着气走到她身边。

蔡菲："就——就这儿啊？"

李娜一动不动，手里紧紧攥着那个信封。

蔡菲："进去啊。"

李娜突然转头走，蔡菲赶紧拽住她。

蔡菲："你又怎么了？不是说进去把钱还给他吗？我们都骑了一个多小时了，你不会又不进去了吧？——喂，你倒是说话啊。"

蔡菲抢过李娜手里的信封："你可以不进去，也可以不去还这个钱，但是如果你怕，那就必须进去！走！进去！"

蔡菲拽着李娜往里走。两人进了商业楼，透过一扇透明的落地窗，就看到飞驰健身的内部。

健身房大概六七十平方米的样子，其中一小半是健身区，放着一些器械，还有一小半是个擂台。

两三个穿着背心的男人在练习器械。擂台里，郑飞正在陪着一个胖子练拳。

蔡菲就问："那个陪胖子练拳的，是你前男友？"

李娜默默点头。

擂台里，胖子突然一记冷不丁的抽拳，狠狠打在了郑飞鼻梁上，郑飞捂着鼻梁踉跄往后连退好几步，没站稳，一屁股坐在擂台上，鼻子流血。

李娜的脚不自觉地往前迈了一步，但她马上僵在了原地。

苏虹挺着肚子，从擂台另一侧快步走到郑飞边上，半蹲在郑飞边上，手里拿着湿毛巾给他止血。

那熟悉而又陌生的场景——只是主角不再是我。

苏虹的微笑像是一颗子弹，瞬间将李娜所有的愤怒、所有的坚强都击碎成粉末——

山盟海誓原来不值钱。相濡以沫的对象原来可以替换。

世界上没有真正的爱情。如果我现在冲进去，那么我就会成为言情小说里的反派——

茫茫然将信封放在地上，茫茫然奔出了商业楼，街边的景物飞掠而过，脑海中的记忆也飞掠而过。

李娜以为自己已经能放下了，哪知道，自己只是将那些记忆装进一个气球里。只要拿根针轻轻一戳，那些记忆就全都爆炸出来。

他脸脏了，我给他擦脸。

我们吃饭，他将自己碗里的牛肉夹出来给我。

我上班太累了，他给我捏脚——

李娜疯狂往前跑，想把这些回忆全都甩掉——然而并没用。李娜跑到一个路口，没看到红灯，还在往前跑。

横向一辆车疾驰而过，李娜差点被撞了，被死机狠狠骂了一顿。蔡菲追上来，气喘吁吁向司机道歉。

蔡菲双手扶着李娜，紧紧地抱住她。

李娜抱着蔡菲，号啕大哭："人为什么会变？为什么？"

蔡菲不知道还能说什么，只能将李娜抱得更紧。

空荡荡的街道，空荡荡的哭声。一轮孤独的明月，静默在天空之中。

不管怎么难受，生活都得继续。肖红雪要举行下午茶派对，蔡菲是肖红雪的助理，当然要忙活；李娜作为蔡菲的朋友，当然也不能拆台。

派对准时开始。悠扬的钢琴曲，努力要将整个酒廊的气氛调节起来，但是疏疏落落坐着的十来个人，脸上都没什么笑容。

李娜看了一圈，除了广告部的人，时尚部的人居然也来齐了。

内容部来了严凯，坐在角落里，面无表情。

肖红雪站到众人面前,微微鞠躬,满脸微笑。

肖红雪:"感谢大家,来参加今天的下午茶派对。"

话音还没有落下,就看见玛丽缓缓站起:"肖主编,我这个人性子直,如果今天聊的是'时尚盛典'的事情,我就不参加了。"

邓雯附议:"我也不参加。"

杜霞刚想说话,鲁斌斌抢过话头:"你们这是什么意思?"

玛丽:"就是我们说的意思。肖主编,您应该是明白的吧?"

第八章 初见，女孩宣言

万万没有想到这样的情况，鲁斌斌在一边有点手足无措。玛丽和时尚部的一群人站着；秦敏坐在沙发上，似乎在观察着众人的神情；还有一群隔岸观火的。严凯在角落里找了个位子，坐下来了。

几乎所有的目光都集中在肖红雪身上。李娜看看蔡菲，又看看肖红雪。

莫名其妙地，手心里居然冒了汗。

肖红雪却没有惊慌，声音依然平平稳稳没有波澜："既然如此，我也直话直说，今天就是要谈'时尚盛典'的事情，留下了的，我欢迎并感谢，想走的，我不挽留。"

玛丽笑了一下："那我先告辞了。"站起身来，邓雯、杜霞几个人也跟着准备走。

鲁斌斌急了张开双手拦住她们："等等等会儿——秦敏！你说句话啊！"

秦敏目光在一群人脸上扫过，最终落在玛丽脸上，站起身，声音淡淡的："我只想说一句，这个时候谁要走，谁就是想分裂《盛装》，并且想要把陈开怡和肖红雪置于对立位置的人！"

一句话如千斤重锤，将全部的人都镇住。

鲁斌斌急忙捧哏："这话说得太到位了，简直就是一针见血！各位，我们同事这么多年了，我们是在为了谁？不是陈开怡，也不是肖主编，是为《盛装》！我们个人荣辱那都是小事，关键是大局——大局要稳！老罗、希伟，你们俩干吗呢？没喝过茶啊？赶紧着啊——"

边上一群看火的，也终于起来了，将几个要走的姑娘给拉住。

玛丽蔑视秦敏："秦敏，你这么做，对得起陈开怡吗？"目光扫过众人，"'时尚盛典'是陈开怡一点一滴做起来的，你们就这么抢，好意思吗？不觉得丢脸吗？没有陈开怡，《盛装》能有今天的行业地位？你们摸着良心问问自己。"

鲁斌斌冷笑说："玛丽，这些话是陈开怡让你说的吧？"

玛丽淡笑:"她已经决定退出今年的'时尚盛典'了,我只是自己看不惯!"

鲁斌斌嘲笑:"退出?哼,我看她是以退为进吧。"

玛丽这下怒了,抄起桌上一杯茶,直接泼了过去!

茶叶粘了鲁斌斌一脸,鲁斌斌尖叫起来。还好茶水不烫,一抹脸,抄起一杯水,也要冲着玛丽泼过去——边上一群男人忙将他拉住。

秦敏忙上前拉着玛丽就往洗手间的方向去:"你妆花了,先去补妆。"一群姑娘就拥着玛丽往洗手间去了,蔡菲、李娜也跟着去了。

鲁斌斌还要闹,一群男人架着他往另一个方向走:"我们出去抽支烟,不生气——"

行政酒廊瞬间空空荡荡的。

肖红雪坐下,看着桌上的茶点发愣。严凯就坐在她对面。

空荡荡的行政酒廊,就剩下他俩。严凯用手指头轻轻叩着桌面。

肖红雪抬头,和严凯四目相接。

严凯的眼神专注、锐利,似乎非要从肖红雪的脸上看出什么东西来。

肖红雪舀了一小块蛋糕,送进自己嘴里。

严凯坐她对面,静静看着她,自己面前的蛋糕和茶点一动未动。肖红雪吃完蛋糕,对严凯微微一笑——非常礼貌的微笑。

肖红雪:"谢谢你来。听说你和乔治先生,是非常要好的朋友。"

严凯摇摇头:"乔治——不是我朋友。"

肖红雪很意外。

严凯纠正:"他是我家人。"顿了顿,凝视着肖红雪,说:"肖主编,我对谁负责操办'时尚盛典',一点兴趣也没有,我今天就是来看看您。"

肖红雪很感意外:"看我?"

严凯伸出手:"欢迎你正式加入《盛装》。"

肖红雪有点摸不着头脑,出于礼貌,也伸出手。严凯握住肖红雪的手。

严凯就说:"我还有事,先走了。请见谅。麻烦代我问候项庭峰总出版人,帮我问他好。"

肖红雪愣了一下:"什么意思?"

严凯微笑:"他应该知道的。"起身,走人。

鲁斌斌一群人回来了，都错愕地看着严凯的背影。

鲁斌斌急了："唉，他怎么又走了？肖主编，你们刚才怎么了？"

肖红雪表情突然非常严厉："——我们到底还能不能开始了！"

鲁斌斌有点被吓到，后退了一步，急忙说："能，当然能。"又冲着其他人喊："你们快点啊！磨蹭什么呢！"

众人围着肖红雪坐下。玛丽还是气乎乎的。

肖红雪假装什么都没发生，以沙龙女主人的姿态坐下。

肖红雪："谢谢你们参加这个下午茶聚会，今天我们谈的事情，不仅是'时尚盛典'，而是《盛装》的未来……"

典雅的私人会所，走的是传统中式的风格。

屏风、国画、瓷器、陶器，明清样式的桌椅、几台。

严凯顺着走廊走向电梯，一边走一边从包里掏出之前严玥给他准备的礼物。礼物拿在手里，进了电梯，按了顶层按钮。

电梯门缓缓阖上，最后一刻，一只穿着人字拖的脚卡在门之间，电梯门弹开了。严凯闻到一阵香味，惊讶地抬头。

一头红发的女孩走进电梯，准确地说是蹦着进来——她嘴上抽着气，脚似乎被门夹了一下，有些吃痛。女孩穿着清凉的露脐装和热裤，身材纤细但不失动感，看的出来有运动的习惯，手上丁零当啷戴了不少首饰，整个一个朋克叛逆少女。

女孩扫了一眼严凯，严凯还来得及反应，女孩撇过头去，将背着的大帆布包放下，掏出一件白色的连衣裙，直接就往身上套。

严凯赶紧别过头，生怕看到什么不该看的。后面传来窸窸窣窣的声响，心中却不免有些好奇，这个女孩子，到底想要干什么？

电梯发出"叮——"的一声，顶层到了。

身后似乎没有什么动静了。严凯小心翼翼转身，然后……目瞪口呆。

眼前哪里是什么朋克少女？

黑长直的头发，正红的唇色，手上干干净净只剩下一根细细的白金手链，低调不奢华。一身白色的长裙，一双白色的平底布鞋，真正的淑女风范。

电梯门缓缓打开。女孩一甩头，大步走出去。

严凯目瞪口呆，电梯门差点又要阖上，他才回过神，赶紧冲了出去。

女孩在前面走，一开始大步流星，越往前，步子越小。严凯跟在后面，发现那少女居然与自己走向同一个方向。

面前是一个写着"牡丹亭"的房间。女孩子停住了，严凯也停住了——

这个女孩居然与自己赴同一场聚会。

两人互相看着，严凯要敲门，女孩也要敲门，两人几乎同时举起了手——

正在这时，门开了，严玥探出头来："唉，你们干吗呢？冲房间里喊爸！爸！你看谁来啦！"

两人还在愣神，严玥一手一个，拽着他们进了房间。绕过一个画着《韩熙载夜宴图》的屏风，对着房间内所有人嚷嚷开了："我说你们老几位，还叨半天这个那个的，你们看看什么叫缘分，我们家严凯和子琪，一起来的！你们也太不仗义了啊，他们早认识了也不跟我说，我这还真担心了大半天，生怕他们一会儿见面尴尬了。"

那声音倒像是炫耀似的。

严凯看着房间。父亲严永志在主座端坐着，穿一身红色唐装。严永志左边坐的是慈眉善目的房地产商柳军；坐他右边的是投融资圈的大鳄冯石，寸头、干瘦、白衬衫，看着很利落。

冯石先打招呼："哈，那我今天这个中间人还有什么可做的啊！子琪，有日子没见，又变漂亮了！"

柳子琪很乖巧："冯叔叔好，严叔叔好。爸爸，不好意思，让您久等。"

严凯看着柳子琪假装乖巧的样子，又回忆起刚才电梯里那一幕，忍不住想笑。柳子琪转脸过来正好看到严凯想笑，假装凶横地瞪了他一眼，然后飞快搂着严玥："严姐姐好，你真是美得不像话，你招不招助理啊？让我做你助理吧，我就可以天天眼巴巴地看着你——

严玥捏柳子琪的脸："——你这张嘴哟，真是能把人夸上天。"

柳子琪甜甜地笑："我说的可都是真的，在座的都是长辈，我还能当着长辈面说假话吗？冯叔叔，您说是不是？"

冯石羡慕极了："哎哟柳军啊柳军，你上辈子做什么好事了，老天给你这么好一闺女！"

柳军大为满意："冯总，我不如你啊，我事业一般，只能搞搞家庭建设了。"

接下来，严凯就看着这个刚刚变身过来的姑娘装乖巧，扮伶俐，演淑女，长袖善舞，将三个大佬都哄得合不拢嘴。

等一群人谈话告一个段落，严凯这才上前，与两个大佬打招呼，将礼物放到父亲面前。

严永志看都没看礼物，拨到一边，哼了一声："浪费钱。"

边上的柳君就打圆场："赶紧拆开看看，什么礼物啊？"

严永志冷笑："拆什么拆，保准是他姐买的。假情假意。"

严玥叫屈："爸，你别冤枉我啊，我可没干这事。"

严凯也恼了："东西就是姐买的，我说我不来的，但既然来了，也算是真心实意，你爱信不信。"

严永志重重拍了桌子，面前的碗筷都震得微微飞起："你爱来不来，谁逼你来了！"

严凯转头就走，严玥慌忙拉住他，叫："爸！"

严永志怒火不熄："别拉他！做个破杂志，算个屁，谁欠他的了！"

一群人忙上前说和。严凯斜着眼睛问："今天到底是过生日还是相亲？相亲就别忙活了，不感兴趣。"

严永志砸了一个杯子："你说话懂不懂礼数！眼睛里还有没有长辈？！"

严凯冷冷淡淡地说："我就是尊重长辈，才不想骗长辈。"瞥了一眼柳子琪，又说："讨好卖乖、演戏骗人的事情，我做不来。"

严永志："谁讨好卖乖了？谁演戏骗人了？我今天过个生日，骗了谁了？！农历的正日子，要不要给你看生辰八字啊？"

柳军赶紧打圆场："老严老严，行了啊，父子都是隔世仇，还是闺女好，玥啊，赶紧给你爸倒杯水。严凯，去催催后厨，该上菜上菜！"

冯石："哎哟真是饿坏了，老严，听说这里的主厨是你专门从杭州请回来的，三顾茅庐都没请动，最后为了他才开的这个会所！这大厨得什么水平啊？"

柳子琪："严叔叔，真的呀，那我真要去见识见识了——爸，那我去后厨看看。"

于是一群人忙推着严凯与柳子琪出了门："对对对，严凯，你陪着子琪去后厨看看。"

严玥拉着严凯、柳子琪出门后，赶紧关上门，开始教训弟弟："严凯，你干嘛呢？！一年到头，你就做一天孝子，都不行吗？我可告诉你，爸现在身体可不如以前了，你别再气他了。"

严凯垂下眼睛："我就实话实说而已。"

严玥恨铁不成钢："哪来那么多实话，你缺心眼啊！算了，你们聊吧，我进去给爸爸倒水了，饭前他还得吃药。——严凯，我警告你啊，你要偷偷溜了，不进去吃饭，我跟你断绝姐弟关系！我说到做到的啊！子琪，你帮我看着他！"

柳子琪就笑："姐，交给我，你放心吧！"严玥推门进了房间。

门刚关上，柳子琪刚才的笑脸瞬间变成坏坏的表情："你属狗的？干吗咬我！"

严凯不耐烦："我咬你什么了？"

柳子琪哼哼一声："你跟你爸过不去，扯我身上干吗？什么讨好卖乖、演戏骗人！你干嘛埋汰我？"

严凯也哼了一声："那你倒是把包里藏着的那些东西重新穿上啊——你敢吗？"

柳子琪面露嘲讽："这不是敢不敢的问题，是有没有必要的问题。严公子，你不会连这个都弄不清楚吧？"

严凯转过话题："你知不知道今天是什么局？"

柳子琪淡笑了一下："门当户对，携儿带女，儿女都是适婚年龄，还能是什么局？"

严凯就说："那你还一副看热闹不嫌事大的样子。"

柳子琪扁扁嘴："他们高兴就好了，反正我们就是来做道具的，又不是见面真要结婚。"

严凯呵呵了一下："他们高兴，我不高兴。"

柳子琪看着严凯，突然略带神秘地问："那你想不想走？"

严凯无奈地说："怎么走？我姐都要跟我断绝关系了。"

柳子琪就笑眯眯地说:"求我。我保证能让给你全身而退,而且大家还其乐融融。"

严凯就问:"怎么求?"

柳子琪歪着脑袋:"我还没想好,这样,你就算欠我一个人情,以后一定要还我。"

两人击掌为誓,转身推开房间的门,与屋子里的人又说了两句话,柳子琪就拿起了手机:"——喂,啊?!"脸色突变,"哎哟我给忘了,对不起对不起——"

那声音挺夸张的,一屋子人都安静地看着柳子琪。

柳子琪继续说话:"——我现在过不去啊,我有很要紧的事情要办。再说就算我现在去也来不及了——我一个人有什么意思?——找个男的?大姐,我上哪儿找去啊,总不能大街上随便拉一个吧?行了行了,你别瞎想了,挂了啊。"

严凯站在柳子琪边上,冷眼旁观,知道柳子琪手机根本没有开通,从头到尾都是自说自话,不觉想笑。不过想要看柳子琪怎样继续表演下去,只能忍住。

看着柳子琪那烦恼的样子,柳军就问:"子琪,什么事啊?"

柳子琪就等他来问,一张口谎话滔滔不绝:"唉,我一姐们开了个摄影店,今天刚开张,之前让我帮着去剪彩站个台,我给忘了。"

冯石更好奇了:"剪彩为什么还要带个男的去啊?"

柳子琪摊手:"我那姐们就是想一出是一出,不靠谱惯了,说是请了个圈内特别大腕的摄影师,给我预定了情侣写真摄影——就是那种限量体验版,你说她脑子里都在想什么呢,我去哪儿找人跟我拍这个啊。"

严玥就立马叫起来:"严凯可以啊!子琪,你们那个活动几点开始?"

柳子琪看手表:"唉,肯定来不及了,还有 10 分钟就开始了。"

冯石赶忙说:"让我司机送你们过去。"

柳子琪甜甜地笑:"冯叔叔,我开着车呢,谢谢您。"悄悄对严凯丢了个眼色。

严凯却倔了:"我不去。"

严玥恼了:"你怎么又犯浑?"

严凯就说:"我得留这儿,给我爸过生日啊。"

严永志脸上划过微妙的一丝笑意，但转瞬即逝："谁稀罕你在这儿？走走走！年轻人跟我们一帮老骨头混一起干吗？该干嘛干嘛去——柳军，你说是不是？"

冯石拍板："今天我是中间人，我做主了，你们年轻人去忙你们的，老严过生日，有我们在呢，走吧。"

外面的夜色清凉如水。严凯深深吸了一口气，只觉得神清气爽。柳子琪从后面追出来："你属白眼狼的吧？我骗了一屋子的人帮你脱身，你这一句话不说就走了？"

严凯摊手："怎么，不是说欠你一个人情吗？你现在就要我还？"

柳子琪摇摇头："那倒不用。说吧，你去哪儿？我捎你一段。"

严凯："我回公司——加班。"

柳子琪难以置信地瞪着严凯，慢慢地——伸出了大拇指。

视频电话的那头，项庭峰告诉肖红雪："严凯是铝业大王严永志的儿子，唯一的儿子。"

肖红雪惊讶了："怎么可能？他要是严家的人——来杂志社干吗？他们家随随便便就可以把整本杂志给买了！"

项庭峰烦恼地说："他为什么在《盛装》我不知道，但他千真万确是严永志的儿子，现在的关键在于，他和乔治到底是怎么回事！"

肖红雪就问："你是怀疑那个人偶的闹剧——是严凯做的？可为什么呢？乔治和你又没有什么关系，他为什么要专门问候你——"

肖红雪突然停住了，表情复杂，默然看着视频里的项庭峰。

项庭峰有些诧异："你怎么了？"

肖红雪声音微微发颤："乔治的死——和你是不是有什么关系？"

项庭峰愣了好一会儿，才说："如果严凯是在冲着我来，可能这之间有什么误会。"

肖红雪追问："为什么你一直没有正面回答我的问题，乔治的死和你到底有没有关系？"

项庭峰语气略带不耐烦："当然没有关系，他是因为抑郁症自杀，跟我能有什么关系呢？"

肖红雪惊觉自己语气太冲，连忙向项庭峰道歉。

项庭峰也就甩开了这件事："总之，严凯你要多留意，我的意思是——想办法和他交上朋友，就算以前有什么误会，以后都能解开，他家的资源和人脉，实在非同小可。"

肖红雪有些怀疑："我们需要这样吗？"

项庭峰解释："如果严凯不能为我们所用，就会帮着陈开怡对付你，多个朋友还是多个敌人？你自己想想其中的利害关系。"

两人又说了一阵亲密的话，才结束了视频。

肖红雪沉吟了好一会儿，才拿起手机，给严凯打了一个电话。

——刚才项庭峰的表现，让肖红雪心中像是坠了一块沉甸甸的石头。

柳子琪将严凯送到了大厦外。严凯将要下车，柳子琪突然说话："其实我早就听说过你了，今天去那个饭局，就是知道你会去我才去的，在电梯里我就知道是你。"

严凯诧异："那你是故意？"

柳子琪摇头："那倒不是，我真没想到这么巧，但我还挺好奇，想看看你到底是个什么样的人。"

严凯脱口而出："看到以后呢？"

柳子琪避而不答："我想说的秘密说完了，其他的下次你请我吃饭，我再告诉你。"说着话，柳子琪突然把脸凑到严凯面前，紧盯着他，严凯看着柳子琪的脸慢慢靠近，心头发毛，声音都磕巴了："你要干吗？"

柳子琪灿然一笑，按了安全带的按钮。"唰"一下，安全带收缩弹开，几乎是擦着严凯的脸划过，吓了他一跳。

柳子琪："到了，请下车，五星好评啊。"

柳子琪恢复原来的姿势，目视前方仿佛刚才什么也没有发生。

严凯刚刚进了大厦的大堂，肖红雪的电话就打了过来。

灯光有些迷离的酒吧，几个老外在乐池里吹萨克斯。

酒吧在一栋高层建筑的顶楼，玻璃幕墙可以俯瞰整个城市的夜景。严凯与肖红雪上了顶层花园，喷泉在灯光下散发着迷离的光彩，夜风送来花坛里夜来香的芬芳。

肖红雪微笑："我对你的背景一直都很好奇，《盛装》所有中层领导的履历我都了解，唯独你，像个谜。"

严凯笑："项庭峰查我了？动作比我想象的还要快。直说吧，项庭峰让你找我，到底要和我说什么？"

肖红雪纠正："不是他让我找你，是我自己要找你的——我想知道，那个人偶的闹剧，是不是你做的？"

严凯："是。"

肖红雪："针对的人是项庭峰？"

严凯："是。"

肖红雪凝视着严凯，单刀直入："乔治的死和项庭峰到底有什么关系？"

严凯有些迟疑，慢慢端起面前的苏打水，喝了一口。还没有说话，肩膀上猛然被人拍了一下——一口水就呛着了，连连咳嗽。

回头，就看见柳子琪笑嘻嘻的："严凯，真的是你啊！我还以为我看错人了呢？哦，不好意思，是不是打扰你们约会了？"

肖红雪连忙否认："没有，我们在谈工作。"

柳子琪笑："严凯，原来你说的加班是这样啊，我懂了。打扰，你们继续——"

严凯急了："——你懂什么了？"

肖红雪就笑："严凯，这位，是你女朋友吧？"

严凯、柳子琪几乎同时叫起来："不是！"

柳子琪补充："不是女朋友，是他的未婚妻！"

柳子琪将自己的鸭舌帽扣在严凯脑袋上，冲他呵呵一笑，转身离开。

这事情也谈不下去了，再说严凯也没有想好怎样与肖红雪谈论她的前夫可能涉嫌逼杀人命的事情。

世界上其实不存在真正的客观立场。人生下来，长大以来，社会就已经为她预设好了她的站位、她的视角、她所能看到的东西，甚至已经预设了她的思维方式。

严凯认为肖红雪可能是一个合格的主编,但是现在,他并不想让肖红雪来做这道人性测验题。

于是严凯呆了片刻,向肖红雪道歉了一声,就追着柳子琪去了。

喷泉闪烁着迷离的光影,风里送来夜来香的芬芳。只是周围的环境一寸一寸在变冷,因为——夜已经深了。

凌晨的街道,一点点笑闹声都会被放大,转瞬又被吞噬在黑夜里。柳子琪走到路边停着的陆虎车旁,准备开车门,严凯追了上来:"喂——"

柳子琪笑,但很快收了笑容,回过头时表情已经变得严肃:"我没名字吗?"

"这个,还你。"严凯把鸭舌帽递给柳子琪。

柳子琪看了一眼,又抬起头:"送你了。"

严凯依旧伸着手:"你今天这个玩笑,开得过分了。"

"哪过分了?那个女的又不是你女朋友。"

"那是我领导。"

"哦,那更无所谓了——"

"我要说的不是这个,你怎么能那么形容我们的关系呢?"

"我怎么形容了?"

"未婚妻,虽然我不知道你为什么要这么开玩笑,但是以后——"严凯连话都说不下去了。

柳子琪凝视着严凯,态度竟然是前所未有的严肃:"我没有开玩笑,我是认真的。"

严凯无语:"柳子琪,你到底想干吗啊?"

然后,柳子琪就像是一个高傲的侦探在宣布自己的最新推理结果一般宣布:"严凯——你对我动心了。"

严凯无法理解柳子琪的脑回路:"你说什么呢!"说完这句话,心……猛然之间跳了两下,好像是——有点窃喜?

柳子琪笑了:"如果没动心,你干吗追下来?别说只是为了还帽子啊,但动心也好,这样我们能最快速度把事情搞定,高质高效。"

"什么事情？你要搞定什么事情啊？"

但是柳子琪却不回答了，上车，关了车门，手搭在车窗上，冲着严凯笑："记得你还欠我一个人情。拜拜。"

路虎车疾驰而去，严凯站在路边，看着路灯，不知道为什么，有点失落。

冷冷清清的大客厅里，陈开怡穿着睡衣，赤脚坐在客厅圆桌前，一边喝着咖啡，一边拨雷启泰的电话，只是，传来的声音一直是"对不起，您拨打的电话暂时无法接通"。

陈开怡给雷启泰发微信：怎么不接电话？千万别又说时差之类的鬼话。

微信发送过去后，没有回音。

陈开怡看着雷启泰的微信头像，捧着咖啡杯，双脚放到椅子上，咖啡杯放在膝盖上，她用手指轻轻敲着咖啡杯，心中略略有点烦躁——

不安就像是一颗豆子，被水浸润了，慢慢地膨胀起来。

好在这时候，手机震动了。陈开怡伸手抓过手机，看了看手机号码，是雷启泰发来语音通话的请求。一颗心才稳下来，她又将手机放下，慢条斯理喝了一口咖啡，这才接通了电话。

陈开怡很生气，要多晾雷启泰两分钟。

雷启泰的声音急急忙忙响了起来：

"开怡——我这几天在美国的黄石国家公园，信号有时候有，有时候没有——喂——能听到我说话吗——"

陈开怡声音略带怒意："我昨天给你发的微信，你怎么也不回复？"

对面雷启泰的声音愈加大了："喂——什么——"

陈开怡就问："我让你帮我做的事情可不可以？"

说起这个，对面的雷启泰也迷惘了："你为什么突然要让我们公司公开宣布，不再给你们杂志投广告——出什么事情了吗？我还听说，你让和你关系最好的几家大品牌都公开宣布，停止对《盛装》的广告投放——你到底怎么了？"

"你能不能做到？"陈开怡略略有些烦躁地催问。

雷启泰当然答应："能，当然能啊。但这个事情能等我们都回国后再进行，行吗？"

陈开怡就问:"你不是和你们大领导天天在一起嘛?我需要你们尽快对外宣布。"

雷启泰急忙解释:"我想回去和你好好谈谈,最近我这边也发生了一些事情——"

陈开怡再问:"你什么时候回来?"

雷启泰:"快了,还有一个多星期——"

然后,通话断了。

陈开怡把手机丢桌上,看着手指上的戒指发呆。她把戒指摘下,放在桌上,像旋转陀螺一样转着戒指。戒指在转着圈——嗡嗡嗡嗡——逐渐停下,倒在桌面上,心有些疼。

陈开怡坐在办公桌后面,手里拿着笔,正在翻看1月刊的小样,眉头紧皱。鲁斌斌顺手将门关上。陈开怡抬头撇了一眼,又低头看稿。

鲁斌斌将手上的资料不轻不重地摔在陈开怡办公桌上:"麻烦你解释一下。"

"解释什么?"

"也就是过了一个周末,这5家公司突然几乎差不多的时间宣布停止对《盛装》的广告投放,银蔻、欧海雅这两家,竟然宁可违约也要中止接下来的广告投放,这5家品牌的负责人,都和你私交非常好,陈开怡,你什么意思?"

"鲁斌斌,你有什么资格来质问我?"

"你没看内部邮箱吗?今天上午发布的人事通知,我,被正式任命为《盛装》结构调整协调小组的副组长。"

陈开怡悠悠然怼了一句:"副组长?好大的官啊——你丢了广告,那是你广告部的事情,来我办公室干什么?赶紧忙去吧,听说前些天你一个五十万的广告被一个三流的公众号抢走了?不会这些广告也被其他的公众号抢走了吧?——我要工作了,请带上门,谢谢。"

一句话下来,鲁斌斌怒气冲冲,摔门而出。

离陈开怡办公室比较近的工位上,编辑们纷纷抬起头。

鲁斌斌瞪着那些编辑:"看什么看?上班!"

编辑们收回目光,却听见开门的轻响,陈开怡走了出来,手里拿着一份小样,径直走到严凯的工位前面,脸色阴沉让人害怕:"严凯,你怎么回事?这期稿子什么意思?做的都是什么东西?不嫌丢人吗?"

严凯与周围一群编辑全都站起来。严凯试图解释:"大家已经尽力了。"

陈开怡劈头盖脸一顿臭骂:"是不是乔治死了,你就不会做内容了?你是不是忘了,你是《盛装》的编辑总监!在内容上你是第一负责人!"

赵昕解释:"主编,主要是这段时间——"

"你闭嘴!严凯,这期稿子全部重做!封面故事、特别策划、三个专题,全都重新做!重新采访!重新撰文!版式重新设计!"

鲁斌斌还没有走回自己工位,这下转身回来了,笑眯眯插嘴:"唉,那可不行,这期封面故事是单独招商冠名的,虽然请的明星级别还不够理想,但客户对这期的内容总体还是很满意的——"

陈开怡转身,将手上的杂志小样全都砸到鲁斌斌脸上。

所有人这才意识到,陈开怡已经在盛怒之中——很久没见的"魔头"回来了,这种表情他们曾经都那么熟悉,所有人的心都提了起来。

陈开怡狠狠地瞪着鲁斌斌——那种表情会让鲁斌斌觉得,他再多说一句话,可能会被陈开怡当场捅死。鲁斌斌竟然连回嘴都不敢,几乎是懵的站在原地。

"客户让你吃屎,你吃吗?——流程!流程!"

蔡菲往前走了两步,突然意识到自己不再是流程编辑了——她已被任命为肖红雪的助理,李娜代替她做流程编辑。她赶紧转身拉着李娜的胳膊:"叫你呢!你现在是流程编辑!"

李娜如梦初醒,赶紧小跑着到陈开怡面前:"主编,您叫我?——我今天开始,正式成为流程编辑——"

陈开怡咆哮:"所有人重新做稿子!每篇稿子,从初稿开始,全要先给我看!"

"好!"李娜赶紧回答,看着地上散落着杂志小样,蹲下去捡。

陈开怡怒了:"你在干嘛?"

李娜愣了:"我——"

陈开怡呵斥:"你带脑子出门了没?这是你现在该做的事情吗?快去安排流程!"

李娜赶紧站起,小跑着回工位。陈开怡环视众人。

严凯吩咐:"赵昕,马上重新确定封面人物的采访对象,快!"

赵昕回话:"明白!陈然,赶紧约最早定的那几位明星的经纪人,死也要磕出他们的采访时间,让他们不要再担心那些破广告植入的事情!"

陈然:"我马上办!"

玛丽吩咐:"雪莉,通知服装、化妆、美容的人,马上开会,重新报选题!"

雪莉回答:"好嘞!"

严凯吩咐:"谷欢,生活方式选题重新做,林亚楠帮忙!把以前备用的选题全都整理出来!特别策划我来做!"

罗翰说话:"严凯、玛丽,你们定好方向就和我们说,我们重新做版,从现在到下厂前,设计组轮班不休息。"

潘希伟说话:"玛丽,你们的会我也参加,第一时间帮你们定摄影方向,需要找模特找图我们组都能帮上忙!"

几个瞬间之后,所有编辑们都紧锣密鼓动了起来,电话声此起彼伏,编辑们在工作区来回穿梭。

鲁斌斌站在原地——感觉有些突兀,总算从刚才的蒙中恢复了正常,想说点什么,但没人还有空搭理他。

陈开怡环抱双手,表情依然阴冷,走回自己办公室,依然没有看鲁斌斌一眼。

第九章　出场，幕后高手

肖红雪站在办公室窗前，看着外面的工作区所有人忙碌的样子，和之前的压抑气氛完全不同，像是一台机器重新开始运转。

肖红雪拿起手机，给项庭峰发了条微信：我现在才知道，为什么说陈开怡是《盛装》的灵魂。

项庭峰回微信：我下午从香港回去，晚上见。

敲门声传来。肖红雪走回办公桌后，坐下："请进。"

鲁斌斌推门进来，脸色阴沉，将一张表放在桌上，上面写了几家公司的名字。

"咱们不是在查账嘛，这几家公司和陈开怡关系不浅，重点查这几家，一定能查出问题！《盛装》大局已定，她是翻不了盘的，现在连'时尚盛典'也没她什么事了，仗着还有点余威，赶紧带着资源走了。这可都是咱们《盛装》的重要客户，不能让她带走，查账！只要查出一点蛛丝马迹，立刻对外通报，先把她名声搞臭。她想全身而退，没那么容易！"

肖红雪就说："如果账目上真的查出问题，可不只是名声的问题了。"

"那也是她咎由自取！要我说，有问题她当然该死，没问题也能找出问题——主编，这个时候不狠，大局很难稳啊。"说着话，鲁斌斌脸上浮现出意味深长的笑容，手里将那张写着公司名字的表，轻轻地推到肖红雪面前。

"现在所有计划都打乱了，你要把那些标签重新做。"

"我刚才和你说的你都忘了吗？杂志下厂之前是有基本流程的，买图催稿看版式、一校、二校、三校、黑白小样、彩色小样、下厂——"

"先交简单的稿子和碎版，同时盯着特别策划和专栏，专栏稿子到了催封面故事，封面故事的图先出，出图之前服装、美容、化妆的小稿子全都要出来，然后再出策划的稿子和图，同时做版！"

"记得第一时间催所有视觉栏目的摄影照片,那些摄影师有时候很难联系的,早拿到早心安,然后再收策划的稿子,配图,需要插画的还要提前联系插画师!"

蔡菲正在手把手教李娜,李娜一边听一边记笔记。

蔡菲气定神闲,李娜手忙脚乱。

不过李娜充满干劲,她不相信她自己学不会!

即便是严凯吩咐她出去采访帮谷欢收集素材,她也精气神十足地回答:"没问题!保证一定完成任务!"

采访去也!

虽然蔡菲已经与肖红雪出差去了,但是李娜相信自己一定能完成任务!

李娜一脚踏进门店,年轻女导购就带着笑容迎了上来:"小姐,晚上好,欢迎光临,有什么我可以帮您的吗?"

"我——"李娜紧张得磕巴了一下,"我有些问题——"

"您说?"

"我有12个问题想采访您——"

导购微微有些愣:"12个啊,您说吧。"

李娜将背好的提纲一泻而出:"请问你们品牌旗舰店为什么要选在这个位置开?旗舰店的意义是什么?网络代购对你们品牌实体店冲击大不大?旗舰店是销售和其他店的销售业绩有什么区别吗——"

导购蒙住了:"啊?请问,你是谁啊?"

换了家奢侈品店,李娜捧着杂志,对着一位男导购鞠躬,笑容真诚。

"您好,我是《盛装》杂志的编辑,我现在做一个选题的采访,我有些问题想采访您,可以吗?对了,我叫李娜。"

"我们这边的采访一般是要通过品牌公关预约安排的。"

"太感谢您了!那您能给我一个你们公关的联系方式吗?"

导购一脸蒙道:"一般来说,都是我们公关主动联系你们的。"

第三家奢侈品店，李娜90度鞠躬，再起身，对着面前的品牌店女店长，简直笑到谄媚。

"店长，您好，我的同事联系过你们品牌的公关，但这个采访，需要像您这样的品牌一线精英回答，才更加真实准确，我能占用您一点点时间吗？"

"你是《盛装》的？"

李娜笑容都快从脸上喷出来了："是的，你们品牌和我们《盛装》，一直都保持着良好的合作关系。"

"你好你好，我们去里面聊吧，希望能帮上你的忙。对了，你叫什么来着？"

"李娜，和网球冠军李娜同名。"

"哦，李编辑，幸会。"店长伸出手，要和李娜握手。

李娜双手握住店长的手，狠狠鞠躬："谢谢您！"

李娜终于收集到足够的素材，骑着共享单车，返回公司。

但是路上，却是迫不及待地戴上耳机，与蔡菲通电话："菲菲，她叫我李编辑！哈哈哈哈——为什么，这三个字听起来那么舒服啊——这真是我听过的最好听的三个字了——你等我，我去接你下班！"

李娜骑着骑着，站起来蹬自行车——但蹬得并不快，影子被路灯拉得长长的。

夜风习习，吹拂着她的头发。

肖红雪站在玻璃幕墙前，俯瞰夜景。

她的脸色有些阴沉。

项庭峰在她身后环抱着她，脸埋在她肩膀上，闻着她头发的味道。肖红雪挣脱开，走到桌前，给自己倒了一杯水。

项庭峰解释："怎么了？——我和你说过好几回了，乔治的死和我没有关系。"

肖红雪叹息："那天人偶突然撞到窗户上，你被吓得坐到地上，所有人都看到了！如果那个事情真的是严凯做的，他就是要用这种看上去很古怪的方法试探你的反应啊。"

项庭峰有些着急："你不要胡思乱想了，说不定这一切都是陈开怡暗中操纵的，严凯就是她的棋子——对啊，陈开怡要反击，最好的方法是什么？是离间我们俩，让我们彼此怀疑，她就赢了！这招真是太阴险了。"

肖红雪摇头："这不合逻辑好不好！你想想，严凯是严永志的儿子啊，他怎么可能被陈开怡摆布？陈开怡能拿什么去左右他？"

项庭峰试着解释："她有一套所谓的媒体理想主义，这种鸡汤情怀能骗到很多人。要不然，严凯放着好好的家业不做，为什么要来《盛装》做编辑总监？《盛装》的那点工资对他家而言——"

项庭峰没有说完，肖红雪打断了他的话："停！我们不要再争论了，这种感觉太不好了。你说的都很有道理，但是，这些都无法真正说服我，我总觉得哪里不对。我累了，我想休息了。"

项庭峰走到门边，两人浅浅拥抱。晚安之后，项庭峰出门。

肖红雪关上门，一脸疲惫。

被肖红雪关在门外的项庭峰，也是一脸疲惫。

有些事情要加速了，他想。

杂志社的陈列室，柳子琪饶有兴致地在陈列室内踱步参观——就像在看画展。严凯跟在她身后，很是不耐烦。

"柳大小姐，你莫名其妙到我们杂志社来说要参观，都半个多小时了，到底想怎么样啊？"

柳子琪指着墙上的杂志："这就是你们《盛装》的历史吧？你就为了这些，不愿意继承家业？"

严凯不想回应她："说了你也不懂。大小姐，我要去加班了。"。

"动不动就加班，你可真没劲。"柳子琪抱起了双手，噘了下嘴，扬起眼睛看墙上的介绍，眼睛开始熠熠生辉："我想到一个办法，可以让你不加班。"

严凯有着不祥的预感："你又想怎么样啊？"

柳子琪眼神放光："我决定了，我要把《盛装》买下来。"

这是用一进的四合院改造的会所，外面看着普普通通，但进来后别有洞天。所有的厢房都是玻璃幕墙和木结构，院子里植被丰盛，水声潺潺。

项庭峰熟门熟路，穿过院子，进了主房。

主房的房型和设计非常当代，但家具陈设又古朴，家具以明清样式的木质居多，墙上还放着几块古匾，像是从不同地方淘回来的。

桌案上与地上摆放着一些青铜器、瓷器和陶器。大瓷瓶里插着许多字画卷轴。一个五十多岁的男人，正拿着一盏特制的灯管，看桌上摊着的一幅字。

项庭峰进房后，那男人看了他一眼，微微点头，继续看桌上的字。项庭峰轻步挪到桌子旁边，看那幅字，正是是王羲之的《丧乱贴》摹本。

项庭峰不敢惊扰他，屏息凝视，假装自己也在认真地看。

好在那中年男人终于看完了，慢慢站起身，关了灯管，放下灯，冲项庭峰摆了摆手，示意他跟着自己来。

两人穿过侧房，进到一个更小的房间——四周都是酒架，摆满红酒。两张相对的沙发，中间的茶几上放着一盒雪茄。

那男人递了一支雪茄给项庭峰，自己也拿了一支："我问过在日本政府里管文化的朋友，多少钱能从他们那把《丧乱贴》买回来，那人说无价，还说这种伟大的书法艺术属于全世界。我又问，既然属于全世界，为什么不能在我家放两天？一天也行。我可以拿我所有家产去换。"

项庭峰就问："他怎么说？"

那男人苦笑："他说在这幅字面前，金钱和财富毫无意义。——说正题吧，你怎么招惹上严永志了？"说着话，他开始给两人倒红酒。

项庭峰也苦笑："顾先生，我哪里敢招惹严永志。我是不知道他会有个儿子躲在《盛装》上班，更想不到和乔治的关系那么好。您和严永志——认识？"

中年男人顾先生的眼睛眯起来，吐出了一口烟圈。

项庭峰就眼巴巴看着他。

这位顾先生名叫顾明山，是项庭峰费尽心机寻找到的投资界的大佬，现在虽然隐居，当年也是一个神化级的人物。《盛装》是一个大工程，项庭峰不敢自己动手，就请了顾明山出马。

没错，项庭峰在动《盛装》的脑筋。

电子阅读时代的到来，急剧地压缩着传统纸媒的生存空间，项庭峰打算趁着《盛装》杂志还没有倒闭之前，将《盛装》给卖出去——从而赚上一笔养老钱。

当然，《盛装》是法国杂志，项庭峰只不过是亚太地区的一个出版人而已。所以项庭峰要做一些能瞒得住《盛装》法国总部的小动作。自己没有十分的把握，才寻上了顾明山。

顾明山摇摇头："不认识，我知道他，他应该不知道我，听说现在严家的生意很大一部分都是大女儿严玥在管，但严玥这段时间一直在找人打听我。"

项庭峰一下子紧张起来："他们已经知道你和这个事情有关？"

顾明山似笑非笑："你觉得呢？"

项庭峰沉吟着说："严凯最近一直盯着肖红雪，搞得肖红雪每天疑神疑鬼盘问我，我猜他是在用肖红雪试探我——可见即便他们知道，也知道的不多。"

顾明山就笑："如果只是严凯和严玥两个小朋友在查，也没什么，但如果严永志也插一脚，以他的老谋深算，估计很快就能看明白你这盘局了。"

项庭峰急了："我的局？顾老，这应该是我们共同的事业吧？"

顾明山否认："对你可能是事业，对我，也就是一个买卖——我就是专门做交换的人，用小的换大的、用便宜的换贵的，帮你把那本杂志换成你的钱——尽可能多的钱。"

项庭峰迟疑了一下，郑重说话："顾老，当务之急是严凯揪着乔治的死不放，这个越拖下去越容易出事，我们是不是要加快收购的速度？《盛装》总部那边我都铺垫好了，只要您这边的钱到位，我们就可以迅速启动。"

顾明山端起红酒，抿了一口："现在入手，还不是最低点。"

项庭峰低声说："再等下去，我怕事情会有反复。"

顾明山呵呵笑了一下："林乔治的死——死这么久了，你没必要再怕什么。"

项庭峰苦笑："这种事情根本就说不清楚的……"

项庭峰与顾明山对坐聊天的时候，李娜与蔡菲也在对坐着吃饭。

让蔡菲哭笑不得的是，一顿晚饭也不安生。李娜是心急火燎狼吞虎咽，她急着要回杂志社加班。理由是——严头儿在加班，作为新上任的流程编辑，没道理不去陪着加班！

好吧，对着这样一个工作狂，蔡菲放弃与她讲道理。放下饭碗，蔡菲从床头柜抽屉里掏出两个东西递给李娜——录音笔和一本笔记。

李娜奇怪："什么啊？"

蔡菲干脆利落："秘笈！"再度捞起饭碗，吃饭。

至于李娜——她可没工夫吃饭了，接过蔡菲的笔记本，翻开。

这是一本流程编辑笔记，全是密密麻麻的字，还贴了很多卡片和图标。

蔡菲一边吃饭一边含含糊糊说话："这是我做流程编辑第一年时留下的笔记，你一定要好好学！"

李娜又拿起录音笔。蔡菲说："这段时间我在楼道里偷偷录赵昕、陈然她们说话，都存在这里头了。"

李娜急了："不是让你别再录了吗，万一被发现了——"

蔡菲吃完了，一边收拾一边回答："我很小心的，真是不听不知道，原来她们那个'不怕胖女子天团'看上去相亲相爱，其实还挺复杂的。"

李娜抢着来收拾："怎么复杂了？"

蔡菲笑："她们人多的时候，都会拍赵昕的马屁，都是昕姐前昕姐后的，但赵昕不在的时候，尤其人少的时候，她们经常会挖苦赵昕，说她年纪大、家庭条件差、品位也差；陈然一直压在赵昕下头，其实很想上位，所以这次裁员政策下来，陈然其实挺认同的，还悄悄和林亚楠说过，年纪大的人就应该被裁掉，如果她上位了，一定升林亚楠做资深编辑——"

李娜叹气："——这都是别人隐私啊！蔡菲，求你了，以后不准再偷听她们说话了！录音笔里的东西，也全删了吧。"

蔡菲无奈地说："好，不听就不听，反正那个害你的人我大概知道是谁了。"

李娜忍不住就问："——谁啊？"

蔡菲神色凝重："谷欢。"

李娜惊讶："怎么会？为什么啊？"

蔡菲分析给李娜听："这是我推测的，因为谷欢一直和俞京京走得很近，有一次只有她们两个人的时候，我听到谷欢说，她想调去广告部，俞京京说这个挺难的，鲁斌斌和严凯势如水火，他怎么可能会要严凯的人。谷欢就说如果和严凯把关系撇清呢？俞京京说那也不行，除非谁能让严凯在鲁斌斌面前抬不起头来。其他人都没有明显害你的动机。"

李娜："把录音笔的内容给删了吧。不管是不是谷欢，反正我也想明白了，我就好好做我的事情，谁要害我谁就来吧，我不会怕也不会输。"

蔡菲："感觉你特别像日剧里的人物，热血中二。"

李娜："想说我笨就直说，我就是笨，可是不管多笨的人，也应该有权利去追求自己想要的生活吧。"

……

李娜决定回去加班，蔡菲无法阻止。

其实流程编辑加班也干不了啥事儿，最重要的事情，就是给严凯做好后勤——比如买包烟或者买杯咖啡什么的。

李娜刚刚转身打算出去，就看见林亚楠来了，手里端着两杯咖啡。

林亚楠看着严凯："——刚才看到你打呵欠，怕你犯困，去给你买了咖啡。"

严凯不说话。李娜感觉气氛有点怪怪的，看了看林亚楠，又看了看严凯。

严凯终于说了一句话："多谢，我这正要去买。"

林亚楠递咖啡给严凯。严凯没接。气氛再度陷入尴尬。

李娜很奇怪地看着两人："亚楠姐，严头儿，你们——怎么了？"

严凯白了李娜一眼。

"啪"的一声响，林亚楠将手里的咖啡丢进垃圾桶，转身就跑进了杂志社。

严凯叹了一口气："你怎么那么喜欢多嘴？"

早上七点，闹钟准时响了起来。

陈开怡的手按停了闹钟，又摸到闹钟旁边的窗帘遥控，摁下。卧室的窗帘缓缓开启。

窗外的树木和绿叶，郁郁葱葱。

陈开怡坐起，拿起枕边的手机，第一时间打开和雷启泰的微信对话框，还留在昨天她发出去的那一条——有事，速回复。

陈开怡拨雷启泰手机号，明明打通了，但无人接听，一直到自动挂断。

陈开怡输入微信：你那边是不是出什么事情了？我在美国有不少朋友，能帮上忙。速回复。

等了好一会儿，那边一直没有回复。无端端地，陈开怡有些心慌。

都已经这个年纪了，实在不需要担心什么的——

陈开怡安慰着自己。也许自己是真的老了，不敢面对失败了，所以担心自己这个"最后的奖赏"起来。

但是这担忧真的没有必要，他要抓住这次机会，往上走一走。所以真的没时间时时刻刻盯着手机盯着微信。陈开怡给自己解释了一番，进卫生间。

从卫生间出来，再度拿起手机，脸上不由洋溢了笑容——

雷启泰回话了：我一切安好，比较忙，无法及时回复，勿念。后面是一排笑脸。

小别胜新婚。

项庭峰重新出现在肖红雪面前，肖红雪的这份喜悦难以形容。

高级酒店，好一阵缠绵。

只是也不凑巧，肖红雪已经买了第二天早上去上海的飞机票。肖红雪已经在洗漱了，项庭峰从后面抱住了肖红雪，口气似乎是撒娇："别去上海了吧？"

肖红雪笑着解释："'时尚盛典'时间很紧张了，现在陈开怡要把资源都撤走，我必须要顶上，之前提的那些方案也都需要去落实，所以约了上海那边的媒体领导和品牌朋友，要过去应酬一下。"

项庭峰试图挽留："公司内部还在查账，你这个时候离开，不合适吧？"

肖红雪笑："没有办法了，我又不懂怎么查账，留在这儿也没什么用处，再说那几个会计师查过来查过去，也没查出什么名堂来，倒是鲁斌斌心眼多，还要我想办法在账目上搞陈开怡。"

项庭峰呵呵笑了一下："她的账目怎么可能会有问题。她一直做内容，又那么爱惜羽毛的一个人。鲁斌斌真是猪脑子。"

肖红雪沉吟了一下，说："但最让我意外的事情是，林乔治的账，也根本没问题。"

气氛顿时凝结。

肖红雪继续说话："总部这次让我监督查账，最核心的任务就是查林乔治的账，因为他自杀那天，有警察专门来问询他和经济有关的事情，之后外界又传得沸沸扬扬他可能是因为账目有问题，才畏罪自杀，后来发生的所有事情都和他紧密相关。但这段时间，会计师翻来覆去查了好几遍，林乔治生前经手的每一笔钱，都干干净净，没有任何问题。"

项庭峰沉默。

肖红雪："我猜，这个事情里面一定还藏着别的事情，而且，你肯定知道是什么事情。——庭锋，最近我做得也不好，我不应该怀疑你。所以，我决定不再追问你任何问题，我会等，等到你愿意和我说的那天，你再告诉我。"

项庭峰沉默。

肖红雪只觉得心有些冰冰凉。她挣开了项庭峰，走向了房间的另外一头，去换衣服。项庭峰猛然之间快步追上，从后面再度抱住了肖红雪，他的声音都在磕巴："相信我，请你一定——相信我，我所做的一切，都是为了我们。"

肖红雪站着不动，声音渐渐有了温度："虽然我们不再是婚姻关系，但我依然爱着你。"

项庭峰的声音像是呻吟："我也爱你，超过爱这个世界上的任何人。"

两人就这样贴着彼此，久久站立不动。

两个人都想从对方身上汲取一点力量——

很多年了，他们就这样互相支撑着过来的。

我应该信任他。我应该信任她。

李娜双手几乎都拧在一起，大气不敢喘，站在严凯工位前。严凯正在看李娜写的采访稿，手里拿着支铅笔。

李娜眼睛不知道该往哪儿看，就只好盯着那支铅笔的笔头，严凯轻轻摇着铅笔，笔头晃动，李娜的脑袋也跟着微微晃动——突然笔头静止，李娜也停下，目不转睛看着严凯。

严凯看了一眼李娜，将手上的那篇稿子撕了，递给李娜。

李娜接过稿子，感觉自己热血上头，脸都红了，却不知道该怎么办。

严凯："重写。"

严凯说完话，继续对着电脑，似乎什么都没有发生。

李娜磕磕绊绊："为——为什么——"

严凯声音淡淡的："写得太烂了。"

李娜回到自己的工位上，看着撕了一半的稿子，捂着脸。

桌上手机震动，李娜拿过手机看，是到账提示："您账户1256于12月10

日 14∶54 入账工资，人民币 3542.18 元。"

李娜看着这行字愣神，读了好几遍。

她把手机放在桌上，坐了下来，有点不知道该怎么办——高兴，但又觉得不真实。赵昕拿着稿子从工位旁边走过，丢下一句话："小专题的稿发邮箱了。"

李娜没有回应。

赵昕重重地敲了下桌面。

李娜这才回过神来，手忙脚乱地开始折腾，桌上的手机屏幕暗了下去。她敲着键盘，眼睛一热，伸手抹了抹，假装没事。

李娜对着工资提示愣神的时候，蔡菲已经跟着肖红雪到了上海，进入了一家蔡菲从来没有见过的豪华酒店。

整个楼层非常安静，地上铺着绵软的地毯。肖红雪的高跟鞋走过，地毯上留下一个个浅浅的印痕。

这是整个酒店里最好的一层。

肖红雪到了自己的房间，告诉蔡菲："5 点找我，我们出发，晚上有饭局。"

蔡菲点点头。

服务生领着蔡菲进了房间，放好行李，关门离开。蔡菲环顾房间，感觉有点恍惚。

——自己居然住进了这么高档的酒店？

她走到窗边，想一把拉开窗帘——窗帘纹丝不动。她四处查看半天，发现床边有控制按钮，摁钮。窗帘缓缓打开，露出了风景——虽然不是标准的江景房，但是房间也能看到一部分黄浦江，江面悠悠行船，对岸的城市天际线清晰明朗。

蔡菲欣赏着美景，退到床上，向下躺倒，躺成一个"大"字。

不过才躺下没几分钟，服务生又摁了门铃，送来了一个纸袋："您好，这是 908 房间的客人让我给您送过来的。"

蔡菲看到最外面的纸袋上贴了一张标签纸，上面留了字：选一套，穿上。

下面署着肖红雪的英文名。

蔡菲打开纸袋，三套衣服分别是 Prada、PaulSmith 和 Balmain，鞋是 jimmychoo 低跟款，还有一个精巧的手包，是 Valentino 的。最后是一套

LANCOME 彩妆礼盒。蔡菲抱着衣服躺到床上,抱住枕头闷住自己尖叫的声音,脚在空中乱踢——她那被闷住的惊喜叫声在房间里回荡。

这是一家高档的咖啡馆,正是正午时分,咖啡馆里并没有多少客人。

资深的娱乐新闻记者老卓领着一群记者进了咖啡馆,直接奔向最里面一桌,端起相机就是一阵咔咔拍摄。坐在最里面的女人赶紧戴上墨镜,侧过身去。

——虽然只是惊鸿一瞥,但是一群八卦记者都是长了火眼金睛的,哪认不出来,面前的女人就是《盛装》的陈开怡?而坐陈开怡对面的中年男人是时尚报刊《风姿精品》的出版人秦总。

大新闻!

秦总略略有些生气:"你们这是什么意思?"

老卓举起录音笔:"陈主编,现在坊间都在传你要从《盛装》离职,带着优质资源寻找下家,今天和《风姿精品》的出版人私下会面,是不是有意加盟他们集团?"

秦总神色沉了下来:"老卓,大家都是同行,抬头不见低头见的,你这何必呢?"

老卓追根究底:"既然都这么熟,你赶紧给报个实料,陈主编是不是要跳槽去你那儿?"

秦总吞吞吐吐:"我们还在谈——"

其他记者一拥而上,七嘴八舌。

"陈开怡,听说你是被肖红雪排挤离开的,是不是真的?"

"听说《盛装》目前内部还在查账,你这个时候找下家,是不是和躲避查账有关?"

"如果跳槽,你选择下家的标准是什么?"

"'时尚盛典'是你一手创造的品牌,如果去了别的杂志,会不会把资源全部移过去,继续举办类似的活动?"

秦总徒劳地说话:"这是别人做生意的地方,你们差不多行了啊——"

老卓就嘿嘿笑:"——陈主编,我们追个新闻也不容易,你多少说几句嘛。"

陈开怡这才慢慢转过身来:"对不起,无可奉告。"

桌子上堆满正在校对的稿纸。林亚楠趴在桌上睡着了,赵昕坐在椅子上,手里拿着稿子,但头歪着俨然睡着了。严凯拿着红笔,还在逐字校对。李娜专注地将整本杂志的小样贴在墙上,从第一页到最后一页,直到贴满整面墙。李娜站起身,后退几步看,颇为满意。严凯从她身边走上前,将卷首语的小样也贴了上去。

李娜还挺精神的:"严头儿,所有稿子都交了,就等陈副主编签版下厂,时间正好赶上!"

"嗯——几点了?"

"五点。"

"困不困?"

"刚喝了咖啡,不困。"

"走,带你去个地方。"

天光已经亮了,整座城市正在苏醒。严凯和李娜站在天台栏杆前,栏杆上放了三罐啤酒,严凯把啤酒都打开,递了一罐给李娜,又放了一罐在栏杆上。

李娜拿着啤酒,有点困惑。

"今天是乔治生日。"严凯并不回头,和栏杆上那罐啤酒碰杯,对着天空轻声说,"生日快乐。"

并排坐在天台栏杆边,有一搭没一搭地喝酒聊天。

"没找到他死的原因,我不敢去见他。"严凯说。

"不是抑郁症吗?"

"我不信。"

"所以——那次突然从天台上掉下一个人偶?"

严凯笑了,从口袋里摸出一把钥匙,放在栏杆上:"天台门的钥匙,我找了物业的人,花了点钱,偷偷配的。"

"我早就知道那个事是你干的,因为那天我看到你,站在楼下抬头看楼顶,我当时还奇怪,以为天上飞过东西了。"

严凯没接下去,忽然转头:"你知道为什么我要叫你上来喝酒吗?"

"你算是这个世界上,最后见过乔治的人之一。"

李娜仰头喝了一大口。严凯和她碰杯:"别光自己喝。"

李娜:"头儿啊,你到底为什么一直在帮我?"

"因为你笨啊,不帮你,你早滚蛋了。"

"不不不,你这样很容易让人误会的。"

"误会什么?"

"误会——你喜欢我……"还没等严凯回话,李娜赶紧接着说,"能不能——请你以后,不要再帮我了?"

严凯转头笑了,突然说:"我一直没问过你,乔治为什么要推荐你来《盛装》?——我真的很想知道为什么。——我只查到,他生前被放高利贷的人追债,在你以前上班的西餐厅里,你还帮他打过架。"朝阳一点一点升起来,金黄衔接着灰蓝,慢慢地扩散开来,严凯注视着远方,问。

"难怪老颓说有人去餐厅查事情——你查过我?"

"我只是想知道他为什么死,这对我非常重要。"

"《盛装》在乔治先生的心里,可没你想得这么随便,光帮他打个架挨个揍,他可不会让我来这工作。"

"那是为什么?"

李娜沉默不搭腔,一口气将手中的啤酒全都喝完。

"其实,我小时候写的作文,每次都会被老师当成范文在全班读。"

"什么?"

"我爸在我们当地的报社工作,经常写些豆腐块文章,小地方的人就觉得他是'文化人'——老师会夸我不愧是李江生的女儿。但我一点都不高兴,每次老师一夸,同学们都会笑。我妈死了之后,我爸老是换女朋友,在同学口中,我每个月都在换"后妈"。因为他,我再也不敢写得好。我开始逃课、打架,我爸也对我越来越不满意。后来他娶了个比自己小十二岁的老婆,我真的太想逃走了,填志愿的时候我偏偏选一个他最看不上的'头脑简单,四肢发达'的人才会去、离家也最远的学校。"

"这跟乔治有什么关系?"

李娜瞥了一眼严凯,有些不满:"我跟乔治先生说这些的时候,他很耐心的。"

严凯乖乖闭嘴。

"当然，后来我才知道，我爸根本没才华，也没担当，他是典型的假才子，真风流。跟他赌气实在是太不值得了——但说这些也没什么用，毕竟我也从来没有明白过自己想要什么。上了大学之后，我认识了一个男孩，他对我特别好，还允诺给我一个家庭——于是，我就以拥有一个自己的家为目标，竭尽全力。"

"后来他跟我最好的闺蜜劈腿了，"李娜顿了一下，微微吞咽了一下，像要把嗓子里那点颤抖的苗头咽下去，脸上仍旧是平静的，"——在我为他付出到完全丧失自我的时候。我当时很生气、很难过，但更让我伤心的是，我发现我自己无处可去——我不知道我是谁，我要去哪儿。我当时好恨我的名字，是不是因为有了这样一个普通的名字，我才连人生也这么失败和普通？"

严凯第一次看李娜这么认真，有点意外，低头抿了一口酒。

"直到来到了《盛装》，虽然事情很多很复杂，每天都有各种新的问题，但我喜欢一起讨论选题的感觉，喜欢下厂前疯狂熬夜加班，甚至喜欢被你和昕姐一次次骂稿子写得烂——是不是很变态？但这种被碾压、被打击的感觉，让我觉得，我是我了。还有陈开怡——我有时想，如果我能成为这样的人，这辈子就值了。"

初升的日光慢慢罩在李娜脸上，虽然刚熬了夜，但她的眼神里焕发着光彩。

"所以，我可以回答你的问题——乔治先生找我来，是因为他跟我说，他能带着我，找到活着的意义。"

"活着的意义？"

"活着的意义。"

又说了两句闲话，疲惫加上酒精的作用，严凯背靠着栏杆睡着了。李娜嘟嘟囔囔自言自语说了两句话，也睡着了。

第十章　酒桌，红雪砸人

空无一人的墓园，树木新绿，清晨的凉意尚未褪去，风一吹，湿了满脸。穿着黑色风衣的陈开怡慢慢走到墓前，从包里拿出两本新出的《盛装》放在墓碑前，再将手里的一束黄色雏菊放在杂志上。

"乔治，生日快乐。你走之后出的两期《盛装》，我给你带来了，有一期的封面故事还不错，你肯定会喜欢的；时装组那边也做出了很不错的内容；'生活方式'起色不大，好在'视觉趋势'那边找了个新锐摄影师，图好，很有大片的质感——你最喜欢的提法不就是'大片质感'嘛，像个土包子。"

陈开怡嘴角微笑，摘下墨镜，凝神看着墓碑上乔治的照片。

"你走之后的这段时间，发生了很多事情。严凯到现在也不相信你的死自杀，他把自己弄得像个私家侦探，一直在查你自杀背后的所谓真相。严家少爷，真的是长大了，当年和你赌他在《盛装》肯定待不长，我输了。不是输的人才被惩罚吗？为什么你赢了，反而死了？"

陈开怡有些哽咽，仰着头，似乎是想让眼泪倒着流回去。情绪终于平静了，她继续说话：

"严凯给我看了一张照片，你和项庭峰在澳门赌场，还有一个人，严凯认为那个人是关键人物——对我来说，那个人是谁不重要，那张照片一下让我想通了，你的死、查账、肖红雪来、裁员、接手盛典——这一切也许都在一个局里，但最先套进去的人，是你。乔治，你就是太喜欢闷着自己了，如果你告诉我，和我商量，项庭峰就布不成这个局，现在也不至于就我一个人在和他斗。"

"你放心，我一定会赢他！他想要的东西，不管是什么，我保证他得不到。《盛装》一定会是我们心中最好的那个样子，我们为这本杂志所做的一切都有价值的。你想做但还没做到的事情，我去做！"

街边卤煮店，小方桌摆到了店外人行道上，柳子琪、严玥围着小方桌对坐着，身边停着柳子琪的路虎车。

"二位要的卤煮和豆汁！"老板端着一个托盘喊着出来了。

"谢谢老板。"柳子琪像个孩子一样迫不及待掰开了一次性筷子，递一副给严玥。

"姑娘，您这开着路虎吃卤煮，是个讲究人。"老板抚着手，笑。

"不开这个，配不上您这老字号啊，您说是吧。"

"嘿！局气！你们吃着，有事招呼。"老板进了店。严玥端起碗，喝了口豆汁，眉头紧皱："说了请我吃大餐，这就是大餐啊？"

"豆汁啊，人间美味啊！你再多喝几口，习惯了你就知道好了。"一边两手扶着桌沿，身子前倾："姐，我就不和你绕圈子了，你要帮严凯办什么事啊？"

"哦，他让我帮着打听个人。"

"什么人啊？"

"你问这个——你想干吗啊？"

柳子琪笑："我也想帮他打听打听。"

"子琪，你不会真喜欢上我弟弟了吧？"

"你不同意啊？"

"同意！怎么会不同意呢？！我就觉得你们这感情，是不是有点快？"

"快吗？我怎么觉得还能再快一点。——姐，我这么说话是不是特没羞没臊啊？"

严玥认真地看着柳子琪："是有点。"

柳子琪也一脸认真："是吗？有点是多大点？"

两人认真地互相看着，终于严玥先憋不住了，大笑："行，你赢了。"

"那严凯让你打听的人，谁啊？"

严玥拿出手机，从相册里翻出那张照片，放到柳子琪面前，指着顾明山："就是这个人。"

柳子琪看着照片里的顾明山，眼睛都亮了，但是脸上却不动声色。

严凯和李娜被警铃声惊醒。

严凯扑到天台上往下看——大厦里不断有人跑出来,跑进他的视野。

李娜脑子还是迷迷糊糊的:"怎么了,出什么事了?"

"火警铃。"严凯拉着李娜冲向天台门——隔着栅栏门,严凯看见了下面楼梯口隐隐约约的火光,还闻到了浓重的烟味!

要赶紧下楼!

门锁了,拽门,丝毫不动。他掏口袋,没钥匙!又拉着李娜跑回刚才喝酒的地方,到处找,依然没有!

火势小还没有事儿,火势如果大起来——

严凯手脚冰凉。

他突然意识到什么,掏出手机,给林亚楠打电话。

但是,没有人接。

熏得黑乎乎的天台门锁终于打开了,是物业保安打开的。

严凯和李娜从门外进了楼道。楼道里一堆白色的二氧化碳泡沫,里面包裹着很多烧了一半的易燃物品:报纸、塑料袋、塑料泡沫箱——大部分是杂志《盛装》的往期刊物。四面的墙壁已经被熏黑了,烟味还没有散尽。

林亚楠的手机放在楼梯上,距离火堆余烬不远的地方,依然还在倔强地响着铃。严凯拿起自己的手机,将电话给挂了。

严凯蹲下身子,翻看着那些脏兮兮的杂志,小心翼翼捡出两本损毁不太严重的来。站起身来,扯了扯李娜的袖子:"别看了,走吧。"

李娜不动:"原来亚楠姐这么喜欢你。"

"她疯了。"严凯说。

李娜看了眼严凯,眼神中流露出很少见的责备和气愤:"她不是疯了,她可能只是绝望了。"

严凯找人,将林亚楠给保释了出来。

火是林亚楠点的,也是她灭的。情况并不算严重,否则即便严凯再有钱,也无计可施。

走出派出所的时候,林亚楠对严凯说:"我要去一个没有你的地方。"

她对着严凯,笑了笑——那个笑容,大概严凯一辈子也不会忘记了,苍白的、黯淡的、愿赌服输又心碎一地的笑。

她低头从严凯身边走过,很慢很慢,严凯看着她的背影越走越远,没有再追上去。

今天发生了这么惊心动魄的事情,当然要给老颉打电话。加上口袋里有了工资,李娜就请老颉吃饭。

请客的地点当然不能在西餐厅,李娜选了一家涮羊肉的小店。一口铜锅,一瓶白酒,老颉就吃得心满意足:"涮肉还是这家地道,好吃!你说说,都是肉,真是煎有煎的吃法,涮有涮的吃法!你说当年我咋就那么骚包,非开个西餐厅呢。"

"透着高级呗。"李娜嘴里塞了口肉,话说得含糊不清。

"高级,啥算高级?我最近老琢磨这个人分三六九等,到底是怎么给分出来的?穿西装就是高级?穿马褂就低级了吗?人看人,怎么就那么多条条框框的。"老颉不屑。

"你最近怎么了?"李娜停下筷子,有点疑惑。

"你不是去那个《盛装》了吗?我不得支持支持你,买了些你们的杂志放店里,平时自己闲着没事也翻着看看。"

"怎么样?好看吧?"李娜一脸骄傲。

"好看个啥呀!衣服不就两块布,能整出那么多的穿搭出来,还有那么多这个那个的牌子,一个就这么丁点大的包,两瓶酒都装不下,就因为有个牌子,能卖几万块!"

"那菜市场牛肉才多少钱一斤,搁咱们店里不也卖好几百嘛。"李娜又埋下头,拿纸巾擦了擦嘴,举起杯子。

"别说包的事了,今天我领到工资了,除开攒下来还您的钱,还想请您吃顿涮肉,就当孝敬您老人家了!您别嫌弃,等我以后赚到更多钱,我再请您吃好的。"

"你这姑娘,太实诚了。别喝了,多吃点肉。"

老颉把李娜面前的酒杯拿走,然后从涮锅里捞出肉来,都堆李娜面前的碗里。

"吃肉吃肉！吃完好好回家睡觉。"

李娜看着老颊一脸慈爱的表情，眼眶真有点热，赶紧埋头吃肉。

陈开怡下班比较晚，还刚刚走出办公室，就看见财务总监杜霞走过来，说："开怡姐，带我一程吧，现在这个点，打车不是很方便。"

陈开怡点点头，两人下了楼，上了车，关上汽车的门，杜霞就急速说话：

"鲁斌斌今天来找过我了，他在查你的账。他——他知道雷启泰，拿这威胁你和我。账都是我经手的，明面上其实也查不到什么把柄，至少我们这边来往的票据全都合法合理，但麻烦的是鲁斌斌会一直缠着这个事情，他要一直拿这个说事，把影响闹大了，难看。"

杜霞一口气将重要的事情都讲完，忧心忡忡地问："你怎么办？外面已经到处在传你要离职。你真打算走了吗？"

陈开怡弹一弹烟灰，叹一口气，很轻。再看窗外，墨一样的黑，浓得像化不开。心跳急速了一阵，终于平落下来。

她启动了车子，车子往前开去，稳稳地："这个事情，必须先保你，无论什么代价，我都愿意承担。"

上海。夜色的帷幕刚刚落下，各大饭店酒楼就热闹起来了。

包厢里欢声笑语很热闹，肖红雪与几个客户碰了几次杯子，眼睛就有些迷离起来了，说话也结巴了："不行——不行。我要上洗手间——呃。"

蔡菲慌忙站起来，扶着肖红雪走出包厢。但是才到洗手间，肖红雪人立马站直了，眼睛也清澈了。

蔡菲吓了一跳："啊？你是装的？我还以为你真喝醉了呢。"。

肖红雪轻声说话："小点声——我怎么会醉呢，我在酒里兑了好多好多雪碧。"

李娜忧心忡忡："今天那几位好能喝啊，而且好像不把你灌醉不罢休。"

肖红雪笑着吩咐："正经事情都谈妥了，合作也敲定了，那几个副手在帮着吴总助攻呢，现在他们的心态就是，能帮吴总占点便宜就多占点便宜，我们得想个法子跑。我已经叫好了车，一会儿偷偷出去。你回包厢，帮我把包拿着，和他们说一声，我醉得不省人事，吐了一身，你直接把我送上车了。"

蔡菲急忙点头:"嗯嗯,好!"

"还有,你记得去买单,然后和他们说,吃饭的账我们已结过了,因为我中途喝醉,没有陪大家尽兴,表示歉意——你要演得像才行,要看上去真的特别不好意思。"

"好,我会努力的!"

"我相信你可以的!你搞定他们后,我在车上等你。"

蔡菲付了款,将小票塞进手包里,转身回到包厢,深呼吸一口气,换上一副笑脸,推开了门。

吴总已经醉得满脸通红,像一只熟透了的虾,他旁边的几个副手也都歪七扭八,但看见蔡菲进来,有人又举着酒杯摇摇晃晃站起来。

吴总:"唉,怎么只有你,肖主编呢?"

蔡菲伸手挡了一下:"吴总实在是不好意思,肖主编已经喝多了,我得送她回去休息。账我们都结过了,真是对不住,这次没能陪您喝好,等下次——"

吴总"腾"地一下站起身,把手搭在蔡菲肩上,蔡菲想躲却没躲开。

"走?这才喝到哪儿,不许走!来来来,肖主编走了,你再跟我们喝会儿——"

吴总的手顺着蔡菲肩膀往下滑,一路滑到她的手上,牢牢抓住。手心满是汗,湿乎乎的,让蔡菲很难受。她用力挣脱出来,想要离开。

"抱歉,吴总,我真得走了,肖主编还在车上等我呢。"

吴总眯起眼睛打量蔡菲,蔡菲觉得他一点都没醉,心底一股寒意往上窜:"想走,可以!让我们每个人都喝开心喝满意了,我就放你走!"

旁边的人立马围了上来,刚才捧着酒杯的人又把酒杯凑到蔡菲面前。蔡菲奋力试图挣脱,不小心把伸过来的酒打翻,溅到了吴总脸上。

吴总一抹脸,面色阴沉:"也不看看这是谁的地盘,给脸不要脸是吧?给我灌她!"

旁边的人得令,加紧钳制住蔡菲。有人捏住她的脸颊,迫使她张开嘴,酒被直接倒进嘴里。蔡菲发出呜呜的叫喊,辛辣的酒顺着喉咙往下。

上天无路,入地无门。

窗外下起了小雨，上海的街道，繁华的霓虹灯光在雨水中变得如梦似幻。

肖红雪坐在后座，眯着眼，犯困，就睡过去了。

远处传来隐隐的惊雷声，一个雷点炸开，轰隆巨响。肖红雪从睡梦中醒来，头疼欲裂，看到车还停在原位，一动不动。

"师傅，我刚才睡了多久啊？"

专车师傅回头："二十多分钟有的啊，你的朋友什么时候到？"

"二十多分钟！"肖红雪已经，急忙拿起手机拨蔡菲电话。

无人接听。

一种不祥的预感涌上心头，肖红雪推开了车门，就冒雨冲着酒店奔了回去。走出电梯，就看到两个服务生站在先前的包厢不远处，似乎在犹豫，心中的不安愈加浓烈，奔近，就听到包厢内传来低低的呜咽。

肖红雪酒全醒了，血一下子涌上头，不用开门她都知道里面发生了什么！

用脚踹开门，肖红雪看见蔡菲被压在墙上，脸上的妆花了，口红印子晕开，头发乱蓬蓬的，脸上都是泪。她看见肖红雪进来，微弱地喊了一声："主编！"

整个人似乎都烧起来了，肖红雪双眼变得赤红，什么都看不清楚。桌子上有空酒瓶，肖红雪顺手抄起来，往姓吴的头上一砸。

"嘭"的一声闷响，酒瓶碎了，玻璃渣子飞溅。吴总浑身一抖，尖叫一声，松开了蔡菲，捂着头愤怒地回看："谁！"

"我！"肖红雪恶狠狠回答，把敲碎的酒瓶扔在地上，拉过蔡菲，脱下自己的外套裹住她，紧紧抓住蔡菲的手往外走。

包厢里其他的人都被肖红雪镇住了，居然没有人敢上来拦截她们。

服务生还站在包厢门外，有点不知所措，进又不敢进，走又不知道该不该走。

肖红雪牵着蔡菲，冷冷说话："报警！"

整个《盛装》都爆炸了！

肖红雪涉嫌故意伤害，被关进了派出所！

鲁斌斌往外打电话，玛丽往外打电话，罗翰往外打电话。

鲁斌斌：我不管！这次你必须得帮我们！我们多少年交情了——

玛丽：这个事情明明他们也有错啊，David呀，我欠你个人情好不好？

罗翰：你是不是有个亲戚在普陀区的公安系统？没有吗？你再想想——

但是打了无数个电话，却依然没有人肯给一个"愿意帮忙"的信息。

《盛装》说，飞扬的吴总性侵在前，肖主编正当防卫在后。

飞宇盈科说，肖主编故意伤害在前，故意诽谤在后。

谁愿意蹚这浑水？

鲁斌斌一边骂娘，一边手忙脚乱打项庭峰手机，但是项庭峰手机一直关机。

公关总监邓雯直跺脚："项庭峰还不回复？我们必须得官方表态了！"

罗翰说："这个事情光在网上说解决不了问题，得去趟上海才行，那边没人，我们太被动。"

玛丽就叫："对，现在就去！"潘希伟掏出手机："谁去？多少人去？我现在就订票！"

鲁斌斌一边拨项庭峰的手机，一边插嘴："先别着急！去当然是要去的，但要先想清楚，去了之后到底先做什么，再做什么。我认为当务之急，还是要想办法找到关系，让那个吴总算了，大不了我们赔个礼道个歉，以后抬头不见低头见，都别做得太难看——"

却听见一个冷冷的声音："鲁斌斌，你知道自己在说什么吗？"

正是陈开怡。她站在门口，目光冰冷地看着鲁斌斌。

鲁斌斌放下手机，狠狠拍桌子："怎么？来看热闹？肖主编落难了，你开心了？陈副主编，你别做得太过分了，现在可是同仇敌忾的时候啊——"

陈开怡没有理睬鲁斌斌，对着邓雯说话："——邓雯，公关部现在发官方声明，声明如下——我们坚信肖红雪主编的行为出于正义！我们坚决支持肖红雪主编的正义行为！我们坚决维护《盛装》员工的合法权益！我们绝不允许任何针对女性的性侵行为！我们期待并坚信司法机关会查出真相，并给予一个公平公正的裁决！"

邓雯点头，陈开怡又吩咐："还有，联系尽可能多的媒体同行，尤其是在互联网上比较有影响力的大号，让他们帮忙转发声援我们，呼吁查清真相！"

鲁斌斌怒了："陈副主编，你想干吗？你要将事情越闹越大，越闹越复杂吗？"

陈开怡声音铿锵有力："我相信蔡菲，她肯定是被那个姓吴的欺负了，不把这个事情说清楚,其他事情都会说不清楚!没有证据?没有证据就去找!我们是法治社会!那个吴总还能支手遮天吗?"

邓雯顿时有了主心骨:"放心,我保证让所有时尚媒体的官号都转发!"

罗翰却反对了:"你们先别着急,这么一来可就撕破脸了,就一点转圜的余地都没了。"

听了罗翰这话,玛丽气急了:"人家都发官方声明了,他们不怕撕破脸,你们怕个屁啊?"

潘希伟迟疑着说话:"这不是怕,我还是觉得,先试试私了,这种事情大事化小比较好。这种事情闹大了都不好看,而且往往会对当事人造成二次甚至多次伤害,我们是不是也要为蔡菲着想一下?"

鲁斌斌冷笑了起来:"你们还没看明白吗?陈副主编这就叫'大义灭亲',她占着了道德制高点,当然所向披靡,反正当事人又不是她,拘留所里扣着的人也不是她。她巴不得把这个事情闹得越大越好,最好闹到让肖主编收不了场!"

陈开怡也冷笑:"蔡菲没你们想得那么脆弱!女人也没你们男人想得那么脆弱!如果这种事情都能私了,我们做《盛装》还有什么意义?"

几个男人都沉默了。邓雯就走了出去,鲁斌斌忙追出去:"别发,不许发!再等等!"

邓雯怒了:"那要等到什么时候?这种突发事件,舆论公关的黄金窗口期非常短,我们已经错过发布声明的第一时间了,现在不能再错过了!"

鲁斌斌气冲冲地说:"我就问你一句话,你到底是谁的人?"

邓雯恼了:"什么谁不谁的人?你说明白一点!"

鲁斌斌看着陈开怡,犹豫片刻,还是决定撕破脸:"你是真不明白还是装糊涂?这事已经成了陈副主编想扳倒肖主编的机会!她当然想把事情闹大,最好闹到全世界都知道——肖主编是一个意气用事、不顾后果,会拿酒瓶子砸客户脑袋的人!总部知道这事会怎么想、会怎么看?你要出这个门去发声明一点也不难,但出门之前,你一定要想清楚,你是谁的人?你要站在什么立场处理这个事情?"

邓雯气笑了,看着鲁斌斌,眼神鄙视:"你要这么说的话——鲁总监,我,是一个女人——这就是我的立场。"

两人还在吵闹,就听见玛丽叫起来:"天哪,这是什么情况!——李娜,是李娜!"

众人一惊,都围了过去。

玛丽手机上开着微信朋友圈。朋友圈里有一幅照片——

李娜站在飞宇盈科公司门口,手里举着纸板,上面写着——"性侵者吴志飞!道歉!"

周围有看热闹的人,还有保安,看那手势,似乎想要驱逐她。

玛丽划过手机上的第二幅照片——

一群保安围着李娜。李娜湮没在人群中。只有那张纸板,依然高高举过头顶。

玛丽划过手机里第三幅照片——

两个保安拉扯着李娜,李娜脸涨得通红,一只手试图反抗推开保安,另一只手依然举着纸板。

工作区里一片寂静。

邓雯喃喃自语:"我们做公关的,畏首畏尾,耽误了那么多时间——不行,我们马上发声明!我们不能让李娜一个人战斗!"

鲁斌斌没有再说话。

邓雯劈里啪啦敲击着键盘。整个办公区里,只听见键盘的声音。

时间并不很长。十多分钟之后,雪莉从座位上跳起来:"天哪,章小姐居然转发了!还写了很长一段宣言——要对一切性骚扰说不!光她的个人粉丝就有三千万!这下不得了啦——"

这句话像是一个炸雷,谷欢也叫起来:"不光章小姐,我们之前封面文章里采访的那些影后级演员,还有和我们一直有合作的超级模特,全都转发了!"

巨大的惊喜砸下来,鲁斌斌只觉得头晕晕的,迭声问:"哪里?哪里?在哪儿?"

陈然说:"网上都快转疯了,你自己搜索关键词'力挺盛装反性侵'!才一会儿啊!都快上热搜了!"

鲁斌斌感觉头皮都要炸了,放下鼠标往广告部办公室跑:"都过来,快过来!"

俞京京、陈默和其他几个广告部员工马上站起来。鲁斌斌疾声吩咐:"马上给我们所有关系好的客户发微信,不管是什么品牌的,不管是卖什么的,汽

143

车、轮胎、化妆品、避孕套都行，只要是关系好的，互相加了朋友圈的，全都马上联系，让他们帮忙转发我们《盛装》的官方声明。"

俞京京大声点赞："老大，英明啊！早就该这么做了！"

鲁斌斌又说："还有——他们转发后全都要截屏截图，做好记录，等肖主编回来后，我们要做一个完整的汇报给她，让她知道，我们广告部也是有能量的，这个事情不能让内容部门把功劳全占了，他们烧了火，我们就再多加几把油！一定要想办法把舆论搞大，让吴志飞那个王八蛋知道我们《盛装》不是好惹的！"

二十分钟后。

邓雯小跑着进了陈开怡的办公室："好消息！飞宇盈科的公关总监联系我了——就是吴志飞的公司，认怂了，问我们能不能私了。他们暗示，对今年'时尚盛典'的赞助费，可以从五百万追加到一千万，明年还会投我们杂志全年度的广告，广告位和广告费我们定，他们都能满足。让我们和他们同时发布声明，说明一切都是误会，我们私下已经沟通清楚并达成和解，吴志飞也会撤销对肖主编的一切指控。"

玛丽呵呵冷笑："现在撤？怎么撤？你让他们去网上看看，不光是时尚圈，现在整个文娱圈都裹进来了。"

秦敏也说："总部刚才也明确表态了，正在起草内部通知，要号召全世界不同国家和地区所有版本的《盛装》，以及集团旗下其他所有的杂志，全部要在公共平台发声，声援和支持我们。"

邓雯眼睛看着陈开怡："头儿，你说怎么办？"

众人全都看向陈开怡。

陈开怡声音铿锵有力："吴志飞，必须先公开道歉！这一条，决不妥协！"

山房会所。电视里正播放着有关《盛装》肖红雪这一事件的新闻。

项庭峰坐在沙发上，看着新闻画面，一言不发。

顾明山站在书桌前，手里拿着根雪茄，一边看着新闻，一边看桌上四台电脑。连在一起的四块屏幕，上面都是红红绿绿的股市指数图。

顾明山叹气："你不接电话，佯装不管一切，把陈开怡推到主事台前，不智之举。"

项庭峰无奈地说:"你以为我不想帮肖红雪?只是总部没有表态之前,我也不方便表态。让陈开怡去处理,等吴志飞那边的律师函、起诉信、公关公司、水军这些手段动用起来,陈开怡怎么应付?陈开怡又在没有得到我以及总部许可的情况下,擅自发出这样一个官方声明,这是彻底踢她出局的一个机会。"

顾明山呵呵笑起来:"你认为陈开怡会输?错了!你看,飞宇盈科的股票一路狂跌,才不到半天,公司市值已经蒸发20多个亿了。按照现在的舆论趋势继续下去,收盘之前,还能再蒸发掉40多个亿——"顾明山看了看手表,"飞宇盈科撑不住了,应该很快要公开道歉。"

顾明山话音还没有落下,电视里就传来新闻播报的声音:"本台刚刚接收到的消息,飞宇盈科公司吴志飞,刚刚在微博上发布道歉信,他向《盛装》杂志社的肖主编表示道歉,他承认自己酒后失德……"

听着电视里的声音,顾明山目光转向项庭峰,似笑非笑。

项庭峰有些尴尬:"陈开怡误打误撞,竟然赢了。"

"误打误撞?老项你这心态,有点酸啊。"顾明山笑起来,"不得不说,你们这些干传统媒体出身的人,还是有本事,从一开始,陈开怡就把舆论焦点成功转到'反性侵'上,肖红雪拿酒瓶子砸人脑袋的事一个字不提,就说吴志飞性侵——关键这事还没有查实定论呢,先把舆论搞起来,一边是上市公司老总,一边是弱势女职员——有钱有权的大坏蛋和一无所有的小白兔,还是'性侵',是个正常人都会支持《盛装》——舆论风暴一旦形成,吴志飞只能认输,他们是上市公司,老总一个人的声誉扛不过整个董事会的压力,每晚一分钟道歉,损失可能就是上亿,这种时候,公开道歉是他们性价比最高的止损办法。你也该去机场了,这个时候,肖红雪需要你的。"

项庭峰苦笑:"机票早就订好了,去机场时间还来得及。她这次真的——唉,太冒失了,白白给了陈开怡一次露脸的机会。"

顾明山对项庭峰笑得意味深长:"老项,这个机会不是她给的,是你给的,陈开怡及时抓住了,如此而已。"

江畔步行道,因为不算什么核心景点位置,没什么游人。黄浦江上霓虹灯闪耀,渡轮的鸣笛声低沉悠长。李娜、蔡菲一前一后走着,看着江对岸的高楼耸立，灯光闪耀。两人停住，扶着栏杆，任江风吹拂着头发。

蔡菲的表情冷静，完全看不出悲喜。

李娜看看江景，又看看蔡菲，想着能说些什么话来解闷。

还是蔡菲先开口："不用逗我说话，没有意义。你不该去他们公司举牌子的，这对你很不好——再说，我也回不到从前了。"

李娜小心翼翼劝解："阿菲，你别吓我，那个狗屁吴志飞已经道歉了，他们知道错了，他们以后不会再敢这么欺负人了。"

蔡菲苦笑："他们把手伸进我衣服的时候，他们并没有认为自己在欺负人，相反，他们觉得那是在给我机会，我反抗，但我的力气一点用也没有，我只能看着他们把酒灌进我嘴里，用餐布塞住我的嘴，然后在我身上乱摸——"

李娜心疼地抱住了蔡菲："——别说了！"

蔡菲的声音却是坚定起来："我不会忘记这些的，我会一直记住，你也要记住，要尽全力变得更坚硬、更强悍。肖主编看上去很瘦弱，但其实根本不是，她比我见过的任何人都坚强，她为我做的，超过我在《盛装》上看过的所有文章——《盛装》一直说什么'抵达美、捍卫美'，这句话其实说反了，肖红雪让我明白了，如果不能捍卫，抵达美就是一句空话；如果不能捍卫，美就一定会被伤害。"

上海，很高档的江景酒店，自动窗帘缓缓拉开，肖红雪站在窗后，默默看着远处的黄浦江。

远处高楼大厦，如同繁星点点；近处一条江水，却是一片幽深黑暗。偶尔有船只通过，灯光划破寂静。

肖红雪的眼睛里，泛起了雾气。

项庭峰站在迷你吧前，倒了两杯香槟，端着走到肖红雪旁边，递给她一杯，他的笑容温文尔雅："我知道我来晚了，我向你赔罪。但是我还是要说，这件事情，你冒失了。"

肖红雪声音有些哽咽："蔡菲是我的助理，她是因为帮我受了罪，我不能看着她被欺负。"

项庭峰叹息："你知不知道，就因为你砸这一瓶子，陈开怡翻身了，我们之前布的所有局，眼看就要把她逼到死棋了，结果一下被她抓到了活眼，整盘棋都变了。"

"什么意思？什么叫整盘棋？"听到项庭峰的指责，肖红雪说话音调也变了。

看见肖红雪生气，项庭峰急忙解释："我就是打个比方，本来陈开怡都已经要走了，那么高调找下家，还找那么多家，不就是要造出一个被争抢的局面吗？就是一个下台阶，显得她离开《盛装》是一件体面的事情。可现在好，你来这么一出，又显出了她的领导才能，局面又悬了——"

肖红雪打断了项庭峰的话："陈开怡不会离开《盛装》的！她从来也没想过离开《盛装》，什么十多个下家，那都是迷魂阵，那都是障眼法，她绝对是在用这个方法掩盖什么——"

项庭峰微微愣住："——你的意思是？"

肖红雪不耐烦了："你到底懂不懂女人啊？！就像谈恋爱，女人哭着喊着说要分手，往往只是想被挽留。女人真的要下决心离开一个渣男，直接收拾东西消失就好了，为什么还要演那么一大场戏呢？"

"你是说陈开怡做这一切都是在演戏？演给谁看呢？"项庭峰急忙问。

"她想对付谁，就演给谁看啊。"

"她是想演给你看？"

"你怎么就认为，她想对付的人不是你呢？！"

"争主编位置的人，是你们俩啊。"

肖红雪嗤笑："可是谁一直在顶我做主编呢？是你啊——打蛇打七寸，你就是我的七寸啊。"

项庭峰沉默了。

肖红雪拿起窗台上的酒杯，晃了晃，和项庭峰碰杯，项庭峰一点反应也没有，眼睛看着远处，努力思考。

项庭峰轻声说话："她如果是要对付我，她拿什么对付我呢？她有什么资格对付我？"

"我猜，我只是开玩笑地猜测啊——乔治的死。"

项庭峰微微一凛，看着肖红雪——肖红雪也正在看他，眼神复杂，脸上一点也没有开玩笑的意思。

第十一章　年假，开怡反击

　　击剑馆的练习台上，两名穿着全身击剑装、戴着面具的人在练习对战。剑碰剑的声音、两人脚步的移动声，交替出现，又杂糅在一起。

　　顾明山被服务生领着，从观众台后走出，走到前排的位置，坐下，饶有兴致地看着两人对剑。

　　台上两人又对战了三四个回合，各有胜负，最后关键一分，右边剑手获胜，右边剑手非常开心，挽了个剑花，冲着观众席上的顾明山鞠躬谢幕。顾明山满脸是笑，鼓掌。右边剑手一边摘头套面具，一边向顾明山走来，等走到顾明山面前的时候，头套面具都已经摘下——赫然是柳子琪。

　　柳子琪笑吟吟地看着顾明山，撒娇："老头儿，我被冯石叔欺负了，您答不答应帮我？"

　　顾明山有些诧异："冯石？那个做投资的？他怎么你啦？"

　　柳子琪叽叽呱呱说起来："我就想让他教我点投资的事情，他还喘上大气了，不教。我当时也急了，都没顾得上我爸在旁边，我就说，有什么了不起的啊！你不教我，我找人教，我能找一个比你懂投资一百倍的高手，到时候学会了吓死你！他觉得专业地位受到了挑衅，有点着急了，一个劲问我找谁，只要投资圈算得上名号的，他都认识。我就反击他——您那叫坐井观天，山外有山天外有天，有的是您不知道的高手——"

　　这表演太浮夸了，顾明山打断她："——行了，我听明白了，你看上哪个公司了？收购还是并购，还是投资？我帮你做。"

　　柳子琪笑得一脸灿烂："老头儿您怎么这么聪明啊，我妈当年没看上您，真是没眼力见儿——当然我爸也不赖，但这事我想自己来。我爸那边给了我一个亿的资金投融资管理权，说让我先练手——他就喜欢吹，真亏了非骂死我不可，我就想着这一个亿的资金，说多不多，说少不少的，投资什么呢？炒股像赌博，我干不来，也不喜欢干；投资新科技新概念什么的，我不懂，怕钱进去打了水漂；投老的传统行业，一是有门槛，二是回钱慢，还要和一群叔叔大爷们打交道；我就想着投一个我能看明白、又洋气又体面，但挺能赚钱的这么个事。"

　　顾明山实在受不了柳子琪这张嘴了："别兜圈子了，说吧，你定了投什么？我帮你把把关。"

　　柳子琪就笑："您知道一本时尚杂志叫《盛装》的吗？我想把它给买了，你觉得怎么样？"

　　顾明山怔忡了一下："买——《盛装》？"

　　柳子琪使劲点头："对，买《盛装》！"

　　顾明山笑笑，说："好，先吃饭，这事儿慢慢说。"

　　有年头的老北京烤鸭店，大堂七八桌，人声嘈杂。大厨站在移动餐台后面，正一丝不苟地将烤鸭切片。

　　柳子琪眼巴巴看着大厨手上的烤鸭，拿筷子轻轻敲着空盘。

　　顾明山笑了笑，摇摇头，给柳子琪的杯里添了点儿水，漫不经心地开口："怎么突然想着要去买《盛装》？传统杂志，夕阳产业啊。"

　　"我是听朋友说的，说《盛装》之前的主编跳楼自杀了，现在内部大乱，我的性格你知道的，就喜欢凑点热闹，我看了《盛装》总部的股价，前段时间一直在跌，现在有点稳住了，但还是在低谷，值得研究一下。"

　　顾明山就笑着戳破："子琪，你性格随你母亲，看着咋咋呼呼，其实心细得很，投资不是儿戏，如果你想投媒体，新媒体肯定是大势所趋，这个时候逆势选择传统媒体，你以前又没有了解过时尚行业，你到底怎么想的？"

　　柳子琪扁扁嘴，说："我想做默多克那种人，坐拥一流杂志，玩转时尚名利场，想让谁上封面，就让谁上封面，身边的闺蜜好友不是明星就是超模，特别酷。"

　　顾明山笑，笑容里有些老谋深算的味道："投资如果只是为了满足虚荣心，那就不叫投资，那叫玩票。"

　　柳子琪被他看得发毛："出名要趁早嘛，我不趁着年轻的时候做做些满足虚荣心的事情，以后就算再做，也没现在这么开心了。"

大厨将切好片的烤鸭端上桌，柳子琪细心地用面皮包好烤鸭和配菜，放到顾明山的盘子里："您会帮我的，对吧？"

"你什么时候和我说真话，我就什么时候帮你。"

顾明山夹起烤鸭，细嚼慢咽地吃着，像是享受某种"亲子时光"。

"老狐狸。行，我说，我看上了一个男人。"

"嗯，然后呢？"

"我想知道《盛装》原来的那个主编，为什么会自杀？"

"自杀？"顾明山放下了烤鸭，看着柳子琪，眼神深邃。

肖主编三人从上海回来了！

整个杂志社都沸腾了！

密集的掌声，持续而响亮。工作区里站满了人，都在鼓掌。肖红雪、蔡菲、李娜被掌声包围着，站在人群中间。鲁斌斌的掌声当然是最大的，嗓门也是最大的："凯旋！凯旋！凯旋啊！"

"肖主编，您这是一战成名，一个酒瓶子砸掉了别人30亿！您虽然来内地的时尚江湖不久，但江湖里已经到处都是您的传说！来，给大家说几句——大家安静了，安静了！听肖主编说几句！"掌声渐渐弱下去。

肖红雪环顾周围同事们——人群中没有陈开怡，也没有严凯。

"谢谢大家。我不喜欢说假话，即便在某些我明知道说假话更适合的场合下，就比如现在。我不认为这是什么胜利或者凯旋，不管从哪个角度上说，这次的遭遇都是一个令人悲伤的事件。这种悲伤并非某个单独的个体在承担，而是具有社会性的。如果说在这个事件中，我是否有所学习和反省？我认为是有的，它提醒了我，《盛装》最核心的价值是什么？也告诫了我，担任《盛装》的主编，并不是我之前想象的那么简单，美是什么？时尚是什么？我们《盛装》又应该担负什么样的媒介使命？商业和内容，到底维持什么样的关系和比重才是最适合的？这些问题，值得我们所有人持续地思考、一直思考。以及，谢谢蔡菲，她在这次的事件里受到了巨大的伤害，但她的勇敢和坚韧，令我敬佩；谢谢李娜，她在最关键的时刻，做出了最正确的行为，她为我们所有人，上了一课。谢谢她们！她们在这个事件里，捍卫住了我们《盛装》所有人的尊严！"

  所有人发自内心地鼓掌，掌声轰鸣不绝。

  肖红雪："还有！正好大家都在，我在这里宣布，根据总部的要求，《盛装》这段时间一直在做账目清查工作，截至今天，账目清查正式结束，原来用于查账的会议室恢复正常使用。具体的清查结果，财务部会在内部邮箱统一发布，几个重要结论我先在这公布，第一，前主编林乔治在账目上，并不存在问题，之前关于他的种种传言，都属谣言；第二，各个部门都存在不同程度的发票金额对不上的情况，每个部门都要重新清查，在规定时间内把账目核实准确，查缺补漏；第三，在一些对外商务合作上，存在一些价格上的偏差问题，财务部需要给出一个书面解释。杜霞在吗？"

  杜霞从人群中走出："明白。这周之内我一定会上交报告。"

  肖红雪："好。对了，陈副主编来了吗？"

  肖红雪环顾四周，众人默然。

  欢迎肖红雪凯旋的庆功聚会场合，最大的功臣没有参加。

  好在肖红雪并没有多说什么，转身就去了陈开怡的办公室。

  陈开怡坐在办公桌后看稿子。肖红雪走了进来，陈开怡抬起头，给了一个微笑。

  这就是打招呼了，没有多余的言语。

  肖红雪走到玻璃幕墙前，俯瞰着窗外景色，悠悠然开了口："我以为会是项庭峰，他是杂志出版人，也是传统媒体人出身，他会去发布官方声明，掀起舆论战，让吴志飞那样的人付出应该付出的代价——结果他什么都没做。"

  陈开怡继续看稿子，连眼睛也没有抬起来："他只是在等我出错而已，他还是在帮你。"

  沉默了一会儿，肖红雪继续说话："男人在很多时候，永远都搞不清楚重点。"

  陈开怡放下手中的稿子，看了玻璃幕墙前面的肖红雪一眼。

  外面光线很强，肖红雪整个人，黑白分明。

  陈开怡轻描淡写搭了一句话："因为男人想要的东西，和女人想要的东西，永远不一样。"

  肖红雪紧跟着就问了一句："那你认为项庭峰想要什么呢？"

陈开怡淡淡的:"也许只是想要你开心,也许只是要我走。谁知道呢?"

肖红雪转过头:"能不能留在《盛装》,不要走?"

陈开怡怔了一怔。

肖红雪极其认真地说话:"我是认真的。你原来和乔治怎么分工合作,我们也可以。这一届的'时尚盛典',我也可以还给你。这次去上海,所有大的品牌赞助我都谈妥了,电视台、网站直播的合作也都敲定了,万事俱备,就缺你这个女主人。"

"等到合适时机,我也可以把主编的职位让给你。"

"从我入职以来,你一直在隐忍,一直在故意退让,布下各种烟雾弹。如果我们不能做朋友,至少可以做坦荡的对手吧?"

听肖红雪洋洋洒洒说了一大番话,陈开怡有些动容。然而,微笑之后,陈开怡终于开口:"既然做对手,为什么还要坦荡?对手的意义只有一个,赢。"

"赢"咬得字很重。

"看来,你已经有了一定能赢我的把握?"肖红雪也将"赢"字咬得很重。

陈开怡微笑:"没有。"

肖红雪做出了判断:"那看来,我猜的没错,你想赢的人,不是我。"

陈开怡沉默了好一会儿,才说:"我要休个年假。请你批准。"

肖红雪注视着陈开怡。后者眼神深邃,看不清里面有什么。

肖红雪终于点点头,说:"好。"

高尔夫球场,众人嬉笑。严凯依旧不能习惯这样的氛围,他走进室内,点了一瓶冰啤酒。柳子琪走到他身边,要了一杯冰柠檬茶,然后拿出一张顾明山的照片,放在严凯面前:"你是不是在找这个人?"

严凯惊讶了:"你怎么知道?"

柳子琪嘿嘿笑:"和你姐聊得来啊。"

严凯略略有些恼了:"柳子琪,我知道你喜欢玩喜欢开玩笑,但这个人不行。这个玩笑我开不起——"

柳子琪急速说话:"——顾明山,投资人,高考恢复后的第一届大学生,英语系毕业,后来去美国学金融,20世纪90年代初回国和朋友合伙开了家民营投资公司，这家公司后来变成业内顶级的'弧光基金'，'弧光基金'成立那年，顾明山离开公司，之后销声匿迹，还找公关团队把网上和他有关的信息全都设法清除了，至少在互联网上，是个'隐形人'。"

"那你怎么知道这么详细？"

柳子琪笑得灿烂："我要想钓你胃口呢，能编出一百个不重样的理由，但今天我不想逗你玩了。顾明山和我爸、我妈都是同学，他们是一届的，他喜欢我妈，我妈选择了我爸，特别简单传统的三角关系，但之后他终生未娶，一直以为我妈会'弃暗投明'重新选择他，直到我妈病重，他和我爸在病房陪了三天三夜，一起看着我妈妈断了气。我妈死后，他觉得万念俱灰，公司也不要了，成了'世界公民'，绕着地球走了一圈。"

严凯插话："——没意思。"

"对，'没意思'，他当年就是这么和我爸说的，没意思。然后就抛掉在弧光基金里所有的股份，走了。——你怎么会想到这三个字？"

"我母亲死之前，和我说的最后一句话就是这三个字——没意思。"

两人都沉默。柳子琪的表情，前所未有的成熟和严肃——仿佛之前那个柳子琪，是另一个人。严凯给自己灌了好几口酒："为什么要帮我？"

柳子琪很认真："我从你姐那儿知道，林乔治的死，是你心里一直迈不过的坎儿。我想和你结婚，迟早都是要照顾你的，不如提前预习一下，帮你把这个关走过去。"

严凯呼吸都急促了："所以你知道乔治为什么死？"

柳子琪觉得严凯关注错了重点："刚才这段话的重点，明明是'我想和你结婚'——"

但是严凯居然没有听见柳子琪后面的话："你是不是知道乔治为什么死？"

柳子琪吸了一口气，说："是，我知道。顾明山把他知道的全都告诉我了。"

严凯眼神急切："为什么？"

"和我结婚，我告诉你。"明明是戏谑的话，柳子琪眼神却很认真。

严凯迫不及待说话："好！我和你结婚！"

柳子琪看着严凯，眼泪猝不及防地涌了出来。严凯傻眼了。

柳子琪没有再说话，转身离开，像一朵轻飘飘的云。

严凯看着柳子琪的背影,听见她似乎是在喃喃自语:"原来不被人爱的感觉是这样的啊……"

KTV里,一群人吼着歌——赵昕和谷欢终于决定辞职,要走了,不怕胖天团这次团聚,算是告别。只是,蔡菲和李娜居然也在,但是很显然,李娜与蔡菲并不明白"不怕胖"邀请她们的用意,暂时也无法融入这个小团体,所以她们俩就安安静静待在角落里,喝茶,吃小零食。

醉意熏熏的赵昕吼完了一首歌,拿着话筒叫俩人:"李娜!蔡菲!我要向你们俩道歉,以前我很看不起你们,尤其是李娜一篇采访品牌旗舰店的稿子写了16遍,还是登不上杂志,到最后还得严头儿亲手改才行。但今天,今天我一定要请你们来参加这个派对——第一,是为了林亚楠!"

大屏幕上一首歌伴奏放完了,突然安静了下来。

所有人也都安静了,只有话筒对着了音响,发出了一两声刺耳的滋啦声。

赵昕放下话筒,用正常的音量对着李娜和蔡菲说话:"林亚楠,做了很过分的事情,不管她有什么理由,她伤害了李娜。但林亚楠,她就算做了再多错事,都是我们最好的朋友,她现在失联了,不管出于什么样的动机和心态,她失联了,但我们很想念她,想念我们的好朋友。"

包厢内有了抽泣声,不知道到底是谁在哭,光线幽暗,谁也看不清谁的脸。

李娜紧紧咬着嘴唇,握着蔡菲的手。她并不很恨林亚楠,但是赵昕的话,让她回忆起刚进《盛装》时候那段不堪回首的岁月。

赵昕打了一个酒嗝:"呃,今天,我代替林亚楠,向你道歉,李娜,对不起!你能原谅她吗?这瓶酒,我替她喝。"

赵昕举起酒瓶要一口喝干,那样子却将蔡菲吓坏了——之前上海餐厅包厢里的一幕,瞬间冲击着蔡菲的头脑——蔡菲冲上去,带着极度恐惧的哭腔:"不要喝!不要这么喝酒!"

她抢过酒瓶,把酒瓶丢进垃圾桶里,双手抱胸,泪流满面,像是一只受到惊吓的鹌鹑。李娜上前抱住蔡菲,冲着赵昕:"我原谅!原谅!不管是谁,我都原谅!你们都少喝点,都喝醉了,我和蔡菲照顾不过来啊!"

赵昕抹了一把眼泪:"行!不喝醉!第二,我建议,从今天开始,李娜和蔡菲，加入我们这个小团队，以后我和谷欢不在《盛装》了，她们替代我们！你们，同意吗？"

一群人抱在一起。

李娜觉得心跳得厉害。蔡菲觉得心跳得厉害。孤寂已久的心，似乎有了一个依靠。

在KTV包厢的角落里，赵昕给李娜传授写稿知识："最重要的不是写好一篇稿子。"

"那是什么？"

"是知道要做什么样的稿子才是对的。做对的选题、找对的作者，才是编辑最重要的使命。编辑不能想着自己发光，而是要想着怎样才能让作者发光、让文章发光，你明白吗？"

"那什么样的选题才是对的选题呢？"

"你要认真去分析去感受，读者想看什么样的文章，什么样的文章是对这个社会有价值的。做编辑，最重要的不是我们想说什么，而是要明白读者最想看什么——他们内心深处真正想看到的文章，有时候甚至他们自己都不知道但确实是他们想看的那些文章——在了解他们最想看什么的基础上，再加上一点点我们想对这个世界说的话。"

说到了这里，李娜忍不住就问了一句："赵昕姐，您想对这个世界说什么话呢？"

"我想说——"赵昕认真思索，"——现在，我想对世界最想说的话，可能就是一句——我不甘心，我不甘心就这么离开《盛装》，更不甘心我只能离开《盛装》。"

肖红雪长期租住的高级酒店里。

肖红雪闭着眼睛，疲惫地歪在沙发上。

项庭峰手里捧着一杯凉水，焦躁地走来走去："你今天也试探了她，她就是准备冲着我来，她的对手不是你，是我！她既然要对付我，为什么这个时间休年假？这个时候的年假意味着什么？陈开怡根本就不是一个休年假的人，她就是个工作狂，你让她离开《盛装》去玩去旅游？她比死还难受！她在这个时间点休假,屏蔽所有通讯设备,就是要找一个真空期——摆脱所有人的关注,自然也就摆脱了所有人的限制——她要做的事情一定极其关键而且隐秘。"

肖红雪睁了睁眼睛,兴致缺缺地反驳:"但我有什么理由拒绝她呢?我能不批准她这么合理的请求吗?"

项庭峰怒气冲冲:"你至少可以拖!你至少可以先和我商量!你从什么时候开始做决定,可以不和我商量了呢?你从什么时候开始,考虑事情竟然可以完全不顾及我的感受呢?"

肖红雪人坐正了,睁开了眼睛:"老项,你——想控制我?"

项庭峰不耐烦地:"你不要岔开话题。"

肖红雪盯着项庭峰:"你才不要岔开话题,你把我从香港调到这里,到底是为什么?——你和我说实话,对你而言,我是不是就是用来对付陈开怡的一枚棋子?乔治死,让我来,让陈开怡走,你到底想干吗?你到底在干吗?!"

对着那样咄咄逼人的目光,项庭峰有点难以承受:"你早点休息吧,我先回去了。"

项庭峰转身,身后却传来肖红雪悠悠的声音:"庭锋,你还爱我吗?"

项庭峰身子僵了一下,然后再回头,看着肖红雪,声音毫不迟疑:"我当然爱你!我做的一切事情,都是为了未来我们更好地在一起!"

说完了这一句,项庭峰再度转身要出门。

身子却被抱住了。

肖红雪从沙发上起来,走到项庭峰身后,抱住了他:"千万不要让我发现,你是在利用我,或者是想控制我。"

项庭峰双手握住肖红雪的手,诚恳地告诉:"我可以拿一切和你赌,陈开怡绝对不是去休年假,她一定会抓住这个时间窗口,全力反击。"

项庭峰的猜测是对的。请了年假的陈开怡,拎着行李箱,去了机场。

纽约到北京的飞机已经降落了,汹涌的人流从机场出口涌出。陈开怡站在出口处翘首以盼,雷启泰终于拖着行李箱走了出来,走到陈开怡面前,张开双臂:"我回来了!"

陈开怡浅浅抱住雷启泰——是精心控制过的那种浅浅拥抱,她害怕自己失态，害怕自己被看出多么地需要他、多么地爱他。

雷启泰抱住陈开怡，轻轻抚着她的头发，忽然看到行李箱："你接我怎么还要带个行李箱？"

"我要走了。"

"现在？去哪儿？"

陈开怡看了看表："我还有10分钟时间可以陪你，然后就必须得进关了。"

"10分钟？"

陈开怡微笑："所以我们要抓紧时间说最重要的事情。"

两人沉默地互相看着对方，瞬间，两人同时说话。

陈开怡："我们结婚吧。"

雷启泰："我们分手吧。"

两个炸雷在头上炸响，两人都愣住了。

各种思绪纷至沓来，就像是一团乱麻。陈开怡将手放在雷启泰面前，无名指上，戴着雷启泰送的那枚戒指："为什么？"

雷启泰有些磕巴："八分钟，说不清楚。"

陈开怡脸色发白，声音沉冷："有什么说不清楚的？我们分开还不到两个月——"

雷启泰躲避着陈开怡的目光："这不是合适的时间，也不是合适的地方——"

陈开怡却不肯放松："——但我已经说出口了。"

雷启泰垂下眼睛："我只能说，对不起。真的，对不起。"

ALU大厦附近的街道，温煦发黄的路灯下，几个剪影被拉得长长的。

赵昕、陈然、俞京京、谷欢、雪莉、李娜、蔡菲等人松松垮垮地走着，嘴里轻哼着曲子："夜空中最亮的星，能否听清——"

空荡荡的窄街，几个人的身影——有那么几个瞬间，就像一群无所事事的少女，在深夜的北京游荡。

矗立在夜色中的ALU大厦，出现在众人面前。

天上的星光、大厦里还没熄灭的的灯光，以及街道上路灯的光，交叠在一起，形成一道又一道绚丽的光斑。

赵昕、陈然等人在大厦门口站成一排，仰望着大厦。

赵昕轻声呢喃："再见，《盛装》。"

谷欢大声喊："再见啦！《盛装》！再见啦！我终于要走了！"

她们每个人的脸，仰望着大厦的脸，表情各异，但对这栋楼都充满深情。

又是崭新的一天。

送杂志的货柜车停稳了，车厢门打开，搬货工人将成捆的《盛装》新刊放到小车上。在一旁等待已久的李娜和蔡菲，立刻推着小推车上前帮忙。李娜忍不住，抽出一本，撕掉塑膜，迫不及待地翻到版权页，看到了六个字："流程编辑：李娜"。然后就像是着了定身术一般，李娜一动不动了。连蔡菲凑到她身边都不知道。

猛然之间，李娜哈哈大笑起来，一把抱住蔡菲，跳个不停："我的名字终于上杂志了！我的名字！版权页上终于有我的名字了！"

蔡菲也笑。

昨天晚上的离愁别绪，一瞬之间烟消云散。

好半日之后，蔡菲才推开李娜："别发傻了，赶紧干活，等一下我还得去给主编送咖啡！"

多媒体上放着"时尚盛典"的PPT，PPT页面上的大字标题——"盛装之夜/璀璨之姿"。

屏幕上滚动着一幅又一幅服装设计草图，线条流畅、用色极其绚烂。

蔡菲端着咖啡推门进来的时候，玛丽正在给肖红雪讲解，看见蔡菲进来，就停了下来。肖红雪接过咖啡对玛丽笑笑："挺好的，先按这样准备。我现在有事和蔡菲谈谈，你待会儿再进来吧。"

玛丽应了一声，出去了。蔡菲听肖红雪的，在沙发上坐下，低着头看手指。

肖红雪端着咖啡，靠书桌站着，有些心疼地看着蔡菲："我不大懂怎么安慰人，我就直接说了，第一，在上海的事情已经过去了，不管你怎么看待这个事情的，我只想说，你没有做错任何事情！但伤害已经产生，我从来不信奉用时间去忘记伤害这种方法，我们要迅速消化这些伤害，因为我们还要迅速地继续工作，继续面对生活；第二，如果你觉得继续做我助理，压力太大，你可以告诉我，我给你安排别的职位，但是，我希望你能继续做我的助理，如果希望的满额是100分，我对你的希望是120分。你考虑一下再答复我。"

肖红雪看着蔡菲，小口喝着咖啡。蔡菲慢慢抬头，看着肖红雪。

"主编，你还有40分钟时间去吃午饭，下午你约了直播网站的副总两点见面，晚上你要参加宝丽姿的新品发布会，发布会结束后有晚宴——"

肖红雪："——这些我都记得，蔡菲，我明白了，谢谢你。"

两人相视而笑。

茶水氤氲成雾气，对面的人，都迷离在雾气里。

顾明山正在煮茶。项庭峰坐在对面，正在品刚满上的红茶。

顾明山轻轻扇动着茶烟，微笑："老项，谋事在人，讲的是人要积极要上进，要懂得抗争；成事在天，讲的却是要顺应趋势，要懂得顺从。你说这两句如此矛盾的话，为什么一直被放到一起来说？"

"顾老，我现在实在没心情和您猜字谜，您就直接说吧。"项庭峰没有顾明山那个心境，打断道。

顾明山依然不着急，继续说自己的话："我今天还真的要和你好好拆解一下——谋事，不仅在事，也在情，追根到底都是谋人，一件事值不值得做、一个人值不值得爱，都在这个'谋'字里，要斟酌、要顾虑，但最重要的是要发于本心，谋有阳谋，也有阴谋，发乎本心的就是阳谋，那个光明正大、坦坦荡荡，无所可惧；但所谓成事，不在我们自己，而在大势趋向，人都有阶段性和局限性，此时不合适，不代表未来不合适。同样，以后是错的，未必现在也是错的，想成事，第一步就是静下心了，静下来，才能看得更准确、看得更长。"

"但是，"项庭峰放下茶水，有些心急，"现在的当务之急，是尽快约安东尼见面，全面启动对《盛装》的收购工作，以免夜长梦多啊。"

顾明山眉头轻轻拢起来："——你是在教我做生意？"

项庭峰吓了一跳，急忙解释："当然不是，我只是觉得，我们用了这么长时间布下这个局，不能在最后出任何问题啊。我就是有一种预感，陈开怡这次是要出大招了。"

顾明山往杯子里斟茶，气定神闲："以前乔治是主编、陈开怡是副主编，为什么你从来没有恐惧过乔治，而对陈开怡却有这么多的忌惮呢？"顿了顿，又说："我换个问法吧，是不是乔治的死，让你对她多了许多恐惧？"

项庭峰不服气地反驳："乔治的死就是一个意外，谁知道他的抑郁症到了那种程度？"

顾明山摇头，目光如鹰隼一般尖利："但你明明是知道他有抑郁症的，他一直信任你，才告诉你这个病情——这是随时能让他离职的病情，他告诉你这个事情，相当于把身家都放到你手上。"

项庭峰苦恼地揉着太阳穴："我知道，我知道！所以我劝过他，不要死守着什么新闻理想、媒体理想，时代在变，我们也要变，现在是用《盛装》套现最后的机会，只要套现了，我们都可以提前实现财务自由，不然就靠每年那些工资，我们还要熬多少年？"

顾明山端起茶，细心品着，神情不急不躁："买卖《盛装》是笔不错的交易，你想套现离场的想法也无可厚非，你下错的唯一一步棋，是把乔治带到了我们的赌桌上，那张桌子，他不应该来，他不来，就不会幻灭——"

项庭峰低声嘶吼："——他就是因为抑郁症死的，谁让他停了药！他明明知道自己的抑郁症很严重了，为什么还要停药？"

"因为他在这个世界上最信任的朋友，也就是你，让他明白，他所信奉的媒体理想，一旦放到我们的投资逻辑里，根本就是一堆毫不特别的数字——所以他幻灭了。他在澳门和我道别，我到现在都记忆犹新。"

顾明山闭上眼睛，陷入了回忆："那时，他是这样对我说的：我一直认为自己活在媒体的黄金时代里，还承担着某种使命。哪怕传统杂志逐渐让位给新媒体，只不过是信息传播的载体在改变而已，那个理想的本质并没有改变。项庭峰并没有能力撬动这样一个资本局，你是他的后盾，你才是玩这个局的庄家。我特别希望你能明白，有些东西是不能被轻易用来被资本格式化的。"

顾明山睁开了眼睛，眼神苍老而浑浊："想要用三千七百万来撬动一个理想，这是你和我做错的事。"

茶壶咕咕响起，又一壶水烧开了。顾明山关了火，将水壶提起。项庭峰将茶杯放在茶台上——杯中的水还是满的：“我不知道他对你说过这样的话。”

顾明山苦涩地笑：“就像我不知道，乔治借的钱，是你骗他借的，他签借款合同的时候，根本不知道自己借的是高利贷。”

项庭峰辩解："我担心他会提前暴露我们的计划，尤其是不能让陈开怡知道，所以我要有一些办法堵住他的嘴。"

"我和你在香港一见如故，我一直以为你是一个体面的人，为什么在这个事情上，你连连下错棋呢？"顾明山苦笑着摇头。

项庭峰努力为自己辩解："我没有办法——我们为了所谓的理想奉献一辈子了，到底得到什么了？我和乔治说过的，他不听，宁可守着《盛装》这艘破船一起沉海，也不愿意套现和我逃生，我没有办法，只能想办法让他闭嘴。"

顾明山不以为然："就算你要让他闭嘴，有高利贷那边追他就够了啊。你不用找人诬告他贿赂公务人员——当时那个贿赂案正在被严查，搞得警察专门去《盛装》查他，事情弄得沸沸扬扬，就连你们总部都怀疑他在账上有问题——你当时就没想过，这么做会逼死他吗？"

项庭峰眼睛里闪过了怒气："顾老，你今天到底什么意思？"

顾明山依然平静："我只是帮你复盘一下整件事情。"

项庭峰忍着怒气："事情都已经过去了，这种复盘，以后请不要再有！"

顾明山轻描淡写地道歉："是我失言了。回到主题，我们接着分析陈开怡这个人。"

项庭峰就问："你认为，如果陈开怡反击，我们面临的最差的情况会是什么样？"

顾明山微笑："就算有最差的情况，是你面对，不是我，不要滥用'我们'这个词；你将面临的最差情况，无非就是陈开怡拿回主动权，不去斗肖红雪，直接让总部把你踢开，但是从目前的情况看，她根本没有筹码让你出局，除非——"

项庭峰有些紧张："——除非什么？"

顾明山笑，智珠在握："除非她能自己开一个局，在那个局里，根本就不需要你上台。"

飞机的发明，航道的开辟，使整个世界瞬间变小了。几个小时前，陈开怡还在北京与雷启泰讨论"你为什么要与我分手"这个话题，几个小时后，她却已经在法国巴黎，拦住了《盛装》法国总部董事局主席安东尼。

我已经输掉了自己的安慰奖，所以，今天这一场战斗，我不能输。

陈开怡将安东尼拦在餐厅门外，摘下墨镜，把风衣脱掉，露出里面一整套长裙——是参加晚宴的装束。微笑着用法语说话："安东尼先生。"

安东尼惊讶了："哦！开怡，你怎么会在这里？"

陈开怡继续笑："我是来找你的，如果我没记错，每周五晚上，你都会来这间餐厅吃晚餐，听爵士乐。"

安东尼不解："为什么不在工作时间去公司见面呢？现在是私人时间。"

陈开怡解释："因为我要和你谈论的事情，暂时不能被公司任何人知道。"

"但是我不想毁掉这个周末的夜晚。"安东尼拿下烟斗，转头。然而，下一刻，他听见了陈开怡说话：

"我相信1亿美金，是不会毁掉任何一个周末的。"

安东尼愣住了。

陈开怡嘴角仍保持微笑，神情却镇定到令人难以捉摸。

第十二章　图穷，秦敏离职

项庭峰放下了电话，看着顾明山："我朋友托航空公司的人查到了，陈开怡到了巴黎。"

顾明山不免表扬："看来你的预感还是挺准的。"

"我现在马上飞巴黎，我要抢在她前面，把收购《盛装》的事情谈妥。随时联系。走了。"项庭峰拿起手机，转身就走。

顾明山看着他的背影穿过整个庭院，出了门，将他用过的杯子挑起来，放到旁边的盥洗盘里，又夹起一个干净杯子，放到茶台上："行了，出来吧。"

茶室旁边一扇通向卧室的暗门慢慢打开，柳子琪从里面走出，坐到顾明山面前。顾明山给她斟茶。

顾明山："都听到了？"

柳子琪："嗯，全都听到了。乔治自杀是因为抑郁症，但这个抑郁症最后发作的原因，是项庭峰背叛了他们曾经共同坚持的理想。"

顾明山微笑着喝茶："刚才我和项庭峰说的话，都是说给你听的。"

"谋事在人，成事在天。——老头儿，你别又来这种玄乎的啊。"

"项庭峰对乔治，算不上背叛，只是用了阴谋，落了下乘。你对严凯也一样，用阳谋可以，用阴谋就是歧途，明白了吗？"

柳子琪："——3700万是什么意思？"

"你可真是柳军的女儿，到了还是只记得数字。"顾明山笑，"一年前，项庭峰从安东尼的语气中闻到味了——《盛装》总部有意把在中国的《盛装》杂志卖掉，项庭峰就想把这个事给截在手里，他一边竭力说服安东尼再缓一缓，同时暗中找买家，有三家愿意买《盛装》，具体是哪三家我就先不说了。总之，这三家出价最高的是7000万，最低的也有4300万。项庭峰感觉里面有赚头，询了价钱之后，他又去安东尼那边试探出了安东尼出卖《盛装》的心理价位是

163

3700万,他暗中把局都码好了,但缺一个看似外围的操盘手,机缘巧合在香港文华酒店碰到了我——现在想来,估计也不是恰巧碰到那么简单,总之,我呢闲着也是闲着,这个事情听上去也没什么风险,我就帮他操这个盘,打算先用一个文化公司的壳,3700万收购《盛装》,再从那三家里选一个性价比最适合的买家,卖给他们。"

柳子琪叹息:"资本格式化——乔治最后就是为这个死的。"

顾明山长叹一口气:"丫头啊,这些事情你要自己斟酌,是不是要真的什么都要告诉严凯。——你是不是真的要和他在一起啊?"

柳子琪不知道该怎么回答,端起茶壶,给顾明山倒了一杯茶,故意学他老气横秋地说话:"来!品茶——中国人对这个'品'字很有研究,为什么每年春晚上那些语言类节目除了相声就是小品?为什么要叫小品,而不叫大品,也不叫老品?这就很值得我们好好品品——"顾明山和柳子琪相互对笑,顾明山如同在享受真正的天伦之乐,表情极为释怀。

蔡菲坐在沙发上。李娜从厨房里端进最后一道菜,放在茶几上,那上还摆着一本《盛装》新刊。

"菜都齐喽!准备开放!"但她又忽然想起什么,"等等,我想先打个电话。"
她掏出手机,却又犹豫了。
蔡菲:"你要打给谁啊?"
李娜:"——我爸。"
蔡菲把李娜的手机拿过来,直接帮她拨了李江生的电话。
李娜:"你干吗?你怎么就拨了啊,我还没做好思想准备——"手机那头已经接通了,是后妈高艳君的声音,还有搓麻将的声音:"李娜啊?"
李娜脸色顿时就沉了下来:"啊,是我,我爸呢?"
高艳君的声音懒洋洋的:"你爸喝多了,在床上躺着呢。"
李娜忍着气:"你能不能管着点我爸,他都什么岁数了,让他少喝点。"
高艳君的声音猛然高起来:"二筒!碰!"随即又变成懒洋洋的腔调:"我哪管得了他?"
李娜兴致缺缺:"那你好好打麻将吧,我挂了。"

高艳君的声音猛然之间又高起来:"等会儿等会儿,正好你打电话回来了,有个事。那个苹果手机是不是出新款了啊?我们这小地方你知道的呀,连个苹果专卖店都没有,你在北京,也参加工作了,帮我买一个最新款的苹果手机好不啦?——七条!碰碰碰!——娜娜,要最新款的啊,你听到我说的了吧?"

李娜苦笑:"听到了,苹果很贵,我没钱——"

高艳君的声音有些尖刻:"你爸爸说你在外面很有出息的,能赚大钱,每次喝多了都吹,说他女儿最有出息,比我生的有出息多了,怎么连个苹果手机也买不起哦?真是笑死个人嘞——"

李娜直接摁断了电话,冲着已经挂了的电话怒气冲冲说话:"我就算有钱也不给你买!那么爱笑,笑死得了!"

蔡菲默默看着李娜:"好了,电话也打过了,吃饭。"

深夜的天空无云,只有一轮月亮。月光皎洁,和高楼大厦的灯光相互辉映。牙齿碰牙齿的声音,夹杂着模糊不清的呓语。睡着的蔡菲,额头上都是汗。李娜坐在旁边的沙发上,正在台灯下看书。

噩梦攫住了蔡菲,她在床上挣扎着,呼吸变得粗重,呢喃声也慢慢变得清楚。

"别过来!别过来——求求你们,不要过来——啊——不要——"

李娜丢下书扑到床边。蔡菲整张脸都有点狰狞,两手握成拳,紧紧的。李娜握着蔡菲的手,不断轻声安慰她:"阿菲,没事了,阿菲,没事了,我是李娜,我在这儿,在你身边。"

在李娜反复的轻声安慰下,蔡菲没有那么紧张了,拳头也逐渐松开,但还是不断呢喃着。李娜爬上床,温柔地抱住蔡菲,不断抚摸她的头发。

"没事了,没事了,天就快亮了。阿菲,天就快亮了……"

李娜说着说着,浑然不觉自己脸上,全都是泪水。

"我要开掉陈开怡。"项庭峰直截了当地对秦敏说。

陈开怡前往巴黎,也不知道她与安东尼说了什么,安东尼就放弃周末休假,连飞了十几个小时前往上海。也不知是要与哪一家或者哪几家资本见面。

项庭峰认为,釜底抽薪是最有效的策略。

项庭峰和肖红雪,两人的目光都集中在秦敏脸上。秦敏站在玻璃幕墙前,拇指和食指不断微微搓动着,一言不发。

气氛一时凝固。

秦敏终于开口了:"没有这样的先例。"

项庭峰冷笑:"没有这样的先例?陈开怡去了趟巴黎,安东尼就立马连飞十几个小时到上海,也没有这样的先例!我不管你用什么方法,我只看结果!"

"项总,你现在可是要无缘无故开掉陈开怡!"秦敏不自觉提高了音量。

"我是总出版人,开掉一个副主编怎么了?"

"陈开怡只是一个副主编吗?她在业内的分量您应该也很清楚吧——"

"——我管她什么分不分量!我要的不是你的疑问,我要的是办法!——她不是在账目上有问题吗?那个什么谁来着?红雪,你上次和我说过的,那个谁——"

"——雷启泰。"肖红雪犹豫了一下,似乎不确定说出这个名字是对是错。

项庭峰:"对!雷启泰!"

秦敏:"账目的事情杜霞那边不是已经给出结论了吗?来往的票据全都齐全,合法合理,就算里面有拿回扣或者灰色交易,也是那个咨询公司有暗箱操作,和我们无关啊。"

项庭峰:"可我们为什么要用那个咨询公司呢?凭什么他们的报价比市场价都要高?为什么?合同最后拍板签字的人是谁?"

秦敏:"乔治。从头到尾,没有任何往来合同里有过陈开怡的签字。"

项庭峰狠狠拍了下桌子:"连死人都还在帮她!"

肖红雪沉稳地说:"老项,现在不是发脾气的时候。"

"我不管,我一定要马上开除陈开怡!秦敏,你们人力资源部现在开会,20分钟内给我一个方案,找出一个能够对外说得过去的理由——只要说得过去就行,开掉陈开怡!"

"我做不到。"秦敏语调平静,只是多了几分冷淡决绝。项庭峰一拳锤在桌上。

"说到底,你还是陈开怡的人!"他脸色铁青,几秒后,忽然转头笑了。

"我不能为了你一时的念头,而赌上我的职业信誉。请谅解。"

"你不开她,我现在就开掉你!"项庭峰又转回头,冷冷盯着秦敏。

肖红雪："老项，你疯了吗？你知不知道你现在在干什么？"

"你到底知不知道现在到什么时候了？我们现在不想办法开掉陈开怡，她就一定会开掉我们！"

"她凭什么？就凭安东尼和她上了同一架飞机？"

"安东尼有没有邀请你一同出行过？"

"没有。"

"我在安东尼身边待了这么多年，一次也没有！而且他已经很久没有离开过巴黎了，更别说连续飞十几个小时到中国！陈开怡一定拿什么打动了他的心，能让他突然离开巴黎！而这个世界上，唯一能打动安东尼的东西，就是——钱！"

"既然她能打动安东尼，那就证明安东尼会站在她那边，现在开掉她还有什么意义？"

"所以我才要人力资源部给我一个合适的理由！先斩后奏，其他的事情去董事局还能斡旋！我不信陈开怡在这么短的时间里，就能完全掌控和左右安东尼！"

三人面对面站着。秦敏沉默许久，终于站起，走到肖红雪面前："肖主编，对不起，在这样的情况下，我只能选择——向您辞职。"

肖红雪急了："老项不是这个意思。"

项庭峰声音严厉："我就是这个意思！"

肖红雪怒视项庭峰："项庭峰，你过分了！"

项庭峰厉声说话："这种时候，才是真正能看到人心向背的时候，这个时候不帮你，她就永远都不会真正帮你！秦敏，我以总出版人的身份，批准你的辞职，辞职报告和手续流程你让你们部门的人回头给你补办，我现在的要求是，召集你们部门的其他人，马上到会议室开会！"

肖红雪嗓门也抬高了："我不批准！我不同意！"

两人还在吵架，秦敏上前，说话："肖主编，无论你是否批准，我都会离开《盛装》，你们不用再争论了。谢谢您这段时间对我的关照和信任。"

秦敏转身离开，肖红雪气得无语凝噎。项庭峰叉腰站着，脸色依然愤恨难平。

秦敏走到门口时忽然慢慢转身，看着项庭峰。庭锋以为她要回心转意，站直了身子听她说话。

但是项庭峰没有想到,秦敏说的是这样一番话:"项总,我并不认为自己辜负过肖主编,但我确信,你肯定辜负过乔治对你的信任。之前在天台上掉下来的那个人偶,是我带着物业去检查,并最后烧掉的,当时你被吓得在地上爬的时候,就已经失去了我对你所有的尊重。那个时候我就知道,就算人偶被烧掉,但我们心里有些东西,这辈子也无法抹掉,你说——对吗?"

项庭峰冷冷的:"滚!"

秦敏端着纸箱走出办公室,才发现面前都是人。

鲁斌斌、玛丽、罗翰、邓雯、潘希伟等中层领导,陈然、雪莉、李娜、俞京京、陈默等所有基层员工,稀稀疏疏站着,但也站满了大半层工作区。

秦敏停住脚步,对大家微笑。所有人都看着她,但没人说话。秦敏就微笑着说了一句"走了"就捧着纸箱往外走。

鲁斌斌猛然之间叫起来:"秦敏,你知道在《盛装》,最不能得罪的三个人是谁啊?"

秦敏停住。

鲁斌斌就笑,眼睛里居然冒出了泪花:"不是陈开怡,也不是肖红雪、项庭峰。"鲁斌斌擦掉泪花,咧着嘴笑——笑的样子比哭还难看:"是我、赵昕,还有你,秦敏!"

秦敏默然不语。

鲁斌斌呵呵笑着:"因为我鲁斌斌,最小肚鸡肠,赵昕遇佛杀佛、有仇必报,秦敏总监——所有人的八卦和把柄都在她手上,她心思细密,喜怒不行于色——"

秦敏有点着急:"老鲁,你到底想干吗啊?"

鲁斌斌看着秦敏:"你叫了我一声朋友。我今天就要给你出头!秦敏,你忘了自己当年是什么样的,我可没忘!你现在捧着那个该死的纸箱子的样子,太窝囊了,不像你,不是你!"

秦敏努力平静下来:"鲁胖子,不要搞事。"

鲁斌斌哼了一声,说:"那也不能让别人随便搞你啊!既然老大们这么喜欢打王八拳乱来，我们也别认怂，我倒真想也跟他们打一打！俞京京，陈默，你们去会议室叫项庭峰过来！"

俞京京以为自己听错了："什么？"

鲁斌斌一字一顿地说："去！叫！《盛装》亚太区总出版人！项庭峰！过来！就说我——鲁斌斌！在这里等他！"

俞京京、陈默赶紧转身小跑着去会议室。

玛丽、潘希伟、罗翰等人看着鲁斌斌，感觉鲁斌斌简直身上在发光。

秦敏看着鲁斌斌那种憋着劲的样子，想笑又想哭，什么也说不出来，只是慢慢把纸箱子放到地上。

项庭峰来了，环顾众人，先声夺人："那你们呢？都在这干吗？都不上班了吗？"

鲁斌斌突然狠狠拍了下桌子："《盛装》都要完了！还上什么班？"

项庭峰恼怒："你这什么意思？"

鲁斌斌呵呵笑起来："8年前，陈开怡、秦敏和我，同一批入职《盛装》，陈开怡工号数字002，秦敏工号005，我的工号006。那个时候，《盛装》全部员工加起来——9个人！在西五环边上的一个筒子楼里办公，和另一个报社合用一层。那个时候的《盛装》，最惨的一个月，只卖出了三本杂志！是我们仨每个人偷偷买的，还都不敢跟另外两个人说！为了推销杂志，陈开怡一个月能走坏两双鞋，老秦根本没机会做HR的工作，每天和我一起出去卖杂志拉广告，喝酒喝到胃出血——大出血！差点死在医院！被救回来问我的第一句话是，客户搞定了吗？我跟她说，搞定了！是她，谈回了《盛装》第一笔20万的广告单！——所以，我现在问你，你有什么资格，开掉她？你——有什么资格？"

鲁斌斌看着项庭峰。秦敏的手有些微微颤抖。

鲁斌斌手指着项庭峰："我不管你、肖红雪和陈开怡怎么斗来斗去，我旗帜鲜明地站在肖主编这一边，这一点谁都知道。但是，你们不能动老秦，她——是我的朋友！是我在这个公司8年来，硕果仅存的朋友！你开了她，不行！"

项庭峰看着鲁斌斌，目光竟然柔和下来，然后转头对秦敏："刚才我和人力资源部的同事已经开过会了，我们一致决定，正式辞退陈开怡，理由是《盛装》在转型时期,陈开怡副主编的办刊理念已经不符合杂志实际需求,导致杂志销售与广告业绩屡屡下滑。新任主编肖红雪履职以来,陈开怡多次擅自独断,不服从上级管理,为《盛装》造成极大的负面影响。秦敏,麻烦你整理一下措辞,以人力资源部的名义正式发文,并同时抄送总部;邓雯,等秦敏发完后,你就对外发布消息——我都说明白了吗?"

这言下之意——居然是不辞退秦敏了。

鲁斌斌的脸上,不由露出两分喜色。

但是,鲁斌斌没有想到,秦敏居然干干净净地回复:"这封通知,我不会发,也不会写。"

杜霞跟上:"公关部也不会发这样的消息。"

秦敏从地上拿起纸箱子,看着鲁斌斌,露出从没见过的真诚笑容:"老鲁,以后少抽点烟,多运动,多注意身体,等你忙完这一段,约饭——走了。"

秦敏环顾众人,笑容一点点收敛,又变成那种没有表情的平静。在众人目光下,她走出办公区,消失在走道拐角。

项庭峰转身回自己办公室。

鲁斌斌转头,看到严凯的工位,猛得冲过去,将工位上严凯的名牌拿出来,撕得粉碎,一边撕一边恨恨地骂:"严凯这个王八蛋人呢?人呢?这个时候不是应该他站出来据理力争的吗?他和陈开怡、秦敏不是一头的吗!他人呢!这个时候怎么做起缩头乌龟了!王八蛋!王八蛋!"

击剑馆。

严凯与柳子琪都是全副武装。严凯在陪柳子琪练剑,但是严凯真的不会击剑,与其说是练剑,不如说是挨揍。

柳子琪一边检查着严凯身上的伤,一边唠叨:"怎么,你今天来找我,是来跟我道歉的啊?够懂套路啊。"

严凯的电话响了起来,柳子琪帮严凯拿过手机,严凯点开了通话,脸上蓦然变色:"陈开怡被开除了,我要走了。"

柳子琪"啊"一声,叫:"陈开怡不是时尚女魔头吗?将这样一个人开除掉,项庭峰疯了吗?"

严凯一边换衣服，一边告诉柳子琪："乔治的事情你别管了，我自己会去查清楚，不管你从顾明山那边听到什么、知道什么，那些都不重要。希望你不要生我气，我不应该把这两件事混在一起的。我爱你，我走了。"

严凯说完这一长串，去座位上拿起包大步往外走。柳子琪急忙追上："等着，我陪你去，给你当司机！"

严凯直接推开了肖红雪办公室的门，在肖红雪对面坐下来："乔治的死，是项庭峰做的局，虽然我还不知道他到底做了什么样的局，但我可以负责任地说，乔治的死，项庭峰脱不了干系。"

肖红雪很平静："然后呢？"

"你和陈开怡，在这个局里，都是棋子。你还看不明白吗？"

肖红雪并不以为然："可能你还不知道老项和我到底是什么关系吧？我们恋爱3年，结婚两年，虽然现在离婚了，但这个世界上，恐怕没有人比我跟更了解项庭峰。"

严凯从包里拿出几张照片，放到办公桌上，分别是赌场照片、顾明山的照片。

肖红雪看着照片，严凯指着顾明山的照片："他叫顾明山，是个投资人，职业操作金融杠杆，专做企业收购和并购的，你觉得这三个人为什么会出现在赌场这种地方？"

肖红雪冷静地问："这又能说明什么？"

严凯说："乔治从来不赌博，更没有任何债务问题，不客气地说，他如果需要钱，不管多少钱我都能搞定——但他却在这个赌场里欠下高利贷，而且是收账手段最不体面的那种高利贷。这张照片拍下没多久，他就跳楼自杀了，紧接着，你空降这里做主编，你认为这一切都是巧合？

"之前我一直认为，你和项庭峰是同一种人，所以很多事情我没有必要跟你说，但在上海蔡菲出了事情后，你的所作为所，让我对你有了不一样的看法。也许，你和陈开怡才是同一种人。所以，我只是想提醒你，就像之前陈开怡提醒过我一样，你和陈开怡不是敌人，甚至都不是对手。

"请你告诉项庭峰，如果乔治真的是被他害得自杀，我绝不会放过他。而且，他不管怎么折腾，都必输无疑，因为《盛装》不是他的筹码，以前、现在、以后都不可能是他一个人的筹码。"

肖红雪看着面前这个认真的男人:"你能不能告诉我,对于你,或者陈开怡、乔治来说,《盛装》到底意味着什么?"

严凯沉吟了一下,缓缓吐出了一个字:"——家。"

严凯与肖红雪谈判的时候,李娜陪着柳子琪漫步在陈列室里。柳子琪看着墙上按年份陈列的所有杂志封面。一言不发,眼神却越来越专注,神情竟然是在她脸上几乎从没见过的肃然。

正是最美的黄昏,夕阳在山房会所的院子里投下了各种斑驳的树影。顾明山坐在凳子上,正在摆弄面前的一个小盆栽,用小镊子和尼龙线给盆栽定形。项庭峰坐他旁边,一边摆弄着风油精,一边求教:"您认为安东尼和陈开怡会去哪儿呢?虽然是直飞上海的飞机,但问了一大圈,都没人见过她。"

顾明山小心翼翼地用尼龙线绑好最后一根小枝岔,大功告成,放下小镊子:"换个角度想这个事,能够吸引安东尼的首要因素,是钱。陈开怡在时尚行业里,有身份、有名望,但是,她没那么多钱。我们给安东尼出价是 3700 万,这是他的心理价位,几百甚至上千万的差价不会让安东尼大老远跑中国来,所以陈开怡做的事情必须满足两个条件,第一,开出远超 3700 万的价位;第二,找到分量高到足以让安东尼到中国来的关键人物,帮她站台,甚至,帮她出这笔钱。"

"我找的三个买家都很可靠,他们不可能绕过我去找陈开怡。"

顾明山笑:"你那三位朋友,出价最高的是七千多万,七千万会让安东尼来中国吗?——我觉得不会,至少不会这么快,一个周末!陈开怡就能让安东尼急匆匆飞到中国,这笔钱不会低于一个亿,而且她要让安东尼见的人,绝不是一般意义上的投资人,一定是安东尼无法拒绝的人,这样的人,会是谁?"

"如果真有这样的人在后面支撑陈开怡,为什么她现在才用?"

"你应该想,陈开怡怎么才能撬动这样的人帮她,靠的是什么?你们《盛装》这本杂志,估值估上天,不会超过 5000 万,你那个朋友是外行所以不懂,多出 2000 万完全就是送钱给你——5000 万的估值,陈开怡怎么撬动那样的人物为她出场?"

两人陷入沉思。

顾明山看着面前那个盆栽，心念一动，拿起镊子，剪断了几根线。

项庭峰不解："你怎么又剪掉了？"

顾明山指着盆栽："你看到没，只要给它们自由，不束缚、不限制，虽然它们都朝着不同方向，但有一个方向是共通的——就是向上。"

项庭峰有些云里雾里："顾老，您是想到什么了吗？"

"如果我想得没错的话，你不要再和陈开怡斗了，你斗不过她。"

"什么意思？"

"你去查一下，陈开怡前段时间密集见的各个公司里，有没有互联网公司——杭州的互联网公司，很有钱的那家。"

项庭峰站了起来又坐下："有！当时有人说，陈开怡一旦跳槽去那家公司，年薪至少能翻三倍。但是——陈开怡那段时间见了至少三十多家公司，业内比较大的传统媒体和新媒体公司她都见了，怎么可能就会是这家？"

顾明山笑："见了三十多家公司，把水搞浑，就是为了掩盖见这最重要的一家！我们从一开始就错了，陈开怡从来都没想过离开《盛装》，而是要带着《盛装》走啊。——你输了，认了吧。"

项庭峰："我不认，这才哪儿到哪儿？我明天去巴黎，我一定要见到安东尼，和他正式谈我们的收购计划，3700万如果他觉得不够，我们可以再加——"

顾明山看着项庭峰，语重心长："老项，虽然我不知道陈开怡想要做什么，但是能打动那个位置的人，并且促成他和安东尼见面，陈开怡只能靠一种东西——就是未来。你呢，只懂得怎么拿过去套现，陈开怡不一样，她知道怎么贩卖未来。"

顾明山将盆栽里所有线全剪断，刚才被绑得紧紧的枝丫，全都重新舒展开来，并且无一例外地往上伸展。

光线幽暗，房间里没开灯。项庭峰站在玻璃前，一动不动地看着窗外的城市夜景。沙发旁边的茶几上，放着半杯红酒。

肖红雪进门，开了灯，走到项庭峰身后，抱住他。项庭峰拿起遥控，把灯又关了，窗上的倒影消失。房间内的光线幽暗，两人的脸都沉在幽暗中。

片刻之后，肖红雪松开手，走到房间一角坐下，开了旁边的阅读灯："有一件事一直没问，乔治的死，和你到底有什么关系？我认为，你肯定会主动告诉我，我一直等——等到现在。"

项庭峰也在沙发上坐下来："这件事，很重要吗？"

肖红雪揉着眉间，疲惫地说："因为你在这个事情上的不透明，我对你的爱和信任正在摇摆，这种摇摆对我来说，很致命，它在让我怀疑很多事情——"

项庭峰急切说话："红雪，现在谈论爱情，太奢侈了。我今天强令开除陈开怡，总部到现在都没有任何回复，也联系不上安东尼，所有人的态度都不明确，我们必须要同心协力，不能有一点猜忌，现在是这场仗最艰难的时候——"

肖红雪打断了他的话："——正是因为艰难，我更需要知道，我为什么要去做这一切？因为你的不透明，我已经开始质疑这场斗争的正义性！"

项庭峰哼了一声，说："正义？你忘了我们为什么要隐婚，你忘了我们为什么会离婚吗？"

肖红雪看着项庭峰："《盛装》不允许高层之间结婚，一旦发现，必须要有一个人离开，这个规矩我们一直都知道，但我们都不想离开这份事业，这是我们的选择，怪不得别人。"

项庭峰声音高起来："这是因为我们还不够强大！我们还不能和那个该死的企业规则抗衡！在那帮法国人的眼里，我们这些中国籍的管理层，就是他们用来彼此制衡的棋子，他们需要我们去开拓中国市场，但又害怕我们真正控制这本杂志，为什么乔治能做主编？因为他不是陈开怡，他没有那种会冒犯到法国人安全底线的野心！"

肖红雪静静地看着项庭峰："——我们不要把话题扯远了。乔治的死和你到底有什么关系？我问得更直接一点，他的死，是不是你造成的？如果你继续回避，这场主编之争的游戏，我不玩了，我回香港。"

"你在，这个时候——威胁我？"

肖红雪声音沉冷："请收起你的敌意，你问我《盛装》的未来会怎么样，如果我连它最重要的过去都不清楚，又怎么去想象它的未来？对我而言，这个事情不搞明白，我对《盛装》的理解就缺失了一大块，这种缺失会让我不管怎么做，都赢不了陈开怡！于情于理、于公于私，你都应该告诉我真相。"

项庭峰端起红酒杯，要喝，但又没喝，手空悬着，陷入沉默。

肖红雪坐在沙发上，等着他说话。

项庭峰放下红酒杯，站起身，头也不回就往外走。肖红雪坐在沙发上，始终没有动。

项庭峰走到房间门口，开了总灯。

顶灯、壁灯、桌上的台灯，全都亮了。

肖红雪再望向门，项庭峰已经出门了，房间门正缓缓阖上。咔哒一声，门关上。

蔡菲与李娜吵架。事情的起因，说起来还真的只是鸡毛蒜皮。

俞京京说请"不怕胖天团"吃饭，李娜代蔡菲答应了。晚上六点半，两人推门走进饭店包厢的时候，却只看见俞京京与陈默。

蔡菲就问："还有其他人呢？"

俞京京笑："其他人都有事，耽搁了。刚好陈默有事找我，我就想，干脆一起吧。"

蔡菲脸上却没有什么笑容："是鲁斌斌让你找我们吃饭的吧？"

饭桌上顿时气氛凝固。

蔡菲转身走就，李娜跟上："你非要那样说话吗？你搞得大家都很尴尬。"

蔡菲声音冷冰冰的："我说的是事实。"

李娜无奈地说："就算是事实，真的有那个必要说出来吗？"

蔡菲恨铁不成钢："你这个性子！俞京京什么时候成了你的姐妹？你忘了她们以前是怎么对你的吗？才几天时间！"

李娜急忙辩解："以前确实林亚楠对不起我。再说有些事情，真的需要一直记得吗？就像背着块石头活着，吃也吃不好，睡也睡不好，这样就值得吗？"

蔡菲眼睛里有针一样的光芒："你说这个什么意思？"

李娜苦笑："你每天晚上都做噩梦，那块石头太重了，压得你太难受了——我看着也很难受，可我不知道怎么才能帮你放下那些不好的事情。"

蔡菲冷笑："像你那样吗？跟个傻瓜一样，去操场一圈又一圈地跑？倒立啊，不让眼泪流下来啊，这就叫放下？——你骗自己的本事，我学不会。"

蔡菲径直往前走,上天桥,李娜急忙追上道歉:"好啦好啦,对不起啦!我刚才不应该那么说话,我不应该答应俞京京今晚的饭局。"

蔡菲停下了步子,语重心长地说:"俞京京从来没把我们当过朋友,这个饭局就是鲁斌斌让她和我们套交情的,为什么要套交情呢?特别简单,因为我现在是主编助理。你要明白,我现在的举动,不光代表我——我的态度、我说的话、我传出的信息,也在代表肖主编!而你天天和我在一起,不是你,我根本不会去跟她吃饭——这就是我们对俞京京的价值!价值,你懂不懂?"

李娜却不赞同:"她可以那样想,那是他们的事情,但如果我们也这么想,你就只是肖红雪的助理!除了那个助理的身份,更重要的是你是谁——"

蔡菲打断:"——我只想做她助理,我是谁没那么重要!"

李娜叫起来:"你是谁很重要!蔡菲很重要!"

蔡菲冷笑:"我做流程编辑的时候,谁用正眼看过我?我是谁,谁在乎?现在,倒是很多人在乎了!"

李娜想要结束话题:"——算了,我没什么想说的。你是我的朋友,我只希望你能开心,我想以前那个蔡菲回来!我们不要带着气回家,就算有什么不开心的,现在说清楚了就好。"

蔡菲拨开李娜:"以前那个蔡菲,不会再回来了。还有,你现在住的地方,是我家,不是你家。"

最后一句话,很冷。李娜没再追上去,站在天桥上,靠着栏杆,看着桥下的车流。蔡菲走到天桥尽头,停住,慢慢转过身来。

李娜抬头,两人隔着半座天桥,互相看着。两人对望许久。

蔡菲转过头下了天桥。

第十三章 亮剑，开怡胜券

李娜骑着自行车，在暮色渐起的城市里漂流。

突然就想起了郑飞，想起了那还没有到手的十万元钱。李娜对自己说，我并不在乎那十万块钱，但是我必须证明给蔡菲看，我不在乎你！于是，李娜就骑着自行车往飞驰健身房去了。

招牌灯还亮着，郑飞还没有下班。李娜坐在马路牙子上等。现在是郑飞上班时间，不适合谈私事。

招牌灯灭了。郑飞从健身房所在的商业楼里走出，穿着运动装备，背着大大的运动包，一边往外走，一边喝运动杯里的水。

李娜想站起来迎上去——她已经给自己设计好了脸上的表情，落落大方的微笑，云淡风轻的眼神——然而，还没有完全站直了，李娜就看到挺着大肚子的苏虹走出来了，郑飞回头冲她笑。

李娜下意识地就往自行车后面躲——其实那自行车根本没有任何遮盖效果。

不过郑飞与苏虹也没有留意路边的闲杂人等。苏红模仿电视剧里那种皇太后的动作，慵懒地伸出一只手。郑飞赶紧上前，扶着她的手。苏红笑，一脸幸福灿烂。

郑飞小心翼翼扶着她，往另一个方向走。

他们俩的背影越走越远，逐渐消失在夜色中。

李娜就那么傻傻地看着她们的背影消失，却没有任何勇气追上去。

好在，这个陌生的城市里，李娜还有一个家。

打烊时分，西餐厅里空空荡荡，桌椅都收好了，店门关了一半。老颉坐在李娜对面，手里夹着根烟，带着笑容看着她。

李娜一口气喝完半杯西瓜汁，继续说着话："——那个时候我才发现，原来我害怕见到的人,其实不是郑飞,而是苏红。那种感觉,我说不清楚。可能我害怕见到的人也不是苏红,而是他们在一起那种幸福的样子。老颉,那一刻,我觉得我根本不认识他们俩,我站在路边,就像看着一对陌生情侣,他们的生活,和我一点关系也没有。那种感觉让我害怕,还有点迷茫——我爱过他们,也恨过他们,可是有什么意义呢?我怎么想的,他们在乎吗?他们根本不在乎。他们已经有了自己的生活,他们的生活和我再没有任何关系了。老颉,是吧?"

"嗯——所以,你还是没让那个王八蛋还钱给你对吧?"

"钱不重要。

"钱还不重要?"

李娜声明:"真的不重要,我今天去找他,本来也不是为了钱,我就想知道我敢不敢面对他!因为他深深伤害过我,就像蔡菲被深深伤害过一样,如果我敢去面对郑飞,蔡菲就能够放下那些伤害过她的事情。"

老颉就笑:"结果到了你还是怂了。你这大半夜地找我,就为聊这些啊?"

李娜苦笑:"我不知道怎么办啊,刚才不是跟你说了吗,蔡菲和我闹别扭了,我现在不知道该怎么回去。"

老颉叹气:"还是老话说得好啊,人在屋檐下,难啊。你要不要今晚在这凑合一宿?"

李娜又为蔡菲辩解了:"蔡菲不是你想的那样。我得回去,她一个人睡我不放心,她还是整晚整晚做噩梦。"

老颉就笑:"李娜,我看着还挺乐呵的,证明这些个事,没难倒你。"

李娜苦笑:"我没什么难的,我就是心疼蔡菲!她那个人,从小最擅长做的事情就是考试,没碰到过什么真正的挫折,稍微碰到点事,就把自己封闭起来,其实心里根本过不去那些槛,她最近还经常掉头发,她嘴上不说,但我知道她特别想让自己走出来,只是不知道怎么走而已。"

老颉神秘兮兮笑:"要不,我教你一招?"

李娜立马来了精神,一脸崇拜地说:"我就知道,来找您保准是对的!"

老颉慢悠悠说话:"要想人听你的,你就得比人强。光靠说没用,得做出成绩来,别拿道理说服人,得让人自己从你身上悟出道理来。你得让她服你,就像你服那个什么陈主编一样。"

李娜瞬间丧气："我可成不了陈开怡那样，她太厉害了！"

老颓就笑："她多大年纪，你才多大年纪啊？小娜，我跟你说一个实打实的道理，害人容易帮人难，真要想帮人，可不是嘴巴上说两句的事，你不脱下半层皮，就没法从根子上帮到人。话我就点到这了，你自个儿好好悟吧。得了，别跟我这赖着了，各回各家、各找各妈。"

老颓站起身拍了拍李娜的肩膀，哼着曲子去关灯。

月光照在餐厅里，竟然还有几分幽暗的美感。

严凯推门进入肖红雪的办公室，手里拿着一张空了一大半的选题表："肖主编，下期杂志都要开天窗了，这周的选题表几乎是空的。"

肖红雪就问："那你认为该怎么办？"

严凯轻描淡写地说："让赵昕、谷欢她们回来，反正她们的辞职，我从来没批准过。"

肖红雪就问："这应该是你的工作吧？"

严凯淡淡地说："这应该是秦敏的工作，但是很遗憾，秦敏被项庭峰开除了。"

肖红雪放下手上的杂志，双手环抱着，看着严凯："你是想让秦敏回来吧？"

严凯耸耸肩，说："开除秦敏，本身就是一个愚蠢的决定。"

正在这时，肖红雪的手机震动起来，是项庭峰的电话。肖红雪的脸色顿时变了。

与此同时，鲁斌斌急匆匆奔过来。肖红雪索性将蔡菲也叫进办公室："刚才我接到出版人项庭峰的电话，总部这两天可能会对《盛装》的人事调整有重大变动。我对这场所谓的主编斗争非常疲惫了，所以叫你们都进来。不管你们支持谁、反对谁，我无所谓。"

鲁斌斌看了几眼严凯，欲言又止，但又实在想说。

肖红雪看出了鲁斌斌的意思："鲁总监，你想说什么就说吧，不用支支吾吾的。"

鲁斌斌再看一眼严凯："合适吗？"

肖红雪："合适。"

鲁斌斌轻轻咳嗽几声，清了清嗓子："行。那我直说吧，绝对内幕啊！我在总部的朋友刚才也给我打电话了，因为陈开怡去了趟巴黎，又拉着安东尼去了趟杭州，见了个人——具体见了谁没说，但这次见面对安东尼影响很大。这几天总部就会宣布新的人事调整计划，这个计划——看了眼肖红雪，很可能是冲着项庭峰和肖主编来的。"

肖红雪："今天总部就会先出一个通知，最近所有人事调动全部冻结，所以，严凯，这就是我叫你进来的原因，这段时间《盛装》原则上既不能招一个新人，也不能辞一个旧人，一切变动都要等大的领导架构稳定再说。秦敏、赵昕、谷欢她们，都得回来。"

鲁斌斌感慨："陈开怡啊陈开怡，就下了一步，把整盘棋给翻了个。高手过招，不服不行啊。——对啊，陈开怡人呢？你们谁知道她现在哪儿？"

空荡荡的影厅，只有两位观众——最后一排靠墙的位置，陈开怡、雷启泰并排坐在中间。陈开怡戴着墨镜和帽子。

荧幕上放着电影，光线忽明忽暗。

陈开怡侧过脸看着雷启泰："——我的年假还有三天，我想用这三天，解决清楚我们的问题。"

雷启泰眼睛看着屏幕，兴致缺缺："每次和你见面，我们都像在演谍战片，你没觉得吗？"

陈开怡略略有些歉疚，柔声说："公司查账的风头已经过去了，杜霞撑住了，没出什么篓子。"

雷启泰疲倦地说："那又怎么样呢？开怡，要说的我刚才都说了，我对我们这种不能见光的关系，累了，真的累了！我不知道我们坚持下去到底还有什么意义。"

陈开怡看着雷启泰，声音诚恳起来："你去美国之前，不是这样想的，去美国考察不到两个月，到底出什么变故了？"

雷启泰转过头来，看着陈开怡："我是个男人，我不想一辈子活在你的影子里，我不想以后每次出去，别人介绍我时都会说——喏，这是陈开怡的先生。"

陈开怡语气里又不自觉地带上质问的口气："为什么以前你从没说过你有这样的心态？"

"因为我以前特别爱你,我认为你说的都是对的——"

"——你现在不爱我了?"

雷启泰纠正:"这不是爱不爱的问题,这是一个男人自尊心的问题。"

陈开怡一针见血:"不,这就是爱不爱的问题。启泰,虽然这个问题非常俗气,而且我很讨厌问这样的问题,但为了梳理清楚我们当下面对的状况,我还是得问,你是不是爱上别人了?"

雷启泰转过脸去看屏幕:"如果这样能让你心里舒服一些,或者让我们的分开显得更有逻辑,对,我就是爱上别人了——一个不用每次只能在酒店房间、电影院、地下车库见面的人。"

陈开怡点点头:"我明白了。"

陈开怡拿起旁边的手包,起身,挺直腰杆,走出电影院。坐在车上的时候,眼泪终于控制不住了。

她摘下墨镜,微微仰起头,然后打开车上的音响——放了一段欢快的音乐。

阳光温煦充沛。

顾明山坐在院子的藤椅上,正翻看《隋炀帝传》,藤椅边上还放着几本史书。一壶茶放在藤椅边上的小方桌上。

柳子琪坐在顾明山对面,手里把弄着墨镜。

柳子琪说:"——我要买《盛装》。这次我是认真的,上次我跟你说,我爸给我3个亿的资金做经营,那是骗你的,当时主要是想从你这套话——乔治为什么死。"

顾明山眼皮都没抬,还在看书:"真是长大了啊,连我都算计。"

柳子琪笑嘻嘻地说:"我可以向你道歉。这两天我和我爸认真谈过了,我想收购《盛装》,让他出点资金。"

顾明山呵呵笑:"你爸才不会同意,他是干房地产起家的,怎么弄砖头、水泥他懂,杂志对他来说就是一沓纸,他心里不会踏实的。"

柳子琪笑。两人继续喝茶。半晌之后,顾明山才说话:"你告诉我为什么想收购,只要你的理由不至于是天方夜谭,我就会帮你。"

柳子琪干脆利落:"我喜欢上了一个人,我想为他做这个事情。"

顾明山诧异:"费这么大的心思去喜欢一个人,值得吗?"

柳子琪反问:"你用了半辈子喜欢我妈妈,你觉得值得吗?"

顾明山沉默了好久,才说:"我想要见见他。"

严凯大步走到李娜工位旁,敲了敲桌子。李娜从一大堆发票、样稿、零食饮料瓶里抬起头。严凯就吩咐:"给赵昕、谷欢她们打电话,让她们明天上午10点半,务必回公司;然后,通知专题组所有人,明天上午11点,开选题会!"

李娜简直要热泪盈眶:"终于盼到选题会了!这段时间闹哄哄的,我还以为我们杂志完蛋了,我再也等不到下一次的选题会了。"

严凯刚要走。李娜连忙将严凯叫住,从抽屉里拿出几份稿子,有点不好意思地递给严凯:"这是我这段时间写的稿子——我按照以前赵昕姐报过的选题,学着写的,一篇人物稿、一篇专题稿,还有一篇生活方式稿。请严头儿指教!"

严凯接过稿纸,微微点了点头,刚要走,又转身:"以后写的稿子,电子版发我就行,不用打印,浪费纸。万一写得不好,撕起来也费劲!"

笔记本电脑上插着一个移动U盘。项庭峰打开文件夹,看见了十多个容量不一的监控视频文件,每个文件下面都标着日期。

随手点开第一个,这是酒店监控视频拍下的画面,画质不算很好,但也能看清楚里面人的脸。酒店狭长的走廊。雷启泰、陈开怡一前一后走到房间门口。雷启泰刷卡进了房间,陈开怡随后进去。

关掉这个视频,项庭峰又点第二个视频文件。依然是狭长的酒店走廊,带着墨镜和帽子的陈开怡扶着雷启泰走到房间门口,陈开怡拿着房卡刷门,雷启泰忽然抱着她要吻她的嘴。陈开怡笑着躲开,开了房间门,和雷启泰进房间。

第三个是一个早晨的视频。酒店的房门开,陈开怡走出门,正准备戴上墨镜,一只手从门后伸出来,搂住陈开怡的腰。陈开怡回头,雷启泰探出头来,和她接吻。

项庭峰的眼神像是看到猎物的鹰,眼睛都不眨,喉结不断滚动。肖红雪抱着双手,看着视频画面,一动不动:"鲁斌斌给的,说是杀手锏。"

项庭峰看着电脑上的视频文件,既兴奋,又有些不可思议:"鲁斌斌怎么拿到这个的?这种五星级的酒店,怎么可能会泄露这么私密的信息?而且,你注意到了没,这几个视频都是两个多月前拍下的,酒店每隔一段时间就会清空监控,所以这几个视频他应该早就拿到了,也就是说,他早就开始查陈开怡和雷启泰,并且找到了实锤,但一直捂着,等到现在再给我们,真是用心良苦——"

肖红雪接了下去:"——而且居心叵测。就连怎么用这些视频,他都想好了。"

"他怎么说?"

肖红雪声音有些艰难:"先把视频找适合的网络媒体曝出,吸引传统媒体跟进,炒作绯闻,比如'惊曝陈开怡的地下恋情'之类的,等网络上有了一定关注度后,突然调转舆论方向,丢出前段时间《盛装》查账的信息——雷启泰这些年不管在哪个公司做市场总监,他所在的公司都会给《盛装》投广告,并且疑似从里面拿回扣——最后给整个事件定性,陈开怡和雷启泰,至少存在不正当性关系,'性贿赂'这个指控,足以让他们俩都身败名裂。"

项庭峰眼睛发亮:"性贿赂?——呵,这可就不是简单的道德问题,而是犯罪。为了上位做副主编,鲁斌斌这次真是——歹毒啊。他这个东西送得实在太及时了,现在不管陈开怡在安东尼面前说过什么,只要我们曝出这个,她就完了,谁也帮不了她!"

项庭峰在房间内激动地踱步,一边踱步一边思考:"第一步,找合适的网络媒体爆料——上次那个爆料实习生和严凯睡过的网络论坛你还记得吗?那个是怎么操作的?·"

肖红雪叫了几声"老项",但是项庭峰都听不见。肖红雪猛然之间大声起来:"你不觉得这么做,有点卑鄙吗?"

项庭峰没反应过来:"卑鄙?"

肖红雪从电脑上拔下U盘,握在手里:"老项,如果世界上真的有地狱的话,这个U盘,就是把陈开怡和我们,一起送下地狱的电梯。"

项庭峰想伸手去要那个U盘,但看着肖红雪凛然的样子,手指微微动了动,终究还是没有伸出手。两人彼此对看着,陷入沉寂。

项庭峰声音有些嘶哑："你还是不肯留下来帮我？"

肖红雪目光蕴藏着无限的痛苦："因为你还是没有告诉我，我想知道的答案。"

项庭峰有些底气不足了："乔治的死，是意外。我是设局对付过他，但我没想他死，他是我的学生，他是我一手带出来，他也是我的朋友，我真的没想到他会死。"

肖红雪声音已经破碎了："可你还是对他设了局！这就证明，你刚才说的这一切感情，都不重要！都是可以被牺牲掉的！——你到底想要什么呢？我们现在不缺名誉，不缺地位，也不缺钱，你到底还想要什么？"

项庭峰痛苦地嘶吼起来："你的家庭当然什么不缺，我和你不一样，我现在所拥有的一切，太脆弱了，只要有个什么风吹草动，生活很快就会被打回从前！这个世界每天风起云涌、迭代更新，年轻人一波一波出来，老的人随时会被淘汰！我现在这个出版人的职位，就是一个纸糊的帽子，不知道哪天从哪里来一阵风，我就什么都没了。我必须要拿到足够多的钱，这样我才能有足够的安全感！红雪，我是爱你的，我这是为了我们的未来！"

肖红雪站起来："老项，我真的建议，你去看一看心理医生。对不起，我觉得有些窒息，我必须要出去走走，也请你安静下来，平心静气地想一想，我们到底需要怎样的生活。"

肖红雪走出房间，没有再回头。房间门缓缓阖上。

火锅店，秦敏与鲁斌斌约饭。

秦敏端坐在火锅前，隔着缭绕的热气，看着坐她对面的鲁斌斌。鲁斌斌捏着小口杯，一杯又一杯，连灌了自己三杯白酒。

秦敏看着他倒第四杯酒，依然冷静坐着。

鲁斌斌倒满酒，刚拿起杯子，眼泪却差点要掉下来，放下杯子，捂住脸，好久才平复了情绪，把捂着脸的手放下，眼睛红红的，夹菜，大口吃。

秦敏试探性地开口说话："这么晚喊我出来吃火锅，你要不说点什么能让我听得进去的话，以后咱俩最好就别再联系了。"

鲁斌斌丧气地说："——我都这样了，你就不打算安慰安慰我？"

秦敏不屑地说："我哪知道你是真的，还是演的——你演技那么好。"

鲁斌斌痛苦地揉着脑袋："这回不一样，这回是真的昧了良心！"

秦敏警觉地看着他。

鲁斌斌的声音像是呜咽："但我没办法，这步棋我只能这么走，不管有没有人能理解我，我都得这么走——"

秦敏就问："——你是不是做了什么会影响陈开怡的事？"

鲁斌斌埋头没看秦敏："不能说。"停了一下，他又给自己灌了一杯酒："老秦，不管以后发生了什么，不管以后我变成什么样，但现在，我给自己灌了这么多酒，就是想对你说些真话——你知道的，我这个人嘴里没几句真话，我就想让你记住，我鲁斌斌，今天最想说的真话、心里话！我爱《盛装》，我不比你们任何人差，我要《盛装》好！一劳永逸、万古长青的好！我要那些在《盛装》上班的人，都能体体面面地活着，不为生存、不为房租、不为挤地铁苦恼，我们要活得体面，每个人都应该体面。'体面'这两个字是用钱搭出来的！那些嘴巴里就知道说理想、说情怀的人，在我看来，他们要么是虚伪，要么就是坏，要么就是又虚伪又坏！"

鲁斌斌举起酒杯，一口喝干，双眼红红的，愣愣地看着火锅，没再说话。

秦敏也没再说话，只是端起酒杯，默默地陪着他喝了一杯。

李娜摆好了冬瓜排骨汤，摆好了碗筷，又拿了两听啤酒过来，放到茶几上。

蔡菲坐在茶几边上，低头看手机，抬起眼睛说："我不喝酒。"

李娜赶紧撤了啤酒："那我也不喝。"

蔡菲又低头看手机。李娜献宝："这冬瓜排骨汤炖了好久，刚才你闻到没？厨房里那叫一个香，无敌了！这里头的配料，是老颜的秘方，我磨了他好久，他才肯教我的，我先给你盛一碗。"

李娜掀开汤盖，一阵热气涌出，李娜凑上去闻，一脸陶醉。

蔡菲："——我得出去一趟。肖主编找我。"

李娜愣住了："那，你什么时候回来？"

蔡菲飞快站起身，去门边换鞋。

蔡菲回答："不知道，你不用等我。"

蔡菲换好鞋，快步出了门。

185

李娜坐在茶几前，呆呆地看着面前的排骨汤，把汤勺丢回盆里，把脚边的啤酒拿起来，打开易拉罐。

蔡菲带肖红雪来吃小龙虾，两人靠窗坐着，窗外是簋街，各色招牌闪烁。饭馆里人满为患，声音嘈杂。

吃完了满满一大盆小龙虾，又喝了两听啤酒，肖红雪才渐渐缓过来，摘下手套，看着U盘，苦笑着问蔡菲："这里面的东西，只要用它，就能帮你解决一个很麻烦很要命的对手，但同时严重违背你做人的原则和底线，你会不会用它？"

蔡菲看着肖红雪："我只是会想，为什么你和陈主编，不能有第三种可能？"

肖红雪怔了一下："你认为什么是第三种可能？"

蔡菲整理着自己的措辞："我们在上海的那次事件，让我有一种感觉——在男性面前，所有女人经常都处于同一种位置，我们是被观看、被引导，甚至是被愚弄的，但那些男人对此并不自知——我说的男人，并不特指那几个灌我酒的男人，而是抽象意义的——"

肖红雪敏感地抓住关键："——男权？"

"我在《盛装》工作的这些年，每一年3月刊，陈副总编都会写关于'三八妇女节'的卷首语，每一次，她都会在文章里强调要警惕那些物化女性的言论，要警惕那些将女性套进各种消费符号的意识倾向，以前我总不太能理解她写的那些文章，因为我是一个女性特质很不明显的人，我不喜欢穿裙子、很少用口红，更不会通过暴露自己的女性特征去做任何事情，我以为自己是安全的，但后来的事情您也知道，事情闹得很大，看上去我们赢得了作为女性的胜利——但直到今天，我晚上还是会做噩梦，而且我看了网上很多留言，很多评论还在说——当时我为什么会留在那个酒局？肯定是我勾引那个老总但最后利益没谈妥，一切都是商业阴谋……还有更多我实在说不出口的话。"说到后面，蔡菲的声音哽咽了。

肖红雪伸手抓住蔡菲的手，似乎想要给予蔡菲一点力量："你一定要知道，你没有做错任何事情，你没有做错任何事情！"

蔡菲摇头："如果我们是对的，为什么还要受那么多的惩罚？——所以我现在理解了,陈开怡这些年在坚持的事情到底是什么——《盛装》对她而言,不光是一本时尚杂志,她一直在努力通过《盛装》对社会传达那些她认为很重要的信息,比起做主编,她其实更像在战斗,而在这场战斗里,我认为你们是战友,而不是对手——这就是我想说的第三种可能。"

肖红雪正要说话,手机铃声响了起来。肖红雪接通电话,脸上陡然变色。

项庭峰出车祸了。

他的奔驰超速行驶,与一辆小货车相撞了。

不幸中之万幸,项庭峰虽然昏迷着,但是医生检查说,性命无恙,只是不知道什么时候醒来。脑部的事情,医生也说不清楚。

肖红雪带着蔡菲急匆匆奔向医院。

柳子琪拉着严凯急匆匆奔向山房会所。

一进院门,柳子琪就喊:"老头儿,老头儿!你想见的人我给你带来了!"

不过片刻时间,穿戴讲究、头发一丝不乱的顾明山,拿着两个红包从屋里走出,一脸笑容可掬:"拿着,都拿着,算是见面礼。"

严凯看着面前的老人,觉得有些眼熟:"你这——什么意思?"

顾明山就笑:"我是一个老派的人,子琪是我半个女儿,你是他男朋友,一点见面礼,还是要的。"

顾明山伸出手:"严凯,对吧?在下顾明山,幸会!"

严凯瞬间明白了:"你就是顾明山!"

顾明山带着两人进了茶室,坐了下来。柳子琪去煮茶,顾明山与严凯说起当初的事情:"乔治是被项庭峰设了局,但抑郁症才是杀死他的凶手。非要再找个死因,就是时代更迭,资本和商业试图格式化一切,他的理想破灭了。时代每个发展的拐点,都会有人为过去殉葬。林乔治先生,就是一个殉葬的人,但同时他也是值得尊敬的人。忠于理想的人,永远值得被人尊敬。——这就是你想要的答案。你看,三句话就说清楚了。"

"项庭峰设了什么样的局?"

"这件事情,还重要吗?"

"对我而言,很重要。"

"我保证一定会告诉你,在此之前,我想先和你们说说陈开怡现在设下的局。"

"为什么要告诉我这个?"

"子琪想收购《盛装》,本来这个事情不难办,但因为陈开怡,这个事情变复杂了。但这些其实也都不重要,我想见你,是因为我有个问题想问你,你要诚实回答我。"

"对你,我没有任何不诚实的必要。"

顾明山语重心长地说:"我这一生最大的遗憾,就是我最爱的人没有选择和我在一起,但这个遗憾也是我这一生最珍贵的事情,因为我一直有一个人可以去爱着,就像西西弗斯永远可以推一块石头上山,没有真正拥有,这段感情反而不会腐朽。所以我想问你,你怎么理解子琪和你之间的感情?"

柳子琪却不高兴了:"你们俩男的,聊这个?有意思吗?"心却又不争气地砰砰乱跳起来。

严凯的回答很扫人兴致:"坦白说,我对感情比较迟钝,而且我不大会花心思去想这个。"

顾明山很严肃地说:"子琪对你很用心,为了取悦你,我们要做一个很麻烦的投资,她也问过我,做这个事情值不值得,所以我要知道,我们做这件事情的性价比到底有多高。"

严凯回答也很严肃:"她不用为我做任何事情。我虽然迟钝,但我知道,我爱她,我愿意为这份感情付出努力。而且,我认为遗憾就是遗憾,遗憾并不会改头换面变成珍贵——哪怕拥有之后失去,也比一个人推石头上山要强得多,爱一个人的意义不在于永不腐朽,而在于真正的爱,你抵挡不住,它就是会自然发生,自然发生的事情,并不应该值得特别歌颂,我一直认为,歌颂只是一种表演——"

柳子琪又羞又气:"——你们要再这么聊下去我走了,矫情死了!都什么跟什么啊!要不,干脆你们俩过吧!"她转身作势要走,心里却有一朵儿花要开出来。

顾明山动手斟茶:"不聊了,喝茶,喝茶。"

严凯和柳子琪端着茶杯喝茶,顾明山夹着几个茶杯,在茶台上一边摆着,一边和他们分析:"这个杯子是《盛装》杂志,利润逐年下滑,财务报表一年比一年难看,本来满满的一杯水,现在剩下不到四分之一,就连你们总部董事局那帮老狐狸,给这本杂志的估值也就是3700万,项庭峰原来想的办法是把茶杯盖住,整个打包卖了,他也找到了下家,这笔交易如果进行顺利,他能赚至少1000万,但是,陈开怡就用了一招,成功阻止了他的交易。"

柳子琪好奇地问:"她找到了能出更高价的买主?哪个买主这么笨?"

顾明山拿起茶壶,往茶杯里添水:"她想到了一个方法,先把这个茶杯里重新注满水——这个方法叫做新媒体。她带着安东尼去杭州,找的是现在国内最有实力的互联网公司,并不是要让人家把这个杯子买走,而是要和对方一起往这个杯子里加水。"

顾明山解释更加详细:"陈开怡带着安东尼和互联网公司达成协议,首先把《盛装》中国版从法国总部拆分出来,变成一本由中国公司控股的刊物;然后,这家互联网公司出资1.2个亿,占《盛装》百分之六十的股份,也就是说,以后的《盛装》就是这家互联网公司旗下的杂志,但依然沿用'盛装'这个品牌——《盛装》最值钱的就是这个品牌,因为它有上百年的历史。"

柳子琪不懂:"那不还是找了个新买家吗?说得神神乎乎的——"

顾明山摇摇头:"——不不不,你想想,为什么一本估值3700万的杂志,可以让互联网公司掏出1.2个亿,而且不是一次性买断,只是占股百分之六十?"

医院病房。

陈开怡站在病房门口,捧着一束鲜花——有雏菊、康乃馨和满天星,将花递给蔡菲。蔡菲捧着花走到病房一角,找容器将花装好。

陈开怡走到病床前,看着项庭峰。肖红雪坐在床边,握着项庭峰的手。蔡菲将花放好后,知趣地出了病房,把门关上。

陈开怡就问:"医生怎么说?"

肖红雪回答:"医生说,还需要观察。总部的通知我已经收到了,恭喜你,总出版人陈开怡。"

陈开怡皱眉说："我不是来羞辱你和项庭峰。我和你,是一起吃过巧克力的人,你还记得吗?"

肖红雪目光紧紧地落在陈开怡脸上:"告诉我,你是怎么做到的?"

两人在病房里坐下来。陈开怡拿出一盒巧克力,拆开,递了一颗给肖红雪。肖红雪将巧克力放进嘴里。

陈开怡告诉:"1.2亿换百分之六十的股权,安东尼不可能会拒绝的,《盛装》对总部来说,本来已是鸡肋,食之无味、弃之不舍。"

肖红雪不明白:"关键问题是,那家互联网公司凭什么要拿出这么多钱来收购股份?"

"因为《盛装》值这个价钱。2008年,中国的奢侈品消费总量占世界12%,2016年,这个数值直接翻了一番,中国的奢侈品消费占了全世界市场的三分之一。现在奢侈品消费主要集中在三个渠道——线下实体店购买、海外旅游型购买,再就是海外代购,但未来呢?未来一定是线上购物和线下体验相互融合的时代!互联网公司想进入奢侈品消费领域,就一定要进入时尚行业,进入时尚行业,他们就需要一个体面的身份——《盛装》就是我给他们的身份。但光有身份和面子不行,还要有实实在在的利益,我会改造《盛装》,我会让《盛装》和新媒体深度结合,形成新的媒体矩阵,在通过新媒体输出价值的同时,也要用新媒体吸收更多的广告投放——以前我们做传统媒体,是与不同的观念意识形态共舞;但现在很明显,我们做媒体,一定要学会与商业和资本共舞。好了,就这样。"陈开怡站起,从容地拿起桌上的香奈儿手包,对着肖红雪微笑,打算离开。

肖红雪摇头:"《盛装》很多人之所以愿意追随你,是因为将你作为某种精神象征,如果她们发现你做这么多,最后也只是为了在资本世界里生存下去,她们肯定会失望的。"

"是的,我知道。但是我知道挡不住一个时代,与其螳臂当车,不如顺应潮流——我今天来是要给你一个OFFER,我想请你做我的副主编。"

"这个OFFER,算是对我的报复,还是羞辱?"

陈开怡纠正:"是邀请。"

肖红雪:"谢谢,我刚才已经想通了。之前我本来已经放弃了和你争斗,准备回香港，不是因为你，是因为项庭峰，我不喜欢规则不明朗、赛制不清晰的对抗，但现在，你已经把擂台和游戏规则都讲得很清楚了，所以，我会留下来，就像你当初和老项说的那句话——我会和你开战，而且，我一定不会输。"

陈开怡点头："好，我等你。"

陈开怡和肖红雪，相互对视，都露出微笑——礼貌，但都自带杀伐之气。

陈开怡转身，打开病房的门，却不由吃了一惊。

门外原来站着一群人，都趴在门边呢——鲁斌斌被潘希伟、罗翰、玛丽、邓雯等人顶着一起进来，差点摔在地上。众人赶紧站定，非常尴尬。

会所院子里，顾明山将事情分解明白，有些疲惫，躺倒在藤椅上，端起手边一杯白水。

柳子琪兴致勃勃地说："既然陈开怡这么厉害，那我们收购《盛装》就是一场硬仗咯，哇，好刺激，我想跟她比一比。"

严凯不明白："你为什么这么想收购《盛装》？"

"我跟你说过很多次了，因为你啊。"

"我？我又不想做《盛装》的主编，我只是想做好选题而已。"

柳子琪恨铁不成钢："你每次说起那本杂志的时候，眼里有光，我很稀罕那个光，我不想因为别人乱搞杂志，而让你失去那道光。不让别人乱搞最好的办法，就是我们自己搞——"

正喝着白水的顾明山，突然一咳嗽，嘴里吐出一大团血，血顺着透明水杯流进水里，在水中化开。

柳子琪、严凯都看呆了。柳子琪几乎是脱口而出："顾爸，你怎么了？你别吓我，你怎么了？"

"你叫我什么——"顾明山话还没有说完，又是一阵剧烈咳嗽，他冲着管家招手。

柳子琪急忙叫："老荀，老荀——"

管家老荀跑着过来，赶紧搀扶起顾明山。顾明山就说："扶我进去，我要躺会儿，躺会儿。"

严凯看着身边的柳子琪，柳子琪还是一脸愕然，但不知觉，她的手正紧紧握着严凯的手,身子微微在发颤。

陈开怡已经先走了,希伟、玛丽、罗翰、邓雯等人询问了一下情况,也依次走出病房。肖红雪在后面送他们离开。

罗翰就对肖红雪说:"你也要注意身体,有什么事情随时和我们说。"

玛丽也说话:"我看你也熬得快不行了,你赶紧睡会儿去,反正他这一时半会儿也醒不过来。"

邓雯就骂玛丽:"玛丽,你到底会不会聊天啊——"

一群人都走出去了,鲁斌斌留在最后。他从病床边站起身,也准备往外走。

突然,鲁斌斌的手被一只手抓住,鲁斌斌下意识回头看——病床上的项庭峰,正抓住他的手,睁着眼睛看他。

鲁斌斌刚想说话,项庭峰冲他微微摇头,抓着他的手微微用力,示意他什么也别说。鲁斌斌很快理解,冲项庭峰微微点头。

山房会所的院子里,日光正好,树影婆娑。

严凯在院子里来回踱着步。柳子琪从屋子里走出来,眼角隐隐有些泪痕,低声说话:"他睡着了。"

严凯点点头,握着柳子琪的手。

两人走出了院子。柳子琪的声音有些哽咽:"三个月前查出来的,扩散得很快。全世界最好的医院都去过了,没办法。"

胡同狭长、幽静,像是不属于这个城市的另一段时光。两人手拉着手走着。

柳子琪低声说话:"他与我爸爸、我妈妈当年是大学同学,但是我妈妈选了我爸爸,他就没有再结婚,一直将我当自己的孩子。刚才他给我看了当年的合照,还在批评我爸爸没有照顾好我妈妈,让她走得那么早。"

严凯不知道怎么安慰面前的姑娘,只是默默地听着。

柳子琪说:"老头子说,他将长眠之地选在了瑞士,他已经安排好了,在自己还有意识的时候,体体面面地离开这个世界。他选了一个很美的地方。"

严凯另一只手从口袋里掏出餐巾纸,递给柳子琪。柳子琪接过,擦了擦眼泪:

"老头刚才拉着我的手跟我说，财富是有使命的，钱是天下至公之器。个人之欲，实在微如尘埃，如果不能给财富以更高的责任，那就不配拥有。他不会再帮项庭峰了，他说项庭峰这个人，有才能，也吃过大悲苦，但心智被恐惧控制了，所以才会把乔治的理想当成算计的筹码，这样的人，难走远路，不堪托付，越帮他，只会让他沉陷越深，除非他能学会如何和恐惧相处，不然终究可惜了。"

严凯点点头："如何和恐惧相处——这个事情，不容易。"

柳子琪轻声说话："他向你道歉，他真的不知道这个事情会间接害死乔治，但他也让我劝你，别再执念乔治的死，人一旦执念恨，就会慢慢忘记怎么爱。"

严凯问："顾先生计划什么时候去瑞士？"

柳子琪看着路边的树影："还会再待一段时间，把手上的房产和一些基金处理好，基本都会捐掉，再帮我们把《盛装》的事情处理到一个合适的阶段，然后再走。"

严凯就问："你非要收购《盛装》吗？"

柳子琪的声音很执着："我只是非要和你在一起。"

两人说着话，已经走出了小胡同。

前面就是大马路。路口有一家咖啡馆。橱窗边，放着一台老式唱片机，孤单而寂寞地放着一首很古老的曲子，像是给小胡同画了一个休止符。

第十四章 匕见，全网震惊

《盛装》会议室，桌上一个小纸团。

谷欢趴在桌面上，拇指、食指相扣，稍微一用力，将纸团弹向对面的雪莉。雪莉歪着头，将纸团弹向旁边的赵昕。

纸团滚到赵昕面前，赵昕随意一拨，纸团顺势滚到了李娜面前。李娜冲着手指哈了口气，将纸团弹向对面的陈然。

陈然接住纸团，又将纸团弹向赵昕，赵昕"啪"地用杂志盖住纸团，突然站起身，非常紧张、非常恭敬地说了一声："主编好！"

所有人都赶紧站起，稀里糊涂地齐声问候："主编好！"

赵昕捂着嘴笑，笑得弯下了腰："全都……全都上当了……"

众人转头，这才看到会议室门口空空荡荡——全都被赵昕耍了！

谷欢就做委屈状："我们叫你昕姐，你玩弄我们的感情！"

雪莉笑："我们得玩弄回来！"

陈然烦恼："那该怎样才能玩弄回来呢？"

此时阳光正好，透过玻璃窗，照得会议室明亮温煦。办公室里，一群人笑得春光灿烂。

虽然赵昕与谷欢，做完这一期节目就要走了，但是依然不妨碍这一刻的美好。

李娜笑："那……还是原谅她了？"

电话铃声响了起来，赵昕接了电话，然后对众人一脸严肃："严头儿要迟到一会儿，我先来主持这次选题会议。这次的主题是——如何优雅告别。"

会议室气氛又凝住了。

赵昕一边陈述自己的思路，一边拿着马克笔在白板上写关键词："如何优雅、体面地告别，是当代人的必修课，告别一份工作、告别一位亲人、告别一个朋友、告别一段爱情、告别一座城市，所以，我和谷欢打算用'告别之书'来做主标题，融合多种表达素材拼接出整个专题——"

谷欢发言："我们现在接触下来,已经有了几组形式,正好和大家分享。武汉的一位女作家,她会给我们提供一些书信的照片——是她和丈夫近十年的通信,直到她丈夫去世,她觉得所有的书信都是告别的一部分,组合起来就是一场横贯半生的漫长告别;我们还找了最近成功转型的女导演,她之前是做演员,她给的素材我很喜欢,是她用过的10支口红,每一支口号对应一个她饰演过的角色,一直到她做导演的第一天,给自己精心选的口红,她喜欢用这样的方法和每一段过去的自己告别——"

……

白板上已经写满了选题的关键词。

赵昕双手扶着会议桌,说最后一点。

赵昕："——大家也知道,我和谷欢这段时间一直在做'二手时尚'的公众账号,经营这个账号给了我很多新的经验,以前做杂志,我们总是要求编辑要躲到幕后,把舞台让出来给撰稿人、给摄影师、给被采访对象,但做公众账号让我发现,现在的读者很多时候希望看到我们站到台前,他们要知道自己看到的不光是资讯和信息,还要看到故事和人物——包括编辑本人的故事和基本人设,所以,这次的'告别之书',我打算让所有编辑都在杂志里亮相!"

雪莉惊慌:"亮相?不会是要拍我们自己吧?"

赵昕:"对!就是拍我们自己!专题组所有的编辑都要露面。"

李娜听着眼睛发亮,一眨不眨地看着赵昕。

赵昕突然看向李娜:"李娜,这个选题你也要参加。"

李娜一瞬间慌了:"我?我只是流程编辑——"

陈然却提了另外一个问题:"这么操作,以前都没有这样过,严头儿会同意吗?"

赵昕还没有说话,会议室的门被推开了,严凯出现在门口。他一边走进来,一边说话:"'告别之书'就是2月刊的封面故事,赵昕第一次和我说的时候我就很喜欢,所有操作方法我都同意,但我还有个提议。"

众人看着严凯。

"2月刊是《盛装》出刊的第100期,乔治生前最大的愿望,就是看到第100期,我要求在'告别之书'里,用专门的内容,以"盛装"的名义,好好地、郑重地,和乔治做一次告别,这是一本杂志和一个人之间的告别。我认为,只有经历一次这样的告别,《盛装》才会真正地进入——也会真正地接受——再也没有乔治的未来。"

严凯说完,环顾众人,会议室内一片沉默,但每个人的眼睛里,都闪着光。

这是医院,窗外日光明媚,树影婆娑。屋子里弥漫着淡淡的消毒水的气味,项庭峰躺在病床上,依然处于昏睡状态。

推着蔡菲回家休息,肖红雪回转身来,坐到病床前,握住项庭峰的手。

面前这个男人胡子拉碴,双目紧闭,脸颊消瘦,已经找不到几天前那意气风发的模样。眼窝子有些酸楚,肖红雪努力扯起一个笑容,轻轻地对项庭峰说话:"老项,外面阳光挺好的,但没有我们第一次遇见的时候好。"

"说起第一次见面,你还记得吗?夏天,在洛杉矶的山上,你穿着件圆领的红色POLO衫、白色裤子,像刚打完高尔夫球就出来爬山的样子——我觉得很可笑,心里大概还嘲笑了你,你找我问路,我当时真的觉得老套极了。"

"后来,我看到有一部在洛杉矶拍的电影,男女主角在夜晚的山坡上跳舞,我很怀疑那个山坡,就是我们第一次见面的地方——"

"其实我发现,邂逅啊、初见啊、相遇啊,桥段都是很老套的,但越是老套的,有时反而越有效——你说对吗?"

肖红雪的声音有些哽咽:"你醒醒好不好?醒过来,我们一起去看看那个第一次见面的地方……"

又说了很多话,肖红雪给项庭峰盖好被子,趴在床沿,睡着了。

安静的病房,墙上的电子钟,数字一秒一秒地变化。

项庭峰慢慢睁开眼,也不敢动,只是微微侧了侧头,斜着看肖红雪睡觉的样子,眼神里充满温柔和爱意。迟疑了很久,终于伸出手想去抚摸她的头发,就要碰到头发的时候,又缩回了手。

夜晚,安安静静的咖啡馆,玛丽与陈开怡对坐等秦敏。这是秦敏组的局,但是秦敏却因堵车迟到了。

陈开怡安安静静喝咖啡，玛丽却一直在刷手机。突然之间，玛丽发出一声欢呼："找到了！就是这个，薇薇安！"

陈开怡接过手机，玛丽开始进入自夸模式："今天雷启泰不是告诉你，他的新女朋友叫薇薇安吗？我从雷启泰700多条微博的上千条评论里，找到这个薇薇安——微博名叫'莉莉周的薇薇安'，是一个十八线的小网红啊，你看看她的微博相册，啧啧——"

陈开怡没理睬玛丽的自夸，快速地翻阅着薇薇安的微博相册。基本都是风景照，一个看着很阳光、穿着白裙的长发女孩，在各个背景前里摆着各种造型——海边比剪刀手、一树繁花下嘟嘴、在汉堡店对着巨型汉堡故意张大着嘴——比我年轻，表情幼稚，爱慕虚荣而且浮夸——浅薄的女人。

然后，陈开怡的手停住了。薇薇安和雷启泰站在一束彩虹下，两人一起伸手共同组成一个心型。

陈开怡点开那张照片所在的微博，微博内容很简单——以后请多关照喔。么么。

陈开怡把手机摁了，丢回桌上。

玛丽拿回手机，抬起眼睛："这位薇薇安小姐，22岁，就算你再年轻10岁，还是比她大——4岁。"

面对死党的打击，陈开怡淡淡说话："谢谢你啊。"

两人扯了一阵闲话，玛丽笑着说："好在你赢了项庭峰，《盛装》还是你的，至于男人嘛，到处都是。"

陈开怡也笑："我以为爱情会是我输了《盛装》之后的唯一的安慰奖，没想到我唯一输的东西，是爱情。"

正在这时，咖啡馆的门被推开，秦敏快步向她们走来，径直坐到玛丽身边："开怡，鲁斌斌要对付你。"

玛丽吃惊了："什么？什么意思？"

秦敏叹气："鲁斌斌找我吃饭，喝多了，说他做了一件昧良心的事情，但具体做了什么他怎么也不肯说，我觉得这个事情肯定是冲着你来的。今天从医院出来，我又问他，他还是不肯说。"

陈开怡就问："项庭峰怎么样了？"

秦敏表情很严肃:"听说还没醒。我有偷偷问过主治的医生,医生说反复查过了,项庭峰的脑部没有受到重创的痕迹,但人脑很复杂,没什么事情是可以百分之百确定的。"

玛丽皱眉:"那项庭峰的昏迷也太是时候了!你看,他一出事,总部对陈开怡的任命就要延后,他一天不醒,这事就要多拖一天,谁知道他什么时候能醒啊——"

秦敏突然警觉,倒吸一口凉气:"我想明白了!鲁斌斌手里肯定有什么大牌,项庭峰在帮他争取时间。如果在他昏迷期间,鲁斌斌真的能扳倒开怡,那他就可以顺利醒来,继续做他的出版人,就算鲁斌斌没成功,这事也跟他没一点关系,他毕竟一直躺医院里昏迷——不可能,不可能!这也太疯狂了!"

陈开怡的目光凝住了:"鲁斌斌知道雷启泰,之前查账的时候,他就拿雷启泰要挟过杜霞——如果鲁斌斌要帮项庭峰对付我,我唯一的软肋,应该就是雷启泰。"

李娜下班回家,推开门,就看见蔡菲靠在沙发上打盹。

这些天陪着肖红雪奔走在医院,她已经疲惫到了极点,神色很憔悴,眼眶边上都有了黑眼圈了。李娜轻手轻脚去拿了一件衣服,正想要给蔡菲盖上,蔡菲眼皮动了动,居然就醒了。不过这也很正常,自从出了上海那一档子事情后,蔡菲的睡眠就很浅。

两人就一边做饭一边闲聊。李娜讲了下一期的选题,蔡菲讲了医院里的肖红雪与项庭峰。谈着话,蔡菲突然说:"我想辞职去念书,再考一个学位。"

李娜惊讶了:"为什么?"

蔡菲沉思了一会儿,才慢慢说:"我想了好一些日子了。我想变成一个更强大、更有力量的人,我不想一直做只能站在旁边、帮着端茶递水的人。我一点实际的忙也帮不了肖主编,这种感觉太难受了。"

李娜不理解:"可是你已经尽全力在帮她。"

蔡菲摇头:"不一样。李娜,如果我们真的在乎一个人,最好的办法就是成为和她一样强大的人,甚至比她更强大,只有这样,我们才能在最关键的时候,真正被需要。"

李娜抬眼看着蔡菲。二十几岁的女孩脸上，洋溢着一种光彩，那是一种青春的锋芒。

好一会儿，李娜也说："我要给郑飞和苏虹打一个电话。"

蔡菲眼睛亮晶晶的："哇，你终于决定把钱给要回来了？"

李娜摇摇头，说："我要与我的过去做个告别。郑飞，苏虹，他们代表的是……"

李娜目光投射往窗外，很遥远的地方："我的过去，我那段不能忍受的过往。我要做一个切割——我要彻底走出那个阴影。"

《盛装》的服装陈列室。

李娜眼睛是被胶水粘住了，再也挪移不开了！

满满当当，全都是全世界顶级品牌的服饰和鞋！

雪莉站在边上，很满意看着李娜震惊的样子："这些都是用来拍摄或者备用的服饰，有的是从不同品牌借来的，有的本来就属于杂志，还有的是还没上市就送给了杂志的品牌试拍款式。怎么样？你要先试哪一套？"

李娜倒是有些手足无措了："我真的能借用这里的衣服？我就是想请教下你，该怎么搭配穿着，我今天要去见前男友和他的现女友，我不想再在气势上就输了。"

雪莉不屑地笑："就你平时那几身破衣服，能搭配出什么来？你现在好歹也是我们'不怕胖女子天团'的一员，见前任这种硬仗，我雪莉能让你穿得那么寒碜？不可能！这种仗，要么不打，要打，就必须赢！"

李娜不可置信地叫起来："可这些——哇——不行，雪莉，我腿都快站不稳了，为什么？为什么有种莫名想哭的冲动？"

雪莉笑了："想哭就对了！这可是整座城市最顶级的衣帽间！而且最要命的是，里面大部分的衣服，我们都可以借用——你要不想哭，你就不配做女人！李娜，我有认真观察过你，其实你长得还是不错的，只是不会穿！你的五官没问题的，你又当过运动员，身材更是没问题，但你的发型、你选的衣服面料和款式、你穿的鞋和袜子，你用的化妆品、打底液、指甲油、睫毛膏——我的天，没有一样东西你是用对的！"

李娜苦笑:"那怎么办?"

雪莉豪气地指着前面的衣架:"现在,你的面前就有一个超级豪华的试衣间,只要是个女人去里面转一圈,出来都能脱胎换骨,但在走进去之前,你一定要告诉我——李娜,你是谁?你想让这个世界,怎么记住你!"

李娜眼睛放光,小心翼翼朝着最前面的一套衣服伸出手去。手机铃声猛然响了起来,声音大得吓人。李娜忙去摸手机,却看见雪莉也打开了自己的手机——刚才,她的手机也响了。

雪莉的手机是赵昕打来的,李娜的手机是谷欢打来的——

对方只有言简意赅两句话,两人却再也没有试衣服的心思了,急匆匆就往工作区奔去。

项庭峰醒了!

蔡菲走进病房的时候,肖红雪正在给项庭峰喂早饭。项庭峰的气色很不错,肖红雪笑靥如花。

漫天的云翳突然散去,那样的幸福场景,让蔡菲不由满心羡慕。

肖红雪的电话响了。蔡菲打算去接过肖红雪手中的碗,肖红雪却没有将碗递过来,而是小心翼翼地将最后两口粥喂到了项庭峰的嘴里,将纸巾递给项庭峰,这才拿起电话,回拨了过去。

才听了两句话,肖红雪的脸色就变了,似乎有些阴晴不定的样子。

她眼睛看着床上的项庭峰。但后者却闭上了眼睛,似乎不关注肖红雪的电话。

蔡菲担忧地看着肖红雪的脸色,她不知道发生了什么。

肖红雪挂了电话,再深深地看了项庭峰一眼,转身拎起了手提包,径直往外走。

蔡菲快步追上:"主编,怎么了?出什么事了?"但是肖红雪没回答她,只是沉着脸往外走。

《盛装》广告部的办公室。秦敏怒气冲冲闯进来,手里满满一杯咖啡,泼在鲁斌斌脸上。

鲁斌斌手忙脚乱擦脸:"老秦,你发什么神经,到底怎么了?"

秦敏冷笑了一声:"都到这个时候了,你还在装?你真当自己是影帝吗?"
鲁斌斌无辜地问:"我装什么了?"
秦敏一字一句说话:"鲁斌斌,从现在开始,我们,再也不是朋友。"
说完,秦敏转头就走出办公室。
陈墨站在旁边,弱弱地递了一包纸巾给鲁斌斌,鲁斌斌抓起纸巾就往他脸上砸:"要你这样了吗!我自己不知道拿吗!你他妈装什么殷勤体贴!"

柳子琪是在击剑场馆里接到顾明山的电话的,迅速地拿起了放在边上的平板,找到了有关陈开怡与雷启泰的新闻。

有陈开怡上雷启泰车子的照片,有陈开怡与雷启泰一起进酒店的监控视频,有这些年雷启泰任职的公司给《盛装》投递广告的数据材料——发帖人还细心地列了一个表格,一目了然。

标题是熟悉的震惊体:"震惊!《盛装》女主编性贿赂知名品牌的副总裁!"
下面的评论不堪入目。
看到这样的内容,柳子琪不由骂了一句粗话。
顾明山说:"子琪,你准备出手吧。"
柳子琪迟疑了一下:"出手?现在收购《盛装》吗?"
顾明山解释:"这个事情之后,项庭峰和陈开怡的关系再也没有办法转圜了,无论谁输谁赢,都必然会有一个人出局。如果陈开怡出局,项庭峰倒是不难对付;但如果是项庭峰出局,陈开怡就更难对付了,我们现在就要开始好好谋划这一仗了,但有个前提判断——我们和陈开怡到底是敌是友?是不是还有什么其他的关系?"

肖红雪快步走出电梯,直接走进了陈开怡的办公室。坐在办公桌前面的陈开怡刚刚抬头,肖红雪就急促说话:"这件事情,不是我做的。"
陈开怡点头:"我知道。"
然后两个人一个站着,一个坐着,就再也没有其他话语了。
玛丽与秦敏两个人联袂来了,看见肖红雪,怔了怔。玛丽心直口快:"肖红雪,你这招有些卑鄙啊。"

陈开怡直接说话:"不是她。"

秦敏不赞成:"但所有人都会认为这是你们在斗。"

肖红雪苦笑,摊手:"我也没想到这个事情会失控。"

"所以,项庭峰撞车也是假的咯?你们夫妻俩可真行,假结婚、假离婚、假撞车,你们到底有什么是真的?"玛丽嘲讽说。

敲门声响了起来,公关总监邓雯来了,看了看肖红雪,略略有些犹豫。陈开怡就笑:"没事,你直接说吧。"

邓雯就汇报:"老大,这个事情还蛮棘手的,从现在网络上的舆论监测上看,男女的道德问题还是其次,大家普遍更关注'性贿赂'指控——又有'性',又有'贿赂',还有你在时尚圈、文艺圈的身份和地位——简直就是踩到了大众舆论狂欢的高点。"

秦敏急切地问:"公关部有没有什么办法?"

邓雯解释:"现在我们在做的,第一是追究酒店的责任,这样的视频涉及客人隐私,怎么可以流出来,必须让酒店承担相应责任;第二是通过各种方法和渠道,尽量把网上的视频删掉,但这件事非常难,合理推测,舆论在短期内还会形成更大的浪潮,我们要能扛得住;第三,就是把涉及法律的问题交给律师事务所,委托他们全权解决。"

陈开怡忽然转过头看着肖红雪:"项庭峰,应该醒了吧?"

肖红雪回答:"今天上午醒的。"

玛丽嘲笑道:"真能醒。"

陈开怡看着肖红雪,目光尖利:"那你呢?你现在站什么立场?"

肖红雪的回答很模式化:"我不愿意看到这样的事情发生,但我的基本立场没变。在商业博弈上,我没输过,我也不接受输。我对你在价值观层面上的尊重,早已消失,你就是我的对手。"

听到两人又扯起这个话题了,玛丽急了:"你们先不要把问题扯那么远!当务之急,是性贿赂指控的问题!"

肖红雪就问:"在这个事情上,我愿意帮忙,有什么是我能做的吗?"

陈开怡皱了皱眉,说:"我还是要先去和鲁斌斌聊聊。"

陈开怡与鲁斌斌聊天的地点，就在《盛装》的陈列室。

鲁斌斌进门的时候，是有点畏缩的。陈开怡已经坐在阅览桌前面了，正在翻阅杂志，表情平静，看不出喜怒。她抬起头，看着对面坐下来的鲁斌斌，悠悠然开了口："我在想，项庭峰到底允诺给你什么，才能换你去发布那些视频。"

鲁斌斌有些狼狈地否认："为什么你们都觉得这事是我干的，我也很震惊，我也非常意外！"

陈开怡很疲倦："这里只有你和我，还有 99 期《盛装》，我们都说真话吧，好不好？毕竟这么多年，我们几乎所有的时间、精力、热情、坚持、爱恨，还有——理想，都在这些杂志里。"

说到"理想"，鲁斌斌忍不住勾起了嘲讽的笑容："你确定你的理想，就是我的理想吗？"

陈开怡就问："那么，你的理想是什么？"

"我的理想很简单，就是让大家都能赚到钱，都能活得体面。"鲁斌斌的声音不畏缩了。

"有钱就能有体面吗？"

"但没钱肯定就没有体面。"

"你和秦敏同一年进的《盛装》，那个时候我们仨都没钱，你觉得那个时候我们不体面吗？"

"我每天都要陪客户喝酒到凌晨，喝到吐，吐完了接着喝，喝到天亮还舍不得打车，缩在地铁口等最早一班地铁——你觉得那样的生活体面吗？"

陈开怡看着面前的油腻男人，有些不明白："你当年喝成那样卖出去的每一期杂志，现在都还在墙上挂着，你自己去翻一翻，你看有哪一期的杂志内容是让你的酒白喝了的，我可以负责任地说，在销售和广告盈收最困难的那一年里，我们做出的杂志内容，重新定义了整个行业的内容标准！老鲁，我们从一开始做杂志就应该知道，杂志的价值不在于赚多少钱，而是在于我们为这个世界留下了什么，我们为读者传递过什么。"

鲁斌斌呵呵笑起来："开怡，坦白说，你说的这些道理，我已经不相信了。"

陈开怡点了点头："我知道。如果你还相信这些，就不会发那些视频了。鲁斌斌，我已经通知人力资源部，正式解除《盛装》和你的劳务关系，需要支付给你的赔偿金，一分也不会少，但只要我还在《盛装》，你就不可能还能留在这儿。"

鲁斌斌冷笑了："陈开怡，你果然还是你，这么多年从来没变过。一边用理想给人洗脑，一边用权力打压不相信你的人。理想只不过是你用来遮盖权力狰狞的幌子而已。就像现在，说了半天理想，终于还是狗急跳墙了吧。"

"我要说的话，已经说完了。"陈开怡终结了话题，站起身往外走。

鲁斌斌冲着她的背影，终于说出了他心里最想说的话："对！那些视频就是我发的，而且还是我去找酒店高管花了大价钱换回来的。我做这些也不光是为了副主编的位置，我更想做的，就是让所有人看到你的另一面——平时高高在上的陈开怡，动辄影响整个行业走向和时尚趋势的大主编，不过就是一个偷偷去酒店和甲方开房睡觉的烂人，说白了，你就是一个满嘴情怀理想，但骨子里早就贱成渣的浪荡女人而已！"

陈开怡站定，缓缓回头，看着鲁斌斌："老鲁，人的堕落，是从不相信爱开始。你以后好自为之，再见。"

整装大厦都被包围了！

大厅里全都挤满了人：有报纸的记者、有杂志的记者、有新闻网站的记者、有公众号的记者；有话筒、有照相机、有摄影机、有遮光板、有三脚架、有录音笔、还有钢笔，铅笔、速记本；有英伦腔、有美国腔、有法语、有标准的普通话，还有带着各地方言口音的普通话——

连保安都无能为力。

李娜气喘吁吁跑回楼上，工作区里，几乎所有的人都在。没人说话，气氛有些压抑。

李娜急促汇报："主编，我们被包围了，下不去了！"

陈开怡看着李娜，哑然失笑，说："既然这样，那就下去见见记者。"就要往前走。

邓雯一个箭步上前，挡住了陈开怡："你现在不能下去，说什么都是错。"

陈开怡不明白："黄金舆论窗口期很短——不是你平时经常强调的吗？"

邓雯苦笑："这次不一样，只要涉及带有丑闻性质的两性关系，大众不会真正关注是非对错问题,他们最希望看到的只是出丑——很多自媒体也会往那些方向引导,只要你下去站到镜头面前,不管你说什么,都会成为被利用的素材。"

玛丽当机立断:"直接去车库,我先把车停到电梯口,上了车赶紧走——车钥匙给我。"

秦敏看着李娜:"你是不是学过柔道?还是跆拳道?你陪在开怡身边,送她上车!"

玛丽先下去开车,李娜几个人陪着陈开怡直接从电梯下到地下车库。才从电梯里出来,突然一阵密集的脚步声,七八名藏在旁边暗处的记者突然涌出来!

陈开怡此时站在电梯和车的中间位置,瞬间前后都被记者围住。长短镜头瞬间冲着陈开怡,话筒和录音笔几乎都要怼到她脸上!

秦敏、邓雯之前落在后面,记者们冲上后,直接把她们俩隔到了外围。陈开怡赶紧戴上墨镜,回避记者们的相机镜头,但身边只站着李娜。

李娜张开双手,像玩老鹰抓小鸡那样,护着陈开怡,然而用处并不明显。记者们七嘴八舌就开始各种提问。

"网上疯传的视频是真的吗?"

"你和雷启泰的地下关系维持多久了?"

"听说雷启泰的女友是一名22岁的网红,你知道此事吗?"

"这次视频曝出,是不是和之前的主编之争有关?"

"你认为这是肖红雪对你的报复吗?"

邓雯、秦敏好不容易拽开人群,刚站到陈开怡身边,听见地下车库那边入口又传来密集的脚步声,还是记者们的声音:"在这边!在这边!"

又冲进来十几个记者!

李娜尖叫:"你们别过来了!走开!走开——"

根本没有人理睬她。记者们继续七嘴八舌逼问:"——陈开怡!说话啊!回答问题!""陈开怡,配合一下!""陈开怡,你就别装了,都这个时候了!敢做不敢认吗?"

"陈开怡,从主编到荡妇,人设崩塌的感觉怎么样?"

一个穿黑衣服戴着口罩的男记者,整张脸几乎都要凑到陈开怡面前,言语更是不能入耳。

忍无可忍，李娜直接一个箭步扑上前，恶狠狠骂："藏头露尾的东西，敢说脏话，没脸见人是吗？"直接上手去撕那男的口罩。

两人就扭打在一起，边上的人纷纷让开。边上一个三脚架倒了下来，正砸到了李娜的眼角。李娜眼睛刺痛，眼前一片迷糊，也就下了狠手。跟着感觉，一个过肩摔，将那口罩男摔倒在地上。

记者们兴奋起来了："打人了打人了！拍下来拍下来！——陈开怡恼羞成怒了！"

李娜视力有些恢复，顺手抢过一个三脚架，冲着人群挥舞着三脚架，将人群逼开。陈开怡的前面终于出现了一个空档，玛丽倒着车过来，急停在陈开怡身边。等邓雯、秦敏护着陈开怡上车，就摁着喇叭开车冲出重围。

李娜挥舞着三脚架，挡住了记者群。

车急速离开地下车库，轮胎摩擦地面的刺耳声音响彻停车场。

几个保安冲上去维持秩序，把人群隔开。

已经是下班时分，肖红雪与蔡菲返回医院的病房。鲁斌斌已经先在了，与项庭峰正在说闲话。看着肖红雪前来，项庭峰脸上露出笑意："红雪，你来得正好，医生说我可以出院了。"

肖红雪走上前，看着自己的男人，声音有些艰涩："车祸到底是真的，还是假的？"

项庭峰不解，回答："是真的。"

"那么，昏迷到底是真的还是假的？"

项庭峰不耐烦了："你到底想说什么？我康复了，我可以出院了，一切都过去了。这样不好吗？"

鲁斌斌看出两人之间的不对付，急忙插话："肖主编，我们赢了。"

项庭峰纠正："言之过早，现在离赢还很远，我们只是点了第一把火而已。"

肖红雪冷笑起来："我们？不，是你们。"

项庭峰有些生气了："我跟你说过很多次，不要轻敌，不要轻视陈开怡，你总是不信，现在你看到了，我们差点全盘皆输。如果你现在还要抱着某种奇怪的道德感，我们迟早都会一败涂地！"

肖红雪看着项庭峰，眼神里全都是失望："你把这些就归结为——奇怪的道德感？"

项庭峰不耐烦了："不然呢？我们在打仗啊！而且是在跟整个行业最难缠的陈开怡打仗！任何和胜负无关的判断——尤其是那些情绪性的判断，都是包袱！我们背着那些包袱，是赢不了陈开怡的！"

鲁斌斌弱弱地举了举手："两位老大，我就想问一下——要不要，换个地方聊？"

酒店的行政酒廊。

屏风后，肖红雪依然在生气，项庭峰在赔着小心。

屏风前面，蔡菲在玩手机，鲁斌斌有一搭没一搭找李娜说话，李娜爱理不理。鲁斌斌看着生气，却不得不从脸上挤出几分笑容来，对蔡菲说："我们现在也算在一条船上了，我就是提醒一下你，离那个李娜远点。"

蔡菲从手机上抬起眼睛："为什么？"

鲁斌斌神秘地警告："各为其主，你又是老肖身边最亲近的人，你不害她，防不住她会害你啊。"

鲁斌斌把手机缓缓推到蔡菲面前。

蔡菲看手机，是一个新闻视频。鲁斌斌点开视频——李娜挥舞着三脚架，将记者们吓退。

鲁斌斌一根手指头摁在手机上，慢慢将手机挪回自己面前："看到没，为了陈开怡，那傻子真的能拼命。"

蔡菲哼了一声："李娜不是傻子。"

鲁斌斌就笑："她不傻，那你呢？"

蔡菲没有再说话。

已经是黄昏时分，饭馆里已经弥漫着各种食物的香气。服务生点着火，把一锅红烧牛腩煲放上去，鞠躬离开。

顾明山拿湿巾擦手，眼睛盯着牛腩煲："这一家的红烧牛腩煲，很可以的，我有一个很会吃的朋友，生前一直惦记这家，他快要死的时候我去看他，我还以为他要嘱咐我多大的事呢，结果是让我记得来吃这家的牛腩煲。——嗯，他是真潇洒，颇有古风。你们别愣着了，动筷子。"

柳子琪、严凯相互看了眼，柳子琪拿起筷子。严凯继续说话："你们先吃，我接着说，《盛装》不能没有陈开怡，所以，项庭峰当然是我们的敌人和对头，更别说他现在连这种招都用上了。如果这一次陈开怡真的输了，我支持你们收购《盛装》，我也会去说服我姐，想办法和你们一起做成这件事，但重点是——收购之后，一定要把陈开怡请回来做主编；如果这次陈开怡还能逆转局势，项庭峰出局的话，我们就完全没有必要再和她做对手去收购杂志。"

顾明山揭开锡纸，闻着香气，夹起一块牛腩放到柳子琪的盘子里。柳子琪夹起来就吃，顾明山慈蔼笑着，极为满足，又看着严凯："严凯，你也吃。"

严凯苦笑："顾先生，我现在确实没有心情吃东西，公司的编辑们还在等着我回去，公司现在乱糟糟的，我要不在，内容部门就全停摆了。如果我刚才说的话，您认可的话，那就先这么定了。"

顾明山忍不住评论："严永志那么聪明的一个人，怎么就养出你这么个儿子？收购《盛装》，现在是上亿体量的生意，你拿这个做人情？陈开怡是你什么人？血脉至亲？还是拿住了能让你身败名裂的把柄？"

严凯认真地说："她不是我什么人，但她是《盛装》的精神内核。"

顾明山不以为然，继续将牛肉片夹到柳子琪碗里："你们这些半吊子文化人，总喜欢把一个在业务上优秀——就算卓绝吧的人捧成精神图腾，恨不得每天跪拜，以为没有她，整个行业就失去了灯塔！那你呢？说得难听点，如果陈开怡死了，让你做主编，你怎么办？不做了？乔布斯死了，苹果不还是要照样做下去！"

严凯站起来要走："我真的没时间，杂志社里一堆事情，你们先聊，有定论了找我。"

柳子琪一把拉住严凯："饭还是要吃的。"

顾明山看着面前的牛腩煲，悠悠然笑："家国天下、时代起伏、使命征程，我们这一代人见多了，到最后，还是苏东坡那句词写得好——小舟从此逝，江海寄余生。严凯，你要知道，你的小舟是什么，你的江海到底又在哪儿？连吃一锅牛腩煲的定力都没有，你又凭什么去做项庭峰的对手？"

第十五章 结婚，开怡破局

陈列室的门被推开，李娜气喘吁吁奔进来。

在里头等着的雪莉迎了上去，瞬间捂住嘴，一脸惊恐。

这是李娜——披头散发、一只眼睛乌青、脖子上有抓痕、上衣脏了、裤子还破了。

雪莉急了："送魔头出去，怎么变成这样回来？你这样怎么去见你前男友啊？我拿多少粉底给你遮伤啊？"

李娜眼睛却是熠熠生光："我知道该让世界怎么记住我了！——你会剪头发吗？"

雪莉急了："我哪会！——楼下就有造型店啊，赶紧！"

塞纳河畔西餐厅，郑飞与苏虹已经等了好一会儿了。

两人也不敢点餐，只要了两杯白开水。苏虹坐立不安，一边心疼即将还给李娜的钱，一边担心自己因为怀孕而身材走形脸庞浮肿不够漂亮。李娜坐在两人对面的时候，两人都没认出来。

李娜与之前的形象已经判若两人。

头发修短，染成了亚麻色；戴着棕色镜片的墨镜，连唇妆都精心修饰过。穿着偏中性，有一种办公室女性的干练、明媚的那种利落感，衣服剪裁也非常明快和果断，几乎都是直角直线和大色块，一点没有拖泥带水或者柔软圆弧的成分。拎着一个爱马仕的经典橙色包，为了搭配包，脖子上还戴着一条橙色的几何形吊坠。

李娜看着他们俩，微笑。

郑飞不可置信地看着李娜。苏虹对着李娜微笑，一边不自知地拉了拉自己衣服的边角。

苏虹惊讶极了:"李娜?真是你啊。你现在变得好漂亮啊,跟你们杂志里的海报一样。"

李娜客气地笑:"你们呢?你们还好吗?"

苏虹开始叫苦:"我们?我们跟你不能比,他那健身房的生意吧,有一顿没一顿的,我的妊娠反应又大,每天吃啥吐啥,肚子里那货天天长个,哎哟我的妈,我现在多走几步都喘,还得洗菜做饭,想让家里老人过来给帮帮忙,可租的房子又小,人来了也没个地方下脚。"

郑飞有些生气:"——你这干吗呢?叨叨没完了是吧,当初我可没逼你结婚要孩子吧。"

苏虹就翻白眼给郑飞看:"这不老同学见面,聊几句闲天嘛。"

郑飞已经恼了:"聊天就聊天,你别埋怨这个怨那个啊,说得好像咱日子过得多丢人似的,咱们过的就是老百姓的日子,图的是个踏实,人李娜现在混时尚圈了,跟咱不一样。"

这两人在拌嘴,李娜就静静看着。

两人拌嘴的内容,距离自己很近,又距离自己很远。

苏虹转过眼睛,巴巴地看着李娜:"李娜,我能摸摸你那包吗?看着可真亮。"

郑飞不高兴地说:"瞅你这样,不就一包嘛,有啥可摸的,回头我给你买。"

"那是爱马仕,好几万呢,你拿啥买?"

"你蒙谁呢?多大点包,好几万,是镀了金还是镶了钻啊。"

"你懂个屁,你就是一个陪人打拳的,'奢侈品'三个字你会写不?"

"我陪人打拳咋了?我不打拳你跟孩子吃啥喝啥——"

李娜嘴角始终保持着微笑。无声无息之中,过去自己望而生畏的一堵墙,悄无声息地坍塌了。

郑飞把装满钱的信封推到李娜面前:"吃也吃了,聊也聊了,说正事吧,这里是五万,先还你,剩下的我们再想办法,什么时候能还上,说不好。刚才苏虹也说了,健身房的生意不好做,再说你现在这派头,也不差那么点钱。"

李娜看着郑飞和苏虹,沉默一会儿,把信封收进自己的包里。远处的老颜,躲在柜台边,微微做了一个"哦耶"的动作。郑飞和苏虹对视了一眼,忍不住双双露出肉痛的表情。

李娜笑了一下,从包里拿出一个拍立得相机放在桌上:"今天找你们,不是为了钱,是有别的事。做好了这件事,我就将剩下的五万块,给你们免了。"

郑飞与苏虹的眼睛瞬间发亮:"什么事情?"

李娜微笑:"拍张照,做一个告别仪式。"

照片是在西餐厅拍的。三人合影,老颜摁下的快门。李娜站在中间,一手搂着苏虹的肩,一手摸着她的肚子;郑飞站在另一边,摆了一个胜利的手势,也不知道他是胜利了啥;苏虹的脑袋靠在李娜肩膀上,一脸笑意,两人像是很亲密的样子。

陈开怡的车开到小区的车库外,正要下地库。车灯照耀的地方,雷启泰站在那儿,脸上挤出一个尴尬的笑容。

陈开怡看着车外的雷启泰,有些迟疑。雷启泰朝另一侧招了招手,一个穿得像个朋克的年轻姑娘跳着到了雷启泰身边。陈开怡一眼就认出了,那个姑娘是薇薇安。

陈开怡将两人带进了家门,开了灯。

雷启泰和薇薇安跟在她后面进来。薇薇安一进屋就"哇"个不停——

哇!房子好大啊!哇——墙壁的颜色我好喜欢!哇!好大的开放厨房!哇!窗台的视野好好啊!

陈开怡看着雷启泰,眼神里是无声无息的嘲讽:这就是你的审美?

雷启泰尴尬地笑。

陈开怡喝咖啡,雷启泰喝茶,薇薇安喝白水。

雷启泰终于苦笑着说了正题:"情况是这样,我听说最晚后天,我就会被宣布暂时停职,准备接受总部的调查。你知道的,我们公司把这种事情看得非常重,如果一旦查出账目上有问题,我在这个行当就彻底完了。"

陈开怡呵呵笑了一下:"你给《盛装》投广告,属于正当动作,每笔广告也是按照正常的刊例价给的,至于——"看了一眼薇薇安,后面的话就没有再说下去了。

薇薇安倒是非常识相,马上找借口离开:"我想去趟洗手间,可以吗?"

211

陈开怡继续说话:"至于杜霞那边给到你的返点和抽佣,行业潜规则,大家都心知肚明,而且,并没有给你公司造成什么实质损失,这个你要想办法斡旋。"

雷启泰苦笑:"刚才她在我不好说,返点的事情我倒还能想办法应付,现在最麻烦的是'性贿赂',那个没法应付!"

陈开怡冷笑了一下:"有办法,但很恶心。"

雷启泰急切问:"什么办法?"

陈开怡慢慢说出四个字:"跟你结婚。"

薇薇安的眼睛哭肿了。雷启泰劝着哄着,终于带着她离开了陈开怡的家。

陈开怡微笑着送走两人,将门关上。背靠着门,缓缓滑着坐到地上,两眼空洞地看着大而冰冷的客厅,一阵悲凉感从心里涌出,双手捂住脸,哭了起来。

哭声起初很小,而后越来越大,终于在空荡荡的房间里回荡。

陈开怡与雷启泰领了结婚证。

邓雯邀请了十多家交好的媒体记者。但是,大堂熙熙攘攘都是人,邀请过的,没邀请过的,媒体记者们就像是闻到腥味的猫咪,全都来了。

邓雯小声对陈开怡说话:"我看到好几个跑八卦的老油子了,这帮人就怕不出事,芝麻绿豆大的屁事都能给你炒出花来!你现在叫保安,他们明天就敢说自己被保安打了。"

秦敏拽着李娜就往化妆间走,吩咐:"今天来的人太多太杂,从现在开始,你就跟在陈主编身边,一步也不能离开。"

发型师正在给陈开怡弄发型,陈开怡则是在看稿子。发型弄好,抬起眼睛照镜子的时候,看见了穿着香奈儿蓝白套装的李娜,点头点评:"你会穿衣服了。"

李娜不好意思:"从服装组借的,方莉说今天的场结束我就把衣服还回去。一会儿先拿去干洗再还。"

陈开怡站起身,从化妆台上的手包里拿出一串珍珠项链,给李娜戴上,然后轻轻把她推到镜子前:"这样更好看。"

李娜看着镜子里的自己,有些羞涩。

就听陈开怡说:"当初是乔治推荐你来《盛装》的。你很好,没有辜负他。"

正在这时,邓雯急匆匆奔进化妆间,额头上已经见汗:"开怡,场面失控了。"

就在刚才,严凯将签过到的十几家媒体记者带到了宴会厅。这十几家媒体都是正规的媒体,大半都是邓雯之前邀请过的。陈开怡与雷启泰,只要面对这十几家媒体,将该说的话给说明白,信息传递出去,这场危机,差不多也就过去了。

但是严凯才将暖场的客气话给说完,宴会厅的门就猛地被推开了。几十名记者像洪水一样涌了进来,根本不理会有没有座位,冲进来各顾各地寻找有利地形。架相机、弄摄像,见缝插针地找地方站着。可以想象,在接下来的提问环节,这群人会问些什么。

邓雯急促说话:"幕后肯定有人推波助澜,多半是项庭峰,他为了保住出版人的位置,真的是不择手段了。要不要取消新闻发布会,取消的话,新闻稿我来拟,可以说是酒店方中止的发布会,因为来的媒体人员太多,超出预计人数,出于安全考虑,临时决定取消。"

一群人将目光转向陈开怡。这事情得由陈开怡来决定。

陈开怡将目光转向雷启泰。后者坐在化妆椅上一动不动,手里拿着一张发言稿。

山房会所。项庭峰带着肖红雪来拜访顾明山,是想向顾明山问计。陈开怡与雷启泰一结婚,"性贿赂"的谣言不攻自破,接下来被动的就是项庭峰这边了。

只是没有想到,喝了一杯茶之后,顾明山却说:"我是一个老派的人,比较信奉一些现在很不时兴的事情。比如君子绝交不出恶语,又比如相识一场,临别要赠肺腑之言。喝了这杯茶,我与你的交情,就算是到了头,送你一句话,算不上金玉良言,但也算量身定制、有的放矢。项先生,权力的来源很重要,人生在世,谁也逃不过'争抢'二字,有些争抢,是当仁不让;有些争抢,却近乎卑劣,君子坦荡而小人戚然,无外乎发心举止,正邪要分得清,心神要定得住。该我说的话,我都说完了,朋友一场,以后多珍重。"

项庭峰有几分气急败坏的样子:"你不会是要去帮陈开怡吧?两面三刀,可就没意思了。"

肖红雪倒是始终彬彬有礼:"顾老,幸会,不论您帮不帮我们,认识您都是很高兴的事情。今天时间仓促,下次我们好好聚。"

顾明山笑着摇头:"下次?没机会了。"

肖红雪没明白顾明山这句话到底是什么意思,愣住了。

项庭峰的电话响了起来。接通了电话,听到对面的消息,项庭峰也没空与顾明山再聊闲篇,于是就告辞:"老顾,既然朋友一场,我也送你一些话吧。当初我用了半个多月的时间,才制造出一次和你的酒店偶遇,为了和你联手做点事,我也算是费尽心思。不管怎么说,与你合作这段时间,我受益很多,不后悔、不遗憾——但这些,都是我应得的。我像打捞沉船一样,把你从几乎隐居的状态重新找出来,你们那一拨人积累财富的历史我了然于胸,我知道你是谁,我知道你的本事,我也知道怎么用你。我们合作,双赢;我们拆伙,俱损。顾明山,你真的老了,我感到很遗憾。再见。"

雷启泰突然之间抬起眼睛,看着陈开怡:"刚才,我看见飞碟了。"

飞碟?在场的人全都愣住了。

猝不及防,陈开怡的眼眶居然就有些酸了。

思绪一瞬之间回到几年前。

那时,两人还没有确定关系。雷启泰曾经给陈开怡讲过一个童年的故事:"小时候我见过飞碟。它就停在那儿,离地面很近,悬浮着。我就喊我爸妈出来,但是他们什么都没看见。我爸就说,雷启泰啊雷启泰,为了不写作业,你可真是什么瞎话都敢编。后来我就明白了一个道理,这个世界上,就是有很多东西明明在那儿,但有人就是看不见。就比如……"那时候的雷启泰露出了一个狡黠而纯真的笑容:"我爱你,但是你却看不见。"

一句简简单单的话,瞬间击中陈开怡内心那最快最敏感的地方。

雷启泰摊开了手掌,手掌里有红宝石戒指:"开怡,从领证的时候我就一直在想,我们怎么就变成了现在这样?"

那宝石戒指瞬间将陈开怡的思绪拉回到了现实,心中的感动稍纵即逝,陈开怡面上依然还是没有表情:"现在不是对的时候,这里也不是对的地方,收起你这套小把戏,你到底想说什么?"

雷启泰就笑起来:"既然我们要去演一对恩爱夫妻,演给10个人看也是演,演给100个人看也是演,我们又有什么好怕的呢?"

雷启泰说着话,站起来,率先往宴会厅走。

陈开怡上前一步,挽住了雷启泰的手,十指紧扣。

宴会厅人声喧哗,然而正主进场的时候,还是安静了下来。邓雯主持,陈开怡发言,一切都有条不紊。

李娜站在主席台的侧后方,浑身的每一块肌肉都绷紧了,做好了随时冲出去帮陈开怡的准备。玛丽、严凯、秦敏诸人,眼睛却紧紧盯着台下,盯着宴会厅的门口。

陈开怡的声音温和而有力:"……坦白说,我是对婚姻有些畏惧的人,我对人与人之间的长期亲密相处不是那么有耐心和信心,也不是很愿意进入日常的平淡生活,我渴望的生活始终是充满斗志、激情和创造的。启泰与我相逢于微时,他是一位非常有趣、宽容、又有魅力的男人,我们很早就已经在恋爱状态中,但我们有约定,没到合适时机之前,不会对外公开我们的感情状况。我们一直认为,这份感情是我们两人的私事,但没想到会引起这么大的误会,还要专门做一次发布会来澄清。"

雷启泰和陈开怡相视微笑,但台下根本没有人笑。

宴会厅外面传来喧哗声,是鲁斌斌的那非常有标志的油腻腻的声音!

玛丽、严凯几个人面面相觑,秦敏快步下台,说:"我去阻止他们。"

项庭峰、肖红雪、鲁斌斌三人联袂而来。赵昕、雪莉、谷欢几个人守在宴会厅门口,笑容热情而诚恳:"项总,肖主编,你们先去背景板签个名嘛,我已经通知人去叫摄影师了,今天陈主编新婚,肖主编您总要去写句祝福的话吧?"

鲁斌斌阴阳怪气:"赵昕,你们什么时候改行做看门狗了?"

雪莉笑容满面,一点也不生气:"生活所迫,实在没办法。鲁总监,您找到新工作了吗?"

赵昕赔笑:"里头跟下饺子一样,到处都是人,根本没地方站,我先找人协调座位,你们稍等一下,别着急啊。"

鲁斌斌捋起袖子就要上前拉开赵昕,却听见一声呵斥:"鲁胖子,你要干什么?"

原来是秦敏与严凯一起来了。赵昕松了一口气。

却听见宴会厅里面传来喧哗声:"说重点!到底有没有性贿赂?"

"不要转移视线!别甩锅给酒店方!"

"突然结婚是不是为了逃脱追责?"

赵昕几个人,心又猛然提起来。

眼睛转回门口,秦敏与鲁斌斌对峙,严凯拦住了肖红雪与项庭峰。

秦敏说:"鲁胖子,现在走,什么事都还有商量的余地。"

鲁斌斌哼了一声问:"你到现在还想和稀泥?"

严凯质问项庭峰:"就为了这么点权力和利益,害死了乔治,还不够吗?"

项庭峰躲避着严凯的目光:"乔治的事情,是意外。"

秦敏痛心疾首地说:"我们和陈开怡,是这么多年一起熬过来的啊!老鲁,为什么要闹到这个地步?"

鲁斌斌面无表情:"老秦,我不奢求你还当我是朋友。今天,你要还当我鲁斌斌是一个人!让开,我进去有话要说!"

项庭峰冷笑:"我们明明都知道,陈开怡现在在里面演戏,你们护着她的立场到底是什么?就因为她要成为《盛装》的出版人吗?"

严凯恼怒:"今天来了这么多奇奇怪怪的所谓记者,到底现在谁在演戏?"

秦敏简直是恳求了:"别斗了,再斗下去,我们这么多年的心血,就全没有意义了。老鲁啊,我们都是一把年纪的人了,给自己留点好的念想不好吗?"

鲁斌斌咆哮起来:"陈开怡开掉我的时候,谁帮我说过一句话?没有人啊!连屁都没人放一个!你们付出的心血是心血,我这么多年付出的心血就全都喂了狗吗?你告诉我,意义是什么?意义在他妈哪里待着呢?"

这边喧闹,宴会厅里记者也留意到了。严凯、秦敏知道,再阻拦,会给对方更多的机会做文章。

已经不能再阻拦了。

肖红雪诚恳说话:"严凯,今天我们不是来闹事的。第一,恭喜;第二,我们也有别的事情要公布。"

严凯就问:"你到底知不知道项庭峰是个什么样的人?"

肖红雪微笑:"我知道。但很遗憾,你可能不知道我是个什么样的人。"

肖红雪径直往前走,严凯只能侧身让过,放三人进了宴会厅。

蔡菲跟在肖红雪身后,走到门前。赵昕、谷欢看着蔡菲,赵昕就问:"蔡菲,你知道你现在在做什么吗?"

蔡菲回答:"我知道。"

赵昕嘲讽地说话:"真是没想到,我们会有这么见面的一天——蔡助理。"

宴会厅里,记者们举起的手,密密麻麻如同森林。

陈开怡的语速并不很快,也没有很大的起伏:"我们结婚是因为相爱《盛装》是国内顶级的时尚刊物,每年固定在我们杂志投放广告的品牌有七八十家,我丈夫这些年所任职的公司,本来就和我们保持着密切的合作关系,他们公司投放广告的价格也是完全遵照我们杂志公开的刊例价进行,我并不认为这里面有任何不妥。"

"我丈夫在和我结婚之前,确实和别的女人有恋爱关系,但这件事情,责任——责任在我,是我太忙于工作,没有照顾到他的感受,是我在处理感情时过于强势,而没有给予他足够的尊重;是我太自信我们之间这些年拥有的感情基础,而忽视了他对情感的需求有所改变。在此,我们也诚挚地向那位薇薇安姑娘道歉,因为我丈夫的冒失、轻佻和不负责任,对她造成了伤害,我衷心希望她能尽快从这段错误的感情中走出来。我们夫妻俩也会从这个事情中吸取教训,更好地去面对未来的婚姻生活。"

掌声终于响了起来,尽管是稀稀拉拉的。邓雯站在主持台后,一边鼓掌一边对着话筒说话:"谢谢大家的到来,今天的发布会到此结束,让我们用热烈的掌声,祝福陈开怡、雷启泰婚姻美满,幸福快乐。"

李娜上前,准备护着陈开怡离开。却听见一个尖利的声音:"请大家留步!请大家留步!我是《盛装》广告总监鲁斌斌,我可以负责任地告诉大家,台上那两个人——从头到尾、彻头彻尾,在撒谎!"

现场瞬间沸腾了!

正是鲁斌斌,他大踏步进来,伸手指向门外:"借今天这个机会,我们的出版人项庭峰先生、主编肖红雪女士,也有些话,想和媒体朋友们分享——关于《盛装》的现在和未来。"

蔡菲陪在肖红雪身边走了进来,陪在陈开怡身边的李娜,抬头看向门边。隔着人群和整间宴会厅,李娜和蔡菲,第一时间看到了彼此。

肖红雪与项庭峰大步走上台来。现场所有的镜头都跟着肖红雪,记录着肖红雪走向陈开怡的过程。

陈开怡站在台上,看着肖红雪等人向自己走来,极力克制出一种平静的神态。

项庭峰像个绅士一样,侧身,扶了一把肖红雪的手,让肖红雪上台。肖红雪和陈开怡面对面站着,两人微笑地看着对方。肖红雪伸手,陈开怡也伸手,两人浅浅地握手。

"恭喜。"

"谢谢。没想到你也会来。"

"我也没想到。"

台下有记者接连发问:"现在《盛装》到底谁说了算?你们的主编之争现在到了什么程度?"

"酒店开房视频是不是你们争权的一个道具?"

"《盛装》新的人事任命到底什么时候对外公布?"

李娜和蔡菲,两人现在只相隔不到五步的距离,但她们却各自陪在陈开怡和肖红雪的身边——两人中间,仿佛隔着一条看不见但也无法逾越的银河。

李娜想说点什么,但这个时候什么没法说,她只能对蔡菲微微地摇了摇头。蔡菲看到李娜对自己摇头,但神情毫无反应。

宴会厅内逐渐安静下来,所有人的目光投向了肖红雪。肖红雪握着话筒,环顾四周,微笑:"今天确实有点喧宾夺主,但我心坦然。陈开怡作为《盛装》副主编,用这样一种方式试图去澄清一些事情——我并不知道她如此急促的婚姻到底是真是假,当然我也没有兴趣去打探,这毕竟是她的私事。我仅从《盛装》和公司的角度去看,她这么做至少也是在尝试平息和降低媒体与公众对《盛装》的负面评价,这当然是一种值得肯定的努力。但这次的事件也提醒了我,陈开怡作为一位广受关注的知名人士,她在情感和私生活上的不稳定性,也给《盛装》的发展带来了不稳定的隐患。而且,因为她固守一些不合时宜的价值观,我不认为她能够将《盛装》带来一个光明的未来。作为对《盛装》怀有极其深厚情感的我,在与出版人项庭峰先生认真商议和仔细衡量后,在此向公众宣布,从此刻开始,我将与项庭峰先生联合,正式开启对《盛装》的全面收购计划!这也意味着,我与陈开怡女士,很可能要开始一场君子之争,我相信,时间会站在正确的那一方,祝《盛装》和我,好运!谢谢大家。"

肖红雪放下话筒,对台下观众,深深鞠躬。台下记者纷纷举手,要求提问。现场又喧哗了起来。

陈开怡站在一旁,看着俯身鞠躬的肖红雪,脸上浮现出一抹意味深长的笑。

夜色初上,鲁斌斌沿着街边走。

离鲁斌斌七八步距离,秦敏跟在他后面。鲁斌斌再走几步,停住,转身看着秦敏。

秦敏也停住,望着他。

鲁斌斌继续往前走,秦敏接着跟。顷刻后,鲁斌斌又停住,秦敏也停。

鲁斌斌走到旁边公交车站台的垃圾桶边,抽出一支烟,点上。秦敏远远站着,看着他。

鲁斌斌刚抽两口,有路人带着小孩站在旁边等公交车。鲁斌斌看到有小孩,掐了烟,继续往前走。秦敏继续往前跟。

鲁斌斌走到一个路口,停下,回头望着秦敏。秦敏也望着鲁斌斌,两人遥对无言。

鲁斌斌不走了,站着,对秦敏说话:"我们去喝一杯?"

小包厢,鸳鸯火锅,热气腾腾。一瓶白酒,两个酒杯。

鲁斌斌把两个杯子倒满,一杯放自己面前,一杯放秦敏面前。秦敏拿起酒杯,和鲁斌斌碰了一下,两人都一饮而尽。

鲁斌斌把两个杯子再倒满,放到各自面前。

鲁斌斌开口:"从发布会完,你跟了我一路,说吧,什么事?"

秦敏端起酒杯,主动和鲁斌斌的杯子碰了一下,自己先喝完。鲁斌斌只好拿起杯子,也一口喝干。

秦敏去拿酒瓶，鲁斌斌摁住酒瓶："这么喝，今天咱俩都没法走着出去。"

秦敏拍了一下鲁斌斌的手，抽出酒瓶，倒满两个杯子，自己拿起两个杯子碰了下，几乎是带着挑衅的，将自己那杯一饮而尽，鲁斌斌拿起杯子，也干了。

秦敏继续要拿酒瓶倒酒，鲁斌斌赶紧把白酒放到自己脚边："可以了，差不多可以了！"

秦敏斜着眼睛看着鲁斌斌："喝酒你也怂？"

鲁斌斌苦笑："我是怕你又喝到胃出血。"

秦敏的眼睛眯起来，鲁斌斌的话一瞬间将她带回到十多年前的刚进《盛装》的岁月——于是，她的声音高亢起来："别人不懂，你还不懂吗？《盛装》能走到今天，有多难？大家吃了多少苦。可就转眼之间，一切都将烟消云散了！不管未来《盛装》谁是主编谁被开掉，我们都输了！"

鲁斌斌沉默了，给自己倒了一杯酒。

秦敏声音有些哽咽了："咱们刚进《盛装》的时候——我不知道你怎么想，但那个时候的我，虽然已经工作了几年，但还觉得世界是新的，只要我们齐心协力，还能改变很多东西，未来、人生、梦想，这些词，我认为都还是有效的，可现在……今天发布会到最后几乎成了一场闹剧……"

秦敏说："你帮肖红雪、你帮项庭峰，都没问题，但你把酒店视频弄出来，这个过分了，这已经不是职场斗争的问题了，你是在拿看不见的刀子杀人。"

"陈开怡是什么人？我不用这样的办法，我保不住自己！"

"陈开怡是个女人！现在网上那些舆论你也看到了，情色交易、荡妇羞辱、争风吃醋、污言秽语……那些都是可以杀人的刀子，你鲁斌斌做了这么多年的媒体，你不懂把人推到这样的风口浪尖意味着什么吗？"

"那是她活该！反正我不管做什么，你们都觉得是我不对，好！那我干脆就一条道走到黑。老秦，我们都没有退路了，我们再也回不去了。"

这天晚上，秦敏喝了很多很多酒。

这天晚上，鲁斌斌也喝了很多很多酒。

最后分别的时候，秦敏对鲁斌斌说："从现在开始，我们之间的朋友情分，到头了。既然各为其主，我会尽我所能，让你一败涂地。"

秦敏拿起椅子上的包，转身径直出了门——步履稳健，看上去像完全没喝醉。

鲁斌斌眼睁睁看着她出门,几秒钟后,愤怒地猛拍着桌子:"服务员!酒!"

陈开怡的家,雷启泰的家,都不可能回去了,肯定有狗仔守着。

两人只能去酒店开房。进了门,陈开怡就捧着一床被子出来,将被子放到沙发上:"我睡卧室,你睡沙发。"

雷启泰怒:"那我们为什么不开两间房?"

陈开怡冷冷淡淡地说:"万一传出去,或者被哪个记者查到,怎么办?"

雷启泰要发疯,挡在卧室门口:"陈开怡,我们俩是不是疯了?我们现在到底过的是什么日子?以前没结婚,恋爱要偷偷摸摸地谈,明明我们都有自己的房子,还偏要在酒店偷偷开房在一起;现在结婚了,我们不用偷偷开房,却要表演开房——我长这么大,从来就没和人假装开过房,我们到底是在干什么?"

陈开怡不想与雷启泰交流了:"我真的很累了,能不能明天再说?"

雷启泰冷笑:"你现在知道我为什么要和薇薇安在一起了吧?因为我和她在一起,不管是爱还是不爱、在一起还是分开,至少都是真的。她也从来不会对我说,很累了,明天再说。她会把我放在第一位,只要我在,其他所有的事情都可以明天再说!"

陈开怡推开雷启泰,径直往卧室里走,"啪"的一声,将房门给关上。

雷启泰愤怒莫名。他想了想,大步往外走。

卧室门打开,陈开怡又探出头来:"我建议你最好别离开房间,外面有监控,万一被人利用,我们更说不清楚了,你不能对谁都说你看到过飞碟——晚安!"

机场。项庭峰要去巴黎,他与安东尼约好了。总部已经知道陈开怡的丑闻,他要去和安东尼分析利弊。

肖红雪要回香港,她带上蔡菲同行。现在大家都撕破脸了,留蔡菲在公司,怕她被排挤。

项庭峰忍不住又谈起这次各自的行动:"这次去香港,你觉得成功的可能性有多大?"

肖红雪强撑精神说:"我和爸爸、哥哥都谈过了这次的收购计划,他们正在联络能最直接帮到我的亲戚和朋友,我也会去拜访几位投资界前辈,先不说成功与否,最基本的阵势还是没问题的。"

项庭峰就问:"你父亲怎么说?"

肖红雪苦笑:"他第一句话就问我,我为什么还要帮你?我说我已经失去了婚姻,不能再失去基本的自信,我这次确实输得不好看,从小到大,没这么难堪过——你知道我爸爸那个人的,很爱要面子。我这么说,他就不会再往下追究问了。"

项庭峰看着肖红雪的眼神,殷切而深情:"为什么要和他说,你失去了婚姻?"

肖红雪垂下眼睛,回避他的眼神:"我真的很累了,你先去登机,等你从巴黎回来再说,好吗?"

早上上班,陈开怡全副武装,头上戴着帽子,脸上带着墨镜和口罩,身上是长款的风衣——这没办法,大厦前前后后几个门全都被记者堵上了,连地下停车库都守了记者。陈开怡甚至不敢开自己的车。

好在玛丽有办法,让出租车直接开到货梯那边,陈开怡从电梯直接上到杂志社。

走进工作区的时候,所有工位里的人,都停下手头工作,向陈开怡行注目礼。大家在等着她说话。

陈开怡停住脚步,环顾众人:"三件事。一、如果这段时间给大家出入大厦带来麻烦,我向大家道歉,但是绝不能影响工作;二、任何人都不能接受任何渠道的采访,所有口径必须统一到公关部;三、我结婚了,喜糖等会儿我会让李娜发给大家,不办婚宴、不办派对、不用给我送任何礼物。李娜,等下找我拿钱,你去买喜糖。玛丽,等下来我办公室。"陈开怡说完就进办公室,推开门后又转过头:"11月刊的所有选题,今天之内,我必须要看到!"

陈开怡推门进,玛丽跟着进去。陈开怡一边脱风衣,一边问:"'时尚盛典'你进行到什么程度了?"

说起这事儿,玛丽就滔滔不绝了:"照常进行啊,模特已经沟通好了,该邀请的嘉宾也都差不多了,场地还在谈,今年场地费又涨价了,我的天,简直没法弄——"

虽然是诉苦,但是玛丽却是一脸自豪。

陈开怡垂下了眼睛："你要做好心理准备，今年的'时尚盛典'会无限延期。"

一盆冷水当头泼下，玛丽愣住了，她讷讷说话："可是品牌那边都已经谈得差不多，就差签合同了——"

陈开怡却不是很在乎的模样："不是还没签吗？！玛丽啊，我们要开始打仗了，这场仗我们不能输，所以必须要专注——"

严凯敲门进来，陈开怡说起另外一件事："新媒体事业部要做起来，我想让赵昕做负责人。新媒体事业部和专题部是平级部门，不受专题部领导，新媒体部的人员她自己选，自己组织架构，以后，你们会是竞争关系。"

严凯愣了一下："竞争？"

陈开怡解说自己的思路："专题内容部和新媒体部，会是各自独立的两个内容部门，产生的费用和效益都独立核算，每年会有考核，考核结果和两个部门的年终奖金直接挂钩。"

严凯点头。陈开怡又说："从今天开始，你除了做专题总监，还兼任代理副主编——但我现在没法公开宣布，原因你也明白，做好持久战的准备。"

严凯转身离开，秦敏、邓雯一起进来，陈开怡说："邓雯，想办法把楼下那些八卦狗仔搞走，不管你用什么办法。"

邓雯答应了。

陈开怡又说："公关部拟个通告，宣布今年'时尚盛典'延期，具体举办日期待定。原因就说是不可抗力。"

邓雯答应了，站在边上的玛丽，欲言又止。

陈开怡盼咐秦敏："秦敏，公司组建新媒体事业部，赵昕做负责人，你约谈她一次，看她在人力和待遇上有什么需求，能够满足的尽量满足。另外，尽快找新的广告部总监。"

秦敏迟疑了一下："鲁斌斌的离职手续，还没有人批过。"

陈开怡就说："先不管，我找的公司已经在和总部谈收购《盛装》的细节问题了，两周之内会有实质性的进展。"

秦敏有些不安地说起另一件事："听说——肖红雪回香港了，项庭峰应该是去了巴黎。"

陈开怡没有在意："别被他们的节奏影响，从现在开始，《盛装》会进入一个短暂的权力真空阶段,我们要把握好这个阶段,第一,我们不能乱;第二,杂志的正常工作不能乱;第三,该推进的工作不能被影响,在事实层面,保证对《盛装》的实际控制!明白吗?"

玛丽、秦敏、邓雯三个人异口同声:"明白!"

第十六章　离别，顾老将行

茶室包厢，鲁斌斌、陈默、俞京京、罗翰、潘希伟。

鲁斌斌喝了一口茶，放下手中的茶杯："怎么，不信我？还是不信项总和肖红雪能赢？公司人员重新洗牌是迟早的事情，现在当中间派没有意义，说不定第一轮就会被淘汰出局，你们也知道，现在两边是公开'打仗'了，二选一，必须得选，为什么要选肖红雪，刚才我已经说得很明白了，老罗、老潘，我们是自家兄弟，得做决定了。"

鲁斌斌看着罗翰和潘希伟，眼神锋利，那是逼迫他们俩表态。

罗翰打了一个哈哈："你的意思我当然是听明白了……帮你——嘛，也不是——不可以，是吧——老潘？"

潘希伟也打哈哈："哈——哈哈哈——，你这么说，显得我们俩好像还挺有分量一样。"

罗翰忙不迭点头："对对对，我们俩在公司，都是小角色，说得难听点，无足轻重。"

潘希伟继续呵呵笑："老鲁啊，你这个人就是太认真，我们就是打份工，在哪儿打工、帮谁打工，不都是打工嘛——刚才老罗也说了嘛，帮你，可以！你也没必要再说那么多虚的。不过刚才说的意思，大家心知肚明就好，至于回到公司，明面上我们该怎样做、该说什么样的话，这个——你应该都能理解的，对吧？"

罗翰赶紧附议："都是自己兄弟，当然是理解的啊，对不对？"

喝了两杯茶，罗翰与潘希伟就说有事，先走了。包厢内只剩下鲁斌斌、陈默和俞京京。

鲁斌斌怒气冲冲："那两个贱人，最后还是要骑墙。"

陈默就问："什么意思？"

鲁斌斌："刚才没听明白吗——回到公司该怎么说还怎么说、该怎么做还是怎么做，就是该拍陈开怡马屁，照样也得拍，妈的，真是关键时刻才能见人心啊。京京，咱们还约了哪些人？"

俞京京看手机里的备忘录："公关部的副总监、财务部杜霞的助理、美术组的组长——但他们都说有事不能来了。"

鲁斌斌气得拍桌子："妈的！那些人不来见我，行！我去见他们！"

老颓的西餐厅，李娜又来蹭饭了。

摆盘考究、看着色香味俱全的牛排放在餐桌上。

李娜拿着刀叉，一副馋相。老颓坐她对面，笑容满面："你和你公司那个最好的朋友，处得怎么样啊？"

李娜叹气说："她去香港出差了，还不知道她回来会怎么样。"

老颓也点头："上班各为其主，下班又同住一个屋檐，这个关系，不好处。上次你来和我说过这个事情之后，我有时候也琢磨，到底是哪里出了问题呢，后来想明白了。"

李娜就问："想明白什么了？"

老颓得意洋洋："人得谈恋爱啊，你得有自己的家才行，所以，我要帮你——相亲！"

李娜刚吃了一大口牛排，肉全塞在嘴里，鼓鼓囊囊着腮帮，简直就是目瞪口呆："老板，您的好意我心领了，还是算了吧，我没心情、我也没时间谈恋爱啊，我最近特别忙，真的，特别忙！"

老颓顿时就把餐盘从李娜面前挪到自己跟前："先说正事，不忙吃，我又不给你瞎介绍人，我这段时间给你物色了三个备选。"

李娜继续呆若木鸡："还三个？"

老颓得意地扳手指："都是正经人家孩子，北京人，事业编，房车都有，你先看看，你的情况我也跟他们介绍过了，人家愿意和你先接触接触，其中有一个，我建议你先见，是家里的独子，前几年他们家拆了两套二环的老房子，现在五环边上，7套房子！——7套！"

好吧，李娜不吃饭了，在老颓的语音攻势中，落荒而逃。

李娜骑着车，直接冲回大厦，冲进办公室，走路风风火火，差点撞到了正要出门的赵昕。

一边道歉，一边打开电脑。赵昕就问："你这么急，做什么呀？"

李娜特别兴奋："我刚想到一个特别棒的选题！我怕我忘了，得赶紧记下来！"

赵昕有点好奇，就站定了："什么选题？"

"写字楼人生VS胡同里的智慧。"

"名字听起来倒是不怎么样，内容打算做什么呢？"

李娜兴致勃勃说话："我想采访10个在写字楼里上班的白领甚至金领，问三个关键词问题：——什么是真的理想？什么是好的爱情？什么是对的生活？同样的问题，我也会问10位在胡同里生活的大爷、大妈，就是特别接地气的那些人。"

赵昕眉头皱起来："我明白你想做的东西了，有点意思，但选的题目太大了，笼统，还可以更精准，最好能找到一个特别小的切口——等会，别吵我，等一会儿啊——"赵昕手指一直在敲桌面，突然停住："焦虑！做焦虑！"

李娜惊讶地看着赵昕："什么意思？"

赵昕眼睛熠熠生光："这个选题你来做，题目就叫《写字楼惨烈人生VS菜市场悠闲时光：我们以为我们挺好的！》。"

李娜愣了："这么长的题目？放在哪一期刊里头？"

赵昕很是兴奋："放到新媒体平台。今天下午秦敏和我谈过了，公司要组建新媒体部，我是负责人，我打算做一个新的公号，叫'时尚实验室'，这个选题你先做，具体放在哪一期我来定——哦对，你愿意来新媒体部吗？只要你来，我让你做专题编辑，怎么样？"

两人还在讨论这个选题，谷欢从工位里站起来，手里扬着手机："我去——魔头这次又得麻烦了！你们过来看视频！"

雷启泰追打狗仔。这视频又在网络上炸开了。

派出所门口，陈开怡下了车，邓雯迎面走来。

邓雯苦笑说："被打的人是属于狗仔团队的，不接受调解和私了——而且，律师说他们的人很懂，为防止我们反告他们勒索，他们没提出任何和解条件。我和那个团队的人打过交道，他们私底下其实是有约定俗成报价的。"

陈开怡就问："多少？"

邓雯苦笑："封口费，两百万——不包括挨打的那个人的医疗费和安慰金。"顿了顿，又说："你现在不能出来，多说多错，要等合适的时机。"

两人一边说话一边进了派出所。雷启泰已经做好了笔录，在办公室里等陈开怡。

雷启泰脸上有伤，但是情况不严重。陈开怡看着他的伤口，问："疼不疼？"又说："律师就快到了，但情况比较棘手，不是很容易处理。"

雷启泰轻轻点头，示意自己知道。

陈开怡轻声解释："刚才我咨询过邓雯，现在我不能站出来帮你说话，请你见谅，但等到合适时机，我一定会——"

雷启泰打断了陈开怡的话："——我没工作了。"

陈开怡惊讶地问："什么？"

雷启泰抬起脸："公司派人查了我的账，有些事情没法说清楚，领导让我自己辞职走人，免得大家都不好看。——我什么都没了。没了，我现在什么都没了，就只剩下和你的这段破婚姻！"

雷启泰的面色有些狰狞，狠狠将手上的戒指勒下来，往陈开怡的脸上砸过去。

陈开怡没有躲闪，戒指从她脸上掉落在地上，咕噜噜转了几圈，倒下了。

蔡菲与肖红雪从香港回来了。

大厦门口，挤了一大堆记者，长枪短炮，威势逼人。

肖红雪站在大厦外的台阶上，脸上含笑，丝毫没有紧张。

记者甲递过话筒："请问肖主编，您如何看待陈开怡丈夫殴打记者的事情？和你们之间的收购战有什么关系吗？"

肖红雪一推六四五："我刚从香港回来，不大清楚您问的问题。"

记者乙换了一个问题："据说《盛装》已经进入权力真空阶段，您怎么看？"

肖红雪矢口否认："公司总部并没有下发任何新的人事任命，我依然是《盛装》主编，公司更不存在所谓的权力真空。"

记者乙穷追不舍："业内普遍认为你的权力被架空，现在真正执掌公司的人，是陈开怡。"

肖红雪微笑："是吗？我建议大家不要用看宫斗剧的心态来看这件事情，事情不是你们想象的那样，更不会按照你们假想出的脚本去发展。"

记者丙追问："真实情况到底是什么样呢？"

却听见人群外围，响起一个清脆的声音："真实的情况，为什么不问我？"

人群顿时骚动，纷纷都往另一方向看——那是陈开怡来了。

无名指一枚钻戒，亮得刺人的眼。

肖红雪和陈开怡相互对望，都微笑起来。记者们自动让开。

陈开怡走到台阶上，和肖红雪并肩站着。

所有镜头对准她俩。

记者丁叫起来："现在你们俩谁才是主编啊？"

肖红雪微笑看着陈开怡，陈开怡毫不迟疑："现在，当然肖红雪是主编。"

记者丁追问："但未来就不是了，是这意思吗？"

陈开怡微笑着看向肖红雪，肖红雪的声音沉稳而礼貌："未来的事情，未来再说，我们就只说现在的事情。"

陈开怡准备结束这场采访："谢谢各位的关心，但你们每天在这里围着，已经严重影响到了我们的正常工作，大家都是同行——"

但是还有记者不打算放过她："——雷启泰打伤记者的事情，你打算怎么解决？"

陈开怡义正词严："首先，受伤的并不是媒体记者，而是专门炮制八卦消息，用耸人听闻的标题吸引眼球的狗仔爱好者；其次，打人当然是不对的，我和我的先生会积极配合调查，最后听从法律的裁决。"

记者咄咄逼人："你丈夫已经被公司革职，据说是因为和你们杂志的账务问题，你们仓促结婚是不是为了掩盖丑行？你和雷启泰，其实根本没有爱情对不对？"

陈开怡目光在一群记者脸上扫过，声音清澈、柔软，却异常坚韧："诸位同行，有几句话我想趁着这个机会,和你们坦诚沟通。"

四下里的声音,渐渐安静下来。所有的目光,都集中在陈开怡的脸上。

"这段时间,我始终回避你们,并非害怕或者恐惧,只是认为没有必要,媒体是社会公器,它应该用来关注更重要、更有社会价值的事件或议题,而不是用来窥视我的私人生活。"

陈开怡的声音,磊磊落落:

"你们将我的婚姻或爱情,抽丝剥茧到一寸一寸去关注去描摹,甚至去扭曲去改造——这些行为,对社会毫无价值,对我们这个行业也毫无益处,它只会滋生出更低端、更粗暴的价值观。

"就是任何公众人物或者行业精英,他们就应该要去满足最简单、最低级的窥视欲,没有任何人经得起这种窥视之后的解构,因为没有人是完美的——尤其在道德层面。

"但是显而易见,这种粗暴的解构,会在不同程度摧毁这些人身上所具备的其他更重要的价值——行业智识,职业和专业上的独特经验,以及每个行业所承载的信念。

"我们是同行,都深知媒体应该秉承什么样的信念和精神,我们应该坚持那些正确但艰难的信念,而不是选择粗鄙的、容易的事情一头扎进去,理性的大厦需要漫长时间才能建成,而摧毁,只需要瞬间。这是我对近期发生的所有事件,做出的最后回应!也希望你们对我的关注到此为止。谢谢!"

陈开怡转身进了大厦。肖红雪跟着进去。

记者们站在原地——难得的,没有一涌而进。

肖红雪与陈开怡两人一起进了大堂,上了电梯,很默契地各站一边,看着楼层数字不断变化。

两人都好像想说点什么,但绝不先开口——感觉好像谁先开口谁就输了。

于是电梯里一片奇怪的寂静。

电梯停下,门开了。

两人都没动,似乎是让对方先走——顷刻后,两人又同时往外走。电梯门此时正好阖上,两人被电梯门挤了一下,又都往后退。两人互相看了一眼——

似乎想确定到底谁先出去。电梯门缓缓阖上。空气中似乎有些噼里啪啦的火花。

正在这时，一只手伸进来，挡住电梯门。电梯门又开了，严凯正站在电梯口，看着她们俩："你们居然在一起——正好，一会儿的选题会，你们谁参加？"

两人都没说话，一起出了电梯，各自和严凯擦肩而过。

安静的茶室，鲁斌斌与玛丽相对而坐。

檀香袅袅，门虚掩着，悠悠荡荡的古琴声音，从外面流淌了进来。

鲁斌斌喝了一口茶，放下杯子，说："原本，'时尚盛典'总策划的位子，肖主编已经很明确地给你了。"

鲁斌斌又说："在那之后，盛典所有的策划、筹备、创意，都是你全权把控，肖主编也从没干涉过你。"

鲁斌斌继续说话："如果不是陈开怡突然横插一杠子，扯着大资本的虎皮，暂时换回杂志的话语权，盛典现在已经进入具体的执行阶段，广告赞助、品牌冠名，这些你我都清楚，都弄妥了，就在最后临门一脚的时候，陈开怡突然来了个'不可抗力'叫停了盛典！我问你，什么叫'不可抗力'？"

玛丽只是沉默，喝茶。

鲁斌斌这是非常明显的挑拨离间了。

他知道自己始终站在陈开怡这一边。他这时要撬陈开怡的墙角。

但是玛丽却无法驳斥。"时尚盛典"——这也曾是玛丽的一个梦想，她也曾暗暗构想，自己成功主持了这次盛典，将会享受怎样的荣光——其实，也不需要多少荣光。只要想想有这样一次盛典，承载着自己的理念与梦想，出现在这个世界上，对于玛丽来说，就是最大的奖赏。所以她说不出话来。

鲁斌斌呵呵笑了一下："答案很简单，这次的权力斗争，陈开怡尝到了突然被赶下台是什么滋味，虽然现在她们还在僵持中，最后的胜负谁也不能预料，但明眼人都看得出来，她怕了，她必须要攥紧一切能攥紧的东西，每年的'时尚盛典'，都是她高调亮相、彰显权力的机会，她怎么可能在现在这个阶段，让你去出那个风头，肖主编和项总，已经让她心惊胆战，如果你的风头再盖过她，她更是腹背受敌，所以，她宁可让公司失信于所有合作方，也要压制你，把你肯定能往上走一步的台阶，生生撤掉！"

玛丽突然抬起头："鲁总监，你每天想这么多事情，会不会睡不着啊？"

鲁斌斌给自己倒了一杯茶："你辛辛苦苦一手操持的盛典，突然被拿掉，你睡得着吗？"

玛丽不打算继续说下去了："说吧，你到底想要我怎么样？"

鲁斌斌："时装组全都是你的人，全都服你，你要带着她们支持肖红雪——我们就可以强行重启'时尚盛典'！"

玛丽："什么叫强行重启？"

鲁斌斌："踢开陈开怡，肖主编、你、我，继续筹备盛典！肖主编已经明确表态了，只要你加入，你还是总策划，所有的名声，全都给你！"

玛丽面前的茶杯已经空了。

鲁斌斌笑吟吟的，往她的杯子里倒满了茶，智珠在握的模样。

精心打扮过自己的鲁斌斌，一身抖擞、走路带风地穿过工作区。后面带着广告部的小弟。

工位上的编辑们都纷纷站起，还有其他部门的不少同事都闻讯涌了过来。

鲁斌斌大步走到两个主编的办公室之间的位置，停住，转身，大声说话："诸位！我鲁斌斌，回来了！有些人以为可以只手遮天、独断专行！她想用谁就用谁，她想排挤谁就排挤谁，不不不，没有那么容易！我的劳务合同还没到期，我没有犯下任何必须要离职的错误，我就连个男女绯闻都没有！我尽心尽力为公司、任劳任怨为工作！我心昭昭，可对明月！谁要开我，我誓死反抗！现在，肖主编回来了，《盛装》终于要恢复正常了，我当然也要回归我的本职！反正我已经得罪了某些人，那就不妨得罪到底！《盛装》只有一位主编，那就是肖红雪主编！《盛装》，只有一种未来，那就是没有某些人的未来——"

内容部的人正在讨论做公众号的内容。只是外面这么热闹，内容部的也不免要开小差，赵昕、陈然、谷欢都倚着门往外看热闹。只有李娜坐在桌前奋笔疾书。

严凯坐在座位上，听着外头鲁斌斌的声音，实在听不下去了，敲了敲桌子："关门！继续开会！——继续，刚才说到哪了？"

一群人赶忙回到位置上。李娜看着笔记："刚才说到——我们做选题，到底是输出价值还是贩——贩卖情绪？"

严凯点头："对！我认为，这就是你们新媒体部现在做内容，最大的问题所在。"

赵昕解释："师父，我们还是就事论事，《写字楼惨烈人生VS菜市场悠闲时光》，如果只是讲述两种不同的生活观点，没人看的！必须要高举高打'焦虑'这个情绪点，手机阅读和纸质杂志阅读，是截然不同的两种阅读规律，手机阅读的读者，根本不在乎我们怎么谋篇布局，更不会要求字字珠玑，他们就要看最简单的情绪点。以前我们做文章，百分之九十多的时间和精力用来做内容，用百分之二到三的时间去想个标题都绰绰有余了，但自媒体账号不一样，我们要用百分之五十的精力去想标题！一个好的标题，就赢了一大半！标题是什么？就是要把一个情绪点打穿、打爆！只有这样，阅读量和转发量才能上得去——"

严凯手敲着桌子："——这就是问题！这不就是廉价的'眼球效应'嘛！我们做的是内容，不是噱头！"

赵昕急了："师父，您要学会把传统媒体人的傲慢放下，才能真正拥抱新媒体！"

严凯皱眉："傲慢？你把踏实做内容理解为——傲慢？"

赵昕语速很快："是的。对于在网络和手机端阅读的受众来说，您的态度就是傲慢！而且，师父，我答应回来负责新媒体部，是因为陈开怡承诺了，这个部门一切内容标准，我来定！"

严凯看着赵昕。赵昕毫不畏惧，直视严凯。严凯反而不知道该说什么。

赵昕继续说话："现在对我们来说，最大的问题是人手问题。谷欢和李娜在新媒体部，陈然也想过来跟我们一起，专题组已经没人了，而且您也看到了，做杂志内容和做公号内容，是两种思路，我们是不可能一直这么兼任下去的，我们必须要去找主编，申请招人，再不解决人手的问题，所有内容，都会停摆！"

严凯摆手："人手的问题，我去解决；但你这种做内容的方式，我不会同意。"

赵昕苦笑："师父，我必须要和您说清楚一个概念，这不是我的方式，也不是我喜欢的方式，而是新媒体的方式，你同意或者不同意，它们都会是那样！"

外面鲁斌斌的表演很热闹。

陈开怡将手机丢到桌上，脸色阴沉，拿起咖啡杯——但是杯子空了。她将杯子丢桌上。来回走了几步，打开抽屉，拿出了一包女式烟，拆封，抽出一支，点了烟，站在窗边，将窗户推开一道缝，抽了一口，将烟圈对着窗外吐了出去。

敲门声响了起来。

陈开怡没回头，也没说话。门被推开了，邓雯探着脑袋看了眼，进来，小心关上门："老大，很久没见过你抽烟了，怎么了？"她将烟灰缸放到陈开怡面前的窗台上。

陈开怡又吐出了一个烟圈："刚刚和安东尼通了电话。项庭峰给他报了一个更高的收购价。"

邓雯惊叫起来："怎么可能？项庭峰哪有那么多钱？"

陈开怡淡淡地说："他应该是找到什么人做靠山了。"

邓雯："那就斗呗，现在也没别的选择。"

陈开怡："我不怕斗，《盛装》怎么办？"

邓雯："这倒是真的，大家都不知道该怎么办了，名义上，肖红雪还是主编，但大家都觉得迟早你是主编，这个时候，权衡利弊，你们俩都不能得罪，每个人都在拿捏，还有鲁斌斌那么个煽风点火就想把事情闹大的二货——"

陈开怡："——你找我什么事？是狗仔公司那边有消息了吗？"

邓雯压低声音："150万，封口费，托了中间人，私下和我说的。"

陈开怡沉默了一下，才说："一分钱也不给。他不是小孩子了，应该为自己的行为负责任，我们现在能做的，就是帮他找个好律师，其他的，交给法律。"

会议室里只剩下严凯和赵昕。

严凯手里拿着支笔，有一下没一下地敲着桌面。赵昕双手抱臂，半低着头，等着严凯说话。

严凯："赵昕——不管时代怎么变，我们——要知道自己是谁。乔治以前经常和我说，媒体的深度，是一个时代的基本温度，我知道新媒体在很多地方和传统媒体都不一样，但我们不能忘记自己为什么要从事这个事业。虽然，在生活上，你有你的压力。"

赵昕摇头："这不光是压力的问题，而是我们怎么看待自己在世界上所处位置的问题，马斯洛的五层需求论，您已经在食物链的顶端，您当然可以去追求更加形而上的需求，理想、使命、责任、未来，这些大词放到您身上，毫无违和感，但我不行，我要交房贷、我要养孩子和我爸妈，还要应付我前夫，我没有余力去追随您。"

严凯表示反对："我们之间，不应该存在这样的壁垒。"

赵昕苦笑："事实上就是有这样的壁垒，师父，我们不能对真正的差异视而不见。看新媒体账号的人，和愿意每年花钱订阅《盛装》的人；看了杂志去网上下单买高仿的人，和每年去巴黎买最新款时装的人，他们就是不一样的！时尚的本质之一，就是巨大的消费差异啊，不然那些优越感到底从何而来呢？"

严凯沉默了。

赵昕并没有任何争论占上风的自得，她的神态充满忧伤："师父，我理解您的追求，也理解您的不甘，如果我可以，我愿意像以前一样，和您并肩战斗，但我真的做不到了，我对您最后的尊敬，是确保自己在你面前至少是诚实的，而不是虚伪地去赞美你或者将您的理想当成一种谈资，像拥有一个名牌包一样，时代就是在撕裂，就像现在的公司一样，每个人都要选择站队，每个人都要选择自己的路，我已经做出了选择，我愿意为这个选择承担所有的代价——"

说着话，赵昕哽咽了，眼角出现了泪光。

严凯沉默了，办公室的气氛有些尴尬。好在这时候，敲门声响起，小米带着柳子琪来了。

柳子琪探头看了眼会议室里，赵昕正在拿纸巾擦眼角泪光——赵昕发现有人看她，赶紧背过身去。

柳子琪就问严凯："会开完了？跟我走吧。"拽着严凯就走。

办公区内，编辑们突然看到严凯被穿着雍容的柳子琪牵着手走路，都不由投过探询的目光。

严凯浑身不自在。

柳子琪和严凯走进会所小院时，天色已是黄昏。小院里挂了些彩灯，星星点点，很是璀璨。柳子琪挽着严凯进了屋。

一张圆桌，摆满了饭菜和酒。

角落的唱片机在转，音乐声弥漫着整间屋子。

顾明山端着一盘鱼，从厨房里走出，将鱼摆上桌："哎，你们到了，坐啊坐啊，还剩一个菜，马上就好。"

柳子琪就问："怎么你还亲自上手啊，管家呢？"

顾明山解释："我把他辞了，让他回老家了。"说完，转身又进了厨房。

严凯看着一桌子饭菜，又看外面的彩灯，有点诧异。

严凯："今天——什么日子啊？"

柳子琪的眼泪刷的就流下来了："他要去瑞士了——再也不回来了。"

原来，今天是离别宴。

严凯嘴拙，不知道怎样安慰柳子琪。

顾明山做好菜，进了卧室，拿出了一个相框——相框里是柳子琪母亲的照片——顾明山将照片放在他旁边的空位上，笑着招呼两人："这算人齐全了，都坐下来啊。"

顾明山拔了红酒塞，给严凯、柳子琪和自己倒上酒："我也是想了很久，北京城还有几家好馆子值得去吃，但又一想，我无儿无女，你们就算我的家人——不管你们两认不认啊，我是认的，所以，备下这么一顿家宴。来，尝尝我的手艺。"

柳子琪泪如泉涌。

顾明山晃了晃杯中的红酒，喝了一口，猛然之间，剧烈咳嗽起来。

柳子琪慌忙站起，严凯抽出纸巾，柳子琪拿着纸巾要去帮顾明山擦。顾明山一边咳嗽一边冲她摆了摆手。

柳子琪站定不动。

顾明山捂着嘴咳嗽，拿起一杯白水，连喝了好几口，终于把咳嗽压下去了，然后把水杯放桌上。

透明的水杯杯口，沾着血迹。

顾明山掏出手帕擦嘴，顺手把水杯上的血迹也擦掉，笑："看来酒是不能喝了。"

严凯与柳子琪，都是担忧地看着顾明山。严凯忍不住说："我和子琪送您去瑞士。"

顾明山笑着拒绝了："我希望我们对于彼此，所有的记忆都定格在今天晚上——我做了一桌子不错的菜，我们喝着红酒，听着音乐，外面的灯光璀璨，时间就此静止，过去也好、未来也好，要么已经过去，要么永不到来。这样很好，是一个大团圆的结局。最后那一点点的路，我自己去走，为此我已经做好了足够的准备。再说，我已经清点过我这一生所有的得失，心无挂碍，也没什么可惦念的，孑然一身，而且有你们为我饯行，很好了，命运已经待我很好了。"

柳子琪母亲的照片相框，倒映出灯光点点。

顾明山拿着酒杯，对着相框微微碰了碰，将红酒轻轻洒在地上。严凯和柳子琪都默然了。

顾明山对着照片笑了笑，眼眶已经红了，转过头，看着严凯："严凯，有些话，我想叮嘱你。"

严凯说："您说。"

顾明山说："你和子琪，也算门当户对，但感情这种事情，又不能有半点勉强，我希望你们能够携手偕老，但如果有一天，你们要分开，也别太过伤心和勉强彼此，人生一趟单程路，有时能遇到就是好归宿。严凯，你心地纯良，还有少年天真，只是遇事优柔寡断，意志看似顽固其实不够坚决，所以你继承不了你父亲的事业。但这没什么不好的，先有富后有贵，你身上有贵气，那是你家的富足养出来的，你要护得住自己的心，也就算护住了你家这么多年来的心血和成就。子琪比你强势，她对你的强，都是她对你的爱，对她，我没什么可嘱托的——"

顾明山又开始咳嗽，拿着手帕捂住嘴。

柳子琪哭了，再也忍不住，走到顾明山身边，抱住了他。

顾明山咳嗽的劲过去了，拉着柳子琪的手，看着她，眼神里充满眷恋和爱意："——对你，没什么可嘱托的，你母亲临终前，对我说，让我要好好照顾你，你父亲木讷，有时不知变通，你性格洒脱，容易惹事犯错，让我多少看着点你，你母亲交待我的事,我做得应该还算好吧?"

柳子琪匍在顾明山肩头,泣不成声。顾明山笑着,轻轻拍她的肩膀:"今晚哭一场,就当排毒,明日又是新的一天,太阳照常升起,好好照顾自己。这个院子,我留给你了,我走之后,会有律师找你办各种手续,别嫌麻烦,这个地方风水好,每年都有鸟儿来筑巢,你帮着多照看,花啊鸟啊,都是因果缘分,说不准哪天飞回来的鸟,就是我;或者,你找一只看着顺眼的鸟,就当是我,时不时地跟它说几句心事,你这辈子,就多了一个可以收留心事的地方,再难的时候,也能不那么难熬了。记住了吗?"

柳子琪频频点头,嘴里含含糊糊呜咽着,终于,发出了一些清晰的声音:"——爸。"

顾明山笑了,眼睛里都是泪。

路灯将影子拖得长长的。

柳子琪和严凯,两人的手攥得紧紧的,一步一步在胡同里走着。有风吹过。

两人都静默无言。快要走到巷口时。

柳子琪轻声说了一句。

柳子琪:"买个戒指送给我,要贵点的,有没有钻石都行,款式一定要好看,不能丑,得让我愿意戴着出门那种才行——好不好?"

严凯没说话,握着她的手,放进自己口袋里。两人走出了胡同,拐个弯,消失了。

第十七章　休刊，刺刀见血

很普通的一间小饭馆，周遭还有点脏兮兮的。好在老板端出的菜肴，看起来还很不错的样子。——李娜请蔡菲吃饭。

李娜说："我知道你不喝酒，我自己喝就行——谢谢你这段时间的照顾，在我最难的时候，还好有你，不然我真不知道怎么熬过来。"

蔡菲也不说话，就看着李娜。

李娜又说："跟你说个事，我要搬家了，找了一间半地下室，一个月800块，环境各方面都还挺好的，就是离公司稍微有点远，地铁四十多分钟，以后不能骑个单车就去上班了。"

她从包里拿出一个信封，放到桌上，推到蔡菲面前："这是这个月的房租，你收好。"

蔡菲将信封收了，根本没拆开看，直接放进包里。

李娜强颜欢笑："好，正事都说完了，吃饭，我今天可能会多喝点，你放心，我肯定不会喝醉！——阿菲，虽然我要搬走了，但你是我最好的朋友，这个事情从来也不会变。吃饭。"

蔡菲突然说话："我拿到学校的OFFER了，下个月——就要去伦敦上学了。"

李娜就像突然挨了一枪，再也说不出话来。倒满酒，仰头，一口气喝光。

将酒杯放下的时候，眼睛里已经有了盈盈泪光。

原来，今天是离别宴。

李娜酩酊大醉，蔡菲彻夜不眠。

早上醒来的时候，蔡菲已经走了。李娜收拾好了自己的行李，将房间收拾得整整齐齐，地板也拖得一尘不染。

李娜拿起铅笔，在一张便利贴上写字：

阿菲：

我搬走了。谢谢你的照顾。我在《盛装》终于活到了现在。

你是我生命中最大的奇遇。

不管未来你在哪里，都一定要好好照顾自己。永远爱你。

李娜看着便利贴上的字，眼睛里泛起泪光。署上名字，珍而重之地将它贴在冰箱门上。

李娜终于出了门。

最后看一眼——这小小的，曾经给予我无数温暖的小家。

机场。乘客们陆续往外走。接机的人群围成一排。

项庭峰回北京了，肖红雪来接他。只是她总是有些心神不定，项庭峰想要拥抱她的时候，她居然下意识就拒绝了。

项庭峰难免有些失落。不过现在也不是儿女情长的时候，上了汽车，项庭峰就迫不及待地发问："陈开怡夫妻怎样？"

肖红雪说："陈开怡的丈夫，被判入狱——我不是很分得清你们内地到底应该说是拘留还是逮捕，总之因为之前殴打记者的事情，要坐牢房7天，这个人的声誉算是被毁掉了。"

但是项庭峰更关注的是陈开怡："陈开怡呢？她什么反应？"

肖红雪叹了口气说："我还没有和她打过照面，想必很不好受吧，新婚燕尔，丈夫就入狱。刚才我收到微信说，她今天还去上班，现在公司呢。"

这回答太简单了，项庭峰不是很满意："还有呢？"

"玛丽愿意和陈开怡划清界限，继续担任'时尚盛典'的总策划，我们昨天——也就是和雷启泰被判入狱，几乎差不多的时间，对外宣布了重启盛典的消息。"

项庭峰又问陈开怡："陈开怡什么反应？"

肖红雪叹气："《盛装》的官方微博和其他网路平台，都现在为止，都没有正式官宣这个消息——邓雯和赵昕显然还是她的人，没有支持我们。"

项庭峰搞不明白了："那你们这个重启算怎么回事？"

肖红雪解释："鲁斌斌找了些媒体的朋友，让他们发布了消息，还对我和玛丽做了专题访问，品牌赞助和广告那边，在继续推进。《盛装》已经被彻底撕裂了，玛丽和我说，公司现在分成了四派。陈派、肖派、鲁派、昕派——听起来是不是很像菜系的名字？"

项庭峰很迷糊："鲁派和昕派是怎么回事？"

肖红雪叹气："中层领导，一半支持陈开怡，一半支持我，这就是陈派和肖派。在执行层，赵昕和鲁斌斌也分成了两派，因为新媒体事业部有权自己拉广告，赵昕拿走了不少本来属于鲁斌斌的广告资源。"

项庭峰又想起一个重要人物来："严凯呢？"

肖红雪："你不提我都差点忘了，严凯和赵昕，现在也比较对立了，严凯成了传统媒体保守派，赵昕是新媒体激进派——再这么一分，《盛装》都快有八大门派了。公司再这么撕裂下去，相信很多人都会熬不住，崩溃掉。说说你那边的情况吧，安东尼怎么说？"

项庭峰从车载箱里拿出一小瓶花露水，抹了点在手上，闻着，慢慢放松下来。

项庭峰笑："我给安东尼开出的价格，他是不会拒绝的，但陈开怡的人，也一直在和他谈判，一轮又一轮的商务会谈，他非常兴奋。"

肖红雪问："你给他报的价格是多少？"

项庭峰笑着："我找的新投资人说了，我们和陈开怡要求的条件一样，我们也可以找一家实力强劲的互联网公司帮着一起背书，而且，不管陈开怡开价多少，我们都比她高三千万。"

说到这里，项庭峰兴奋起来："我的投资人说，现在就是要把局面做复杂，你父亲、你哥哥还有你找的那些朋友，要想各种办法发声，最好能造成一个多方争抢《盛装》的乱局，这样的话，陈开怡那边就不知道该针对谁去做反击，把水搅浑了，才方便摸鱼，也能让陈开怡感受一把四面楚歌的滋味。"

肖红雪皱眉，问："你背后这位新的投资人，是谁？他为什么要帮你？"

项庭峰说："一家很有实力的基金公司高层，等合适的时候，我会介绍你们认识。他们公司预判内容经济会是下一个风口，传统媒体的估值现在已经到了谷底，正是抄底反弹的好时候。"

肖红雪毫不客气了："形势如果这么乐观，为什么还有那么多家杂志倒掉？

这个月,又有两家周刊关刊了,其中一本《壹周东方》,我认识他们主编,才创刊不到两年,背靠的集团实力也很雄厚,说关刊就关刊了。"

项庭峰不以为意:"《盛装》毕竟是老品牌,实力摆在那,时尚又是一个大产业,在商业上还是具有非常大的想象空间。——刚才你说,陈开怡在公司?"

肖红雪点头:"对啊,怎么了?"

项庭峰对司机说话:"师傅,不回酒店,我们先去趟公司。"

肖红雪不解:"为什么啊?"

项庭峰呵呵笑起来:"我非常想看到她现在的样子。"

肖红雪皱起眉头。心中有些疲倦,突然不想说话。

转眼之间,车子已经到了杂志社的大厦外。项庭峰推开车门,却发现肖红雪没动。

肖红雪懒懒地说:"我想回酒店,蔡菲还在酒店等我。"

项庭峰不解:"你不跟我一起上去?"

肖红雪正视项庭峰:"非要这样吗?"

项庭峰解释:"你忘了我反复跟你说过的话吗,陈开怡不是普通对手,现在胜负还没有决出,我们绝不能轻敌。"

肖红雪淡淡笑:"那也不用搞出这样的阵势吧,你现在脸上的样子,分明就是得意。"

项庭峰没有再解释,就下了车。

车门关上了。肖红雪头靠在车窗上,从车后窗看出去,项庭峰就站在大厦门口。

两人越离越远。

车拐了个弯,项庭峰从视线里消失。

李娜提着一袋咖啡,在众人注视下,走到陈开怡办公室门口,深吸一口气,敲了敲门:"主编,给您买了咖啡,现在方便给您送进去吗?"

毫无回应。

秦敏从人群里走到门口,敲门:"我是秦敏,方便进去吗?我有事想跟您谈谈。"

房间内还是没有回应。

严凯又敲了敲门："主编，你再不开门，我可要踹门了啊。"

办公室的门，终于打开了。

进办公的人，都是怔住。

茶几上放着乔治的遗像，遗像前摆着《盛装》第100期《告别之书》和一杯红酒。

陈开怡站在沙发边，看着乔治的遗像："以前每次《盛装》碰到重大问题的时候，乔治和我，都会私下待一会儿，就我们两个人，有时是他找我，有时是我找他，有时候我们坐在一起，也不见得非要说什么，但最后总能想出解决问题的办法。"苦笑了一下，又说："我看着他的照片，发现我只是很想念他，我现在真的明白了，这些年他做主编，一直扛着远高于我的压力。有的人，是在一起才会相互懂得；有的人，却是分开之后，才能互相理解。"

严凯就问："如果他还活着,他会怎么应对现在的局面？"他像是在问陈开怡，又像是在问自己。

陈开怡苦笑："我在心里也问过这个问题，怎么想都还是觉得，他是斗不过项庭峰的。他是理想主义者，项庭峰是实用主义者，理想主义者的最终归宿就是定格在某个高光时刻，供他人纪念或缅怀，但真正推动世界改变的——不管是往好的方向改变，还是坏的方向，却是像项庭峰那样的实用主义者，他们非常明确自己要什么，意志坚忍，为了实现心中的欲望，会竭尽全力。"

秦敏想了想，说："我倒有个想法。你现在已经有了资本支持，在行业内也有足够的资源和地位，为什么不再重新做一本时尚刊？只要你说再创新刊，我相信很多人都会跟你一起走的。"

严凯却不赞同："如果我们就这么放弃《盛装》,乔治就白死了。我肯定不会走，更不会把《盛装》拱手让给项庭峰，我会在这里坚持到底！"

陈开怡沉默了一下，才说："谁现在退出，谁就是永远的输家。现在就是最焦灼的时候，也是快要分出胜负的时候，要想赢项庭峰这样的人，只有一个办法。"

众人看着她。

陈开怡的声音铿锵有力:"我要让他知道,我会不计一切后果,用尽所有办法,终我一生也要赢他!我必须要在纯粹意志上战胜他!乔治因为理想幻灭而选择了死,我不会,我不是理想主义者,也不是实用主义者,我会让自己成为一个战士,我会付出一切地战斗!直到赢得全部的胜利为止!"

外面响起敲门声。秦敏打开门,就看见鲁斌斌带着项庭峰还有玛丽一群人,站在外面。

鲁斌斌满面春风:"项总刚从巴黎回来,知道陈副主编家里出了点事情,特意过来安慰。"

对着这样的假惺惺态度,秦敏敬谢不敏:"项总,谢谢您的关心,开怡很好,她想自己静一静。"

鲁斌斌呵呵笑了一下:"里头明明一屋子人,你说她想静一静,你骗鬼呢!"

项庭峰声音倒是诚恳:"秦敏,还有房间里其他的人,能不能麻烦出去一下,我有事想和陈开怡单独谈谈。——可以吗?"

秦敏回头看了看办公室内,有些拿不定主意。项庭峰是名义上的出版人,阻止他与陈开怡谈事情?

但是让这个家伙与陈开怡单独见面?秦敏也不放心。

一个清冷的声音响了起来:"秦敏,让开吧。项庭峰,谈吧。"

秦敏稍稍侧过身子,众人就看见陈开怡走了出来,手上捧着一幅画像——正是乔治遗像!

画像上,乔治正微笑看着项庭峰。

骤然看见乔治的微笑,项庭峰的身子不由自主的颤了一下,两腿一软,几乎想要后退。好在他终究是见过场面的,终于控制住了自己,只是拳头攥得很紧。脸上终于挤出了一丝微笑:"开怡,你这什么意思?"

陈开怡笑了笑,说:"事无不可对人言。你要找我谈话,咱们就挡着乔治的面来谈吧。"她走出了办公室,走向了工作区,将乔治的遗像交到邓雯手里。

项庭峰微微咳嗽了两声,稳了稳心神:"会不会有点——难看啊?不合适吧?"

陈开怡环顾众人:"你们觉得难看吗?谁觉得难看?"

整个工作区鸦雀无声。陈开怡将眼睛转向项庭峰:"说吧,总部让你转达什么话给我？"

项庭峰看着陈开怡："既然这样，那我也就直言不讳了。安东尼对你最近的遭遇，表示同情，但鉴于这次的事情确实过于恶劣，严重败坏了《盛装》的公众形象，作为杂志出版人，我难辞其咎啊，我打算让你先带薪停职两个月，你也趁着这个机会休息一下，给自己放个长假。"

这句话落下，四周的人面面相觑。有嘤嘤嗡嗡的声音在外围响了起来。

虽然早在预料当中，陈开怡的脸色还是微微有些发白："这是你的意见，还是总部的意见？总部的正式通知呢？"

项庭峰嗓门很响亮："我是总出版人，我说的话，就是正式通知。提高音量诸位，开怡非要让我在这里说这样的话，那我不妨也让大家知道。对于这段时间陈开怡的所作所为，我，以及总部高层，是非常震怒的！毕竟考虑到她为《盛装》付出过多年心血，也想给她留点好名声，大家好聚好散，但如果她非要顽固，自视为主编，把总部和我对她最后的善意当成软弱，那我就只能来硬的，不会给她留面子。鲁斌斌！从今天开始，你暂时代理副主编一职，接手陈开怡的工作，你们三天之内完成工作交接，等陈开怡休假回来，以总部最后的人事任命为准！"

鲁斌斌面上一喜，随即露出夸张的不安："唉，这事——副主编，我哪干得来啊？惭愧，太惭愧了，项总，您还是安排别人吧。——既然您这样安排，那我先试试，万一做得不好，您随时把我换下来。"

项庭峰的声音铿锵有力："你一定可以的！我相信你！公司所有同事也都会相信你。大家说是不是啊？"

没有人搭腔。

项庭峰有些尴尬，但是他很快就将目光转向陈开怡，开始做动员："开怡，听说你丈夫入狱了，趁着休假期间，多去看看他，也劝劝他，以后做人做事不要那么冲动，毕竟也是当了你先生的人，就算他无所谓，你的形象总还是要顾及的。行了，我要说的就是这些，你还有什么要补充的吗？"

陈开怡冷笑了一声，说："我先生的遭遇，和我的工作，没有任何关系，请你不要在谈论工作的时候，用你那种虚伪的关心来谈论我的私人生活。至于你说的停职，我就这么说吧，就算你现在把我的办公室给拆了，10分钟后，我一定会在新的工位上开始工作；就算你和总部所有的董事都打通关系了，也休想让我离开我的工作半步。"

项庭峰呵呵干笑了一下："老陈，你这是要撕破脸的意思啊，我刚才可是给你留足了情分的。"

陈开怡咬牙说："你要真懂得'情分'两个字的话，我们手里捧着的就不会是乔治的遗像。现在局面大家都清楚，只要对《盛装》的收购没有签订最终合同，只要我们双方找到的资本还在博弈，你和我，还有肖红雪，就会一直困在这种局面里，你赶不走我，我也弄不走你，以前我会顾虑《盛装》，但现在不会了，就算我们亲手把每一页《盛装》撕碎，我也绝不会妥协！我现在就可以对外宣布，《盛装》休刊两个月！在这两个月里，我只做一件事情，就是对付你！"

项庭峰皮笑肉不笑："很遗憾，你不爱《盛装》，我还爱，在这里的同事们还爱，陈开怡，你什么时候才能明白，《盛装》不是你一个人的私有财产，它是属于我们所有人的，《盛装》能有今时今日的地位和影响力，也不是你一个人缔造的，而是所有人共同创造的，你怎么能因为自己的权力旁落，就以为自己有资格能和《盛装》一同玉石俱焚呢？是谁给的你这份傲慢和愚蠢？"

陈开怡反唇相讥："除了版权页上你自己的名字，项庭峰先生，你真的有认真完整看过《盛装》上的内容吗？任何一期内容！你到底知不知道《盛装》是一本什么样的杂志？它为什么而存在？它每一期之间的区别和改变是什么？——你什么都不知道，你到底有什么资格说你爱《盛装》呢？"

说着话，陈开怡叫人："邓雯、赵昕！对外发布，《盛装》因内部整顿，休刊两个月！"

项庭峰厉声呵斥："谁敢发布这样的消息，我现在就开除谁！"

温情脉脉的面纱已经完全撕开，陈开怡与项庭峰，已经兵戈相见。杂志社里鸦雀无声。

片刻之后，严凯居然开始慢悠悠说话："专题组因为人手严重不足，杂志内容部和新媒体部门的意见分歧到现在也没得到有效解决，杂志最近三期的稿件质量一落千丈，作为《盛装》专题总监，我支持杂志休刊整顿。"

鲁斌斌急了："——休刊两个月，广告怎么办？那些投全年广告的品牌赞助商怎么办？你们这叫公然毁约、背信弃义、毫无契约精神，是会被整个行业封杀的！"

陈开怡声音恢复了沉稳："《盛装》在第3期、第18期、第70期都休刊过，第3期是因为能够支持我们当时预算的印刷厂突然倒闭，以至于不能正常下厂，只好休刊了半个月，后来，秦敏喝到胃出血，才为公司谈回20万的订单，支撑我们换了一家印刷厂；第18期，当时盲信法国总部的指导意见，导致内容操作不当，出现重大失误，印出的杂志根本不能上架，只能休刊，那次休刊期间，乔治和我重新确立了《盛装》的内容原则，并升级改版，敲定新的视觉风格，提出《盛装》新的理念——抵达美、捍卫美，一直延续至今；第70期——"

项庭峰一拍桌子，气急败坏："够了！"

陈开怡平静地看着项庭峰："怎么？难道我说这个也刺耳吗？我只是想告诉大家，在关键时刻休刊，短期看当然会有损失，从长远看，却能保证一本杂志长久活下去。"

项庭峰怒道："你现在无非是想让自己能在这个职位上长久活下去。"

陈开怡微笑："不，你错了！我现在做的一切，不是想让自己活下去，我只是要让你，在这个职位上活不下去！"

虽然早就认识这个大魔王，但是却从来没有听到过这般杀气腾腾的言语。

邓雯一时走神，手里的乔治遗像掉落地上。

相框玻璃裂了，乔治的脸，在裂纹之下，还在微笑着。

一家高档的按摩店桑拿房内，肖红雪与蔡菲正趴着接受技师的按摩。蔡菲看着微信群里的直播，与肖红雪说着话："《盛装》休刊了，陈开怡与项庭峰彻底破脸了。"

肖红雪沉默了一会，才问："你觉得现在，谁是墙，谁是鸡蛋？"

蔡菲叹气，说："你们几位领导，都是墙；我们这些小编辑，全是鸡蛋。不管你们哪一堵墙倒下来，都会压垮一些鸡蛋。"

肖红雪翻过身，坐了起来去，反省自己："很惭愧，当时我决定来这里，更多的还是私心，想拿《盛装》做一个跳板和实验，把一些商业上的模式走通，然后就能去更大的平台，或者自己创建一个新的媒体平台。但我并没有真的为《盛装》着想过啊，当然，那个时候，我也不是很懂《盛装》对于陈开怡，对于严凯、秦敏，还有你们这些编辑们，到底意味着什么——远远不是打一份工那么简单。"

蔡菲忍不住就问："主编，我不是很明白一个事情。当初您想和陈开怡合作，后来放弃了；之后也想过要离开《盛装》，但最后为什么又留下来了？就因为项总出了一次车祸吗？"

肖红雪沉默。

房间内热气蒸腾，两人的脸上，汗水不断渗出。

肖红雪转过话题："你真的决定要出国念书了？"

蔡菲垂下眼睛说："我之前一直想等到您的处境更稳定一些，不大需要我的时候，再出去，但现在，我也不知道还能等多久。"

肖红雪点头："出去念书也很好。我很高兴来内地之后，能交到你这个朋友。"

蔡菲愣住了："——我——是您朋友？"

肖红雪微笑起来："不然呢？——阿菲，答应我一件事情好不好？"

蔡菲看着肖红雪庄重的表情："您说。"

肖红雪诚恳地说："去国外好好念书，如果在生活或者经济上有任何问题，一定要告诉我，我愿意陪你一起解决任何问题。等你念完书，如果还回来发展的话，我希望你能优先考虑继续做我同事。可以吗？"

蔡菲愣了一下，急忙说："可以！我发誓！"

不怕胖天团集体翘班了。

翘班去吃冰淇淋。

此时已近黄昏，暖调的光线从窗外洒落进来——阳光下的她们，看着很像是集体逃课的学生。

陈然叫："要是每天都能翘班来吃冰淇淋，这份工作还是很有价值的！"

赵昕就泼冷水："想得美！我们现在就像正在闹离婚的家庭的小孩，每一次享乐，都建立在一个家庭即将分崩离析的基础上——哎，冷暖自知吧朋友们。"

俞京京就开始八卦："我跟你们说个特别逗的事啊——你们可别往外说。"

赵昕翻了一个白眼："赶紧说，别磨叽。"

俞京京抿嘴笑:"上午,鲁斌斌还盘算着以为陈魔头要对付他,我看着都觉得他心里一直在打鼓,那叫一个忐忑,结果跟着项总去了一趟,发现陈魔头根本就没搭理他,吵完架后,他回到办公室可郁闷了。"

俞京京学鲁斌斌的腔调:"她陈开怡就是活该!让她瞧不起人!怎么滴!我鲁斌斌还不配当她对手了!"

众人轰然笑。

赵昕嫌弃的说:"要不是他在里头使劲搅和,《盛装》也不至于闹到休刊的地步。"

谷欢想起另一件事:"对了,李娜,蔡菲怎么一直都没出现啊?你找她打探一下,肖红雪现在是个什么态度啊?"

李娜不好意思开口:"我——我也有时间没见过她了。"

赵昕就问:"你跟蔡菲是不是闹别扭了?"

李娜就否认:"没有啊。"

雪莉叹气:"蔡菲现在是肖红雪的亲信,你是一门心思向着陈魔头,你们俩关系肯定尴尬啊。"

陈然就扳手指头:"现在公司谁跟谁关系不尴尬啊?秦敏和玛丽、玛丽跟邓雯、潘希伟跟罗翰、罗翰跟严凯、俞京京和我们,谁不尴尬?总之,大厦将倾,咱们还是各谋生路吧。"

李娜放下甜筒,看着外面的夕阳:"我有个问题,不明白。项总为什么这么快就能找到新的投资人?之前,不是说陈魔头找的投资是天价吗?他怎么这么快也能找到一个新的天价?他找的人,会是谁呢?"

我与蔡菲没有闹别扭。

蔡菲现在是肖红雪的亲信,我一门心思向着陈魔头。

二十平方,连转身都困难的半地下室里,李娜看着那一方窄窄的天空里的月亮,发愣。

一种难言的寂寞,像是那惨白的月光,充斥着李娜的整个世界。

肖红雪站在酒店的落地窗前,看着窗外的那一轮遥远的明月。

项庭峰站在她身边，去牵她的手，肖红雪的手下意识就往旁边缩了缩。

项庭峰干脆走到她身后，环抱住她，脸贴在她的脸颊，低声求告："我们和好，好不好？"

肖红雪沉默。

屋子里僵硬的气氛，就像是窗外那惨白的月光。

项庭峰低低说话："我依然爱你，你知道的。我知道这段时间你承受了很大的压力，我答应你，等收购《盛装》的事情结束，我们就去度假，去罗马好不好？"

肖红雪从项庭峰的环抱里挣脱出来："我真的很想回香港，我想回家。我厌倦了。"

项庭峰就说："再忍耐一下，就要结束了，陈开怡已经撑不住了。"

肖红雪的声音很疲倦："我对你的感情也已经撑不住了！而且，你现在已经有了新的投资人，我在这里，对你没有价值了。"

项庭峰声音里有着毫不迟疑的霸气："我做的这一切，都是要帮助你上位，我要你做《盛装》的主编！谁也不能改变这件事情。"

肖红雪悠悠说话："小时候，爸爸给我讲过一个故事。很久以前，有一条恶龙祸害乡邻，乡里人派勇士去杀恶龙，但是恶龙怎么也杀不绝。因为勇士杀死恶龙之后，自己就会变成恶龙……欲望就是会这么恐怖，庭锋。你随时可以停止现在这一切，任何时候停下，都没有人会怪你的。"

项庭峰声音带着怒意："你到底知不知道？我现在停下来，我会输到一无所有！"

肖红雪："所以你宁可撞死自己，宁可拿自己的性命来赌博！但是庭峰，你没有了《盛装》，也不会失去我，你没有必要自卑，也没有必要孤注一掷……"

项庭峰急急打断了肖红雪的话："——你相信我，只要我们这次赢了陈开怡，一切都会好起来的，我保证，我发誓！一切都会好起来的，我们一定会过上我们最想要的生活。"

肖红雪苦笑了一下，笑容是如此的苍白："你觉得你还有生活吗？你真的还需要生活吗？这些天，我一直在想这些年我们一起经历的事情。庭锋，我对你而言，到底意味着什么呢？"

项庭峰毫不迟疑："你是我在这个世界上最爱的人啊！"

肖红雪摇头："不，不是这样的，我只是你在这个世界上非常想拥有的一个人。我对你确实非常重要，是因为你一直都在用我来证明，你拥有爱情——其实，你根本不懂什么是爱，你整个人都被恐惧牢牢攥住了。"

肖红雪的话，就像是一把锋利的刀子，将项庭峰整个人都剖开了。项庭峰感觉很痛，但是痛在哪里又说不出；项庭峰想要仰天嘶吼，但是什么话都说不出来。

肖红雪转身离开。

项庭峰转过身子，想要追随着肖红雪步履。然而目光定住了，他看见了巨大的落地镜面前的自己。

镜子里的自己，只有一张阴郁的脸项庭峰动了动嘴角，想做出一个温暖的微笑表情。然而镜子里的那个笑容，阴沉而可怖。

项庭峰随手拿起一个红酒杯，狠狠砸在镜子上。杯子里的红酒，顺着被砸裂的镜面流下，像血。

清晨的墓园非常安静，只能听见远处风吹树叶传来的沙沙声响。偶尔有鸟雀飞起又落下，为这个寂静的世界送来了一缕生命的活力。

柳子琪的车子停在墓园的入口处，她坐在驾驶位上，透过车窗看着远处的的严凯。她的脸上带着微笑，目光温柔地就像是那刚刚亮起来的晨曦。

墓碑前放着崭新的《盛装》第100期告别专刊和一瓶红酒。

严凯半蹲在墓碑前，将《盛装》拆封，看着墓碑上乔治的遗像，翻到他写给乔治的那篇文章："亲爱的乔治，这篇文章将登在你一直心心念念的第100期《盛装》上，只是没想到会是写给你的告别信，你说过太多次，要亲眼去印刷厂看着第100期付梓印刷，你食言了——"

念着念着，严凯声音哽住了，他慢慢将杂志阖上："老乔，我念不下去了，文章是我写的，我自己这么读，实在有点尴尬，干脆你自己看吧，看完你要有什么意见，记得托梦告诉我。"

他拿出打火机，点燃杂志，看着《盛装》慢慢被点燃："本来前几天就要来看你的，但公司最近一团糟，各种乱七八糟的事情要处理。对了，邓雯不小心把你的遗像给摔了，你别跟她一般见识啊，她绝对是无心的——最近大家都不大正常。有个事得跟你说，陈开怡要让《盛装》休刊，项庭峰不同意休刊，两人杀红眼了，也没人拦得住他们，反正现在没人去公司上班——不知道去了到底听谁的，公司就算是停摆了。他们都说是为了《盛装》好，然后一把把《盛装》给弄成现在的样子——我怎么觉得在跟你打小报告啊，我没那个意思，我就是挺忧愁，很茫然……"

《盛装》已经被烧成了灰烬，一点点的火星还在飘散。严凯将红酒倒在两个杯子里，坐下，对着墓碑喝酒："之前有个挺不错的老先生告诫我，要让我找到自己的沧海和小舟——就是一个比方，总之他就是想让我找到真正的自我，这段时间我试着找了找，还颇有一点心得，以前我会把人生分成两个阶段，就是遇见你之前和遇到你之后。遇到你之前我是个纨绔子弟，是个虚无主义者，每天就想醉生梦死、死了拉倒；遇到你之后好像找到了能做的事情，学了新闻，努力写作，在《盛装》从普通编辑一路做到了总监，慢慢变成一个看着还挺正能量的上进青年，没用过家里一分钱，也没给家里寄过一本杂志，这样好像也挺不错。但现在，我觉得我的人生至少要分成三个阶段，遇见你之前、遇到你之后，还有你走之后——现在就是第三个阶段。我最近经常在想，你走了，我是谁？没有你做前面帮我开路的人，我的路在哪？我要往哪走？往左走，是陈开怡那样的；往右走，是项庭峰那样的；往上走，去跟老爷子开口，学他们那样倒腾资本，干脆自己把《盛装》给收了；往下走，变成鲁斌斌那样的人，到处找对手，生怕自己活得没存在感——这些路，我通通都不想走，那我该去哪？"

严凯看着墓碑上乔治的头像，苦笑："但有一件事情我是做了决定的，就是放下你——100期的《盛装》我烧给你了，要跟你说的话，我也全都写在文章里了。老乔，你算是我的师父，也是我的兄弟，也是我的精神启蒙——给你这么多头衔，你可别骄傲，但这都过去了，以后除了你的忌日和清明，我都不会再来看你了，你自己好好的。你托我照顾的那个李娜，我照顾得挺好的，那姑娘现在看着倒是越来越顺眼了，你的一句话，我帮着你一起算是改变了她的命运。对了,还有一个事,我打算结婚了,姑娘很好,我很爱她。你这辈子都没结过婚,这一点,我算赢过你了,这个你得认输。"

严凯拿着酒杯碰了一下,自己喝了半杯,把另一杯红酒洒在地上。

站起身,走出墓园,上了柳子琪的车。

柳子琪就问:"去哪儿?这些天我就成了你的专职司机了,你得给个六星好评才行。"

严凯说:"去我家。"

柳子琪不满意:"去你家干嘛?"

严凯微笑:"结婚之前,我们得见见家长啊。"

柳子琪愣了一下,随即叫起来:"赶紧扣上安全带啊你!"

说着话,柳子琪一脚油门。

第十八章　子琪，幕后棋手

上午的杂志社非常安静，空荡荡的工作区，荒凉得就像是墓园。

没有人来上班。除了前台的小米。

除了呆在办公区的肖红雪。

除了正走进办公区的陈开怡。

看见迎面走来的陈开怡，肖红雪一瞬之间爆发："这就是你想要的？"

陈开怡声音急速："我没有别的选择。"

肖红雪怒气冲冲："为什么不能跟项庭峰和解？"

陈开怡反唇相讥："为什么你还在帮项庭峰？"

肖红雪气势缓了一缓，才说："当时我没有别的选择。"

陈开怡冷笑："你还爱项庭峰？"

肖红雪沉默了一下，说："我以为我还爱他，但现在我发现，爱是整个局面里最不重要的事情。"

陈开怡冷冷地说："项庭峰根本没有任何其他的办法能留住你，除了让你爱他。"

肖红雪声音很疲倦："他赢了。"

陈开怡叹了一口气："但很明显，他输了你。"

肖红雪又沉默了一下，才说话，语速很慢，但是很显然，每一个字都是经过她的思考："开怡，你有没有想过，老项之所以和你斗成现在这个样子，也许他只是跟你一样，他没有别的选择！你们如果可以和解，《盛装》一定会更好。他继续做出版人，你做主编，我可以做副主编，也可以回香港，我可以什么都不要。"

陈开怡摇头："然后呢？当做一切事情都没有发生？当乔治没有死？当我们所有人这段时间承受的伤害从不存在？——不可能的！伤害已经发生了，就像我们每个人身上都挨过子弹,弹孔还在冒血,我们只是强捂着伤口继续周旋下去而已!而且,我现在就可以告诉你,不管怎么斗,到最后都不会有人赢的!我们都是输家,只是在比谁能更早的停止下坠——只是不要输得更惨,惨烈到我们自己无法承受!"

肖红雪绝望地问:"非要如此吗?"

陈开怡缓缓收回了自己落在肖红雪脸上那钉子一般的目光:"注定如此。"

肖红雪想要说话,却什么也说不出口。

正在这时,项庭峰来了。前台的小米送来了三杯咖啡,然后在项庭峰那想要杀人的目光中,忙不迭退下。

三人在一个工作台周围坐下来。咖啡的雾气氤氲着,三人的面影都有些迷离。

肖红雪首先打破沉默:"很难得,我们三个人可以平心静气地在一起讨论,我的诉求很简单,只是希望在我走之前,能看到你们有一个明确的结论。"

项庭峰直截了当:"这次股权之争,我势在必得,但我愿意给红雪一个她想要的局面,如果你现在选择和我合作,我可以妥协。"

陈开怡眯起眼睛:"妥协到什么程度?"

项庭峰就说:"我是出版人,肖红雪是主编,你做副主编——但内容层面,你说的算,我和红雪只负责资本运作和商业层面。我们可以承诺,只要和内容相关的事情,绝不干涉。"

他的目光转向肖红雪。肖红雪沉默,只是看着面前的咖啡。

项庭峰又说:"这和之前乔治在世时的格局,完全一样,你之前对红雪有那么多的敌意,最大的抵触是因为担心我们碰了内容这一块,现在楚河汉界划定,在内容层面,《盛装》还是你的《盛装》,如何?"

陈开怡笑了一下:"这不是我要的妥协程度。"

项庭峰脸色阴阴的:"那你要什么样的程度?"

陈开怡声音淡淡的:"你出局,我做出版人,肖红雪做主编,严凯做副主编。这是我能接受的底线。"

肖红雪急了:"我走,他留下,行不行?"

项庭峰也急了:"红雪,我们联手,她根本没有赢面——"

陈开怡根本没有理睬项庭峰,眼睛只看着肖红雪:"你留下,他走,我们联手,《盛装》一定能变得更好！我并不是临时起意说这些,而是经过了深思熟虑,红雪,你对媒体的商业嗅觉是非常敏锐的,你设想的'时尚金榜'是非常好的结合内容与商业的平台,能够最大程度利用《盛装》的时尚影响力,不但能做成更多有意义有价值的事情,甚至能够改变整个行业的生态！"

项庭峰声音里带着怒意:"陈开怡,你知道你在说什么吗？你当着我的面挖红雪？"

陈开怡目光转过来:"老项,就事论事地说,对于现在的《盛装》而言,最没有利用价值的人,是你。你之所以能做这么多年出版人,最重要的功夫都用在了和总部那帮人搞关系上,而且你始终拿着总部'制衡管理'那一套说事,来处置这边的人事结构关系,说白了,你就是一个狐假虎威两头骗的中间买办！"

项庭峰怒极:"胡说八道！你别忘了,你是我一手带出来的人！"

陈开怡:"我承认,论心机、搞阴谋,我们没有人搞得过你,但是《盛装》改组后,所面对的将是一个新旧媒体犬牙交错的新时代,读者对内容的需求会不断升级,《盛装》将要面对更加广袤的人群、更加年轻的人群,也将要承载新时代所渴求的新的价值观,在那样一个新时代里,你——没有容身之处。"

项庭峰将咖啡杯砸到地上:"够了！"

陈开怡郑重地将手伸到肖红雪面前:"现在,我郑重并诚挚地向您发出邀请,来,做我的搭档和同伴,我们一起带着《盛装》,进入到一个新的时代,去迎接新的冒险和挑战！这才是您想做的对《盛装》有建设性的事情！"

肖红雪沉默着,没有回应。

地上咖啡洒成一滩,像一滩浑浊的眼泪。

三人不知道,他们脚下的一个角落里,搁着一台手机。

手机上连着一条线,延伸到办公区之外。

小米趴在办公区门口,攥着那根线,偷听着里面的动静。

她手边还有两台手机——

她给两个地方做直播。

一家奶茶店里，汇聚了不怕胖女子天团的所有人。

一家茶社里，汇聚了鲁斌斌、秦敏、玛丽以及他们各自的手下。

鲁斌斌说："《盛装》不能再这样撕裂下去，再这么下去，大家就是抱在一起死！不管今天陈开怡和肖红雪、项庭峰谁输谁赢，都至少能有一条活路。我把你们都召集过来，就是想让他们仨好好谈谈——只有他们三个人。他们谁赢了，我们就支持谁。"

虽然说鲁斌斌这个人很不招人爱，但是这话真的在理。

听着陈开怡反过来要孤立项庭峰，奶茶店里一片欢呼。李娜就忙着写稿了："我的稿子还差一点点，马上就写完了！"众人都说李娜扫兴，赵昕却忙着表扬李娜了："你们注意到没有，李娜写的稿子，越来越像样了。"

李娜猝不及防得了一个表扬，于是禁不住面红耳赤。

听着陈开怡发出来向肖红雪发出邀请，茶社里邓雯玛丽禁不住欢呼，鲁斌斌却忍不住骂骂咧咧，秦敏赶忙提醒鲁斌斌："记住了，刚才你说过，谁赢了就支持谁。"

鲁斌斌就急忙争辩："肖红雪不会接受魔头的邀请，她与项庭峰是夫妻！"

鲁斌斌的预料是错的。

肖红雪与项庭峰一起走到了地下车库，就拒绝了一起回酒店的邀请。

项庭峰开车远去，肖红雪转身回到了办公室。

现在，暖暖的阳光洒在办公桌上。

一盒巧克力和一杯散发着热气的枸杞蜂蜜水放在桌面上。

巧克力上有一张卡片，卡片上写着一行字："加油！巧克力女孩！"

肖红雪嘴角微微扬起，笑了起来，转头看向窗外。窗外，阳光明媚，远处高楼林立。

严永志穿着一身西装，拄着一根手杖，坐在椅子上。外面的脚步声和说笑声渐渐临近，那是严玥带着严凯柳子琪两人过来了。

严永志下意识地抚平了自己的衣服，又整了整领带结——他总觉得领带有点歪。

门被推开了。严永志很快调整状态,低垂着眼皮,端起了茶,慢条斯理地喝茶,假装不知道他们进来。

严玥声音里都带着欢喜:"爸,小凯和子琪来看您了。"

严永志吹了吹杯中茶叶,眼皮都没抬。

柳子琪上前一躬身:"严伯伯,您好。"

严永志这才抬起眼睛,脸上露出笑意:"好,坐,子琪你坐。"

严凯站在那,叫了一声:"爸——"

但是严永志就像没听见一样,眼皮低垂,继续喝茶。

严玥赶紧拉着严凯坐下:"坐坐坐,今天就咱们四个,家常便饭,厨房已经在做了,你们先聊一会儿。"

柳子琪就笑嘻嘻说话:"严伯伯,您看着可真显年轻,身体肯定特别好吧,平时都做什么运动啊?"

严永志:"身体不如以前了。老了,糊涂了,老记不住事。"

严凯看了一眼严玥。

严玥:"你看我干嘛?我让他去医院,他不去啊,倔得跟头牛一样。上次我好说歹说,请了一个很好的医生来家里给他看,你知道那个医生多难请嘛,业内权威,有钱都请不到的那种,他老人家直接把人医生给轰出去了——"

严永志:"生死有命,我自己的身体,我心里有数,要什么医生。子琪,你们的婚事,你爸怎么说?"

严凯、严玥、柳子琪都没想到老头子直接就来这么一句,都愣住了,一时不知道该说什么。

严永志呵呵淡笑:"怎么,哑巴了?人家多少年才来找我一回,时间紧张着呢,把该聊赶紧聊了,聊完了人家好赶紧走。"

严玥忙打圆场:"爸,你说什么呢。严凯,你跟爸多聊几句。"

严凯忙说:"子琪的父亲,我们还没去见,婚姻大事,我们俩想着,先见您,先等您点头。"

严永志慢慢喝着茶:"咱家跟老柳家,谁不知道谁家啊。你们那个破杂志,倒是折腾得有点意思,说说,怎么回事。"

严凯就说:"我在《盛装》只是做内容的,什么收购并购的,不知道,也不想知道。"

严永志呵呵笑："那你不就是草包？"

严凯有点恼怒："对，在您眼里，我就是草包。"

严永志："嘿！咱爷俩，就是尿不到一壶去。行了，闺女，扶我，咱回家。"

柳子琪："严伯伯，收购的事我知道一二，要不我跟你讲讲？"

严永志端起茶盏，喝茶："行，你讲讲。"

柳子琪凑近了，一脸乖巧："现在就是好多家公司，都抢着要收购《盛装》，听说收购价已经到了一亿多，好多人都盯着呢。"

严永志就问："这杂志到底值多少钱？"

柳子琪回答："不到四千万。"

严永志追问："现在出价多少买它？"

柳子琪回答："一亿三千万，还会涨。"

严永志呵呵笑着："多出来一个亿，谁是傻子？"

柳子琪回答直截了当："没傻子。"

两人的对话，严凯听得有些莫名其妙。

严永志看了一眼柳子琪，就这一眼，深不见底，柳子琪心里打了个寒颤。

严永志慢慢吹着茶上的热气："这买卖做不成。——对吧？"

柳子琪心中的寒气一点点上升："对。"

严永志淡淡地说："这不就障眼法嘛，就不是个买卖。"

柳子琪急忙补救："严伯伯，您真是高手中的高手。"

严凯满头雾水："子琪，你们到底在说什么呢？"

严永志站起身就往外走："你真就是个草包，看着你我都饱了，走了，走了。"

严玥赶紧扶着他。两人走过严凯时，严永志拍了拍严凯的肩膀，将严凯叫到包厢门外："你和子琪姑娘的这个婚事，我不同意。"

两姐弟都惊呆了。严永志叹气："你跟她结婚，我严家的产业就要姓柳。这都不明白吗？"

父亲与姐姐下了电梯，严凯还站在原地。等回转身来，正对上了柳子琪的目光。

看着严凯那颓丧的脸色,柳子琪就明白过来,叹气说:"你爸太厉害,今天是我轻视了,没做好准备工作。他几句话就识破了我花了很久才布置出来的一个局。"

严凯真正怔住:"什么局?跟《盛装》有关?"

柳子琪垂下眼睛:"我本来没想跟你说这个,我想着事情都弄完之后再跟你说,但现在之能说了——现在《盛装》的收购战,我在幕后盘了一个局,这个局如果做成了,我就可以用很低的钱把《盛装》收购了。"

严凯必须问清楚:"可是,你为什么要去收购《盛装》?"

柳子琪叹气:"如果你送我一枚我想要的戒指,我就会送你整个《盛装》当做嫁妆。明白了吗?你爸说的对,在有些事情上,你就是个草包。"

严凯终于明白过来:"陈开怡和项庭峰,谁的幕后支持者是你?"

柳子琪嘴角微微一抽,想了想还是说了出来:"项庭峰。"

严凯的眼睛慢慢转向赤红。

他突然之间狠狠一拳,砸在门框上。

地下通道内灯光昏黄。

李娜嘴里哼着歌,沿着台阶越走越往下,到了地下走廊,低头从包里拿出钥匙,然后走到她"家"门口,抬头,准备开门。

门外站着一个人。

李娜手里提着的菜掉地上:"蔡菲!你怎么在这?"

门口站的人正是蔡菲。她想笑一下——结果并没有笑出来:"你就住在这样的地方?"

两人进了房间。房屋里地方逼仄,蔡菲无处下脚,只能坐在床上,翻开李娜堆放在床头的杂志;至于李娜,当然是忙着做饭去了。

杂志里夹着一张照片当书签用,蔡菲拿出照片——是李娜趁自己睡着,用手机拍的一张合影,里面李娜指着自己做鬼脸,而自己睡得很沉。

李娜做好饭,就看见蔡菲拿着照片问:"什么时候拍的?"

李娜凑过来看了一眼,解释说:"我们刚刚合租的那个晚上,我睡不着,就拍了你的睡姿。后来搬到这里来,就打印出来当书签。你怎么知道我搬到这了？"

蔡菲就告诉："帮你找房子的中介我认识，我从她那问到的。"

蔡菲与李娜两人就一起吃起饭来。

蔡菲与李娜两人一起吃饭。

严凯无家可归。他在大街上游荡。

地下通道的入口处，有人在唱《海阔天空》。

今天我寒夜里看雪飘过。风雨里追赶。雾里分不清影踪。原谅我这一生不羁放纵爱自由。也会怕有一天会跌倒。

声嘶力竭的嘶吼，像是一双无情的手，将严凯的盔甲撕得七零八落；不知不觉，严凯居然泪流满颊。

背弃了理想，谁人都可以。哪怕会有一天只你共我——歌手的歌声终于告一段落。

严凯猛然之间低下头，往地上的纸盒里放了两百块钱——然后，飞奔。

我要去给她买一个戒指，我要去买一个戒指给她——

这个世界上我最爱的人，这个世界上最爱我的人。

只是不免有些遗憾，跑进首饰店的时候，严凯才发现自己居然是如此贫穷。

《盛装》工资不高，自己吃吃用用，也没有攒下几个钱。之前给品牌赔了几个扣子花了十万美元，那还是跟严玥借的。

现在给女朋友买戒指——总不能跟姐姐要吧？

好在严凯在《盛装》工作多年，他对自己的眼光很有信心。

日料店的门被拉开。柳子琪下意识地抬头。

气喘吁吁的严凯走到她面前——喘得很厉害，像是刚跑完半程马拉松。柳子琪有点惊诧："你……怎么了？"

严凯从怀里掏出一个戒指盒，放到柳子琪面前，努力让自己的喘息平复下来："好看，不贵，有点碎钻，款式讲究，做工到位，肯定能戴着出去见人。"

柳子琪手有些微微颤抖，想去开那个戒指盒——但太紧张了，她居然胆怯地不敢打开。

严凯说："我知道这里不是合适的地方，也知道现在不是最适合的时候，但我就是想现在告诉你。这个城市那么大，每个人都在奔波忙碌，我见过太多优秀的人，他们有理想有抱负，他们知道自己是谁，知道自己要去哪里，他们意志坚决、目标明确，他们为了实现理想或者欲望，矢志不渝、至死方休，但是，他们都活得不幸福，乔治不幸福，陈开怡不幸福，项庭峰不幸福，肖红雪不幸福——即便他们是这个时代最优秀的人，也依然不幸福。我不知道自己到底是谁，也不知道自己该去哪里，但我渴望幸福，我不管你为什么要支持项庭峰，也不管你到底在经营一个什么样的局，我只是想告诉你，和你在一起的时间，我很幸福，你就是我的江海和小舟，我期待每天早上醒来时，都能和这份幸福在一起，都能——和你在一起。"

严凯将戒指盒打开。

一颗镶着粉钻的戒指，璀璨、明亮、精致。严凯拿起戒指，单膝跪在柳子琪面前。

柳子琪泪流满面。

她颤抖着伸出自己的手，让严凯将戒指戴上——

然后将严凯一把搂起，踮起脚尖，拥吻——

至少这个世界，有你，共我。

已经过了凌晨。

半地下室的窗外，月光皎洁，房间内显得清冷。

李娜和蔡菲，都贴着墙坐在单人床上，一同望着窗外的月光。

蔡菲要出国了。两人当然有很多话要说。她们谈起了郑飞，李娜说，自己已经差不多将这个前男友忘记了。

李娜认为自己当时的状态很好笑，自己居然每天都为两件事纠结，居然放不下郑飞，居然每天担心被《盛装》开除。

蔡菲总结说："那些没有搞死我们的事情，只会让我们更强大。"

两人又聊起了肖红雪，聊起了当初的蔡菲。

李娜说:"我刚认识你的时候,你的理想是做一个 AI 人。"

蔡菲说:"我永远也做不成 AI 人了,那天肖红雪说我是她的好朋友,我转过身就去洗手间哭了,一边哭一边在心里骂自己——蔡菲,你完了,你变成了一个庸俗的煽情的人,你再也不酷了。"

李娜总结说:"但我更喜欢现在的你。"

两人一起笑,两人一起哭。

过去的日子很短,两人合租的时间也就几个月;过去的日子很长,这些日子两人都经历了人生中最重要的蜕变。

蜕变是过程是痛苦的。幸运的是,在蜕变的过程中,她们曾经互相拥有。

虽然这个过程中,两人之间也曾经因为立场的不同产生过别扭;但是现在,云虽未开,雾却已散。

说了大半夜的话,她们终于相互偎依着,沉沉睡去。

李娜醒来的时候,蔡菲已经走了。桌上放着一把钥匙,一个崭新的苹果手机包装盒。手机壳上有一张手写的卡片:

"我走了,想和你说的话昨天晚上都说过了。我们一起住过的那间房子,我已续了一年的租金,你搬回去,那是我们的家;你后妈一直吵着让你给她买一部最新型的苹果手机,我帮你买好了,你现在已经是《盛装》的专题编辑,别让她看轻了。煽情的话不说了,很不酷,昨晚你睡着的时候我也偷偷拍了一张你,我会把照片洗出来当书签用。李娜,即便你拥有全世界最普通的名字,你也是独一无二的李娜,你一定要相信自己。"

李娜含着眼泪,嘴角却勾起来。她侧过头望向窗外。朝阳初升,绚烂的日光从那扇窄窄的窗户照进来,分外明媚。

肖红雪送蔡菲到了飞机场。行李已经托运,候机室里,两人不免有些怅然,于是又提起《盛装》来。

蔡菲就问:"肖主编,您还会和陈开怡斗下去吗?还是会放弃《盛装》回香港?"

肖红雪看着蔡菲那饱含希冀的小脸,声音沉了下来:"我昨天晚上在公司的杂志陈列室,坐了很久,看着墙上 100 期的《盛装》,我在想,到底是什么,能够支撑一本杂志存在这么久？是钱嘛？不是的。"

肖红雪看了看表，问："你知道这个世界上为什么会有《盛装》这本杂志吗？"

蔡菲回答："刚进公司培训的时候有听过《盛装》的历史，全世界第一本《盛装》诞生在法国，应该是——1940年，也是在那一年，二战爆发。我没记错吧？"

肖红雪笑了笑，说："没记错，法语版《盛装》创刊之前，全世界还没有从一战的创伤和华尔街崩盘后的经济大萧条中恢复过来，二战又爆发了，战争摧毁一切，但依然有人向往美好的生活，并不惜以生命为代价，去坚信美才是正确的，所以才有了全世界第一本《盛装》，面对那场席卷全世界的战争，那个时代的人用精简实用但剪裁得体的衣服、用相信未来的心态、用他们当时能做到的全部方法，哪怕是改造一条方巾、修缮一粒纽扣、翻新一件旧毛衣，她们想方设法地创造美、坚守美，将乐观和积极的生活延续下去，用来抗衡战争和痛苦——那种对抗是终极的，那是人类面对终极宿命时做出的最持久最顽强也是最动人的反击，美是终极的！我们现在处于一个这么好的时代，文明、强大、繁盛，免于战争和饥饿，我们更应该坚守住美的东西，而不是把美拱手让给那些信奉资本阴谋的人。"

蔡菲听懵了。

肖红雪看着蔡菲的表情，笑了："我们所有人，都是历史的一部分，既承载历史，也在开创新的历史。总之，我想通了，正本清源，说到底，我们要知道自己为什么活着，所以，我想通了，我既不会去帮项庭峰，也不会去帮陈开怡，我暂时也不会回香港。我现在的职位是主编，在公司没有把我辞退之前，我都是主编，我要做好主编该做的事情，整顿业务，让大家从低迷的状态里重新振作起来，还要把更多的精力投入到'时尚盛典'里，一定要打造一个最美最好，让人永生难忘的'时尚之夜'。"

肖红雪很平静地陈述，但是蔡菲知道，那是她的宣言。

肖红雪的主编宣言。

很安静的周末清晨，严凯的家门口响起了猛烈的敲门声。严凯穿着睡衣拖着鞋去开了门，严玥就闯了进来，话就像是连珠炮一般甩了过来："我在家待不下去了，爸一个劲说你和柳子琪的事情，他现在记性本来就不大好，说过的话，转脸就忘了，于是又重说，说来说去就是那么几句话——严家的财产不能落到柳家人的手里。"

严凯恼了："严家财产别给我不就成了，反正他的钱，我一分也不想要，回头我就跟他说，严家所有的资产和公司业务，全都交给你。"

严玥苦笑："我是个女人，我是要嫁人的啊。你又不是不知道，我对做生意没兴趣，也没那个本事，家产给到我，迟早会被我败光的。这家业还得交到你手里，不过你得记住爸爸那句话，柳子琪，不能要！"

话音落下，"吱呀"一声，卧室门打开了，穿着睡袍的柳子琪倚在门边，娉娉婷婷站着，看着严玥："姐——"

严玥又尴尬又明了又不知所措——难以掩饰，直接把刚脱下的高跟鞋往严凯身上砸："你怎么回事啊？子琪在家，你怎么也不说一声！"

柳子琪就问："姐，之前严伯伯不是挺喜欢我的吗？怎么突然就变卦了？"

严玥苦笑："他也不是不喜欢你——咱们都是自己人，没必要藏着掖着，你这次暗戳戳地布局收购《盛装》，手段太高明，我爸实在是有点忌惮你。论做生意，假以时日，你亲爹都不见得是你对手。"

柳子琪倒是好奇起来："严伯伯怎么就看出我的局了？那天我们没聊几句话啊。"

严玥走向沙发，将手提包扔在茶几上："我爸这个人，就是吃哑巴亏的命，严凯老觉得爸不关心他，其实，从陈开怡找到互联网公司准备收购《盛装》开始，我爸每天都会花时间琢磨他们那本破杂志，之前不管项庭峰用什么手段阻击陈开怡，我爸都觉得陈开怡赢定了，后来肖红雪到处搬救兵，我爸还是觉得赢面在陈开怡，直到红城基金突然也进了局，我爸意识到不对劲——红城基金一直都在投科技创新领域的创业公司，尤其喜欢布局互联网黑科技和新的健康类科技，之前没怎么进过文化传媒领域，更别说要收购像《盛装》这样的杂志了。"

严凯还是有些迷惘。严玥指了指柳子琪："红城基金的一把手，和柳子琪他爸，当年是战友，你以为柳子琪就只有咱爸一个伯伯啊！"

柳子琪也在沙发前坐下来："就算这样，也说明不了什么问题啊。"

严玥就说："所以那天你来我家，他问了你几句。你对这事情这么熟悉，他就明白了红城基金是你带进的局。但他们根本没想要真的收购，而是制造舆论。红城基金插一杠子，七八家一直跟在红城屁股后头的资本机构，也跟着入局，各显神通，通过各种渠道来打听收购《盛装》的事情，水全都搅混了。但外界看来，只能看到《盛装》被争抢，收购价一涨再涨，已经到了严重非理性的程度，《盛装》又是个法国企业，再这样乱七八糟下去，万一再有什么人把这事和'资产外流'扯上关系，这场闹剧一样的收购战肯定就会被叫停，到那个时候，《盛装》就会是弃子，谁都不敢碰，就彻底废了。"

严凯看着柳子琪。柳子琪点点头："只有这样，我才能在《盛装》最叫不上价的时候，抄底收购！"

柳子琪叹气，说："我本来不想让你知道的。我会跟项庭峰合伙开一家公司，我在幕后注资，他去台前蹦跶，等《盛装》成为弃子时，他去游说那帮法国人，花个两千万把《盛装》收入囊中，然后再找个理由，把项庭峰踢出局——反正他只是个小股东，无所谓，那个时候，他肯定会活活气死——这样，捎带也给你报仇了，你最欣赏的领导不是被他设计害死了吗？你不用感谢，这是这枚戒指的价值。"扬了扬手指上戒指。

严凯愣住了："那我们之间的——爱情，算什么？"

柳子琪回答轻飘飘的："礼物。也可以说是——意外。"

严凯质问："所以你一开始根本不是因为爱我而和我在一起？"

柳子琪笑得阳光灿烂："我刚起床，脸还没洗，牙还没刷，我们非要这个时候聊这么残酷的话题吗？——这枚戒指如果你想收回去，请给我一个体面的时机和场合，谢谢。姐，你们聊着，我去洗个澡。拜——"

柳子琪说完，转身去了卧室。严凯和严玥相互看着，静默着。

卧室的卫生间里，滚烫的淋浴喷头下，柳子琪泪下如雨。

分手既然已经成为了定局，那么我就用最轻松的姿态翻过这个篇章。

我是一个能在金融圈子里翻云覆雨的女人，我不喜欢拖泥带水，我也不需要拖泥带水。

第十九章　交心，少女之夜

空荡荡的房间，空落落的心。

蔡菲睡过的床，蔡菲坐过的沙发。蔡菲坐在这个小桌子上吃过饭。这是蔡菲贴上去的海报——

空荡荡的世界，只剩下一个空荡荡的我。

李娜放下行李，猛然之间冲出门去。

她去找老颓："你不是说给我介绍对象吗？人在哪儿？我想要见一见，马上就见！"

倒是将老颓吓了一大跳："你确定？我立马就能叫人过来——为你介绍对象呢，我是认真的，但这事你自己也得想清楚，7套房子也好，没有房子也好，人处对象，不是为了住个房子，是为了能住到一个人心里，也愿意让那个人住到自己心里。"

李娜脸红了，嘿嘿笑："我今天晚上来说相亲，就是一时冲动，蔡菲走了，我回到跟她合租的房子里，那种感觉太难受了，我在房间里觉得被什么东西卡住了脖子，我简直都喘不上气来，我就跑出来了，我在来的路上甚至都在想，我就赶紧找个人结婚吧，就算稀里糊涂成个家，也总比一个人孤零零地活着要强。"

老颓也笑："现在后悔了吧？"

李娜点头："嗯，后悔了，陈开怡说过，女人不能为了摆脱孤独的痛苦而贸然选择婚姻，那只是用更大的痛苦来掩盖孤独而已。"

说了一大篇闲话，她倒是想起一件重要的事情来，将欠老颓的一万元钱给还了。

空荡荡的街道，空落落的心。

像是游魂一般,严凯拐进了火锅店——

昨天,也是在这家火锅店,自己买了戒指,单膝跪下向子琪求婚——

在包厢里坐下来,严凯摸出了手机给鲁斌斌打电话:"我请你吃饭,你来不来?"

严凯也不是要请鲁斌斌吃饭,他只是想要找一个人诉说一番而已。

鲁斌斌舌头大了:"你读书多,武侠小说肯定也看过,有人的地方就有江湖,有江湖的地方就有争斗,就有阴谋,就有争权夺利勾心斗角!"

鲁斌斌摇头晃脑:"我算计陈开怡怎么了,她不也在算计我!人嘛,就是你算计算计我,我算计算计你,这可能是人这种物种,最喜欢的娱乐方式吧,只要不违法,在这个法律框架之内,算计就是日常生活我跟陈开怡博弈,为了权力!你跟那个女的博弈,为了爱情!谁比谁高贵?谁又比谁低贱呢?都一样!"

严凯跟跟跄跄站起身,走到鲁斌斌身边,一把搂住他的肩,和他并排坐着:"我想明白了!正是因为世界上有你这种人,我才绝对不能做你这样的人!你信奉的是丛林法则、野蛮生长,野蛮生长到最后,就是虚无主义,你什么都不在乎,是因为你早就没有了你自己,鲁斌斌,你是一个没有灵魂的人!所以你不会有爱情,也不会有真正的朋友!因为你没有灵魂!没有人知道该怎么去爱你!"

鲁斌斌哀叹:"完了,我说了一个晚上全白费了,你又把这事给整天上去了!回头等你酒醒了,记得把你灵魂拿出来给我看看,我倒真想看看人的灵魂长啥样!干杯——有灵魂没爱情的傻子!"

秦敏带着陈开怡,推开了KTV包厢的门。

陈开怡惊讶地看着四周——包厢内挂满了气球和彩带,灯光摇曳闪烁。墙上用彩色饰品摆出四个大字——"少女之夜"。

肖红雪、玛丽、秦敏、邓雯站成一排,对着陈开怡笑着喊道:"欢迎来到——少女之夜!"

陈开怡定在原地。

一种温暖的感觉却像是潮水一般奔涌而来——

在这几个月里，陈开怡将自己磨成了一把剑，一把锋利而冰冷的剑。她挥舞着剑去战斗，但是强大的敌人使她伤痕累累。她曾经幻想让一场婚姻作为自己最后的安慰奖品，但是所谓的爱情，给了她一个冷冰冰的嘲笑。

陈开怡是强人，但是她不是超人。她也需要休息，需要找一个肩膀靠上一靠，找个手绢擦一擦汗水或者泪水。但是陈开怡找不到。

在这场战役中，几乎没有人能找到自己的定位——

当初那最亲密的同事，当初那可以依靠的战友，相互之间，似乎都有了极淡极淡的隔阂。

然而——今天，就在这彩带与彩灯里，所有的疲倦似乎都得到了洗涤，所有的委屈似乎都能落地，陈开怡站在那儿，脸上微笑，泪水却奔涌而出。

肖红雪笑着上前，将陈开怡拉到沙发面前坐下："这一阵我们够折腾了，今天不折腾了——今天是少女之夜，我们抛下那些烦心的事情，我们今天晚上做回当初那无忧无虑的少女！"

肖红雪搂着陈开怡肩膀，打开了红酒："你老公坐牢了，我和项庭峰分手了，你发现没有，在感情上，我们俩都输了。现在，项庭峰想让我帮他，你想让我帮你——我谁都不帮！我要帮我自己！——来，干杯。"

陈开怡从桌上拿起一杯红酒，和她碰了下。肖红雪直接拿着瓶喝了一大口："我在香港做了两年多的主编，来北京才不到半年，我对你们的感情，竟然远远超过对那边的感情——我觉得你们这里，像一个情感黑洞，特别能吸人的情感……"

……后来，陈开怡喝醉了，肖红雪喝醉了，玛丽喝醉了，邓雯喝醉了，秦敏也喝醉了。

秦敏抽泣："我——我为公司做什么——我无所谓——我就是伤心——我都三十多了，我还没有男朋友——我把一切都献给了公司，我就希望《盛装》好——我都是老姑娘了——可为什么公司还这样——"

玛丽端着一瓶酒，站在沙发上，拿着麦克风高声说话："我玛丽对天发誓，我是爱陈开怡的！我也对天发誓，我就是想做盛典！为什么要搞成现在这样？！为什么我们不能和平相处？为什么——"

所有的人都醉了。

所有的人都疯了。

所有的人都在发泄。

好在KTV楼上就有酒店，玛丽虽然醉醺醺也还记得给大家开房间，等众人你搀扶着我我搀扶你进了房间，玛丽就倒在沙发上沉沉睡去——

至于醉醺醺的众人又怎么相互追逐打闹，一概不知道。

清晨醒来才看见，一群姑娘在床上地板上横七竖八睡了一个晚上。

最不能见人的是秦敏，她上厕所的时候睡着了，抱着马桶睡了一个晚上。

大家相互抱怨，相互嘲笑，但是所有人都知道，经过这么一个晚上，她们的世界——不一样了。

她们都是少女。她们拥有彼此。她们找到了年轻时候的力量。她们已经将所有的负面情绪一起排除——

她们是元气满满的少女，她们要一起去征服世界。

又是一个崭新的周一了。

李娜提着早餐进杂志社的时候，步履轻捷，嘴角含笑。在过去的这个周末，她得到了陈开怡与肖红雪和解合作的信息，与蔡菲消解了所有的隔阂。

蔡菲虽然走了，但是她从老颊那里得到了足够的力量。

真的是一个美好的周末。

但是走进办公室的时候，李娜就愣住了。

——项庭峰指挥两个物业管理员，将陈开怡的东西打包装箱后堆在办公室外的角落。

赵昕、陈然一群人默然站在边上。

一股热血涌上心头，李娜就想要冲过去质问。好在陈然眼疾手快，一把将李娜拽住，低声说："我们给严头儿他们打电话！"

赵昕苦笑："打了，没人接。也不知道出了啥事了。他平时上班从来不迟到的——"

俞京京急着问："秦敏和邓雯呢？"

赵昕继续苦笑："听说是被肖红雪摁着在开'时尚盛典'的筹备会呢。"

谷欢扁扁嘴："这不明修栈道暗度陈仓吗？"

俞京京跺脚："陈魔王也玩失踪！这到底怎么了？"

项庭峰站在办公室门口，拍了几下巴掌："我不想再说第三遍啊，现在是上班时间，都站着干嘛呢？你们手上都没事情做吗？"

李娜看了看四周，快步走向了小会议室——肖红雪与秦敏邓雯等人正在开有关"时尚盛典"的会议："秦总监，您出去看一下吧——项总将陈主编的办公室给清空了。"

秦敏"腾"地站起来，快步走向陈开怡办公室。正在开会的几个人，肖红雪、玛丽、鲁斌斌等一群人，也快步跟了出来。

秦敏直接拦在两个物业人员面前，面色严厉："谁让你们动办公室里的东西的？"

两个物业工作人员大眼瞪小眼，将求助的目光转向项庭峰。项庭峰哼了一声，挡在秦敏面前："我让搬的。"

秦敏冷笑："项总，您这是什么意思？"

邓雯将目光转向肖红雪："肖主编，'少女之夜'上您可不是这么说的——"

肖红雪其实也不是很明白，就问项庭峰："到底发生什么事情了？"

秦敏指着物业人员："你们俩，那些东西怎么搬出来的，就怎么放回去！"

项庭峰："你们俩走吧，这里没你们什么事情了！我吩咐他们收拾的，少往他们身上撒气！"后面一句话，是对着秦敏说的。

两个物业人员如蒙大赦，赶紧点着头就跑了。

秦敏眼睛转过，叫人："赵昕、陈然、谷欢、李娜！你们帮忙，把陈主编的东西都放回原位！"

得了秦敏这个主心骨，一群人心中顿时安定下来，几个人赶紧走上前，就要动手搬东西；却听见鲁斌斌又在叫："你们四个，别动啊！"说话间，就走到陈开怡那堆东西前，真正的一夫当关架势。

秦敏嫌恶的看着鲁斌斌："看热闹不嫌事大，你怎么又跳出来了？"

鲁斌斌看了一眼项庭峰，真正狐假虎威："项总做事情，肯定有他的道理，你们还想造反吗？"

肖红雪懒得理睬鲁斌斌，这事儿是项庭峰弄出来的，有事情还得找正主：

"项总,我认为,这个事情,你需要给大家一个解释,要不然会严重影响大家的工作。"

项庭峰:"总部今天就会下发通知,正式确定《盛装》新的领导名单,我只是提前帮副主编鲁斌斌挪腾一下办公空间,怎么了?有意见?"

众人全都看向鲁斌斌。鲁斌斌尽管极力控制,脸上依然浮现出殷殷笑意:"哎,你们看着我干嘛?——我,我也是刚刚知道。项总,这个玩笑可开大了啊。"

"在这种事情上,我从来不开玩笑。"项庭峰看着赵昕、李娜等人,"你们四位既然这么喜欢帮人搬东西,那这样,去帮着把鲁主编的东西挪过来。"

鲁斌斌急忙客气:"哎,这就不用了,我自己有人。——俞京京、陈默!去把我办公室的东西搬过来——"俞京京、陈默站在人群里,往前走了几步。

秦敏一声厉呵:"——你是不是想当主编想疯了?!总部通知在哪里?——项总、肖主编,只要总部通知还没有下达,陈开怡就还是副主编,不管是谁,都不许动她的东西!"

项庭峰呵呵干笑了几声,说:"秦敏,我一直在给你留面子,但你也不要太过分。"

秦敏眼睛眯起来:"什么意思?"

项庭峰慢悠悠地说:"好的人力资源总监,市面上多的是。"

这话里带着威胁,肖红雪也听不下去了:"项主编,你过分了啊!"

想不到肖红雪居然也当众指责自己,项庭峰怒气陡然发作出来:"这就叫过分啊,好,那我现在以出版人的身份宣布,《盛装》即刻解除和秦敏的劳务合作关系,秦敏,你去财务部沟通好赔偿数额,现在就可以走人。"

项庭峰勃然大怒,整个工作区噤若寒蝉。

肖红雪也恼怒了:"项庭峰,你这是胡闹!"

项庭峰没有回答肖红雪的指斥,转头看着秦敏,大声呵斥:"——滚!"

秦敏倒是笑起来:"项出版人,果然好大的威风。"转身去收拾东西。玛丽李娜几个人想要跟上去,秦敏转身,笑着说话:"不用帮忙,也不用送。"

李娜目送着秦敏去远,心中慢慢蒙上了一层叫做物是人非的忧伤。

——坐在自己的办公室里,目送着秦敏去远,鲁斌斌的眼角,也弥漫上了一层莫名的忧伤。

杂志社里闹了一个沸反盈天，严凯却是丝毫不知情。

父亲的病情确诊了，阿兹海默症。俗称老年痴呆。严玥已经整个都垮了，严凯急匆匆赶到医院。严玥就将整个人都靠在弟弟的肩膀上默默流泪。

严永志有的是钱，但是面对着这个不能逆转的疾病，再多的钱也无能为力。

——然而即便是记忆力已经大损，严永志还是不停唠叨："柳家闺女不能娶。""娶了柳子琪，严家的产业迟早姓柳。"

严凯不知道该如何去安慰父亲。他与这个老人相斗已经很多年。在他印象中，这个老人一直都是健壮的，彪悍的，无所畏惧的，能将世界上的一切都掌控在手中的；但是现在这个老人，却是如此的虚弱，如此无助，他甚至连一个二十多岁的小姑娘都要畏惧——这让他的心中，充满了一种不真实的虚幻感觉，他不知道是自己之前的记忆是肥皂泡，还是现在站在一个梦境里。

所以面对着唠叨的父亲，他居然找不到措辞了。

这些年来，他一直都不愿意做一个孝顺的孩子。而现在，他隐隐有些后悔。但是——他能给父亲一个承诺吗？

父亲终于在病床上沉沉睡去，两姐弟相对无言。山一般的压力在两姐弟还没有准备的情况下猝然来临，严凯知道自己必须放弃什么了。

正在这时，病房外响起了剥啄声，柳子琪的面庞出现在门上方的玻璃上。

她来看望严永志了。

将礼物放下，询问了病情，与严玥说了几句闲话，柳子琪对严凯说："陪我去一个地方，我有话要对你说。"

露台酒吧。现在正是白天，露台酒吧并没有什么客人。

转动着手中的苏打水，柳子琪问严凯："还记得这个地方吗？"

严凯点点头，说："记得，我和肖红雪第一次单独见面，是在这里。"

柳子琪眼睛里掠过了一丝失望。她随即垂下眼睑，将所有的情绪都收起来，然后抬起脸，微笑："你记错了。"顿了顿，说："我第一次告诉别人，我是你未婚妻，是在这里！"

往事瞬间在两人的记忆力苏生过来，严凯的嘴角禁不住有了笑意。笑意随即收起，眼睛里蒙上阴翳："说吧，什么事？"

柳子琪默默地将手指上的戒指摘下，放进水杯里。戒指在杯中下沉，很快沉到了杯底。

严凯看着杯中的戒指，不明白柳子琪到底是什么意思。

柳子琪仪态端方地笑："有两件事情，一个是陈开怡已经输给了项庭峰，被他们法国总部踢出局，我可以告诉你前因后果到底是怎么回事；另一个是关于我对你的感情。但这两件事，我现在只想——也只会告诉你一件，你想听哪一件？"

严凯怔了怔，想说话，手上手机震动起来。严凯拿起手机，点开，是赵昕发给他的一条微信：

师父，总部刚刚发了通知，陈开怡被革职了。你在哪？我有事情想和你商量。

严凯放下手机，脸色阴沉沉的："公司正式下了通知，陈开怡被革职了。"

柳子琪微笑："所以，你想听哪一件？"

严凯眼睛看着柳子琪："如果这两件事，我都不想听，可以吗？"

肖红雪要辞职。

她对项庭峰说："请你批准——当然，你不批准，我也会走。"

她又说："老项，不管你用什么办法让总部开掉了陈开怡，我都想告诉你，《盛装》有可能再重新振作起来的最后一丝火苗，被你扑灭了。谢谢你一直以来对我的关照，再见。"

财务总监杜霞要辞职。

她对项庭峰说："请项总批准，我会在三天之内完成好所有的工作交接。"

杜霞的微笑非常礼貌："只是辞职而已，请您不要多想。"

赵昕、谷欢、李娜要辞职。

赵昕对项庭峰说："项总，恐怕这不是您批或不批的事情，我们新媒体事业部打算集体脱离《盛装》，恕我直言，就以您和新晋副主编鲁斌斌的领导能力和水平，我不认为，新媒体事业部还能得到更好的发展。"

李娜把三封辞职信放到桌上。

项庭峰站起，指着李娜的鼻子破口大骂："你以为你是谁？！你才刚转正不到两个月！要不是蔡菲当了助理，你能做编辑么？你连做流程编辑都不配！

你跟着她们来给我施压，我告诉你们，今天就算你们不辞职，我迟早也会把你们一个一个开掉！尤其是你——你算个什么东西！"

李娜直起身子，语调柔软而铿锵："我是李娜，名字虽然很普通，但至少《盛装》让我知道了，自己是谁，我应该跟谁在一起、做什么样的工作。"

音乐酒吧里，服务生不知何时换了一首背景音乐。那是略带忧伤的钢琴曲，将整个酒吧都染上了一种苍白的色调。

那杯苏打水，一口也没喝，戒指依然沉在杯底。柳子琪看着坐在对面的严凯。

柳子琪微微苦笑："你赢了。"

严凯："我只是没有办法去做你给出的选择，不管我怎么选，都是对这两件事情的不尊重。"

柳子琪凝视着面前那张憔悴的脸，好久才说话："两件事其实是一件事。以前我接近你，就是为了你严家的财产，因为你不爱做生意，你姐不会做生意，而你家的产业里，有很多资源，是对我父亲的生意极有帮助的，如果我们两家的事业、资源还有人脉能够融合在一起，那带来的收益是不可限量的；但现在，我对你的感情，就像杯子里的这枚戒指，清清白白、一览无余。严凯，我对你，无所图了，我也不知道这一切是怎么发生的，我甚至也说不上来这到底是不是爱情，对我来说，你就像个一直在折磨自己的孩子，我不知道你到底想要什么，甚至我都想过，你说你爱我，只是你用来自救的一种方式——乔治死后，你需要去爱一个人，确定自己还有活着的意义，所以你每次对我的表白，都是那么突如其来，看着很汹涌，但又笨拙又仓促，好像是急需要宣泄什么，我没有见过这样的爱情——我甚至都不能确认那是爱情，但我又越来越被你吸引，我愿意和你一起去承受那些痛苦，和你在一起，哪怕一点点的快乐，都会让我非常快乐——你喜欢《盛装》，我就想把《盛装》买下来送给你！"

严凯默默听完柳子琪的话，下了一个结论："这就是爱情。"

柳子琪愣了一下，问："什么？"

严凯手覆在杯子上："我对你，就是爱情，虽然曲折，虽然笨拙，但我从没怀疑过，我爱你。不管我爸怎么反对，就算你现在还是要我家的家产，我也可以把我拥有的东西全部给你，我只是爱你。"

他将杯子里的水慢慢倒掉，将戒指拿出来，放在桌上："但是，你不应该去碰《盛装》的，更不应该用这样的方式去碰。你不了解《盛装》，更不了解陈开怡对《盛装》而言意味着什么。我现在也不知道该怎么理解我们的感情了，今天我们先这样吧，我要回医院了。"

柳子琪咬了咬嘴唇，说："好。那——你先把戒指拿走吧。"

严凯没动。

柳子琪眼角含泪，嘴角带笑："只是先寄存在你那，你知道我的，如果我要和你在一起，你跑不了的，我肯定会把你追回来。"

严凯点了点头，拿起桌上的戒指，离开。

柳子琪看着他的背影远去，长叹一声，看着露台上的霓虹灯发愣。霓虹渐渐模糊，变成了一团斑斓的彩色。

人来人往的老街边支撑着一个烧烤摊子，一张狭窄的桌子，放了好几盘串串香。

赵昕、谷欢、李娜围坐着，面前放着几罐啤酒。赵昕从包里掏出一张银行卡，放在桌上。

一群人都怔住。谷欢就问："昕姐，什么意思？"

赵昕就解释："这张卡里有30万，是我之前做'二手时尚指南'赚的钱，这30万，就是我们新媒体事业部单飞后的创业启动资金，谷欢、李娜，我这个人虽然嘴巴刻薄、骨子里小气，但是我从来不亏待我的搭档，今天我带着你们辞职，不是一时意气冲昏了头，我已经帮我们想好了退路，以后我们仨好好干，我可以保证——一定会比在《盛装》要赚的多、活得好！"

李娜畏怯地说话："可是——我，我可以吗？我可别拖你们后腿。"

谷欢也说："我可能也差点意思吧，我都好久不写稿了，说不准还没李娜写得好呢。"

赵昕笑了："你们先别着急，先听我说。——我是这么设想的，我们虽然只有三个人，但是分工还是要明确，谷欢你在生活方式消费上有很多品牌资源，你继续去开拓你的资源，我们的'二手指南'以后也可以开辟出多个栏目，主栏目是时尚八卦，这个是用来吸引流量、扩大受众群，只要粉丝数据上去了，我们就可以吸收和消化各种商业植入和品牌赞助；李娜，你能吃苦耐劳，又勤快肯学，我们成立新公司后，除了做稿子跑内容外，公司里所有的行政管理，你要负起责来——"

李娜惊讶极了："——我们还要开公司？"

赵昕微笑："当然要开公司，新媒体的时代已经来了，现在就是各自占山头的时候，时不我待啊朋友们！我想好了，我们公司的名字就叫'不怕胖传媒'，我们仨是联合创始人！"

谷欢和李娜听得两眼放光。

赵昕再举杯时，谷欢和李娜才是真的踊跃地举起啤酒来。

"为了不怕胖传媒！"

"干杯！"

房间里已经黝黑一片。

陈开怡躺在沙发上，整个人都浸在黑暗中。

失败已经成了定局。她不想回杂志社，她用鸵鸟的姿态来面对这场失败——可笑的是，就在上个周末，她还认为自己有获胜的机会。

敲门声骤然响起。

陈开怡一动没动。敲门声，继续响起。

陈开怡这才慢慢起身，走到门前，开了灯，房间内瞬间亮了起来，陈开怡下意识地用手挡住眼睛——光亮得有些刺眼。

敲门声依然继续。陈开怡打开门。禁不住愣了一下。

来的人是肖红雪。提着一大袋子菜，颇有些疲惫的样子："厨房在哪里？"

陈开怡下意识就回答："往里走，转弯就是。"

肖红雪提着菜就去厨房。陈开怡紧跟在她身后："你要干嘛啊？"

肖红雪回头，夸张地说话："到厨房还能干吗？做菜啊！——哇，你这厨房，也好大，这么大的厨台——真是幸福了，有没有煲汤的锅啊，我跟你讲我，我煲汤技术一流的。"

陈开怡拉住肖红雪，看着她："我今天状态很差，没什么心情招呼你。"

肖红雪笑："我跟你讲哦，今天公司没有一个人心情好。不过项庭峰的心情应该更不好,这么一想,你是不是会舒服很多?"

陈开怡不解:"我手机一直都关机,到底怎么了?"

肖红雪方才蔬菜,打开水龙头:"对啊,总部一发布你离职的消息,喔——秦敏辞职了,财务部的杜霞——哇,她平时从来都不出现的人啊,也辞职了,而且,新媒体事业部所有人——赵昕、谷欢,还有那个一直崇拜你的李娜,也全都辞职了,项庭峰今天那个脸色黑得哟,真的不要太美。"

陈开怡听得愣住了。

肖红雪一边从袋子里掏出各种蔬菜,一边笑:"明天还会有更多的人辞职,反正我知道的,邓雯肯定会辞职、严凯我不知道,但我猜他也会辞职吧——他手下全都走光了,玛丽肯定也会辞职,说不好连前台的小米都会辞职哦,以后《盛装》估计就剩下项庭峰和鲁斌斌两个人在那里玩。哦哦,我先给大家发个信息。"

肖红雪方放下手上的蔬菜,拿出手机,对着手机说语音信息:"'少女之夜'的朋友们,我现在陈开怡家里,她真的在家,你们赶紧上来啊,'少女之夜'第二趴搞起来——"

陈开怡抢过她的手机,放在灶台上:"——你什么意思啊?"

肖红雪呵呵笑了:"大家都很担心你啊,就想过来和你热闹一下,有句话你没有听说过,一个人的悲伤,被很多人分担,就会成为一群人的回忆。"

陈开怡急了:"不是这句,是之前那句,你刚才说《盛装》就剩下项庭峰和鲁斌斌,那你呢?"

肖红雪笑:"我也辞职了啊!"

陈开怡不明白:"什么?明明你们已经赢了啊,你为什么要辞职?"

肖红雪纠正:"是他们赢了,我们输了。"

敲门声响起,肖红雪快步去开门。秦敏、邓雯、玛丽一拥而入。邓雯一边脱鞋一边发问:"你这一整天都去哪了?我们非常担心你。"

陈开怡说:"去了一趟杭州。去和投资方解释,有人给相关部门递了举报材料。不正当收购、资产外流,还有我的个人生活作风问题。因为投资方现在也处于一个比较敏感的发展期,所以他们暂时放弃了我,也暂时放弃了《盛装》。"

众人都全神贯注听着,肖红雪苦笑:"项庭峰连这样的手段都用出来了。"

陈开怡摇摇头:"我今天在家用了一整天复盘整件事情,我觉得这一连串的动作,不见得是项庭峰布置的——他没有这么大的能量。"

陈开怡缓缓看向肖红雪。众人也都看向肖红雪。

肖红雪被看得有点尴尬:"你们不会觉得是我吧?"

陈开怡悠悠说话:"可能是你,也可能不是你,但你肯定知道是谁。"

肖红雪无奈地摊手:"现在想这些,还有什么意义吗?"

陈开怡认真地说:"当然有意义,至少我不认为现在是几个女人聚在一起吃顿饭,假装自己只要还拥有友谊就能快乐的时候,我说过,就算《盛装》被一页一页撕碎了,我也不会认输,我也要从项庭峰手里赢回来——"

外面传来钥匙开门的声音。所有人都回头。房门打开。

灰头土脸的雷启泰站在家门口:"开怡,我——我回来了——"

雷启泰回来,谈话就无法继续下去。一群人纷纷告辞离开,屋子里转瞬之间只剩下两个人。陈开怡去浴室放了热水,往浴缸里放了很多的柚子叶,说:"这是肖红雪说的,用柚子叶洗澡可以去霉运,我对这种事情,其实是不大相信的,但毕竟她是一片好意,咱们也就讨个吉利。我不知道你提前出来了,所以没去接你,不好意思,请你原谅。你先洗吧,我在外面等你。"

陈开怡转身刚要出去,雷启泰忽然一把抓住她的手:"我有事情跟你说。"

雷启泰看着陈开怡,眼神里不大善意,陈开怡被他看得有点不舒服,勉强微笑:"你先洗澡,我去外面等你。"

雷启泰洗得很草率,不过十来分钟,就从浴室里走出来了。他穿着宽松的裤子和一件白色衬衫,衬衫没扣扣子,露出胸毛和小肚子。走到陈开怡面前,松松垮垮坐在餐桌前面。他头发没擦过,湿哒哒往下滴水,甚至在餐桌上溅起水花。

陈开怡皱了皱眉,说:"能不能麻烦你,先把扣子扣上。"

雷启泰将脚翘在沙发上,斜睨着陈开怡,说:"我就觉得这样舒服。"

陈开怡按捺住心中的不舒服,说:"我尊重你要找我说的话以及谈论的事情,我希望我们都能用更体面的方式对待。"

雷启泰冷笑了一声,说:"陈开怡,都到现在这个地步了,你还在装呢?"

陈开怡怔了一下:"装?"

雷启泰手指着陈开怡:"你们那个破《盛装》不就是特别会装的意思吗?以前你是主编,你要摆出一副架子我也能理解,可现在你是什么?和我一样,无业游民啊,你还端着?你真的不累嘛?"

陈开怡站起身来:"你找我说话,如果只是为了发泄或者羞辱我,那恕不奉陪。我事情多着呢,没空陪着你耗时间。廉价的愤怒已经把你害得够惨的了,你还没意识到这一点吗?"

雷启泰指着墙上的婚纱照:"把我害成现在这样的,是和你廉价的爱情!还有墙上挂着的,那个像笑话一样的婚姻!"

陈开怡重新坐下,正视着雷启泰。面前的男人非常陌生。一种无力的感觉从心底升起,她不想说话,但是不得不告诉面前这个男人:"我承认我们的婚姻是为了止损而做出的妥协,但不要污蔑我们之间有过的爱情——那已经是我和你之间最后仅存的一点光了。"

雷启泰却没有听进去,他的脸色已经因为愤怒而发红:"少给我装腔作势说话!你就是看我跟薇薇安在一起,你受不了了!你故意算计我,你逼着我与你结婚!"

陈开怡叹了一口气,不想继续交流了:"你现在就可以和我离婚,继续去找你那个薇薇安。"

雷启泰瞪着眼睛:"我现在什么都没了,你就想把我扫地出门?"

陈开怡淡笑了一下:"如果薇薇安真的爱你,她应该不会在乎你现在的处境吧。"

雷启泰呼吸急促:"我在乎!现在的我还能给她什么?我什么都给不了她!我不会跟你离婚的!我在拘留所里待了整整144个小时!我就想通了一件事,我这辈子被你毁了!——我不会放过你!"

陈开怡看着脸色已经扭曲的雷启泰:"欠你的,我会还你;输了的,我会赢回来。但我不认为这种互相折磨,能真的让你好起来,只不过会让我们越来越痛苦,这样的痛苦,只是痛苦,并不会变成别的东西……"

雷启泰打断了陈开怡的话:"你够了!少给我一套一套说话!你现在不是主编了,没人在乎你说什么!你睁开眼睛看清楚现实吧!"

"我是这个样子,不是因为我是主编,这就是我活着的样子!你也应该记得你活着的样子——那个能在自己家院子里看到飞碟的你！"陈开怡努力说出自己的希冀——虽然心底知道，当年的雷启泰，再也回不来了。

雷启泰声嘶力竭："那是我编的！根本就没有那么回事，那是当时为了追你，我编出来的瞎话。我当年多傻啊，为了追你，学魔术、学讲笑话、学各种各样的小把戏，把你当成心里的女神——女神啊！可结果呢？你算个屁女神，你连个正常的女人都算不上！你就是被时尚、被那些名牌衣服名牌包、被那些高级啊名流啊奢华啊，一层又一层裹起来的木乃伊！当你爬上副主编位子的时候，你就死了！我爱的那个陈开怡，愿意和我去小脏馆子吃麻辣烫的陈开怡，早就死了！"

"我明白你意思了。——你需要的所谓正常的女人，只是一个能被你驾驭，愿意被规训和驯服的女人。对不起，我做不到！我也根本不会往那个方向去，一秒钟都不会！而且——"沉默顷刻，陈开怡才说出了最后一句话："——就在刚才，你把我们之间最后的那一点光，掐灭了——我们的爱情，死了。"

我们的爱情，死了。

陈开怡说着，转身回到了自己的房间。

门关上了。

今天的夜，很长很长。

第二十章　众筹，收购盛装

地点是在小小的便利店，人手一碗关东煮。

陈然与雪莉要加入"不怕胖传媒"。她们说："我们都是'不怕胖天团'的人，'不怕胖传媒'也应该有我们一份啊。"

赵昕倒是有些奇怪："怎么？你俩都不准备在《盛装》干了？"

陈然呵呵笑了："明眼人都知道，《盛装》已经完了。你今天没去公司，你可没见着鲁斌斌那个样子，在公司里走过去，又走过来——走过来，又走过去。明明屁事没有，就非得在我们面前晃悠。"

雪莉也笑："他就是想听别人叫他一声'鲁主编好'，满足一下那虚荣心嘛，理解理解。今天在自己的办公室挂一幅照片，花了老半天时间，将俞京京陈默折腾坏了——人丑，照片挂上了就能变帅？还让小米打探大家背后怎么评论他，还自称要将《盛装》带入一个新的时代——以后他来管《盛装》的内容，进入什么时代，广告时代吗？"

说起鲁斌斌的丑态，三人都笑了一阵。陈然说回正题："昕姐，你在公司做新媒体部的时候，我一直在暗中学习，我就想着能有一天，也调去你那个部门——现在部门没了，我的想法可从来没变过，总之，你去哪，我就去哪。"

雪莉也急忙说话："我也是这个态度，而且，我这几年跟着玛丽姐，也攒了不少时装和化妆品的资源，咱们以后肯定能用得上——"

赵昕沉默了一下，才说："你们的意思我都明白了，但我有一个很现实的问题。"

陈然、雪莉沉默，有些紧张地看着赵昕。

赵昕看着两人说话："我现在的钱，养不起五个人的团队，就算是我和谷欢、李娜三个人，也是非常吃紧——租不起办公地点，也没有任何其他保障，就连去咖啡馆开会，也规定了每次只能一个人点杯咖啡，其他人必须只能喝水。陈然，你家条件我也清楚,你还得租房子,还要养猫,时不时还要给家人寄点钱,你怎么扛?雪莉,你花钱大手大脚惯了,穿的用的都讲究,你在《盛装》工资不低,每个月都还入不敷出,忽然没工资了,你怎么办?"

雪莉回答很爽快,很显然,她是深思熟虑依旧:"这事我们俩也商量过了,我做了一个'闲鱼计划',打算分批次地把我所有值钱的衣服和包包都挂网上卖掉,我大致算过,撑半年是没问题的,如果半年后"不怕胖传媒"还养不起我们的话,那是咱们自己没本事,我不怨天不尤人,直接找个豪门嫁进去完事——从此再不踏入职场江湖半步。"说到后面,她自己也笑起来,"嫁入豪门是白日梦,但前面说的是真的,听姐,我是下定了决心的!"

陈然也说:"我没什么东西可以卖,但我法语不错,一直在接法语翻译的兼职——这事你们都不知道。我打算从《盛装》辞职后,再多接一些翻译,而且我跟雪莉也说好了,我去跟她合租,房租又能省下不少,我觉得还是能捱过去的,总之,就算我们一起受穷,也强过在现在的《盛装》待着。"

虽然两姐妹都很有诚意,但是赵昕还是没有立马拍板。这事儿必须与谷欢李娜商量才行。

有些门开着,比如"不怕胖"传媒之于雪莉陈然;有些门却关上了,比如《盛装》之于陈开怡。

陈开怡走进大厦,很自然地拿出了自己的工卡去刷门禁,然后回应她的却是刺耳的警报声——她的工卡被停用了。

不过却刚好遇上了对面走出了一个鲁斌斌,他正打算出门买个东西,就用自己的工卡帮陈开怡开了门禁。看着对面的陈开怡,脸上堆满了笑容:"我刚要出去买个东西,没想着就碰到你了。"

陈开怡面无表情就往里面走,鲁斌斌想了想,也不出门了,转身就跟上了陈开怡,一路唠叨着回办公区:

"行政部门也真是太缺德了,总部发布你的离职通知才多一会儿啊?!他们就把你工牌给停了,你办公室也被清出来了——这帮人办事,太恶心了!"

"所以说,我们为公司累死累活,到底有什么意义?你在任的时候,他们谁不呵着你巴着你?你这前脚走,后脚恨不得连你坐过的凳子用过的桌子都给换了,这帮人心眼怎么这么坏啊!我算是看明白了,这公司就一狼窝,一个个的都是白眼狼,翻脸比翻书还快——还特别喜欢恶心人,非要让我搬进你的办公室,我说不去不去,那是你的地方,他们非让我去,你看看,这不是在故意挑拨咱俩关系嘛?"

鲁斌斌:"老陈啊,反正事已至此,谁也没想到事情会变成这个样子,你以后有什么打算啊?——不管你有什么打算,只要用得上我鲁斌斌的,你一句话,风里来火里去,我要皱一下眉头,都不配做你朋友——"

但是遗憾的是,鲁斌斌唠叨了一路,始终得不到陈开怡的回应。

面前就是自己奋斗了十多年的《盛装》了。

没有什么近乡情怯的愁绪,也没有多少物是人非的沧桑。走在了空荡荡的办公区里,陈开怡居然没有任何痛苦或者愤怒——她自己也很奇怪自己的平静。

她的东西已经被归拢成了一堆,乱七八糟地丢在角落里。她的目光掠过,也没有做任何停留,就这么平静地走过去。

走向项庭峰的办公室。

项庭峰正在抹风油精,他很喜欢给自己抹风油精,大约是那种刺激性的气味很能冲击他的大脑。看见陈开怡走过来,眼皮抬了抬,轻描淡写问了一句:"有事?"

陈开怡脸上也没有什么表情:"第一件事,祝贺你。"

项庭峰皮笑肉不笑:"这种咬碎了牙的祝贺,我不大想要,也没有必要,直接说第二个事。"

陈开怡凝视着项庭峰,很平静地说:"想请你答应我一件事。"

听到陈开怡这句话,项庭峰嘴角勾起了笑意,不同于刚才的皮笑肉不笑,而是一种真正的得意;但是这种得意很快就被他收起,他又恢复了那种无表情的模样:"我只是好奇,你现在以什么身份让我答应你事情?"

"我肯定还会从你手里,把《盛装》赢回来。这个身份,你认为如何?"陈开怡平静的话音里,藏着强大的自信。

项庭峰抬起头看着陈开怡,目光再次交接。项庭峰干笑了一下,说:"陈开怡,你是我见过虚张声势最认真的人。"

陈开怡沉默,脸上自然而然浮现出一丝冷笑。

项庭峰身子往后仰,靠在椅子背上:"你说吧。我不保证我会答应。"

但是项庭峰没有想到,陈开怡说出的居然是这样一句话:"请你不管用什么办法,一定要把肖红雪留在《盛装》。"

项庭峰怔了一下:"这件事情,不应该是你来说吧?我和她本来就是一起的。"

"不,你们不是。再见。"陈开怡转身即走。

陈开怡看着自己的那堆东西,在东西里翻了翻,只拿出几本贴满便签条的杂志,刚想站起,发现杂物中还有一个没拆开包装的小礼盒。

陈开怡拿起礼盒。回想起来了,这是那天李娜送过来的礼物。

这些日子忙昏头了,居然一直没有拆封。

陈开怡站起身,将小礼盒拆开。里面是一本装订虽然不精美但能看出很用心的自制书,书的封皮是一张陈开怡的个人图片,封面标题是——

《陈开怡卷首语合集》。

心猛然跳动了一下。陈开怡翻开合集,扉页上是李娜手写的一段话:

在认识您之前,我不知道自己是谁,不知道自己为什么而活,更不知道为什么奋斗;认识您之后,我读了这些年您在《盛装》上写的每一篇文章,这些文章让我看到了世界辽阔,更让我知道——我们的生命本该精彩,每一个女人都是独一无二的,都应该去追求属于自己的爱、梦想和自由,这一路不管多么艰难,不管要对抗的东西多么巨大,都不应该放弃,也不能放弃!用勇气抵达美、用意志捍卫美,这正是生活的意义。谢谢您,您是我心中,永远的主编。

一层雾气弥漫上来,陈开怡翻开了这本自制书。

任何试图用女德、规矩、伦常想把女性重新推回旧时代的尝试,都是失心疯的跳梁小丑才会做的事情,那些连自己的身材和面容都管理不好的男人们,他们只能通过这种陈旧而罪恶的手法,才能维系心底深处那一点点卑劣的自尊。

——第 27 期卷首语,《"女德"不是道德,是旧时代的幽灵》

初恋一定是白裙长发,知性女人永远要善解人意,懂事的女人则是能进厨房能出厅堂,识大体的女人一定要学会凡事隐忍——为什么对女性的标签如此具体、如此细致地分门别类？我们是想成为某种女性？还是被塑造成某种女性？这种塑造的本质又是什么呢？我们是不是一定要对号入座？我们有没有权利拒绝——拒绝成为任何一种男性心中的完美女性？我认为是有的。——第32期卷首语，《完美留给你，我只要做我自己》

男人出轨后承认错误，会被视为"浪子回头"，好像还是一件可以被庆祝的事情。"浪子"就像一道豁免令，这道豁免令的本质是什么？到底是谁在给男性颁发这样的豁免令？与此类似的豁免令还有"才子"——才子多风流，几乎能被全社会包容；为什么在对待出轨、感情背叛这种事情上，社会能给男性提供那么多的台阶和宽容的名目？——第36期卷首语，《浪子和荡妇，谈谈出轨背后的社会隐形共识》

……

许多情绪汹涌上来，陈开怡的眼睛里已经全都是泪水。

这是我。这是过去的我。这是所向无敌的我。这是从不认输的我。

李娜。——陈开怡想起了那个怯生生的小实习生，她——居然懂得我。

平静了一下情绪，陈开怡将那本"卷首语合集"阖上，跟另外两本杂志放在一起，抱在胸前，昂首离开。

鲁斌斌在她身边跟了几步："你就拿这么点东西走啊？其他东西怎么办啊？——放在这也不是个事，我找物业全处理了啊——全丢了啊！"

陈开怡没搭理鲁斌斌，穿过工作区，走了。

肖红雪在咖啡馆等陈开怡。此时已经到了中午，外面的雾气已经消散，阳光正好。

听着陈开怡的叙述，肖红雪就忍不住笑："你就这样与他说？他没被你气死？"

陈开怡笑："没被我气死，你放心——你会留下来，对吧？"

肖红雪收了笑容，表情严肃起来："你知道老项是怎么赢得你吗？"

陈开怡目光定住："你知道了？"

肖红雪垂下眼睑，神色之间有几分沉重："昨晚从你家回去，我跟吵架了，知道了一些事情。鲁斌斌搜集了很多你的黑资料，包括酒店房间的监控视频、雷启泰的账目细节，还有他从玛丽、罗翰、潘希伟那边套出来的一些话，添油加醋之后做了一份档案，项庭峰再通过他找到的人，递交给了有关的部门领导，其实就是给你打小报告，领导问询了你找的那家公司负责人，多一事不如少一事嘛，而且这个事情谁都不想担责，再加上收购的事情闹得乱哄哄的，所以人家就放弃收购的事情。"

陈开怡点点头："我猜也是这样。"

肖红雪叹了一口气："当初项庭峰布局对付乔治，也用了打小报告的方法，我真的很不喜欢和这样的人相处，我当初还和他结过婚，现在想想，很寒心。不知道为什么他就一步一步变成这样。"

陈开怡分析说："这些年，他一直在和法国总部那边的人周旋，他没权没势的，和法国那些非富则贵的人在一起，时间久了，很容易自卑，人一自卑，自然就会把权力和财富看得很重；而且你的家世那么好，他之前和你隐婚，后来又不得不和你离婚，很容易把这一切痛苦的根源都归咎于他自己还不够强大这个原因上。"

"我当初爱上他的时候，也不是因为他有多强大啊！"肖红雪几乎要叫起来。

陈开怡转动着手上的咖啡，解释："男人的自尊，有时候是一种非常狭隘的偏执，这是整个社会结构导致的，社会过度推崇成功，所以男人崇尚成功，如果不到金字塔的顶尖，就会觉得自己的一生毫无价值，这种非常单一但又极其顽固的评判标准，就会让项庭峰这样出身一般的人，用尽心思要往上爬，至于怎么爬上去不重要，重要的是上到顶端——成王败寇，就是这种单一价值标准的最好注解。"

肖红雪摇摇头："就算我像你一样理解，我也没有办法继续和他相处，他太沉重，我和他在一起，经常会觉得透不过气。"

"但我希望你能留在《盛装》。"陈开怡顿了顿，又说，"现在的《盛装》已经是奄奄一息，你在，至少可以帮《盛装》留住一口气。等我回来。"

肖红雪迟疑地问："你——回来？"

陈开怡肯定地回答："我还有办法赢回来。"

对着陈开怡殷切的目光，肖红雪了思考许久，才慢慢说话："我现在不能答复你，我想看看项庭峰到底打算怎么做。夫妻一场，我很希望，他能变回一个对的人。"

陈开怡提着打包好的饭菜回家时候,雷启泰正在打电话。

"——我知道,当然知道事情闹得确实有点大——但是白总,我们多少年的交情了?我雷启泰什么样的人品,您是知道的啊。是啊!我做广告总监那么多年,业务能力、圈子里的资源和人脉,您也是清楚的。——我知道您公司一个萝卜一个坑,我也没奢望一去就到您公司做总监啊,我只是希望看在咱们这个多年交情的份上,您给我一个机会,哪怕从项目组长开始,我这些年也一直没到基层去锻炼——喂,白总?好,好,您先忙,我等您电话,诶,好!好!——不然我明天去您公司——喂?喂!"

对方电话挂了。

陈开怡将菜从盒子里拿出来,与雷启泰打招呼:"先吃饭?"

雷启泰没有理睬陈开怡,走到茶几前,一口干了茶几上杯子里的红酒,又拨通了一个电话:

"林总,我是启泰啊。——雷,雷启泰!对对对,之前我去您公司拜访过您,之前那个高端论坛,咱俩还一起发过言呢。我就想问问,您公司最近需不需要人啊?——我的账务没问题啊!你别听媒体瞎说,陈开怡那是我太太,是别人陷害我太太,捎带手把我给连累了——林总,我——喂?!喂——"

对方又挂了。

陈开怡已经将东西都摆好了,又招呼雷启泰:"如果没有吃饭,过来吃饭啊。"

雷启泰把手机丢在沙发上,仰头,恨恨地说话:"关键时刻,没一个能靠得住!"

陈开怡就说:"那我自己吃了。"

雷启泰倒了一杯酒,端着酒杯,晃晃悠悠地走到餐桌前,坐下,看了看桌上的饭菜——炝炒青菜、白灼芥蓝、清蒸鲫鱼,和一小碗虾。

雷启泰喝了口酒。

陈开怡放下筷子:"空腹喝酒,对胃不好。"

雷启泰嘴角勾起冷笑:"是吗?你是在关心我吗?"

陈开怡叹气:"如果你也能自己关心自己,就更好了。"

雷启泰眯着眼睛笑:"你关心我,我就要关心你,这酒不错,要不要来一点?"

不等陈开怡回答,雷启泰就端起酒杯,往桌上所有的菜里倒酒,一边倒一边笑:"红酒青菜、红酒芥蓝、红酒煮鱼、红酒醉虾——"

陈开怡放下碗筷,看着雷启泰。

雷启泰把几乎一满杯红酒全倒进了菜里,酒杯空了,而后看着陈开怡:"吃啊。"

陈开怡沉默,一动不动。

空气已经凝固了。

菜肴与屋子里的气氛一般冰冷了。

很久之后,陈开怡才开始说话:"有个事情,我想告诉你。"

雷启泰眼睛斜睨着陈开怡,默不作声。

陈开怡:"我还要收购《盛装》。"

雷启泰嘴角微微扬起。

陈开怡语气沉稳,毫无波澜:"我不打算再去找别的投资公司,现在的局面下,大概率也是找不到的。我会去做众筹。"

雷启泰终于说话了,冷笑:"众筹收购《盛装》,真是一个伟大的计划!"

陈开怡淡淡说话:"众筹之前,我会先把这个房子卖了。"

雷启泰脸上不屑的笑意消失了。

"有了这笔钱,至少别人会相信我做这件事情的决心,之后的众筹,我也想清楚了具体怎么操作。只是——"陈开怡停顿,看了眼雷启泰,"房子卖了之后,我就是背水一战,不论你要不要和我离婚,我都不想因为你,而不能专心做成这件事情。"

雷启泰低着头,一句话没说,忽然站起身,一扬手,将桌上所有的东西全都扫到地上,酒杯被扫出挺远,掉在地上,发出清脆的碎裂声。

雷启泰咆哮起来:"你永远都是这样!永远!"

陈开怡坐在座位上,看着地上——杯盘狼藉的一地。

"你到底是输红了眼,还是输疯了心?为一本杂志,你把全部身家都押进去?!这件事情我绝对不会同意!我也劝你,冷静!"雷启泰拿出手机,"我现在就给你定机票——给我们定机票!苏梅岛怎么样?巴厘岛怎么样?塔希提

289

岛——高更待过的那个岛，我记得以前你说过很想去看看。我们去那，对外就说度蜜月，你去那，躺在海边沙滩上，晒着南太平洋的阳光，你好好想想，把这段时间发生的所有事情，从头到尾好好想想——"

陈开怡打断了雷启泰的话："——我已经决定了。"

雷启泰怒吼："陈开怡！你不能这么自私！你不能这么自私你知道嘛！"

陈开怡依然冷静："虽然我们结婚了，但这套房子是我的婚前财产——"

像是山洪倾泻而出，又像是地下的岩浆奔涌出来，雷启泰脸色通红，声音发颤："——这跟财不财产的没有半点关系！我当然知道这是你的房子！我雷启泰就算再混蛋，也不会去盯着你的房子！我说你自私，是你考虑问题从来不会想我的感受！什么事情都是你在决定，你决定在酒店见面！好，我就跟你躲在酒店见面！为什么会那样？！是因为当初你决定找我公司投广告！你们杂志需要钱，去做你认为的最好的特稿内容！我搞定了我的上司，给你们投！我上司要返点拿回扣，我不能不给他——我还得用自己的名字去倒腾那笔钱！那就是他妈的一切悲剧的起点！我们沾了不该沾的钱，再之后，我们没有回头路了！你决定我们在一起，你决定让你那管财务的姐们想办法，把每一笔和我有关的账混在别的账目里让乔治签字，你自己甩得干干净净；你决定我们暂时不结婚，你决定我们先别想要孩子的事情……你知不知道，你在决定我们两个人的人生！现在我们的人生，抛锚了！玩不转了！搁在这么一个荒诞、可笑又奇怪的破地方！你还不知足吗？你还要把我们带去什么地方呢？！你还想把我的人生带去什么地方呢？——决定——我去你大爷的决定——"

雷启泰声嘶力竭，但是每一个字，都敲中了陈开怡的心灵——

在过去几年的生活里，她一直主宰着一切。她一直认为自己是正确的，她将一切都看做理所当然——

但是现在，看着已经歇斯底里的雷启泰，陈开怡却不知道该如何回应。她终于站起来，走到他身边，抱住了他。

雷启泰声音像是呜咽："我不知道该怎么办了——开怡——我太累了，我不知道生活怎么就变成这样了——我太累了——我后悔自己爱上你，当初如果没有碰到你，那该多好啊——"

陈开怡没有说话，只是安安静静地抱着他。

窗外，一轮明月温柔地抚慰着他们。

同样的晚餐时间，肖红雪与项庭峰坐在西餐厅里。服务生开了一瓶香槟，倒进两个酒杯里。并不大的一间西餐厅，但透着精致和高级。四周环绕着爵士音乐声。

一张小方桌，铺着白布，摆着两份牛排。

项庭峰很郑重地看着肖红雪："对我来说，最重要只有一件事——红雪，我们之间，还有没有可能？"

肖红雪怔了一下："什么可能？"

项庭峰凝视着面前这个女人，眼睛里全都是热切的火焰："收购《盛装》已经到了尾声，还差最后一步，《盛装》就会是一本彻头彻尾我能控制的杂志，它不再属于法国人，而是属于我们自己。我们可以再结婚了。"

肖红雪就问："你之前的理想不是为了实现财务自由吗？"

项庭峰解释："如果不是陈开怡一直和我斗到现在，我已经实现财务自由了，但现在也没关系，《盛装》还有价值，只要后期经营得当，我还是可以把它变成一个很好的壳子再卖出去，我们还能——"

肖红雪却打断了项庭峰的话："——我不会和你再结婚的。"

项庭峰眼睛里的火焰暗淡了下去："你已经决定了？"

肖红雪的话却很轻松："早就决定了。"

项庭峰端起酒杯，肖红雪没再拿起酒杯。项庭峰自己喝了一口，而后慢慢放下酒杯。

"你的辞职申请，我批准。你随时可以回香港。"项庭峰说完，对肖红雪微微一笑。

肖红雪也回以微笑。

窗外，有一轮很好的明月。

人世间，聚散离合是常态。有些人走散了，比如蔡菲与李娜，比如肖红雪与项庭峰，有些人又走拢了，比如赵昕与雪莉陈然；有些人却是永远离开了。

柳子琪从包里拿出一张照片递给严凯。严凯接过照片，照片很美——蓝天之下，矗立着巍峨圣洁的雪山，雪山脚下，是宁静的湖泊。

严凯看照片背面，什么也没写。

柳子琪轻轻地说："这是顾爸寄给我的。"

严凯迟疑地问："顾先生，他——"

柳子琪眼眶红了："他过世了。这是他临终前看到的最后的风景。——虽然他什么也没写，但我知道，他是让我放心，他已经长眠在一个自己非常喜欢的地方——"

柳子琪哽咽了。

严凯上前，抱住柳子琪；柳子琪扑在严凯的怀里，哭了起来。

好久之后，柳子琪才平静下来，告诉严凯："红城基金的副总姓万，万国强，他和我爸以前在海南一起做过生意，也算莫逆之交，我叫他万叔叔。我就请教过他，如果我想收购《盛装》，该怎么玩。他帮我出的主意，让他手下一个很懂舆论舆情的主管，去台前和项庭峰打配合。"

柳子琪又说："万叔叔让他手下的人去研究该怎么弄。后来，我发现顾爸原来就是项庭峰的后援，就跟着顾爸琢磨这事了。项庭峰耍阴谋被顾爸嫌弃，搞得我也不好意思在他面前弄那些阴谋诡计，后来顾爸身体越来越差，你那个《盛装》又像过山车一样，动不动就翻天覆地的，我没办法，就瞒着你们又去找了万叔叔，他手下的人也搞清楚了《盛装》幕后的那点事，所以，我就偷偷入局了。"

柳子琪说："刚和你接触那段时间，我觉得你很清高，我就想不明白，你不就是在一个杂志社里上班嘛，有什么可拽的，我就想证明给你看，你所谓的理想不过就是台前的小把戏，幕后还得是资本说的算。"

严凯沉默。柳子琪悠然长叹一口气："也许，我只是想证明，我们可以是一类人。"

严凯就问："哪一类？"

柳子琪苦笑："对钱没有敌意，明白人生不过就是一场赚钱和花钱的游戏。后来我发现了，你这个人对钱根本就是没态度，你没穷过，你也根本不在意富，你只是因在原生家庭的一些痛苦里不能自拔而已。……好了，我的话说完了，你帮我约一下陈开怡，好吗？"

严凯又沉默了一下，说："这当然可以。只是……我还想要带着你去见我爸。"

柳子琪摇头:"你爸是个固执的人,我不觉得多见几次就能改变什么。——再给我点时间,我会想办法让你爸同意的,那种真心愿意的同意。"看着严凯有些不明白,她又说:"对我们这样的人来说,结婚是两个家族的事情。我们要遵守游戏规则。"

柳子琪起身,抱了抱严凯,松手,转身离开。

严凯坐着,一动不动,看着柳子琪的背影。

鲁斌斌要崩溃了!

项庭峰说:肖红雪辞职了,我要去一趟巴黎总部,这段时间你要顶住。

小米说:玛丽姐请假了。罗总监、潘组长,全都请假了。所有领导都没来上班,很多人看领导都不来,也都找借口不来了。

严凯倒是没请假,他拿出一沓选题表,拍在鲁斌斌胸口:"这都是之前攒下来的选题,你看哪些能用,哪些不能用。"

鲁斌斌在办公室里闷闷地走了好几圈,又走到窗边,扒拉下一点窗帘,窥视外头。整层工作区,一片萧索,还在工位办公的人寥寥无几,安静得像是——坟墓。

桌上一杯咖啡,四杯白水。赵昕、陈然、李娜、谷欢、雪莉,围坐在桌前。

李娜面前是笔和记事本,其他四个人,都开着笔记本电脑。因为怕吵到别的客人,她们几个说话都压着声音。

赵昕郑重说话:"我宣布,不怕胖传媒文化有限公司,今天正式成立!"

一群姑娘,每个人脸上都是笑意。因为生怕影响其他客人,几个人都不敢鼓掌。

赵昕直接进入正题:"公司名字已经报审核了,顺利的话,一个月左右,公司能注册完成。在这个月里,我们也绝不能荒废,'二手时尚指南'的公众账号,我们要从每周更新变成每天更新。来吧朋友们,请报出你们的选题。陈然,你先说。"

陈然立刻对着电脑,进入工作状态:"按照昕姐之前布置的工作,我准备了三个偏情感向的选题,分别是——《爱是迎男而上最时尚的搭讪方法》《细节操控术斩男口红色TOP10》《性感不是穿得少,而上穿得对》。"

赵昕:"在手机上看到这几个标题,你们最想点开哪个看?"

雪莉:"第三个我应该不会点开,感觉是纯标题党;第一个,'迎男而上'有点土;第二个嘛,无聊的时候会看看,主要是想看看具体会推荐什么口红,反正最近也买不起别的。"

赵昕:"我觉得雪莉说的很好,这就是手机阅读和杂志阅读很重要的区别,千万不要小看标题——标题既不能太实,也不能太虚。"

赵昕把电脑屏幕对着其他人——电脑屏幕上是一张公众账号的受众分析图。圆形里几个大的色块,以及与色块相对应的数据。

赵昕:"这是之前我发的有奖调查收回来的一些数据。我们公号的受众分析,女性占比92.7%;女性受众中,北上广深四个城市总和的占比是69.5%,年龄占比最大的是25—35岁,67.8%;与此同时,20岁以下的女性受众占比,竟然也达到了26.4%;还有最重要的职业分布和消费力分布,白领女性占比最大,66.8%,其次分别是女大学生、自由职业者、公务员;可支配的时尚消费数额,最大占比是月支出3000—5000元,52.7%,高于5000元、低于3000元的,占比都在15%左右。所以,我们公号的受众侧写大概是这样——学历较高、有稳定收入和稳定的时尚消费习惯、有相对成熟的消费经验,有独立思考的能力和意愿,以及最重要的,消费能力偏中等——中等的意思就是,她们懂得品牌意味着什么,但绝不会铺张浪费,买得对比买得贵,让她们更有成就感。所以,这要求我们公号的文章必须具备这么几个特点……"

李娜一直埋头做笔记——本子上已经记满了刚才赵昕所讲的核心内容。

众人都听愣了,看着赵昕的眼神,充满钦佩。

谷欢鼓掌:"昕姐,辞职跟你干,是我长这么大做过的最英明的决定!"

雪莉赞美:"绝对!昕姐,你真是太牛了!"

赵昕微笑:"少来这个,总之,情况就是这么个情况,李娜,你的选题!"

李娜赶紧翻记事本,翻到写了选题的那一页:"我的选题比较老土,你们不要笑——选题一,《失手弄断口红想死的时候怎么救自己?》……别笑,雪莉姐,你还记得不,那次你在化妆,口红被我失手弄断了,你说是进口的货色,好不容易才抢到的……"

大家都禁不住笑起来。等众人笑声平息，李娜才继续念选题："选题二，《怎么快速记住品牌名字，显得你好像买的起》。"

一群人又是笑。赵昕的眼睛倒是一亮。

李娜也不尴尬，继续念："选题三，《穿什么牌子的裙子去见前男友，都是浪费》。"

谷欢和雪莉已经笑得东倒西歪。

李娜念了最后一个选题："选题四，《时尚圈'职称'排行榜，被叫'魔头'意味别无选择》。"

像是按下了暂停键，谷欢两人的笑容就此定格。

一群人讨论了两个小时，确定了选题，分配了工作，各自散去。只是李娜要走的时候，被赵昕留下了。

赵昕说："李娜，我想给你一些公司的股份。"

李娜完完全全怔住："股份？"

赵昕带着微笑："不多，百分之三。"

李娜受宠若惊，声音都有些发颤了："啊——我——那我应该要做什么？"

赵昕看着李娜，微笑说话："我想你来创建和负责一个单独的栏目——'时尚小白升级日记'，核心受众是那些想了解时尚但还不够了解的年轻女性读者，每周三期，用漫画的形式，漫画师我都想好了人选，到时候我给你联系方式，你直接和她对接，栏目风格就按你今天报的选题方向去做。"

李娜有点愣。

赵昕表情很认真："让你做这个，是因为陈然、谷欢她们都做不了，并不是她们能力有问题，而是她们已经忘了自己最开始的样子，你还在这个阶段，你的选题有真情实感，而且你能用很幽默的方法去讲述，这个在手机阅读上很有效，读者对公众账号的文章有三大核心需求——有用、有趣、有料！"

李娜急忙说话："昕姐，这些事情你让我做就好了，不需要给我股份，我保证会努力做好你布置的任何工作。"

赵昕含笑："《盛装》之所以会走到今天这个地步，说到底，就是因为权责关系太传统，像陈开怡这样的灵魂人物，对杂志竟然没有实际的控制权。我们那么多人拼死拼活为了杂志付出一切,但最后能决定我们命运的,却是远在巴黎的一帮我们都不认识的人。所以我离开《盛装》时就决定了,和我一起创业的伙伴,必须从一开始就要权责对等,陈然、谷欢、雪莉,我都会按照她们的实际贡献来分配股份和薪资,你也一样,只是之前我小看了你——你在《盛装》的这段时间,暗中下了不少苦功夫。选题不会骗人,功夫下了多少,从你说的每一个字里我都能听出来。"

李娜心砰砰乱跳,她还是第一次受到这样的肯定:"谢谢昕姐,我——我都不知道该说什么了。但是有个事情我得现在和你先汇报,如果有一天,陈开怡主编回到《盛装》,我还是想回《盛装》工作,除非面试不上——那样的话,我是不是会对不起你?"

赵昕有些不明白:"就算真的有那一天,你再回去的意义是什么?"

李娜郑重说话:"我想和她一起去守护那些她想守护的东西。"

赵昕愣了一下:"抵达美、捍卫美?"她低头沉思了好一会,才抬头苦笑:"——我答应你,如果真有那天,你回《盛装》,我不拦你。"

李娜欢喜地向赵昕道谢。

第二十一章　众筹，背水一战

这是一个非常明媚的早晨。

卧室门打开了，陈开怡走了出来，脸上却禁不住有些惊愕的神色。餐桌上摆好了两份早餐——切片面包、煎鸡蛋、牛奶和橙汁。

雷启泰站在餐桌前，笼着双手，面带笑意，像是餐厅的高级服务生。

雷启泰轻轻挪开椅子："请坐。"

两人坐了下来，雷启泰拿起一片面包，抹黄油和果酱，一边说着话："昨天晚上，是我太冲动了，我向你道歉，希望你别往心里去。我昨晚想了很多，把我们从认识到现在的很多很多事情，放电影一样的过了一遍。开怡啊，这一路你太不容易了。当然，我也不容易。生活就这么回事吧，弄到现在这个地步，也许只是我们运气不好，我想明白了——"

雷启泰把抹好了黄油和果酱的面包，放到陈开怡面前的盘子里："——过去的就让他过去吧，日子还得奔着以后过。我们重新开始，好不好？"

雷启泰眼巴巴地看着陈开怡。

陈开怡觉得眼睛有点湿，赶紧侧过头去,擦了擦眼睛，回过头看着雷启泰："有些话我应该先说在前头——我要卖房子，众筹去收购《盛装》，这件事情不会变。"

雷启泰郑重说话："我知道你决定的事情不会变，但我特别希望你能真正说服我，君子不立危墙之下，你为什么要一次又一次把自己推入险局？"

陈开怡突然转了一个话题："你比我小，性格也比我急，当时你追求我，我拿不准要不要和你在一起。"

雷启泰有些好奇了："然后呢？"

陈开怡说："我做了很简单的一张表，左右两栏，左边写和你在一起的理由，右边写不和你在一起的理由，我记得不和你在一起的理由有 7 条。"

陈开怡轻轻背诵起来："第一，油嘴滑舌，不牢靠；第二，有孩子气，可能会没担当；第三，个子不够高；第四，性格容易急躁，沉不住气；第五，想事情比较随意，有花心的可能；第六，不笃定，容易放弃；第七，有业务和直接利益往来，公私混淆。"

陈开怡望着面前的雷启泰。"必须和你在一起的理由那一栏里，始终是空白我想不出任何理由——但我也想明白了一件事情，那就是——即便你浑身都是毛病，就算我们有各种不适合，我想到你的时候，脸上还是会笑，心里还是会开心，我还是想每天见到你——就这个，够了，值得我去冒险。"

雷启泰沉默，眼光闪动。

陈开怡的神情慢慢黯淡下来："人是靠爱和信念活着的。我真的需要去说服你支持我去做一件——我必须要做的事情吗？我觉得不需要。"

雷启泰小心翼翼地问："怎么——突然又不高兴了？"

陈开怡微笑着摇头："没有什么。我只是想到，我爱过你。这让我很难过。谢谢你的早餐，我要出去了，有事情要办。"

陈开怡站起身，提起包，快步出了门。

雷启泰看着桌上一动未动的早餐，愣住了，久久没动。

野湖。陈开怡的车子就停在湖边。

陈开怡倚在车边，看着面前的湖水——日光洒在湖面上，如碎钻一般闪烁。

不远处传来汽车声。陈开怡回头，就看见日光之下，四辆车，几乎并排着向她开来，很有点尘土飞扬的气势。禁不住微笑起来。

四辆车停稳，一字排开，车门开。

秦敏、杜霞、邓雯、玛丽，下车，分别站在车门边，日光勾勒出四个漂亮的剪影。陈开怡笑看着她们四个人——感受到一种强烈到简直扎眼的美好。

四人向着陈开怡走来。

登机口。

项庭峰站定，还有些微喘，但脸上依然努力挤出了一丝笑容。站在他面前的，是手里拿着登机牌的肖红雪。

在他们身后，前往香港的乘客正在陆续排队，准备等待检票登机。

"快登机了？"

"嗯，快登机了。"

两人面对面站着，四面声音嘈杂，但是两人之间，除了最开始的两句干巴巴的言语之外，两人之间竟然说不出多余的言语。

开始检票了。登机的乘客们陆续检票，队伍缓缓向前挪动。

肖红雪说话："那我——排队去了。"

项庭峰突然说话："和我去巴黎，好不好？"

肖红雪愣住。项庭峰从口袋里拿出护照和登机牌："我还有一个小时登机，去巴黎，只要你愿意，我现在就改签。"

肖红雪站住了，静静地看着项庭峰："给我一个理由。"

项庭峰急速说话："这次去巴黎，我志在必得，《盛装》已经是我们的了。"

肖红雪打断："这个问题我们不是已经沟通过了吗？"

项庭峰说话的声音更为急促："我舍不得你。"

简简单单五个字，却像是定身魔咒，肖红雪想要说话，却说不出。

检票的声音在他们身后，不断响起。

项庭峰像是在陈述，又像是在喃喃自语："我还爱你。是的，我爱你。我以为我可以做到不爱你，让你回香港——但不行，我做不到，我想到以后见不到你，我们不会在一起生活，我再去住这个世界上的任何一家酒店，那个房间里都不会再有你，我这里捂着心口——疼。再给我一次机会，好不好？最后一次机会。"

肖红雪的眼泪瞬间流了下来。

项庭峰简直是恳求了："我们离最后的成功就只差这最后一点点，就这么一点点，我们在一起那么多年，付出过那么多的努力，最后这小小的一步，陪我走过去，好吗？我求你。"

肖红雪沉默地看着面前的男人。

很熟悉，很陌生。

"我可以再给你机会，最后一次机会。"肖红雪停顿顷刻，"把去巴黎的机票撕掉，放弃那最后的一小步，和我回香港，我们重新开始。"她举起手里的机票，"我和你一起改签下一班。好吗？"

项庭峰站立不动,手却下意识地紧紧攥着那张登机牌。

肖红雪转身,快步往前,进入检票口。

转了一个弯,她的身影,不见了。

陈开怡、秦敏、玛丽、邓雯、杜霞站成一排,面对湖水,心旷神怡。

陈开怡站在最中间,张开双手致敬《风中有朵雨做的云》,慢慢将站在她两边的四个人抱住——五个人并排相互抱着,一同看着洒在湖面上的日光点点。

日头和晚霞逐渐沉在湖面上,一片绚烂如火。

率先进入工作状态的人是秦敏:"行了,造型也摆得差不多了,说事吧——"

陈开怡却阻止:"——再等等。"

邓雯迫不及待:"还等什么?我们可是憋足了劲,就等你一声令下。"

陈开怡微笑:"再等一个人。"

众人不解:"谁呀?"

正在这时,汽车的声音从身后传了过来,众人转身,就看见了一辆出租车快速驶来,停下,肖红雪提着行李箱,下了车,笑:"我进了检票口,却没有上飞机……这机票的钱,谁出?"

灯火通明的饭馆,熙熙攘攘都是人。

靠窗的位置,严凯和鲁斌斌对坐着,两人的脸都红扑扑的。桌上放着两瓶白酒。

鲁斌斌给两人继续满上酒:"这地方多好,这就叫烟火气,这就是人世间!比什么米其林三星啊、五星级酒店啊,都要强得多——你就应该多在这样的地方混,身上那种莫名其妙的文艺病自然就治好了。"

严凯端起酒杯:"我和你说的,在你看来就只是文艺病?"

两人碰杯,仰头喝白酒,啧啧着嘴。鲁斌斌抹了抹嘴,吃菜。

严凯给两个杯子满上酒。

鲁斌斌嘿嘿笑:"咱俩从一开始,就是志不同道不合,但山不转水转,你看,这不殊途同归了嘛!"

严凯举起酒杯,又与鲁斌斌碰了一下:"谁和你殊途同归了——我今天找你,是有正经事的。鲁斌斌，你必须要尽快想办法，去把陈开怡请回来。陈开怡再不回来，《盛装》就完了。你和项庭峰，不是做内容的人，你们搞的那些阴谋，在真正的内容输出面前，毫无意义。"

鲁斌斌却不想说这个事情："我真的想不明白你怎么这么难伺候，每天都愁眉苦脸的，你要钱有钱要姑娘有姑娘，那个柳姑娘，我好像有一次在公司见过，长得噢哟——漂亮！大高个、大长腿，和你特别般配——"

严凯脸色沉下来："——别岔开话题。这件事很重要！"

鲁斌斌的舌头都似乎打结了："——我要能有这样一个女朋友，我——我什么都不要了，我直接就认怂了，一辈子多短，能碰上一个这么合适的人，太难了——"

严凯重重拍了一下桌子。

周边几桌的客人，都向他们看过来。鲁斌斌被看得发窘："你神经病啊，说话就说话，拍什么桌子？"

严凯怒了："你不要再岔开话题了，你也看到了，现在的《盛装》像什么——"

鲁斌斌也急了，一急之下，舌头居然不打结了："——那你去请陈开怡啊，你家那么有钱，你干脆自己收了《盛装》不就完了，你催我有什么意思？！我就是一个破打工的，我当了副主编，到现在，连个说恭喜庆祝的人都没有！一个都没有！"

严凯摇头："乔治就是因为收购这种乱七八糟的事情而死的，我不会去碰这个。"

鲁斌斌放下了酒杯，人也坐正了，他的眼神清澈，一点醉意也没有了，声音里也没有那种油腻腻的味道："严凯，我和你也喝几回酒了，有些话以前我觉得说出来没有意义，我也懒得帮你，但现在我觉得——我有要跟你说的责任。"

"帮我？"

"就当是我自己贱吧。严凯，你要知道，每个人活在这个世界上，都是有责任的对吧？我的责任我做到了，你别管我用什么法子，是阳谋还是阴谋，但你得承认，我一直知道自己想要什么，并且就去行动。"

严凯沉默了一下："这点我承认。"

"可是你呢？你的责任呢？你口口声声说自己爱《盛装》，可是你到底为《盛装》做过什么呢？你口口声声说乔治对你来说多么重要，你到底又为乔治做过什么呢？你一直在逃避你自己的责任，我说得难听点，严凯，你他妈就不像个男人！"

严凯沉默。

鲁斌斌端起酒灌了自己半杯："乔治是死了，可你不能一直困在他死的阴影里不走出来吧？他就算是精神上的爹，你现在也得长大了，你得自己去活着！活着，不是光能喘气就行，是得活出个样子！我要有你那样的家世和资源，我能想出一万个办法救《盛装》，一万个办法！你竟然来找我去请陈开怡回来！你是疯了吗？你脑子里装的都是浆糊啊！你呢？你在哪里？你严凯在哪里！"

鲁斌斌说到激动地方了，气得直拍桌子："老严啊！人一辈子就是打牌，这个世界的绝大多数人起手抓的都不是什么好牌，就靠算计啊、苦心经营啊，一点点把自己活出个人的样子。可你起手抓的是天牌啊，满手王炸啊！话我就说到这了，不管你当不当我是朋友，刚才这些话我是说给我朋友听的——"

严凯没说话，默默举起一满杯酒，和鲁斌斌的杯子碰了一下，仰头一口喝干了。

鲁斌斌抓起了酒瓶子，直接咕噜咕噜往嘴巴里面灌。他似乎只想用这个行为来抒发情绪，但是白酒烧喉咙，才喝了两口，就呛得直咳嗽。

他放下了酒瓶子："老严，其实我一直还挺羡慕你的。这么多年，乔治、陈开怡、你啊、玛丽啊，我觉得你们就像一支队伍，说往哪打就往哪打，攻城掠地，不管胜负，心都是在一起的；我们广告部——或者干脆就说我吧，我融入不了你们，对你们来说，我就是一个钱串子，有时候我也想不通，没有我们，你们那些理想抱负情怀，怎么实现？每张印刷纸都是有价的，普通纸有普通纸的价，铜版纸有铜版纸的价，厚一毫米的价格都不一样——可是，你们不关心这个，你们只关心那些文章是不是真的输出了价值观，巴拉巴拉的，我总觉得自己像一个外人——我本将心照明月，明月说它看不见——"

鲁斌斌悠悠地长叹一口气，酒劲上头，脑袋一歪，仰面倒在椅子上，睡着了。

严凯坐着一动不动，听着旁边鲁斌斌微微的鼾声，心里百味杂陈，仰头看着天上的月亮。

明月当空。湖边燃着一堆篝火。火光对着月光。

邓雯汇报:"开怡,媒体这边搞定了,下周一,只要你发微博宣布众筹收购《盛装》开始,第一拨至少有二十家媒体官博会同时转发,然后我会组织第二波、第三波转发,半天之内,一定把这个事情顶上热搜。玛丽,你那边呢?"

玛丽汇报:"我找了特别熟的艺人经纪朋友,他们旗下的艺人也会帮忙推广扩散。我这边你们就放心了,我是带着将功赎罪的心态来的,知耻而后勇,这次我肯定不会掉链子。"

陈开怡忙说话:"你别这么说自己啊,没觉得你有什么值得将功赎罪的,你是什么样的人我太清楚了,放心,'时尚盛典'跑不了,肯定还是你的!你说呢?红雪。"

肖红雪也表态:"我们现在已经是一家人了嘛,我这边也都在陆续通知,搞影响力我不见得比得过你们,所以我会专注去搞钱,你把房子抵押了,这份勇气我很佩服,我一定会尽可能的搞出更多的钱,和你一起把这一仗打赢!"

秦敏举起手来:"说到钱,我刚才一直想说来着,我银行卡里还有些存款,全都拿出来,我得赶在众筹之前,先占个投资的位子啊!杜霞,你那边呢?"

杜霞先表态:"我银行卡里的存款肯定也会全都交出来。——开怡,我有个事情单独和你说,可以吗?"

陈开怡看了一下四周,众人纷纷表示没意见。陈开怡就说:"我们去车上吧。"

一上车,杜霞就把车顶灯打开,车门和车窗都关紧了。

陈开怡不解:"外头都是自己人,你还这么谨慎啊。"

杜霞从车后座拿过自己的包,从包里掏出一个U盘交给陈开怡。

陈开怡迷惘地接过。

杜霞郑重地说:"这个东西,你一定要保管好。这是你在《盛装》这么多年,和你有关的所有账目。"

陈开怡一惊:"账目?"

杜霞点头:"对,你现在已经不在《盛装》了,我又从财务部里出来了,你要众筹收购《盛装》,就等于大张旗鼓和项庭峰正面斗,我怕他们会想阴招害你。所以我在离职之前,专门把这些年你的账目都做了备份,包括你的工资、奖金,你经手签过字的报销款、预支款、稿费等等，全在这个U盘里。这么多年，你的账目都是非常干净的——你从没多要过公司一分钱，最早几年，你还给公司贴补过不少自己的钱。唯一的瑕疵，是雷启泰那边的账，但那个是乔治经的手，而且那些回扣款在当时来说，都是没办法必须得给出去的，乔治也明白这个事情的重要性，所以他才会一直帮你顶着这个事情。之前鲁斌斌拿着雷启泰的事情，把你害成这样，很重要的原因，是我疏忽了，没有防到这一步，同样的错误不能再犯——"

陈开怡却注意到了另外一个问题："——你为什么现在给我这个？收购《盛装》，你还参与吗？"

杜霞眼睛里含着泪，笑着说："都安顿好了，再过两个月，我们就结婚了，婚礼会在新加坡办。"

陈开怡抱住杜霞，兴奋得眼泪都掉出来了："小霞，恭喜你啊，你终于嫁人了！嫁得还是你爱的人！太好了！"

杜霞在陈开怡的耳边轻声说："谢谢你，这么多年，一直在帮我，当初我做会计，为了帮我爸还债挪用了公款，从牢里出来后，没一家公司敢用我——"

陈开怡急忙说："别说了别说了，早都过去了。"

两人松开彼此，发现对方的脸上都是泪花，互相帮对方擦眼泪，又都笑了起来。杜霞从包里拿出一张银行卡，放到陈开怡的手心里："卡里有10万，密码是你的生日，这是我参与众筹收购《盛装》的钱，等你收购成功，我就是《盛装》永远的股东了，要记得每年给我分红——"

陈开怡握着那张银行卡，看着面前的杜霞，一句话也说不出来。车窗外传来吉他声。

两人定住了，听——确实是吉他声，是《Try To Remember》的前奏。陈开怡、杜霞两人下车。

篝火熊熊。一群姑娘正围着篝火，肖红雪捧着一把吉他，正在扫着弦。

肖红雪开始唱了，她的声音嘹亮而悠长：

try to remember the kind of september

when life was slow and oh so mellow…

大家的歌声都加了进来：

try to remember the kind of september

when grass was green and grain was yellow

try to remember the kind of september

when you were a tender and a callow fellow …

歌声温婉悠长，伴随着吉他声，一点点弥漫开。静谧的湖面上，月光微微荡漾。

今天是鲁斌斌的好日子，副主编兼代理主编就职典礼就在今天下午举行。

多媒体会议室的屏幕已经打开了，相关的PPT早就安排陈默做好放上去了；鲁斌斌还安排俞京京去买了几个花篮。

自己花钱，图个喜庆！

戴上一顶新帽子，正了正领带，整了整西装，又低头去看了看自己的皮鞋。很好，油光贼亮。整了整衬衫袖子，看了看手腕上的名表，对着镜子收拾了一下自己脸上的表情——要威严，又不失亲切。

难度很大，但是鲁斌斌是表情管理大师，不过几分钟，就设计好了自己的笑容。

然后给自己做了一个加油的手势，雄赳赳气昂昂，前往会议场。

……然后，当头就是一盆冷水。

会议室里，寥寥几个人。

大半是原来广告部的，自己的手下。

一瞬之间，怒火"腾"的冒上来了，鲁斌斌拍着桌子大声喝问："人呢？这算哪门子仪式？——公司人都死光了吗？"

一群男人急忙上前试图安慰。

鲁斌斌咬牙笑："俞京京、陈默，把公司里在的、能走路的，全喊过来！不过来的就再也不用来上班了！"

俞京京、陈默站起来，但都面露难色。

鲁斌斌大声咆哮："怎么？我的要求很过分吗？我堂堂副主编——兼代理主编的就职仪式！大家聚一聚，这个要求过分吗？"

这个要求的确不过分。

几个人慌忙到处去找人——

但是注定是无用功。

前台的小米告诉:"工作区刚才还有几个人在,但是里面一拍桌子,大家都跑了。还有财务部、人力资源部、行政部的人,刚刚都走了,打电话没人接。"

鲁斌斌跺脚:"肯定是有人在背后搞事情!混蛋!王八蛋!这是故意给我难看呢,到底是谁在跟我作对?到底是谁?不要让我查出来!"

小米怯生生说话:"我听说,是秦敏组织的,说是今天会有重要事情发生。"

鲁斌斌咆哮:"又是秦敏!今天还能有什么重要的事?!给秦敏打电话!问问她,到底想要怎样!"

正在这时,罗翰举起手机,跑了过来:"老鲁,老鲁!陈开怡发大招了!她要众筹买《盛装》!"

鲁斌斌一把抓住罗翰的手机。手机上打开的是微博页面,陈开怡刚刚发布了一个长微博:

《盛装》是我矢志不渝的梦,是我终其一生也要坚持的事业,是我最坚定的意志所在;《盛装》亦是记录这个时代女性生存境遇的文本,是我们与无数女性共同进步、一同发声、彼此交换情感与人生经验的平台;《盛装》并非只是一本时尚杂志,她是我们一同在守护的精神家园。我们争取、我们抗争、我们表达,我们一直信奉'抵达美、捍卫美',在这日新月异、纷扰喧嚣的世界,我们从未忘记自己的使命和责任。如今《盛装》陷入收购困局,本人在此公开宣布,向大众筹措资金,共同收购《盛装》!此举看似冒险激进,但势必会绝处逢生!因为我相信时代会更加懂得美、珍惜美;我相信女性、相信"她"的力量,我相信所有的潮水终将汇聚,一同形成每位女性都能从中真正获益的未来!

鲁斌斌阅读着这一条微博。每一个字他都认识,但是连起来,内中的含义,却让他感到陌生——

或者,也不陌生。在过去的几年里,这些都是陈开怡经常挂在嘴巴上的内容。但是鲁斌斌从来也没有将这些言语当一回事。在鲁斌斌看来,装腔作势的言语,谁不会说?

但是没有想到,在陈开怡已经一败涂地的时候,她居然还在微博上发布这样的言语——而且是以一种飞蛾扑火的姿态。

心中有些滋味，难以陈述。

鲁斌斌的手机响了起来。项庭峰在找他。将罗翰的手机还给主人，鲁斌斌来到了项庭峰的办公室。

项庭峰背对着窗户坐在，窗户外面阳光明媚，项庭峰的五官却全都隐藏在黑暗里。

他端着一杯酒，对着鲁斌斌点头示意。鲁斌斌在他对面坐下来，也拿起摆在桌子上的另外一杯红酒。

项庭峰抿了一口，慢悠悠地说："《盛装》成为弃子的进程提速了。"

鲁斌斌怔了一下："什么意思？"

项庭峰淡淡地说："安东尼在董事局的位置不断被边缘化，总部可能要把传统媒体业务全部裁掉。"

鲁斌斌惊呼了一声："全部？疯了吧！这事——靠谱吗？"

项庭峰苦笑："这几年集团的财报你也看过，全世界三十多个版本的《盛装》，现在还在挣钱的只有7家，利润也都不高，其他的全都在烧钱贴补，早就入不敷出了，再这么下去，与其等着破产清算，不如主动切割。"

鲁斌斌急忙说话："卖掉啊，至少还能套现。"

项庭峰冷笑："这么明显的不良资产，谁买？别说全世界的《盛装》了，就我们自己这一本《盛装》，折腾到现在还不是一无所获。"

鲁斌斌不由恨起陈开怡来："如果不是陈开怡一直和我们对着干——你知道吧，她把房子都卖了，在搞众筹。轴死了！"

项庭峰笑着摇头："不是轴，她是把自己给献祭了。——我们必须也要加速，我了解总部董事局那帮人，对他们来说，一城一池的得失不重要，你和我的死活更不重要，重要是战略、是布局未来，传统杂志没有办法代表未来，早切割就意味着早止损，他们一旦决定了，马上就会执行——时间才是最宝贵的资产，我们一定要抢在他们前头，把属于我们的那份套现拿回来。"

鲁斌斌急切询问："怎么套现？"

项庭峰笑容里带着几分神秘："陈开怡要做悲情英雄，就让她的悲情变得更有价值。"

鲁斌斌沉默了。他闻到了这句话里头的血腥味，但一时还想不透这句话背后到底是什么——于是他拿起酒杯，自顾自地喝了一口，浑然忘了要和项庭峰碰杯。

项庭峰悠悠地说："当年公司刚搬到这里来办公，有些地方还没装修好，包括这个楼道，有一天乔治和陈开怡讨论品牌的极致是什么，他们拿圣马丁举例子。你知道的，圣马丁对于时尚界而言，就相当于包豪斯对于设计界、金棕榈对于电影界，都是类似于行业朝圣的存在——几乎每个行业都会有一个至高殿堂的存在，这种存在是不是最杰出的品牌影响力？而这种品牌的情感内核，几乎相当于某种信仰，他们当时的结论是'品牌的极致就是信仰'。而现在，陈开怡的悲情感，就像历史上那些为时代殉葬的人一样，她可能会让《盛装》成为一个新的图腾——而这，就是我们要套现的价值。"

项庭峰举起酒杯，看着鲁斌斌，似笑非笑；鲁斌斌对他，也似笑非笑。

平价酒店的一间套房，已经被改成了众筹办公室。

办公桌上铺满了资料，墙上挂着大幅的表格，随时更新着众筹的进度。

时钟的滴答声，指针一格一格划过12点。姐妹们都已经散去，房间里只剩下了陈开怡一个人。已经筋疲力尽了，但是却没有任何睡意。

敲门声响了起来。

陈开怡看了看时间，不打算去开门。但是敲门声继续，大有不开门就敲到地老天荒的架势。

陈开怡只能起来开门。——站在门外的居然是雷启泰，手里提着一瓶香槟和两个高脚杯。

雷启泰环顾房间，径直走到铺满资料的办公桌前，哗啦一下将桌上的所有东西都扫到地上。将高脚杯放在桌上，倒满香槟。

雷启泰抬头看着陈开怡，还没说话，眼泪先流了下来。

陈开怡察觉到了雷启泰想要做什么，走到办公桌前，拿起香槟酒，静静看着雷启泰，等他说话。

雷启泰擦了眼泪，笑："我没想到会是这样一个地方。"

陈开怡低声解释："这个地方也是用来过渡的。"

雷启泰笑着点头，眼泪又滑落到嘴巴里："对你而言，在哪办公根本不重要，你现在已经是行业的传奇。"

陈开怡只是摇头："事在人为而已。"

雷启泰点头："是啊，事在人为，这些年，我和你做的每一个选择，好像都是事在人为。你当年决定和我在一起，是因为我能让你快乐；可是，我为什么要和你在一起呢？我好像从来没认真想过这个问题。"

陈开怡声音也略带哽咽了："你现在想到了吗？"

雷启泰放下了手中的酒杯，陷入了沉思，好久才说话："我想，我是爱你的，但这种爱太复杂了，这些年，我为你骄傲，也为你心疼，我知道你在外面光彩照人的样子，也看过太多你背后的心酸与苦楚，我在你身边，只想让你更多一点快乐，因为，你啊，你太不快乐了。可是，开怡，我和你，就像闹钟和电池一样，你不断往前走，我在不断消耗，总会走到某一个时刻，我耗尽了，我不能再给你提供任何动力了，因为我已经被掏空了。但是，我知我是爱你的，只是我现在再支撑不住这份爱了。你知道吗，过于杰出的人，对于他身边至亲的人而言，是一种诅咒。因为太过耀眼，所以我们就永远活在巨大的阴影里——"

陈开怡再也按捺不住心中的那汹涌的情感，上前抱住雷启泰。两人紧紧相拥。

雷启泰的脸埋在陈开怡肩上，泣不成声，终于，在眼泪中说出那句话："我们，离婚吧。这是我能为你做的——最后一件事情了。"

陈开怡的脸上，眼泪滑落。

雷启泰低声说话："我知道你是要体面的人，我希望我们的结束，也能足够体面。"

陈开怡扶着雷启泰的肩膀，看着他的脸——看得很细致，额头、眉毛、眼睛、鼻梁、嘴唇、下巴……

陈开怡去吻雷启泰——非常漫长的一个吻，好像一辈子所有的爱与痛都结束在这个吻里……

许久后，两人松开彼此。

陈开怡的口红全都花了，雷启泰的嘴上也被抹上了一片红印——看着像是小丑化完妆之后的嘴唇。

两人看着彼此，眼泪还在脸上，却又忍不住轻笑。

陈开怡轻轻说话："我同意。——你自由了。"

雷启泰对着陈开怡，重重点了点头，眼泪又落了下来。

凌晨两点钟。路边小酒店，零星两三桌客人。

陈开怡与肖红雪对坐喝酒。

陈开怡陈述着今天的故事："他对我说，他对我的爱非常非常复杂，我相信他说的话，我相信他是爱我的，可是他却没有办法和我相处下去，肯定有什么东西是他从骨子里没有办法接受的，他不能接受的东西——到底是什么呢？"

陈开怡又开始倒酒，嘴角泛起一丝丝苦笑："我发现，男人对爱情，有一个非常顽固的模型，要征服、要占据、要拥有、要驾驭，如果不是那样，他们就否认那段关系是爱情——哪怕他们明明很爱对方，他们宁可忍受失去爱人的痛苦，也要维持那种模型给他们带来的自尊感。那种自尊，到底是什么呢？"

肖红雪试图转移话题："开怡，我们放过这个话题吧？你对自己太残忍了，你是在解剖你自己的痛苦。"

陈开怡摇摇头："我们还是要思考的，因为这样的痛苦并非我独有，我相信《盛装》有很多读者，也在面对同样或者类似的问题——这种问题所带来的影响是非常具体的，具体到你应该穿什么衣服，开V或者抹胸只能低到什么程度、做什么样的发型、用什么色号的口红、画多浓烈的妆、穿多高的高跟鞋、要不要去体毛、要不要假装高潮——只是为了照顾身边男人的自尊感。"

肖红雪叹气："你应该嫁给《盛装》的，你刚才说的话，就像一篇卷首语。——我还蛮感谢项庭峰做的一件事情的。"

陈开怡露出问询的神色。

浅浅喝了一口酒，肖红雪解释："他让我来这里做主编，如果不是他推动这件事情，我肯定也不会有这样和你坐在一起喝酒的机会。这段时间，我看到了好多事情，以前我一直想不通，为什么我就一定不如你呢？为什么我就不能做一个比你更好的主编呢？现在我想通了，我不见得能力不如你，我们只是两种人而已，你比我先一步把灵魂注入到那本杂志里，而我呢，不管怎么努力，也改变不了那本杂志的基因，也不应该改变。所以，等众筹收购的事情结束后，我会离开。"

陈开怡愣了："离开？"

肖红雪笑："我说了的嘛，我不喜欢牺牲，你很耀眼，但你沉重，你背负的东西太大了，你想改变的事情太大了，我愿意站在旁边欣赏你，为你加油、为你鼓掌，但我没有勇气和你并排站在一起，去推动那么那么艰巨的改变，做那样的改变，真的是以摧毁自己生活为代价的，这件事情我做不来。"

陈开怡神色有些惘然："看来，我今天是要离两次婚啊。"心中却有些明白肖红雪做出这个决定的因由。

肖红雪急忙否定："不对，你只是少了一个对手，而多了一个永远的朋友和事业上的盟友，不管我去哪、我做什么，我都会永远支持你！"

肖红雪举杯。陈开怡举杯。

两杯清酒，在灯光下摇晃着，折射着不同的倒影。

很相似，但是又不相同。

像是两个不同的世界。

第二十二章 转型，斌斌抉择

鲁斌斌的脸色阴沉沉的，就像是能挤出水来。一层工作区，有人的工位不超过5个人，空空荡荡的。

敲着桌子，鲁斌斌满脸怒气："10点半了！为什么没人上班？！大家全都财务自由了嘛？"

陈默急忙解释："老大，是这样的，专题组、服装组、美妆组的全都辞职了；那边人力资源部的人，全去帮着秦敏做众筹的事情去了；财务的人倒是没什么人辞职，但他们都在二楼办公——"

鲁斌斌眼睛转过："罗翰！潘希伟！还有他们的人呢？"

俞京京忙说话："摄影组和设计组都放假了。"

鲁斌斌拍打着桌子："放假？什么假？国际混蛋日吗？"

俞京京低声解释："罗总监说，内容部门全停摆了，他们在这也没事干，正好就凑吧凑吧把所有人的年假都集中一次性给放了。"

鲁斌斌连着冷笑好几声，突然随手抄起桌上的杂志和本子之类的都往地上砸："这么多人的年假，谁给批的？谁批准的？问过我吗！"

陈默："人力资源部给批的……他们人没在,但直接在公司系统里就给批了。"

鲁斌斌喘着粗气："所以，我这主编就是个摆设吗——"

小米快步走过来："鲁主编，鲁主编！项总找您。说只要您来了，赶紧去见他。"

鲁斌斌点了点头，心里琢磨着，往前走，走了几步，忽然回过头，对着众人："给罗翰、潘希伟打电话，让他们所有人，回来上班！谁敢这个时候休年假的，我全部开——就说，他们的休假我不批准！"

鲁斌斌快步走向项庭峰办公室，推开门，先看了眼里面的情况——项庭峰坐在办公桌后，严凯站在他对面，办公桌上放着一个信封——鲁斌斌闭着眼睛都能知道那是辞职信。

两人都看见了鲁斌斌，但是都没说话。

鲁斌斌慢慢背过身把门关上，再转过头，脸上已经堆了不少笑容："老严啊，我们前两天才喝酒交心交肺聊了那么多，你就这么对我？现在内容部门全部停摆，等我们招几个能用的人上来你再走也不迟，相煎何太急啊？"

项庭峰慢慢说："算了。志不同，则道不合，让他走吧。"

鲁斌斌有点急："他要再一走，《盛装》完了，总不能整本杂志都是广告吧？！我们也不能再继续休刊了，再休下去，所有品牌和广告商会一起吃了我的！"

项庭峰有些不耐烦："赶紧招人。"

鲁斌斌跺脚："现在连招人的人都没了，人力资源部全跑光了。项总，严凯在行业里也是有名声的，他要再一走，就等于告诉全行业，《盛装》已经全军覆没了。"

严凯注视着项庭峰，微微冷笑："我要说的，刚才已经说得很明白了，从乔治死的那天开始，《盛装》就注定会变成现在这样，项庭峰——你！要负全部责任！"

项庭峰阴沉着脸。

严凯转身要走，走过鲁斌斌时，停了下来，看鲁斌斌："那天喝酒，你有几句话确实帮到了我，在我心里，我愿意把你当朋友。成功的方法有很多种，"指了指项庭峰，"但跟着他，就算成功，也是最不光彩的那一种，就算全世界只看最后的结果，但你肯定会被所有的过程折磨。老鲁，如果你还想真的做出点事情，尽早离他远一点。"

鲁斌斌不耐烦说话："你辞职就辞职，撂这么多狠话干嘛？我现在就想做好《盛装》，你不是照样要走吗？大家都这么熟了，装什么大尾巴狼啊？"

严凯对鲁斌斌微微一笑，没再接话，出门。

鲁斌斌看着门没关，嘴里一边嘟囔着一边起身去关门："出去连个门也不关，没礼貌。"

鲁斌斌关上门，站在门背后，隔着整间办公室和项庭峰"遥望"着。

鲁斌斌脸上虽然带着笑意，但说的话却非常谨慎："项总，真的——没有别的办法了吗？"

项庭峰目光里带着锋芒："你不愿意？"

鲁斌斌急忙表态："和你搭档，我当然是愿意的。"

项庭峰咄咄逼人：""那——你不相信我？"

鲁斌斌继续表达忠心："更不可能！我当然信你！"

项庭峰目光才柔和下来，问："那，问题在哪？"

鲁斌斌沉默了一下，才说："我昨晚想了很久，万一，我就说万一啊，安东尼是忽悠我们，我们怎么办？"

鲁斌斌慢慢往项庭峰走去："利用陈开怡的众筹，把她弄的更悲情，让众筹的数字不断变大，来抬高《盛装》台面上的收购价，这事我是认的；但我们绕过总部董事局，弄个文化公司的壳子，伪造一份总部的授权合同，直接就把《盛装》给卖了，就算安东尼说，只要他分到百分之十五的钱，他去摆平董事局，那万一他翻脸不认人怎么办？"

项庭峰笑地很轻松："他不会的。我认识他很多年了，我很熟悉他的为人。"

鲁斌斌苦恼地说："可是你让我去做那个空壳公司的法人，法人的意思我还是懂的，出了事，我第一个倒霉——"

项庭峰眼睛又锋利起来："——说到底，你还是不信我。"

鲁斌斌陪着笑："那不然，法人——您来做？哪怕咱俩联合法人都行，我胆子小，你别把所有的风险都让我一个人扛。"

项庭峰冷笑了一声："如果所有风险都我扛，你的价值是什么？"

鲁斌斌的调子也猛然高起来："我是来做你搭档的，不是来做你的枪，我不是乔治，我不会给任何人任何机会，把我逼得站到天台上！"

鲁斌斌此时已经站到办公桌前。

项庭峰也慢慢站起身，两人都扶着办公桌，微微前侧着身体，形同对峙。

项庭峰神色有几分狰狞，但是他依然试图说服鲁斌斌："既然是做搭档，你就要信我。我和你谈的利益分成是五五分，刨掉给安东尼的那百分之十五，我们至少每个人还能赚一千万！一千万！甚至更多！你不冒点风险，你凭什么去赚这个钱？"

鲁斌斌的神色猛然之间松弛下来，他的嘴角勾起了笑意，那是一切都想明白了，很轻松地笑："项总，你可能是误会我这个人了，我鲁斌斌看着是掉进钱眼里,但比起钱,还有一个东西我更爱——我的命。乔治是理想主义,你让他幻灭;陈开怡是英雄主义,你就想把她变成图腾套现;但是,你没法算计一个像我这样的利己主义者,因为你开不出任何一个价钱,能高过我的命!"

项庭峰慢慢坐下,绅士地微笑:"那我只能为你感到遗憾,你错过了一个快速实现财务自由的机会。老鲁,在我看来,无非是两个东西在干扰你的判断,第一,你还幻想着自己能做好《盛装》,刚才你在严凯面前已经充分说明了,你还在妄图去挽救这本早就无可挽救的杂志,你把主编的虚名看得比一千万可重多了;第二,你不是什么利己主义,不要学他们那些文化人瞎拽词,你就是懦弱,这种懦弱让你被整个杂志社的人看不起,你履职主编,根本都没人去,你所下达的每一个指令,都没人响应,在所有人眼里,你就是一个每天戴着不同帽子的小丑,就连那些帽子,都是为了遮掩你懦弱和自卑的道具,所以,你不被任何人尊重,你永远都不可能成功。"

鲁斌斌狂笑起来:"原来你最后一招是激将啊,没想到——哈哈,真是没想到。我终于发现我和你之间最根本的分歧到底在哪了,为什么我从骨子里没法相信你,因为你对这本杂志,真的一点感情也没有,一点点也没有。"

鲁斌斌将自己的帽子摘下,慢慢放到项庭峰面前:"如果你认为帽子是为了遮掩懦弱和自卑的道具,这顶帽子,我送给你——不用谢我,这是你应得的,因为你才是这个公司,真正的小丑。再见。"

鲁斌斌放下帽子,转身,头也不回,离开。

陈默、俞京京、小米还有几个广告部的同事眼巴巴地守在距离项庭峰办公室不远的地方。鲁斌斌刚走过去,他们立刻簇拥了过去。

"老大,没事吧?听说严凯也辞职了,你们——你们还好吧?"

"主编,你帽子呢?刚进去的时候还有,怎么出来的时候——"

鲁斌斌慢慢扬起一只手,真有点英雄振臂高呼的意思,说话的声音很大——也是为了说给办公室里的项庭峰听:"所有人,回到各自岗位上班!那些休假的!全都喊回来!告诉他们,《盛装》就要倒闭了,我们一定要工作到最后一刻!最后一分!最后一秒!既然我们救不了这本杂志,我们唯一能做的,就是坚持工作岗位到最后!不管多少年以后,当我们回想起这本杂志在濒临倒闭前的至暗时刻,我们有所为有所不为,我们虽然没有能力照亮更多的人,但也没有被这一刻的黑暗彻底吞没,只要我们不会为自己的所作所为,感到任何羞愧!这就——够了!"

掌声轰鸣。

严凯辞了职,直接回家。才下了车,严玥就迎接上来,嘴角带着笑,眼睛里却含着泪,说:"爸爸听说你辞职了,很高兴。不过你得抓紧时间,他现在清醒的时间越来越少了,经常说着说着就瞌睡过去,或者糊涂了。"

两人进了家门,就看见严永志穿着一身西服,手里拄着一根手杖,头发纹丝不乱,稳健地从房间里走了出来。

严玥急忙上前要去搀扶严永志,严永志一摆手,自己杵着手杖走到茶台边坐下。严玥烧水、沏茶、盥洗茶杯、为他们冲泡茶水。

严凯直接进入正题:"爸,有两个事情,我想和您说,一个是公事,一件是私事——"

严永志打断了严凯的话:"——辞职是对的。"

严凯怔了怔。

严永志解释:"人不能贪心,不能去够自己够不到的东西,更不能贪求自己不需要的东西,那叫不自量力和贪得无厌,结果都是自求烦恼和痛苦;但人也不能藏着掖着自己,明明两米,非要缩头在一米的屋檐下头,屈居在配不上自己的位置,那叫浪费天赋。在对的位置做对的事情,是你们一辈子都要恪守的。作为一个企业来说,《盛装》已经实质上撕裂了,回天乏术,你在那里不管做什么,都是浪费。所以,你应该辞职。"

严凯苦笑:"可是我想救《盛装》,哪怕是用做生意的办法,哪怕是去玩资本,我也愿意。"

严永志毫不客气骂儿子:"你这种想法就是愚蠢。做生意就是做生意,做生意的目的不是为了你自己的那点追求,生意是什么?你好我好才是生意,你好我不好是吃亏,我好你不好是欺行霸市,都不是生意。"

严凯虚心求助:"那怎么样才能救《盛装》呢?如果是您,您会怎么办?"

严永志摇头否定:"为什么要去救呢?我现在得了这个会糊涂的病,怎么救?

把我们严家全部身家全花干净给我换个脑子换个心脏，让医院发财？不，不是这样的，我到了这个岁数，该得什么病就会得什么病，这就是生老病死的规律，比救我自己更重要的，是让你们俩再懂事一点，不至于我糊涂了，严家的生意就毁在你们不懂上，一门生意，几十年的心血，几千员工的家庭命脉，那个比我的命要紧的多。你们站起来了，我就能安心躺下去了，明白了吗？是大的时势要让那个杂志倒下去，你为什么非要扶它起来呢？"

严凯急忙反对："不，得救您，花多少钱也要给你治好了。"

严永志愣了一愣，眼睛里闪过一丝温暖。然而随即就将温暖收起来，换成了暴怒的神色，甚至将严玥刚刚送过来的茶水摔了个粉碎："糊涂！糊涂！大糊涂！人来世上活一世，是来做事情的，不是活岁数的，我这辈子要做的事情，该做的都做完了，公司早就该传到你们手上，我们严家有钱，但没有一分钱是无水之源、无根之木，每一分钱都有每一分钱的用处，救我这样一个老头子，这个投资不划算。老而不死是为贼，多少豪杰一世枭雄，到了最后就因为想多活个几年，乱用招数，搞得鸡犬不宁，晚节不保。你们俩要警醒，我严永志到了快要盖棺论定的年纪了，一世江湖、半生风雨，我啊，总算扛到了现在，虽有小错，但无大过，对于这样的成绩，我没什么遗憾的，你们要把精力放到正道上，放到那些员工的身上，放到公司的发展上，我肩膀上的千斤压力，我没有选择，只能放到你们身上了，我们的命是命，他们的命更是命，要善待员工、要谨慎做事、目光要看全局要看长远——诶，怎么天又暗了呢，是不是又关灯了？"

严玥赶紧拉着严永志的手："爸，爸——"

严凯眼泪花子都出来了，拉着严永志的另一只手："爸——"

严永志眼睛已经合上了："哦——小凯，你辞职是对的，我琢磨过媒体这个东西，那就是时代的皮，时代变了，就得蜕皮，根子不会变，花样翻新而已。你要革新，你要想做出点事情，我不拦着你，我也不能教你怎么做——儿子啊，儿子啊，你一定要记住，权力的来源很重要。"

严凯："爸，我知道了，我自己会去做的——"

严永志继续说话："我知道你恨我，我对不起你母亲，让她做了大半辈子的影子人，可这就是女人的命。我想让你去办个事情，去我们老家捐一片护山林，用你母亲的名字,等我死后,把我跟她的骨灰都洒到那个林子里,落叶要归根啊,在外头再红尘万丈,到头来不过一晨一昏。"严永志的眼皮开始低垂,困劲上来了:"好——好——小凯,小凯,别跑了,又撞到脑袋了,又得哭——"

严永志说着说着,歪着脑袋就那么睡着了,轻微的鼾声响起。严凯看着睡着的父亲,泪流满面。

严玥娴熟地从旁边拿起毛毯,细心地铺在腿上。

姐弟俩抱在一起。片刻后,严玥松开严凯:"爸已经找了律师,提前要把交待的事情都交待好了,过不了几天,律师就会联系你。以后,严家的生意和产业,就要靠你了,你得顶住。"

严凯看着面前的严玥,又看着旁边的严永志,擦了擦脸上的眼泪,沉声说话:"好。"

办公室内布置了灯光和镜头——项庭峰正襟危坐,正接受一名女记者的采访,神情从容,侃侃而谈:"——陈开怡当然是英雄,至少在我心里,她是一个英雄,不管外面的人怎么看她,甚至有的人戴着有色眼镜去故意扭曲她、捏造她,但事实不言而喻,她从未停止过对媒体理想的追逐和捍卫,她用自己全部的力量在践行《盛装》的核心价值观——抵达美、捍卫美。"

记者追问:"但关于您和她不和的传闻一直都流传着,包括现在她离开《盛装》,自己发起众筹,业内普遍认为是因为你和争权失败而被迫出局。"

项庭峰沉思片刻:"这是一个很好的问题,也是我很愿意回答的问题。我不否认,开怡和我,在关于《盛装》的发展路线上确实存在过一些分歧,也有过一些激烈的争论,她是理想主义者,我呢,更现实更冷静一些,但并不代表谁对谁错,只是看待问题的角度不同——但是,我和她在私交上,没有任何问题,在我心里,也从来没有怪过她,从我认识她的时候,她就是喜欢冲撞领导的性格,我早都习惯了。"

记者做恍然大悟状:"所以,您现在是想对外界传达您想和她重新和好的信号吗?"

项庭峰笑:"本来也没决裂啊,只是在不同阶段大家所处的位置不同。当然,我确实是想对外界传达一些态度。陈开怡是我所认识的最杰出、最有才华、最坚决、最有行动力的媒体人,她是现在这个纸媒时代不可复制也不可多得的传奇性人物,更是我们时尚媒体领域的一座高峰——纯粹意志的高峰!作为她多年的同事、战友,我在这里要公开呼吁——能有更多的人,支持陈开怡的众筹,大家要理解这个众筹的意义,它不光是收购一本杂志的问题,而是在这个时代我们应该如何坚持和捍卫理想!我们不要让英雄陷入末路,更不能让理想主义的光芒被现实吞没——帮助陈开怡,不仅是帮助一本杂志,更是帮助我们每一个人!同时,我也希望,陈开怡能够重回《盛装》,继续与我一同并肩作战,过去的都已过去,每一刻的未来都应该是崭新的——"

啪的一声,陈开怡将笔记本电脑阖上,项庭峰的声音戛然而止。那惺惺作态的样子,陈开怡实在没法继续看下去。

邓雯不解地问:"他搞这么一出,到底是什么意思啊?难道他服输了?"

玛丽看肖红雪:"你比我们都要了解他,你觉得他到底是想做什么啊?反正他说的话,没有一句我是能信的。"

肖红雪沉吟着说话:"现在《盛装》的局势很艰难,我香港的朋友有告诉我,那边也是人事大动荡,薪水都发不出来了,还拖欠了印厂的钱,关刊是迟早的事情。总部要把整个《盛装》都裁掉,看来不是空穴来风——"

玛丽就插话:"空城计?"

秦敏忍不住笑:"应该是黔驴技穷吧,他现在众叛亲离,只能通过捧开怡显得自己还不是孤家寡人,可惜啊,行业里的人谁也不会信的。"

陈开怡却说:"行业外的人,说不定会信。"

邓雯不解:"什么意思啊?"

陈开怡解释:"他的目标从来也没有变过,就是想把《盛装》卖掉,自己在里面赚一笔,现在只不过换一种方法抬高身价而已。"

玛丽懂了:"也就是说,先把你架起来,把你包装成英雄,打苦情牌,吸引更多的人参与众筹,众筹的钱上去了,就显得《盛装》还有更大的价值。"

肖红雪:"——我觉得可以先不用去考虑他,按现在的局面,我们需要做最坏情况的预案。"

众人看着肖红雪。

肖红雪解释："如果总部真的把《盛装》全部关刊,那我们的众筹该怎么办?我们筹钱是打算收购《盛装》的,如果《盛装》没了,收购主体都消失了,那筹到的钱,算怎么回事?"

秦敏急忙说:"必须抢在关刊之前,和总部的人把收购细则全部谈好——"

陈开怡补充:"还要抢在项庭峰把《盛装》卖掉之前,看起来他比我们着急。我们的时间不多了。"

正在这时,玛丽的手机响了,她接通了电话:"鲁帽子,你找我做什么——哦哦——你找秦敏姐——"

玛丽捂着手机,对众人说:"鲁帽子说,他知道项庭峰为什么这么做,他有内部情报,但只告诉秦敏,但秦敏姐把他的手机和微信都拉黑了。"

秦敏上前,拿过手机,开了免提,放到桌上:"鲁斌斌,有话你就说,说吧,项庭峰到底在搞什么?"

鲁斌斌的声音响了起来:"别以为我不知道你开了免提,我说了这事我只告诉你一个人。我现在公司等你,不见不散,一会儿见。"

鲁斌斌先把手机给挂了。众人就看着秦敏。秦敏有些小尴尬。

陈开怡就笑:"他只相信你——你们俩,真的——不考虑在一起?"

一群人都笑起来。

秦敏就直接出门,叫了一辆出租车,往公司去了。

虽然知道公司境况很不好,但是秦敏真的没想到居然到了这般地步——

工位几乎全都是空的。百分之九十的桌面都收拾干净了——那是已经离职的人的工位。

鲁斌斌一路都是笑着说话,但笑里的心酸不言而喻:"怎么样?是不是特别空旷?简直就是一马平川、一览无余、一望无际啊——"

"多少人离职了?"

"你这么问就不懂行了,你应该问还有多少没离职的。"

"多少?"

"从我履职主编到现在,10天了,这10天经过大家的齐心协力、共同奋斗,我司还剩下 8 个员工。加上项庭峰、我，总共 8 个。哈哈哈，现在品牌的人都不敢催我了，一催我就说，不可抗力啊朋友，我们公司遭灾了，人都不见了。"

"你找我来，就为聊这个？"

"当然不是，去我办公室说。"

鲁斌斌推着秦敏进了办公室，赶紧关上门——关门之前没忘记往外左右看一眼。

秦敏忍不住嗤笑了："公司就没几个人，你这到底是防着谁呢？"

鲁斌斌却没有理睬秦敏的嗤笑，快步到办公桌前，拿起电话，拨了前台的号码："小米，你确定项总出去了对吧？好，好，如果他回来了，你一定要第一时间给我打电话，听到没有？！好！"

秦敏莫名其妙："你跟项庭峰怎么回事啊？你们不是一头的吗？"

鲁斌斌哼了一声，说："我现在跟谁都不是一头的，除了你，我谁都信不过。——我们坐下来说。"

秦敏心中浮起一丝淡淡的喜悦，面上却是很不耐烦："——说吧，项庭峰到底在搞什么鬼啊？"

鲁斌斌没回话，而是将办公室里的一面白板翻了个面，将白板推到秦敏面前："项庭峰的那点破心思不值一提，我今天找你来，是要跟你聊这个！"

秦敏看都没看白板，径直就往门口走。鲁斌斌赶紧拦在门前，胸有成竹地说："今天是改写我们俩命运的一天，你给我 20 分钟，我保证你这辈子都不会后悔今天来见我！"

秦敏皱眉："鲁斌斌，你是不是疯了？"

鲁斌斌急速说话："白板上贴的，是赵昕她们弄的那个公众账号的所有后台数据——别管我是怎么弄到的，我对她们没有任何恶意，我只是想告诉你，她们整个团队，5 个人，最近两个月创造的价值，已经和整本《盛装》上一个季度的价值持平，她们还处在急速上升期，但《盛装》已经处在不可挽回的穷途末路。"

秦敏没想到鲁斌斌会说这些，站立不动。眼睛往白板上看去，上面果然填满了数据。

鲁斌斌继续说话："她们公号的粉丝已经超过了 15 万，最近两个月每篇文章的阅读量都在8万以上，单篇文章的阅读量峰值在30多万，目前的女性粉丝占比是72%，现在她们单篇文章的黄金广告位——刊例价对外报的是30万，就算实际成交价打个对折，15万，日更的文章，能报出15万的广告价，她们现在开辟了3个子栏目，还有一档周末访谈类的"特别放送"，所有栏目都有广告位——我就问你一个特别简单的问题，赵昕她们5个人的公司，不用进印厂、不用买纸、不用铺货、不用仓储库存，办公室都没租，连基本办公耗损都没有，你觉得她们公司每个月的利润得多少钱？这家公司你怎么估值？"

秦敏就问："你——是也想转型做新媒体？"

鲁斌斌却不回答，反问了秦敏一个问题："我再问你一个问题，赵昕她们5个人的核心竞争力是什么？她们凭什么这样赚钱？"

秦敏不耐烦了："你别当我是傻子，你要说什么就直接说，磨磨唧唧的烦不烦！"

鲁斌斌苦笑："你别这么不耐烦。赵昕的公司，按现在的趋势发展下去，我保守估计，很快就会是一家年收入千万级别的内容公司！对！内容公司！因为她们的核心竞争力是内容输出！凭借的是她们几个人这么多年做内容的经验，她们这些人在《盛装》学到了足够的内容制作能力，再转变思路，从纸媒到互联网，完成了一个内容输出的'迭代'——别觉得我装啊，'迭代'这个词我也是最近才学会的。但是！注意听！我说的这个"但是"非常重要！她们能走通的路，不是我们将来要走的路！因为我们和她们的核心竞争力，完全不同！"

秦敏敏感地抓住了一个词："我们？"

鲁斌斌点头："对，我们！youandme！wu-o我，m-en们！——我们！"

秦敏惊讶地从椅子上站起，直面站在办公桌前的鲁斌斌："你想拉着我一起做家网红公司？"

鲁斌斌补充："不止网红，还有模特经纪、线上直播、时尚培训、海外品牌买手……总而言之，只要是跟人和卖东西有关的事情，我们都可以做！"

秦敏沉默，正在努力"消化"这突如其来的信息。

鲁斌斌察言观色，继续说服秦敏："我反复琢磨过，赵昕的路子我们走不通，我们不是做内容的，但是我和你的核心竞争力是什么？我懂销售，手上有大把品牌资源，你是做人力和管理的，你知道怎么管人，最近公司这么萧条，你刚才在外面也看到了，没有人就什么都没有，管他旧媒体还是新媒体，不管什么媒体什么时代，人！才是最重要的！所以，我们就做和人有关的生意！我现在每天都会在网上看直播视频，包括游戏直播、吃播、卖货直播，我觉得这是一个趋势，说不定会是下一个风口——"

秦敏打断："——等会！你等会儿！你让我先消化一下！"

鲁斌斌不说话了。秦敏在办公室里慢慢踱着步，鲁斌斌的视线一直跟着她，充满期待。顷刻后，秦敏站定："为什么是我？"

鲁斌斌："我是个小心眼的人，防范心又重，合伙创业，我只信你，其他人我信不过，这是其一；其二，这也是你的机会，老秦，我们不年轻了！你跟着陈开怡这么多年，还要一直跟下去吗？你说过的，如果《盛装》再倒掉，你这辈子不进职场，不管这一次陈开怡能不能再扳回局面——就算她再当回主编，你不还是人力资源总监，不还是接着在职场里混，帮她把着人事的门槛——有意思吗？赵昕、陈然她们几个，就连那个实习生李娜，都摇身一变混得像模像样的，我们呢？未来已经来了，我们就站在新的路口，我选择往前走一步，我选择拉着你一起往前走一步！你呢？你怎么选？！停留在原地，继续做陈开怡的跟班？还是跟我一起去冒个险？去开始另一种和以前完全不一样的生活！"

鲁斌斌声音诚恳："你唯一要想的，是选择什么时机，怎么和陈开怡说再见！你肯定会和我一起创业的，因为这是我们为数不多还能改变自己人生的机会！"

鲁斌斌说完，缓缓伸出手，等着和秦敏握手。

秦敏看着他的手，又看着他——此刻鲁斌斌的表情，是前所未有的真诚。

秦敏的手微微动了动，但没有伸出去，冲他微微点了点头，转身出了办公室。门关。

鲁斌斌看着逐渐关上的门，伸出的手依然杵在那，一动不动。

第二十三章　尾声，尘埃落定

这是一家茶室，低矮的榻榻米上跪坐着两个人。

柳子琪与项庭峰。两人的谈判已经到了关键时候。

这是柳子琪第一次出现在项庭峰面前。项庭峰原先并不十分信任面前的年轻姑娘，但是禁不住这年轻姑娘背后有资本背书。

再说，项庭峰现在也没有多少选择的余地。

谈判的焦点在于，柳子琪要求项庭峰拿出真金白银，与她合资收购盛装；但是项庭峰却不愿意拿出钱来。

项庭峰努力抬高自己的价码："如果您对我有什么不信任，我可以给你看总部那边给我所有的授权文件，《盛装》整个的出售权都在我这里——"

柳子琪眼神像刀子，毫不客气打断项庭峰的话："项先生，我是个生意人，不是文化人，我对授权不授权的，说实话，不懂，也不信，文件是死的，人是活的，我们既然要一起做生意，就是要搭伙，既然搭伙，大家都得有诚意——从小我爸就教我，生意场上看一个人有没有诚意特别简单，就看他愿不愿意真金白银的掏钱——不愿意掏钱的诚意，都是耍流氓。"

柳子琪慢慢拿起茶杯，一边喝茶，一边看着项庭峰。

项庭峰被看得多少有点尴尬，端起茶杯，喝茶以掩饰内心的不安。

柳子琪不给他喘息的机会，放下茶杯，继续进攻："项先生，按你说的，你们总部现在出手《盛装》的心理价位是2000万——我不去质疑你说的这个数字，我出1500万，你出500万，咱们一起把杂志收了，占股的比例就按出资的比例来，回头我们把《盛装》转手卖出去，不管赚还是赔，我们都按这个比例来承担盈利或者亏损，这很公平吧？"

项庭峰放下茶杯，干笑了几声，并没回答。

柳子琪再进一步，气势逼人："你总不至于一分钱都不想掏吧？空手套白狼，这可不像是您这种身份的人会做的事。"

项庭峰已经退无可退:"那当然不至于——"

柳子琪逼问了一句:"——那就是没问题了?"

项庭峰说话有些磕绊:"你的这个提议,当然是合理的——"

柳子琪一言定音:"——那就按这个比例办,收购《盛装》需要一个文化公司的壳子,我自己有公司——你也可以注册一家公司,但需要再开一个我们双方都可以监管的账户,账户建好,我们就尽快签订合同、往账户里打钱,钱到位,收购就正式开始。"

柳子琪举起茶杯,一脸笑意。

柳子琪:"以茶代酒,为了我们即将开始的合作,干杯!"

柳子琪笑容灿烂,项庭峰笑容夹带着一些苦涩。

柳子琪笑得更灿烂了。

同样布局和结构的茶室包厢,同样的榻榻米风格,同样的茶具。

严凯、陈开怡所在的包厢,和项庭峰、柳子琪所在的包厢,就隔着一条过道走廊。

严凯放下了手中的茶杯:"现在是他在明,我们在暗。今天我特意安排下这个局,就是想让你知道,当初他就是以这样的心情在操控局势,让别人做他的棋子——对付喜欢操盘的人,最好的办法就是让他也做回棋子。"

陈开怡皱眉:"我不知道怎么去评价你现在的行为——我是不喜欢的。"

严凯脸上浮起微笑:"那'新《盛装》'呢?你会喜欢吗?"

陈开怡愣了一下:"新《盛装》?"

严凯轻声解释:"我父亲在失去记忆前和我说——'权力的来源很重要',原来我以为他是想告诉我,做事情需要靠自己,不能指望用他的办法和资源去解决问题;但后来我一直琢磨,我觉得他可能更想说的是《盛装》的权力来源问题。"

严凯低头喝了一口茶水,抬起头看着陈开怡,才继续说话:"《盛装》是一家法资企业,哪怕杂志社从上到下都是中国人,但从本质上,这本杂志的权力还是来自法国总部董事局的那帮人,从你和乔治相互制衡,到后来你和项庭峰、肖红雪三个人彼此制衡分分合合，从根源上看，是公司权力分配的问题导致的。"

陈开怡就问："你是想彻底抛开原来的《盛装》，做一本新的杂志？"

严凯放下茶杯："我不信你没有过这样的想法。当然，做一本新杂志意味着大量烧钱，你没有足够的资本支持；你舍不得《盛装》这个品牌，毕竟这是乔治和你，还有那么多人，费尽心血才做出来的作品；你也会担心被外人指责你权力欲或者虚荣心膨胀，而影响了你在行业里的纯粹名声——这三大阻力，不知道我有没有想错？"

陈开怡端着茶杯，看着严凯："才半个多月不见，严凯，你的——变化——很大啊。"

严凯继续说话："资金的问题，我都可以解决，新杂志成立后，你是主编，我做出版人，但我绝不会干涉任何内容层面的事情。"

陈开怡沉默了一下，说话："从朋友的角度上，我很为你高兴，你终于和你父亲和解，接手了你们家的生意，你成长了，不再回避你必须要承担的责任，乔治如果还活着，肯定也会为你感到高兴和骄傲，但是从工作的角度上，我不理解你为什么要投资一本新的杂志。"

严凯解释："你们众筹的进度，我每天都在关注，10 天过去了，大致你们能筹到的数字基本就到这了，不会再有大幅度的提升，截止到我和你见面之前的数字，是 579 万，再加上你卖房子的钱——就算你能搞定总部那帮人，用你所有的钱，百分之百地收购了《盛装》，以后怎么办？杂志运营的钱从哪来？如果接下来再亏损，你拿什么钱去补亏损的窟窿？你拿什么去扛未来的风险？"

陈开怡看着严凯："还有吗？"

严凯声音低沉而有力："《盛装》当然是一个我们都非常有感情的品牌，但比起大费周折去收购，创造一本新刊，又有什么不好呢？你可以完全按照你的心意去做一本新的杂志，你只管内容就好，其他的事情都不用操心，我向你承诺，就算这本杂志一直亏损，亏损 5 年、10 年——都没关系，我都会是你最坚定的后盾！"

陈开怡打断了严凯的话："这就是问题所在。"

严凯不明白："什么问题？"

陈开怡微笑说话，她的语气柔软而坚定："你心里其实已经认定了，《盛装》未来面临的命运就是不断亏损、老化、不合时宜、退出市场,你像养一只金丝雀那样,弄一本时尚杂志,养起来——当然,我知道,你养得起,你也完全没有任何骄纵跋扈的心态,你是诚心诚意想帮我,但是,这不是我愿意接受的事情。"

严凯声音里略带急躁了:"我记得乔治死的那天,你跟我说,这些年你反复看过好几遍《泰坦尼克号》,那个时候你就知道,《盛装》就像那艘船一样,不管看上去多么庞大、华美,但终将沉没,而无非在船上的人,最后会做什么样的选择,有人选择弃船逃生、有人选择以死殉葬、有人选择随波逐流听天由命、有人选择最后时刻拉起小提琴,优雅面对死亡——我想知道,你的选择是什么?"

"我选择等待。"陈开怡端起茶杯,深深闻了闻茶香,喝了一小口,放下茶杯,"这茶真香。我对茶其实不大懂,有一年初春去杭州,朋友带我去逛茶山,那天刚下过小雨,整座山云雾缭绕,很多采茶的人弯着腰在摘茶叶,那景象非常美,像水墨画。那些摘茶的人,可能并不知道自己有多美,也不知道自己摘下的那些茶叶,最后被冲泡出来会是什么味道,她们可能都没有意识到,她们其实是构成茶香的一部分——并且是不可或缺的一部分。"

"这和您刚才说的'等待',有什么关系吗?"

陈开怡解释:"严凯,我们都是过程,我们不是结果。种茶是过程、摘茶叶是过程、冲泡也是过程,最后的茶香被人闻到才是结果;我们做杂志是过程,选择做什么内容是过程,众筹坚持扛下去是过程,不去依靠你家的财富去做金丝雀也是过程,最后传达到读者的心里,让她们去选择做一个什么样的自己——那是结果。我选择等待,是因为我们还在路上,那个结果还没出现——《盛装》的价值并不是你现在所想象的那样,就像那艘沉船,通过一部电影,又形成了新的价值,而那个价值是能够穿越时光,一直一直流传下去的——这才是我们做一本杂志的意义所在。"

严凯有些不服:"不去收购《盛装》,做一本新的杂志,难道就不能产生同样的意义吗?"

陈开怡微笑:"《盛装》凝聚了上百年的历史,这种时间感,是一本新刊——不管你烧多少钱,都没办法做到的,更何况,《盛装》的故事还没有讲完,我还没输,这个时候我不会贸然去开始一个新的故事。谢谢你请我喝茶——"

门外响起了敲门声。严凯开了门,柳子琪进门,站在门边,眼神亮晶晶地看着陈开怡。

严凯就为两人介绍:"柳子琪,我未婚妻。子琪,这就是你一直想见的陈开怡主编。"

柳子琪小步上前:"开怡主编,久仰大名——"

客套之后,柳子琪就直奔主题:"事情已经敲定了。直到今天,项庭峰还骗我说《盛装》的出售权在他手里。我就等他五百万打入账户,然后将他造假的事情公诸于众。一定让这个伪君子身败名裂。"

陈开怡苦笑:"再然后呢?把他逼到绝境,等着他一步一步走上天台,再看着他跳下去?!这就是你最后想看到的场景?这就算是给乔治真正的报仇了?"

严凯呼吸急促了:"难道不应该吗?以德报怨、何以报德?"

柳子琪说:"鲁斌斌说了,他甚至还想设计你,让你死——只要你死了,《盛装》的众筹才会显得更悲壮!价格才能抬到最高!对于这样的人,开怡姐,你还要手下留情吗?"

陈开怡凝视着面前两个人:"世界上并不是只有对与错。当我们用自己认为正确的手段去惩罚错误的人的时候,却不知道,有些手段,会令我们也陷入深渊。所以,"她顿了顿,说话:"我会尽快去巴黎,这次如果不把《盛装》收购的事情谈妥,我绝不回来。于现在的局面而言,这恐怕是最好的解决办法。"

几个人默然不语。

陈开怡走向门口,回头,说:"只有这样,才能救我们——所有的人。"

夜色清凉。

并不宽阔、悠长的巷子,路灯温暖明亮。

巷子拐角,一间咖啡馆,咖啡馆外有几个露天的座位。

项庭峰坐在其中一个座位上,面前放着一杯拿铁咖啡,一口也没喝过。

项庭峰的手指慢慢叩击桌面,心事重重,眼睛好像在看着前方——但其实什么也没看,完全是在放空。

一阵笑声传来。

项庭峰自然而然地看过去,巷子对面,一对年轻的情侣——男生正微微屈着双腿,女生离他三四米的距离,冲他跑去,一跃而起,扑在他的后背上,男生直起身子,背着女生继续往前跑——两人都在笑。

项庭峰看着他们从咖啡馆前跑过,一直跑到拐角,转弯不见了——项庭峰的嘴角不自知地笑了起来,回过神来,觉得脸上有点湿湿的,用手指一擦——才发现眼角不知道什么时候落下了几滴眼泪,只有几滴,但确实是眼泪。

项庭峰觉得有些尴尬,赶紧拿起桌上纸巾,把眼角擦干净,再抬头——肖红雪站在他面前。他有些慌乱地解释:"刚才眼睛里进了点东西。——坐,坐啊。喝点什么?——没想到你会主动找我,还以为我们再也不见面了呢。"

肖红雪坐下:"不喝了,找你有事。"顿了顿,说:"你收手吧。趁最坏的事情还没有发生。"

项庭峰露出不明白的神色。

肖红雪看着面前的男人,微微叹气:"陈开怡找我说了很多事儿。鲁斌斌已经说了,你对人撒了谎,你手上根本没有总部给你的出售权。她希望我能来劝你。"

项庭峰脸色瞬间苍白,愣神了片刻之后,才露出一个嘲讽的笑容:"她为什么要这么做?她是圣母?是白莲花?"

肖红雪非常严肃地看着项庭峰的眼睛:"你诚实地告诉我一件事。"

深深吸了一口气,肖红雪才将下面一句话问出口:"你是不是真的想过,让陈开怡——死?"

项庭峰低下头,沉默了。

四周的空气又黏又稠,肖红雪觉得呼吸都有些困难了。

身后的人来人往车声笑声都成了渺远的背景,面前只有这个男人那阴晴不定的脸庞。

项庭峰终于说话:"是的,我想过。如果她在这个时候死了,她就是永远的传奇和英雄,她就是真正的图腾!《盛装》的价值能高到冲破我们的想象!而且,死亡对她来说,也是最伟大的归宿——但她不是乔治,她太顽强了,顽强到好像没有任何东西可以打垮她——所以我想不出任何办法,能让她自己去死。"

有所猜测是一回事,听他亲自承认又是一回事。肖红雪声音颤抖了:"我不明白!你为什么要选择度过这样的人生?你怎么能把自己生活的支点,寄托在另一个人的死亡上呢?——那可是一个人的生命啊!"

项庭峰抬起头来,看着肖红雪:"人性的卑劣——我可以在你面前承认我有卑劣的那一面,以前我信奉过能高于我生命的东西,比如理想、比如对你的爱情,但我的理想随着纸媒的没落而在现实中彻底湮没,我对你的爱情,也早已经被击碎,我为你所做的任何一切,你都不能理解那就是爱情本身——我不是在为自己的卑劣而辩解,我只是想告诉你这一切是怎么发生的!事实就是,我失去了生命最重要的支点!我什么都没了,而且我深深明白,就算我把《盛装》卖掉,不管是赚了一千万还是两千万、三千万,我都什么都没了!"

肖红雪恨铁不成钢:"你为什么不重新选择呢?"

项庭峰叫起来:"我有得选吗?你给过我机会,我拒绝了!我没得选了——当你逼我做那个选择的时候,我就已经没得选了。如果要选,我选时间可以回头,我选当我们走过那个巷子拐角,能像电影里一样,穿越时光,重新回到三年前、五年前,回到我们刚认识的时候,回到那个世界还年轻的时候!——可是,我能选吗?我什么也选不了,我只能继续这么活下去,像所有失败者一样的活下去,等待着命运的奇迹再次光临我身上——可那怎么可能呢?我在媒体圈摸爬滚打了20年!我去哪里再找一个能重新开始的20年?"

两人陷入久久的沉默。

咖啡馆里传出来的音乐声持续着。

许久,肖红雪终于发出一声长长的叹息,看着项庭峰,眼眶有些红。

肖红雪:"你说的我都听懂了。我只想说,你如果不能理解爱,你就永远不会拥有爱。你好好保重。"

肖红雪站起身,离开,再也没有回头。

项庭峰在座位上,一动不动,看着她的背影不断远去,终于消失在巷子的拐角。

眼泪漫出了眼眶,眼前的世界一片模糊。

项庭峰拉着行李箱,在机场休息厅内慢慢走着,猛然之间停住了脚步——

目光所及之处，陈开怡就坐在那，手里拿着一本杂志，面前的小桌上放着一杯咖啡。

项庭峰看着她，陈开怡似乎察觉到有什么异样，抬头，看到了项庭峰。

两人四目相对。

项庭峰下意识地看了一眼手表，而后坐到她对面。陈开怡放下手上的杂志，静静端坐着，看着项庭峰。项庭峰把手上的登机牌放到小桌上："我们——同一班飞机，去巴黎。"

陈开怡沉默，端起面前的咖啡。在这个地方遇到项庭峰，不在她预料之中。

虽然让肖红雪去劝说项庭峰收手，但是不代表着陈开怡愿意原谅项庭峰。

项庭峰明显感觉到了陈开怡对自己的厌恶。沉默了一下，才开口："陈开怡啊，陈开怡……我们是怎么一步一步变成现在这样的？你有没有发现，其实我们是一种人，为了这本杂志，我们都输掉了所有。"

陈开怡喝着咖啡，没看项庭峰，声音却很清晰："不是一种人。"

项庭峰解释："我们是从同样的地方来的，带着同样的时代烙印，有过同样的信念——甚至是信仰，只不过，我幻灭了；而你，还在继续自我欺骗，假装时代还没改变，假装你的坚持还有意义。"

陈开怡放下咖啡，站起，准备去提沙发旁边的行李箱。项庭峰站起，摁住她的行李箱。

项庭峰："离登机还有点时间，我希望就算分别，也不要是这样分开。就当这是我们最后一次谈话。"

陈开怡无奈，慢慢坐回到沙发上："你想说什么，说吧，但不要再怀旧，在我看来，不管你怎么谈论过去，都像是对过去的羞辱。"

项庭峰松开她的行李箱，整了整自己的领带和西服领口，微笑着坐回沙发上："这次去巴黎，我会向董事会递交辞呈，我会远离《盛装》，从今往后，我不会再和这本杂志有任何关系。"

陈开怡沉默好久，才点点头："挺好。"

项庭峰："也当是对这次你帮我，我能做出的谢意吧——用肖红雪的话说，在最坏的事情发生之前，让一切停止，是对自己最大的救赎——虽然我不觉得救赎对我个人而言，还有什么意义，但我确实太累了。"

等了一会,项庭峰又问了一个问题:"开怡,你觉得,乔治——会原谅我吗?"

陈开怡抬起眼睛,反问了一句:""你觉得呢?

项庭峰神情慢慢黯淡:"我想——不会。开怡,认识你十多年了,谢谢你,也谢谢乔治、你和我,曾经有过那么多闪光的日子。"

陈开怡看着面前颓丧的中年男人:"如果这真的是我们最后一次说话,我有几句话想和你说——更准确的说,是我有几句话想和曾经那个项庭峰说,因为,那个老项,是乔治和我最好的朋友。"

"你说。"

陈开怡郑重说话:"《盛装》不是我个人的私产,也不应该是一个被资本完全挟持的企业和产品,它的存在是为了记录和推动社会文明的每一次进步,也是为了去反复传达那些最基本但最重要的常识——只要女性还被男性当成自己的私有财产,被物化、被凌辱和被损害;只要那些针对女性的暴力、伤害、贩卖依然存在却没有受到应有的足够的惩罚;只要在社会的主流观念中,还对女性存在着污名、羞辱、歧视和偏见;只要还有男性依仗权力和财富,去操控、虐待、强暴女性甚至是幼女,却能逃脱法律的制裁;只要女性还没有完全获取当代公民应有的全部正当权益,在我看来,时代就没有发生真正的改变,而我的坚持就依然还有意义,并且,我会一直坚持下去,宁死不退。"

陈开怡说完这番话,站起,拿过行李箱,对着项庭峰最后微微点了点头:"再见。"

三个月后。

机场。

又一架飞机落地了,抵达的乘客,陆续从里面走出。接机的人群,簇拥在出口,朝里张望。

李娜踮起脚尖,睁大眼睛看着前面,手里举着个牌子,牌子上写着:

蔡菲!欢迎回家!哈哈哈!

是的,蔡菲回来了。

两分钟后,蔡菲拖着一个大行李箱终于出现在李娜的视线里——穿着一袭风衣,头发盘起来了,还戴着黑框眼镜,很有点英伦范儿。

李娜从人群里挤出去，冲着蔡菲飞跑而去，一个大大的熊抱。

"——我知道你要回来，你真不知道我都开心成什么样了，我觉得自己快要疯了，我昨晚根本睡不着，睁着眼睛快到天亮，我又怕自己会睡过去，赶紧上闹钟，上了三个闹钟，就怕错过来机场接你，对了，我把咱家做了一个非常彻底的大扫除，床单被褥被套全都换新的了——"

"——行了行了，我都知道了，你现在工作还好吗？"

"哪个工作？"

蔡菲有些心疼地看着李娜："你又开始做兼职了？"

"那倒不是，就算帮忙吧，当然主要还是跟着听姐做公众号，我现在出去采访可有面子了。"

"是吗？"

李娜自信而得意："我只跟你说啊，跟别人说肯定会被笑话，现在出去采访，我可是有专车的人，别人见到我都喊我——李娜老师。你知道薇薇安吗，那个时尚网红。她对我可尊敬了……"

"薇薇安？好像还挺红的。"

"本来也不会去采访她啦，是鲁帽子找到赵昕姐，死皮白赖非要让我们去给那个薇薇安做个专访。"

"啊，他女朋友？"

"不是，是他公司新签的艺人——你不知道啊，鲁帽子和秦敏姐合伙开了个经纪公司，签了很多模特，还有时尚博主，现在正在开发网红经纪，要全面进军直播圈。"

蔡菲真的有些惊讶了："看来我在英国这段时间，真的错过了不少八卦，那你兼职是做什么？"

李娜嘿嘿笑："还是老颉那啊，最近才开始干的。我给餐厅的员工做工作服穿着培训，告诉他们怎样让工作服也能搭配出时尚感。"

蔡菲忍不住夸赞："你可真行，还开始给别人做培训了。"

李娜："我以前也做过服务员，我比较理解服务员的心态，她们经常会很不自信，总觉得自己低人一等，我和老颉说，我帮她们做培训最重要的是让她们自信起来，让她们慢慢感受到自己的美，让她们知道，身为女人，自信就是美，我们所做的一切，也不管我们处于什么样的工作岗位，我们所做的任何努力，都不是为了取悦任何别的人，而是为了让自己变得更好。哎，你还没有告诉我，你到底为什么突然回来呢？"

蔡菲笑："我这次回来是来办入职的，也是兼职，等我伦敦那边的学业都结束后，再转全职。"

李娜好奇："什么工作啊？"

蔡菲笑："跟你做同事啊。"

李娜眼睛发亮："真的？太好了！"

明天，《盛装》就要重启了。

这几个月发生了很多很多的事情，两人从机场到家中，从下午说到深夜——要说的话太多太多了。

三个月前，陈开怡变卖了自己的房产，在网络上公开发起众筹，加上其他渠道得到的一些帮助，最后筹得2109万的资金，并通过和原《盛装》总部的反复磋商与斡旋，最后以1200万的最终价格收购《盛装》99%的股权，为昂里榭留下了象征性的1%股权。

赵昕与李娜谷欢雪莉陈然创办了"不怕胖传媒"，以网络为依托，公司经营得风生水起。

鲁斌斌与秦敏创办了"帽子戏法"，事业也是蒸蒸日上。

严凯接手了父亲的事业，与柳子琪一起成立了"永志资本"，致力于为有梦想的人提供资金。他们投资了"不怕胖传媒"，占股12%；投资了"帽子戏法"，占股是36%。

两个月前，严凯找到了陈开怡，提出成立"盛装联盟"。严凯认为传统媒体和新媒体是可以取长补短的，全媒体融合是未来的趋势。组建一个媒体联盟，有助于《盛装》抵抗未来的风险。陈开怡接受了永志资本的投资，于是就有了明天的《盛装》重启仪式。

顺路说一句，手里有闲钱的肖红雪，一直跟着严凯。严凯投资什么，她也投资什么。

一直谈到了凌晨，两人才有了朦胧的睡意。不过在睡着之间，蔡菲问了最后一个问题：

——"只是还有一样,你在不怕胖过得好好的,我一直关注着你们的公众号——你很适合做新媒体。现在离开'二手时尚',回到'盛装',将来不会后悔吗?"

李娜闭着眼睛说话:"蔡菲,你知道我喜欢跑步——在操场跑圈,一圈一圈,没有终点,也没有变化,看上去特别无聊,但只有跑的人知道,她一直在克服和挑战的东西是什么。"

李娜声音柔软而坚定:"我想要陪着陈开怡,到前面去看看。"

天空蔚蓝,阳光充沛。

大厦门口,长长的红地毯,从大门一直铺到 10 米开外的地方。大厦门边放着一个大背景板,背景板上写着——"盛装重启再塑未来暨'盛装联盟'战略合作签约仪式"。

背景板的下方,并排着几个 LOGO:永志资本、红鼎基金、盛装帽子戏法、不怕胖传媒。

《盛装》的会议室里,座无虚席。

连走廊过道上都站着记者,长枪短炮,如同森林。

主持台后,玛丽说话:"受陈开怡主编之托,我代表《盛装》宣布两件事,第一,《盛装》之所以能顺利重启,是受益于网络上的众筹,在 45 天的众筹时间内,《盛装》一共收到了来自 37082 位读者、网友的 7959657.89 元,这是我们在经历最艰难时光时收到的最重要的支持,也是我们能够坚持下去最重要的力量和底气,《盛装》在经历近 4 个月的停刊改组后,会发布一期特别的创刊号,以回馈那些帮助过我们的每一位读者和网友;第二,一直停摆的'时尚盛典'从今日开始,正式重新启动,我将担任本届盛典的总策划,这次盛典的主题今日正式公开——"

玛丽站定,侧身往后看。

多媒体屏幕上展现出"时尚盛典"的主题——37082 致敬个体与美同行掌声响了起来。

玛丽眼睛里泛着泪光:"——今年盛典和特别创刊号共用同一个主题,大家也看到了,37082,是帮助过《盛装》的人数,我们会将这个数字植入到整个盛典的秀里——我们邀请到12位来自不同国家的杰出时装设计师,他们会以各自的设计风格将这组数字和最后的时装呈现相融合,请大家拭目以待;其次,就是'致敬个体与美同行',这也是我们特别创刊号的核心主旨。我们坚信,每一个个体也许平凡,也许普通,也许孤独,但只要汇聚——为同一种信念而汇集、为同一种理想而相聚,势必会爆发出巨大的能量,并终将深刻的改变我们所处的世界与时代;《盛装》一直信奉的核心价值观是'抵达美捍卫美',开怡经常会和我说,美即正义——任何正义都需要捍卫,捍卫是行动而不是口号,是越来越多的人付诸于越来越具体的行为,'捍卫'才是具体可被我们感知到的态度和决心——所谓'与美同行',不光是我们一同相互陪伴、踏上行程,更是要一同为共同的理念而行动!《盛装》经历过一段至暗时刻,终于在无数人的帮助下,涅槃重生,并试图重塑未来,我们希望能通过即将面世的新刊、通过正在紧密筹备的盛典,向更多的人传递这样的信心和决心——相信个体、付诸行动,我们所坚持的地方,就是未来将抵达的地方。——谢谢大家。"

大屏幕上掠过一组平行的画面,是一个又一个人的笑脸——

乔治、李娜、蔡菲、鲁斌斌、秦敏、肖红雪、赵昕、陈然、俞京京、陈默、谷欢、雪莉、杜霞、玛丽、罗翰、潘希伟、林亚楠、邓雯……

坐在下面的位置上,李娜努力鼓掌,眼泪却不由自主地夺眶而出。

朦胧的泪眼中,李娜看见很多人都泪流满面——

陈开怡。肖红雪。严凯。鲁斌斌。秦敏。赵昕。陈默。……

《盛装》的面试专用办公室里,空旷的房间里,两把椅子,一把是空的,对面那一把,坐着陈开怡。李娜坐到空椅子上,和陈开怡面对面看着。

陈开怡翻看李娜的简历——只有一张A4纸,很快就看完了,抬头看李娜。

李娜:"主编您好,我叫李娜,刚满22岁,想来应聘专题编辑的职位。"

陈开怡:"为什么再次来应聘《盛装》?为什么认为自己适合做专题编辑?"

李娜:"请给我多一些的时间,我想跟您说一个故事,这个故事会有点长。"